中国现代通俗文学批评史论

Reflections on the History of
Chinese Modern Popular Literary Criticism

王木青 著

图书在版编目(CIP)数据

中国现代通俗文学批评史论/王木青著.—合肥:安徽大学出版社,2022.10
ISBN 978-7-5664-2545-4

Ⅰ.①中… Ⅱ.①王… Ⅲ.①中国文学－现代文学－通俗文学－文学批评史 Ⅳ.①I206.09

中国版本图书馆CIP数据核字(2022)第249103号

中国现代通俗文学批评史论
Zhongguo Xiandai Tongsu Wenxue Piping Shilun

王木青 著

出版发行:	北京师范大学出版集团 安 徽 大 学 出 版 社 (安徽省合肥市肥西路3号 邮编230039) www.bnupg.com www.ahupress.com.cn
印　　刷:	合肥远东印务有限责任公司
经　　销:	全国新华书店
开　　本:	710 mm×1010 mm　1/16
印　　张:	18.5
字　　数:	305千字
版　　次:	2022年10月第1版
印　　次:	2022年10月第1次印刷
定　　价:	56.00元

ISBN 978-7-5664-2545-4

策划编辑:李　君　　　装帧设计:李　军
责任编辑:李　君　　　美术编辑:李　军
责任校对:龚婧瑶　　　责任印制:陈　如　孟献辉

版权所有　侵权必究

反盗版、侵权举报电话:0551－65106311
外埠邮购电话:0551－65107716
本书如有印装质量问题,请与印制管理部联系调换。
印制管理部电话:0551－65106311

国家社科基金后期资助项目
出版说明

后期资助项目是国家社科基金设立的一类重要项目,旨在鼓励广大社科研究者潜心治学,支持基础研究多出优秀成果。它是经过严格评审,从接近完成的科研成果中遴选立项的。为扩大后期资助项目的影响,更好地推动学术发展,促进成果转化,全国哲学社会科学工作办公室按照"统一设计、统一标识、统一版式、形成系列"的总体要求,组织出版国家社科基金后期资助项目成果。

全国哲学社会科学工作办公室

目 录

绪论 ··· 1

上 编

第一章 《新青年》作家的批评 ·· 15
第一节 批评的焦点 ·· 15
第二节 提倡新思想、新方法 ·· 19
第三节 对《新青年》作家批评的回应 ····························· 22
第四节 批评的影响 ·· 27

第二章 文学研究会的批评 ·· 32
第一节 对游戏消遣与金钱主义的批评 ··························· 32
第二节 提倡写实主义 ··· 36
第三节 批评的策略 ·· 39
第四节 对文学研究会批评的回应 ·································· 47
第五节 批评的不足 ·· 59

第三章 左翼作家的批评 ··· 68
第一节 对封建意识的批评 ··· 68
第二节 文艺大众化运动中的批评 ·································· 72
第三节 对左翼作家批评的回应 ····································· 76
第四节 批评的特点 ·· 82

第四章 抗日民族统一战线以后的批评 ···························· 87
第一节 搁置矛盾,求同存异 ··· 87
第二节 对旧形式认识的变化 ·· 92

第三节　对批评的回应 …………………………………………… 95
　　第四节　批评的不足 ……………………………………………… 103

中　编

第五章　京派的批评 …………………………………………… 115
　　第一节　对文学商业化的批评 …………………………………… 115
　　第二节　对低级趣味的批评 ……………………………………… 118
　　第三节　对俗趣的另一种看法 …………………………………… 123
　　第四节　周作人批评态度的转变 ………………………………… 131

第六章　海派的批评 …………………………………………… 135
　　第一节　为趣味辩护 ……………………………………………… 135
　　第二节　富有人生味的小报以及社会小说 ……………………… 137
　　第三节　文学之缘 ………………………………………………… 141
　　第四节　文学观念的认同 ………………………………………… 144

第七章　批评的不同声音 ……………………………………… 149
　　第一节　左翼电影艺术家看通俗文学 …………………………… 149
　　第二节　《大公报·文学副刊》上的批评 ………………………… 155
　　第三节　老舍和赵树理的批评 …………………………………… 159

下　编

第八章　左翼批评观点的延续（1949年—1976年）………… 165
　　第一节　将通俗文学定位为黄色小说 …………………………… 165
　　第二节　寻找旧通俗小说的替代品 ……………………………… 177
　　第三节　文学史对通俗文学的叙述 ……………………………… 180
　　第四节　整顿旧书摊 ……………………………………………… 183
　　第五节　对批评的回应 …………………………………………… 186

第九章　现代作家回望通俗文学（1977年以后）…………… 196
　　第一节　通俗文学作家在翻译方面的贡献 ……………………… 196
　　第二节　电影艺术家看通俗文学 ………………………………… 200

第三节　编辑记者视角下的通俗报刊编辑 …………………… 203
　　第四节　原左翼激进作家的态度 …………………………… 211

第十章　当代学者对通俗文学批评之再研究（1977年—1990年）
………………………………………………………………… 215
　　第一节　重新评价的背景 …………………………………… 215
　　第二节　对通俗文学的重新认识 …………………………… 217
　　第三节　关于通俗文学入史问题的见解 …………………… 222
　　第四节　文学史对通俗文学的叙述 ………………………… 224

第十一章　当代学者对通俗文学批评之再研究（1990年以后）
………………………………………………………………… 228
　　第一节　批评的背景 ………………………………………… 228
　　第二节　对游戏、消遣文学的评价 ………………………… 229
　　第三节　重评言情、武侠小说 ……………………………… 236
　　第四节　关于通俗文学入史问题的见解 …………………… 244
　　第五节　重写的文学史对通俗文学的叙述 ………………… 252

第十二章　批评的反思 ………………………………………… 256
　　第一节　批评为何压抑了通俗文学 ………………………… 256
　　第二节　寻找多元批评标准 ………………………………… 257
　　第三节　正确认识通俗文学存在的必要性 ………………… 263
　　第四节　提升通俗文学的品质 ……………………………… 271

结语：多元与宽容 ……………………………………………… 278

主要参考文献 …………………………………………………… 281

后记 ……………………………………………………………… 291

绪　论

　　中国现代通俗文学(以下简称"通俗文学")一直活跃于市民读者中并产生重要影响,可是在20世纪上半叶,它却受到不公正的批评。中华人民共和国成立后又遭打击,沉寂了几十年,直至20世纪80年代才得到重新评价。对通俗文学的否定之否定,既显示了它具有肯定价值的生命力,也表明了人的认识的复杂性,以及历史、时代、社会等因素对批评的影响。笔者将批评放在民国至当代矛盾冲突的大潮中进行考察,回溯批评的历史,分析批评的流变,评价批评的是非得失,总结批评的规律,以促进文学与批评的健康发展。

一、关于"鸳鸯蝴蝶派"

　　通俗文学作家常常被称为"鸳鸯蝴蝶派",其作品被称为"鸳鸯蝴蝶派"文学,其杂志被称为"鸳鸯蝴蝶派"①刊物。那么,何谓"鸳鸯蝴蝶派"？必须弄清它的由来才能确定本书的研究对象与范围。根据查阅的资料,这个名称最初是"五四"时期一批提倡新文化运动的知识分子(通常把"五四"以后至中华人民共和国成立之前提倡新文学、反对旧文学,采用白话文创作的知识分子称为"新文学作家")对民初通俗期刊作家的称呼。周作人于1918年4月19日在北京大学文科研究所小说研究会讲演中提到"《玉梨魂》派的鸳鸯蝴蝶体"②(后来在《论"黑幕"》中,周作人称《玉梨魂》为艳情小说)。1919年2月,周作人又说："近时流行的《玉梨魂》……为鸳鸯蝴蝶派小说的祖师。"③而志希(罗家伦)将民初小说分为三派：一是"罪恶最深的黑幕派",一是"笔记派",一是"滥调四六派"。他把徐枕亚的《玉梨魂》《余之妻》,李定夷的《美人福》《定夷五种》归入"滥调四六派"。④ 钱玄同也指出："与'黑幕'同类的书正复不少,如《艳情尺牍》《香闺韵语》及'鸳鸯蝴

---

①　如：钱杏邨在1932年发表的《上海事变与鸳鸯蝴蝶派文艺》中,把张恨水、徐卓呆等通俗小说作家称为"鸳鸯蝴蝶派",把陈蝶衣1940年代主编的《万象》杂志称为"鸳鸯蝴蝶派"刊物。
②　周作人：《日本近三十年小说之发达》,载《新青年》第5卷第1号,1918年7月。
③　周作人：《中国小说里的男女问题》,载《每周评论》第7号,1919年2月2日。
④　志希(罗家伦)：《今日中国之小说界》,载《新潮》第1卷第1号,1919年1月。

蝶派的小说'等,皆是。"①由上可见,"鸳鸯蝴蝶派"是对以骈文写作言情小说的作家的一种贬义称呼。②在批评"鸳鸯蝴蝶派"的过程中,新文学作家逐渐走向文坛中心、取得话语主动权,并不断扩大该派的影响。他们把创作武侠、侦探、历史、滑稽等类型的通俗小说作家全部归为"鸳鸯蝴蝶派",于是,该派人数不断增加,范围不断扩大,延续数十年,几乎成为贯穿整个现代文学史的文学流派。也因此,"鸳鸯蝴蝶派"常常被新文学作家用作中国现代通俗文学作家的代名词。

在通俗文学作家心目中,"鸳鸯蝴蝶派"就是民初那些注重辞藻、专门写作言情小说的作者群体。例如,郑逸梅就认为《民权报》是"鸳鸯蝴蝶派"的发祥地,而《小说丛报》是其大本营。"鸳鸯蝴蝶派"以"辞藻为尚,往往骈四俪六出之"③,特指徐枕亚、吴双热、李定夷、刘铁冷等围绕在《民权报》《小说丛报》等报刊周围的作家。几个后来被称为"鸳鸯蝴蝶派"的通俗文学作家均否认自己是"鸳鸯蝴蝶派"。例如,周瘦鹃认为自己是个"十十足足、不折不扣"的礼拜六派④,他主编的《礼拜六》上只是偶尔飞来几对鸳鸯蝴蝶而已,其所容纳的绝不止于鸳鸯蝴蝶,而是包罗万象的社会生活。因此,他并不愿带上"鸳鸯蝴蝶派"的冠冕。至于包天笑,也对自己被称为"鸳鸯蝴蝶派"作家"付之苦笑"。他说自己从未给《礼拜六》投过稿,根本不认识以《玉梨魂》而蜚声文坛的徐枕亚,怎能平白无故地跻身于该派,并被封为首领?⑤张恨水则似乎比较坦然,他并不讳言自己心仪"鸳鸯蝴蝶派"和"礼拜六派",他坦言自己在青少年时就是"礼拜六派的胚子"⑥,认为"礼拜

---

① 钱玄同、宋云彬:《"黑幕"书》,载《新青年》第6卷第1号,1919年1月。
② 魏绍昌1961年在编《鸳鸯蝴蝶派研究资料》时,曾写信给周瘦鹃请教"鸳鸯蝴蝶派"与"礼拜六派"名称之来源,周在回信中称:"弟一无所知,当然是当年所谓正统文学的那些新作家们叫出来的。"见魏绍昌著:《我看鸳鸯蝴蝶派》,上海:上海书店出版社,2015年,第86页。
③ 郑逸梅:《民国旧派文艺期刊丛话》,见魏绍昌编:《鸳鸯蝴蝶派研究资料》(上册),上海:上海文艺出版社,1984年,第380页。
④ 周瘦鹃:《花前新记》,南京:江苏人民出版社,1958年,第47页。关于"礼拜六派",茅盾认为,在"五四"以前,"鸳鸯蝴蝶"这名称对这一派人是适用的,因为他们主要写爱情小说。但在"五四"以后,这一派中有不少人也来"赶潮流"了,他们不再老是某某女,而居然写家庭冲突,甚至写劳动人民的悲惨生活了,因此,如果用他们那一派最老的刊物《礼拜六》来称呼他们,较为合式。见《复杂而紧张的生活、学习与斗争》(上),载《新文学史料》,1979年第4期。
⑤ 吴泰昌:《包天笑与鸳鸯蝴蝶派》,见《艺文轶话》,合肥:安徽人民出版社,1981年,第43~44页。在第44页,原《文艺报》副主编吴泰昌就包天笑否认自己为"鸳鸯蝴蝶派"一事指出:"对鸳鸯蝴蝶派全面历史的分析,是我国近现代文学史回避不了的一个问题。看来弄清史实,在调查的基础上,才可望做出较为公允的评价。"
⑥ 张恨水:《写作生涯回忆》,北京:人民文学出版社,1982年,第7页。

六派"比"鸳鸯蝴蝶派"思想先进得多,文字的组织也好得多。叵是自己既不是"鸳鸯蝴蝶派",也不是"礼拜六派",他拿小说卖钱的时候,已是民国八、九年,"礼拜六派"已被"五四"新文化运动的巨浪吞没了。他声称自己"就算是礼拜六派,也不是再传的孟子,而是三四传的荀子了。二十年来,对我开玩笑的人,总以鸳鸯蝴蝶派或礼拜六派的帽子给我戴上,我真是受之有愧"。①

上述作家的多方辩解一方面是要为"鸳鸯蝴蝶派"正本清源,说明究竟什么是"鸳鸯蝴蝶派",另一方面也透露出他们避嫌的心态。从其所指可见,"鸳鸯蝴蝶派"乃以骈文写作的言情小说家,是狭义的称谓。

1979年《辞海》条目对"鸳鸯蝴蝶派"的解释是:"盛行于辛亥革命后至五四运动前后的文学流派。代表作家有徐枕亚、吴双热、李定夷等,以在上海出版的《民权报》(1914—1916)、《小说丛报》(1914—1918)、《小说新报》(1915—1922)等期刊为中心,大量发表以文言文描写才子佳人的哀情小说,迎合小市民趣味,代表作品有《玉梨魂》《兰娘哀史》《美人福》等。1914年至1923年间刊行的《礼拜六》周刊,其主要作者虽亦兼用白话文写作,但内容性质仍与上述作品相同,称为'礼拜六派',也被认为'鸳鸯蝴蝶派'。五四运动之后,受到新文学工作者的批判,但其影响仍在,直至解放后才逐渐消失。"②此解释以题材、风格的相似性,将"礼拜六派"与"鸳鸯蝴蝶派"归为一类,是广义的"鸳鸯蝴蝶派",与现代通俗文学是同义的。

范伯群先生认为:"中国近现代通俗文学是指以清末民初大都市工商经济发展为基础得以滋长繁荣的,在内容上以传统心理机制为核心的,在形式上继承中国古代小说传统为模式的文人创作或经文人加工再创造的作品;在功能上侧重于趣味性、娱乐性、知识性和可读性,但也顾及'寓教于乐'的惩恶劝善效应;基于符合民族欣赏习惯的优势,形成了以广大市民层为主的读者群,是一种被他们视为精神消费品的,也必然会反映他们的社会价值观的商品性文学。"③范先生概括得很全面,他所说的通俗文学,涵盖着广义的"鸳鸯蝴蝶派"。这个概念也被众多研究者所采用。

笔者根据论题的实际,将"中国现代通俗文学"界定为:1912年至1949年中华人民共和国成立前(民国时期)以上海为中心的江浙一带作家及京

---

① 张恨水:《写作生涯回忆》,北京:人民文学出版社,1982年,第89页。
② 《辞海》编辑委员会编:《辞海》(下册),上海:上海辞书出版社,1979年,第4063页。
③ 范伯群:《中国近现代通俗作家评传丛书》,南京:南京出版社,1994年,第1~2页。

津地区作家,采用传统文学形式(主要指传统的白话章回体形式)创作的供市民阅读的带有消遣性质的商品性文学(简称"通俗文学")。本书主要考察新文化运动以后至今学界对具有上述特点的文学的批评的流变。之所以把研究范围的起点定在1912年,是因为这一年有三部带有标志性的通俗小说同时在期刊连载,它们分别是徐枕亚的《玉梨魂》、吴双热的《孽冤镜》,以及李定夷的《霣玉怨》,而"五四"时期新文学作家对通俗文学的抨击也正是从它们开始的。《广陵潮》虽然从清末开始连载,但是成书于1919年,因此也被纳入研究范围。当然,有学者将现代通俗文学的发端向前推得更早,如范伯群把《海上花列传》作为中国现代通俗文学的开山之作①,汤哲声也表示"中国现代文学从《海上花列传》开始了,它经历了晚清的文学改良到民国初年形成了'鸳鸯蝴蝶派'。这个时期的文学被称为中国现代通俗文学"。② 这当然是很有道理的。不过,考虑其时及稍后现代通俗文学作家尚未达到一定的规模,形成某种带有倾向性的风格特色,产生较多有广泛社会影响的作品,而这种状况至1912年之后才有根本改变。因此,本书主要关注1912年以后的通俗文学作品,不过偶尔也会涉及之前出现的有代表性的作品。

　　本书采用"中国现代通俗文学"而不是"鸳鸯蝴蝶派"的概念,一是避免阅读者产生不必要的误解,二是用"流派"来涵盖言情、武侠、社会、侦探等写作风格迥异的小说作家群体并不恰当。那为何不用"民国旧派通俗文学"概念?因为通俗文学在学习外国文学和新文学的过程中经历了较大的变化,呈现出某些现代性特征。从《礼拜六》前后一百期的差异,张恨水对章回体小说的改良来看,它们在思想意识和文体上都发生了很大的改变。称之为"旧",既不公平也不利于以积极的态度看待其进步。为何不用"现代市民文学"概念?因为谈市民大众往往与知识精英相对,从受众群体看,通俗文学的阅读主体虽为市民大众,但也为许多精英所喜爱,并给他们带来点滴或诸多滋养。特别是1917年之前,通俗文学占据文坛主体位置,无精英非精英文学之说。从地域范围来看,读者虽以都市市民为主,但也包括一些农村民众。

　　另外,有一些概念在使用时容易混淆,需要理清。比如,把通俗文学等同于俗文学、民间文学,新文学(或称严肃文学、雅文学)等同于纯文学。其

---

① 范伯群:《中国现代通俗文学史》(插图本),北京:北京大学出版社,2007年,第2页。
② 汤哲声:《中国现代通俗文学的"现代性"和入史问题》,载《文学评论》,2008年第2期。

实,通俗文学并非俗文学的简称,它和民间文学都是俗文学的分支。① 但与民间文学不同的是,它是文人创作,吸收了民间文学的特点。而民间文学是口传的、无名的集体创作,后经记录、整理成文字。新文学也不等于纯文学,因为它"鲜明的政治倾向和强烈的功利目的,以致成为社会斗争的自觉工具,使新文学就整体而言,难以成为真正意义上的'纯'文学"。"从20年代的思想启蒙,到30年代的左翼运动,再到40年代的工农兵方向,整个新文学越来越直接地卷入了人民革命的漩涡,从而意味着距离'艺术之宫'即'纯'文学越来越远而并非越来越近。所以,不宜将新文学等同于'纯'文学。"②人们还常常将通俗与严肃对立,实际上,它们本来是性质不同的两个问题,根本无所谓对立。③ 至于文学,人们习惯将其分为"俗""雅"两支,但二者之间是有交叉地带的,故将它们对立并不妥当。提出这些概念是为了区分的方便,尽管并不恰当,但由于没有找到更好的指称,研究者也就姑且借用之了。

需要说明的是,通俗文学有南、北两个作家群。南方作家群是指以上海为中心的江浙一带作家,主要集中在上海及其附近的苏州、常州等地。1912年至1930年代初为兴盛期,代表作家有包天笑、周瘦鹃、李涵秋、徐枕亚、秦瘦鸥等社会言情作家,平江不肖生、顾明道等武侠小说家。北方作家群自1930年代前后开始活跃,北京的社会言情小说家以陈慎言、张恨水为代表,天津言情小说家以刘云若为代表,武侠小说家以还珠楼主、朱贞木、白羽等为代表,青岛的武侠小说家以王度庐为代表,他们共同形成了通俗小说史上的鼎盛局面。1930年代南方作家群逐渐衰落,北方作家的小说打入上海各报刊。由于前者形成较早,在新文化运动高潮期受到激烈抨击,而后者除了张恨水等少数出道较早,刘云若等人都于1930年以后出名。不久,抗战爆发,文艺界一致对外,所以,北方大多数作家并未受到猛烈抨击。通俗文学作家主要创作小说、戏剧、旧体诗、散文等,因小说的社会影响最大而备受批判,因此本书以此为主要关注对象。

二、主要框架和思路

本书主体部分共十二章,分为上、中、下三部分,第一部分阐述了自"五

---

① 范伯群、孔庆东主编:《通俗文学十五讲》,北京:北京大学出版社,2003年,第2~4页。
② 樊骏:《能否换个角度来看》,载《中国现代文学研究丛刊》,2001年第2期。
③ 张赣生:《民国通俗小说论稿》,重庆:重庆出版社,1991年,第11页。

四"新文化运动开始至中华人民共和国成立之前社会历史批评的观点、策略、原因,说明对通俗文学否定判断的形成过程及其影响,并以通俗文学作家的回应对相关批评提出质疑。

第一、二章主要概括《新青年》与文学研究会以"为人生"批评游戏消遣的文学观。对通俗文学的自觉批评始自《新青年》,后者将通俗文学视为旧文学,斥责其思想、艺术"古旧"(周作人语),像黑幕、言情、侦探等以游戏消遣为目的的小说诲淫诲盗,不能承担启蒙民众的社会责任,因而倡导"为人生"的文学观。他们还否定通俗文学为写实主义文学,认为文学要关注人的精神世界,而通俗文学主要是道德训诫,或暴露黑暗或满足娱乐消遣,缺乏深刻的见解和对人独立精神的表现,因而不是真的写实主义,而是伪写实主义。

文学研究会不但延续了《新青年》的批评观点、理论方法和思维方式,而且加大了批评的力度,他们在各大新文学报刊上相互沟通,彼此呼应,反复表明文学为人生的态度,从而强化了对文学社会功能的一致性认识,这便争取到其他社团的声援。批评的结果是通俗文学成为一个"卑污"的名称(叶圣陶语)。

对于这些批评,通俗文学作家非常不满,他们反驳上述作家以西方标准评价中国文学,指出批评的偏见及批评扩大化的不妥。他们还纷纷为自己辩护,表示游戏之文乃取"庄言难入,谐言易听"之意,并非不严肃。而侦探小说也没有脱离人生,它既有艺术感染力,也可启人心智。只是这些意见均遭到漠视。

第三章主要探讨左翼革命文学批评家的阶级批判。革命文学批评家采用阶级分析法对通俗文学作家的立场进行判断,指出张恨水等作家为封建余孽,其武侠小说和国难小说为封建阶级文学,其读者为封建的小市民,而真正的大众文学为无产阶级文学,其读者为工农大众,这就否定了通俗文学存在的合理性。他们还以新写实主义标准批判通俗文学未能昭示时代发展的正确方向。由于左翼刊物约稿配合时事需要,体现集体意见,使得批评呈现思想、理论、话语统一的特点,以至鲁迅后来也表示其标准太狭窄。

通俗作家强烈抗议"左联"文化权威对通俗文学的压制,指出作家有思想的自由,读者有文学选择的自由。他们还批评无产阶级文学作品脱离大众的弊端,并指出优秀的武侠小说充满侠义精神和神奇想象力,并非胡编乩造。这是确实的。

第四章探讨抗日民族统一战线建立之后对通俗文学"小市民性"的批评。"左联"解散以后,原左翼批评家不再以阶级话语抨击通俗文学,而是批评其"小市民性",即因世界观的局限而缺乏看问题的高度,不能把握社会矛盾的本质,不能引导读者看清前进方向,等等。不过,在艺术形式上,一些批评家认识到彻底否定传统形式的武断,这说明通俗文学作家采用的传统形式有文化积淀和民间基础,也是其存在的根基。

在矛盾相对缓和的情况下,一些通俗文学作家吐露了真实的感受,他们表示出对"五四"以后过度抛弃传统的不满,并积极为章回体小说辩护。尽管他们屡遭新文学作家的排斥,但还是主动寻找机会打通新旧壁垒,显示出力求合作的愿望。

对批评的不足,笔者以张恨水为例,说明通俗小说具有重道德批判及将现实写真与浪漫传奇相结合的特点,过于强调写实文学的功利性使得通俗作家淡化写作个性,挤压掉所谓非写实的因素,从而限制了自身艺术才能的发挥。

以上写社会历史批评的主导作用。批评虽有积极意义,但攻其一点、不及其余是其最大的弊病。由于将文学作为解决现实问题的手段,因而对通俗文学的纸片战争变得异乎寻常地激烈。

第二部分阐述了京派、海派、左翼电影艺术家等对通俗文学或褒或贬的不同评价,以展示批评的其他维度。

第五章探讨京派学院式批评特点。沈从文、朱光潜等京派作家以艺术的心理距离论为标准评判通俗文学,在他们看来,大众欣赏的情节文学是感性的、缺乏深度的,是文学上的低级趣味,其产生的原因是文学与现实的距离没有拉开。他们欣赏的纯正趣味乃哲理意蕴与美的意境相结合。京派将大众趣味视为艺术品位不足,反映了精英文学对通俗文学的贬低。他们还把通俗文学作家归为海派,并从维护文学的纯粹性出发,批判文人职业化、文学市场化使创作的精神堕落。

同样是京派作家,朱自清的通俗文学观较为独特。他认为,通俗文学尚"奇",而新文学崇"正",但无论怎样变,小说本身的特性是不能忽视的。并且,严肃与消遣的起伏消长、吸收转化与互渗共融是文学发展的常态,它们各有价值,应兼顾并平衡不同价值,而非贬义任何一端。这一宽容的文学史观对文学创作与批评有切实的导向作用。

第六章探讨海派的评价。施蛰存、张爱玲与京派的观点完全不同,他们认为通俗文学最富有人生味,它将生活中的真人真事记录下来,活灵活现,读之不仅可以让人们获得生活实感,还可以加深人们对社会、人情、风俗的了解。它所采用的旧小说形式也让人感到亲切,可以借用之以表现怀旧感。在肯定通俗文学接地气的同时,他们还批评精英文学由于门槛过高而使读者望而却步。海派重日常生活叙事,反对独尊写实主义,他们最早将现代派技巧和传统文学的形式结合在一起。这里以他们的阅读经历和创作体验说明中西艺术手法完全可以兼容,且不存在孰高孰低的问题。

第七章探讨左翼电影艺术家及其他作家的评价。左翼文学社团的夏衍、柯灵重底层人物叙事,他们认为在对普通人命运的书写方面,通俗文学有自己的优势。并且,通俗小说题材丰富,反映生活面广,读之可以开阔眼界、增长知识。学者毕树棠认为中西艺术手法各擅胜场,张恨水等人的小说性格描写逼真、文笔清丽、方言运用得体,自成一格。平民作家赵树理、老舍具有民间立场,重视读者的反应,他们从接受的角度,充分肯定了通俗作家对传统的形式、语言、技巧的运用有过人之处。其小说虽瑕瑜互见,但片段的精彩同样值得借鉴。

以上概括并评价了1930、1940年代多维度批评,是为了说明换一个视角看通俗文学,会使批评的视域更为广阔,标准也更为客观。然而,与社会历史批评相比,这些声音零星而分散,显得非常微弱。这说明某一种批评过盛会造成对其他声音的遮蔽,不利于公正评判的得出。

第三部分阐述了1949年以后批评界对社会历史批评观点的延续,1976年以后社会历史批评视野的调整,以及学界与京派、海派等审美、文化批评观点的对接,说明了多元批评乃批评发展的历史规律。

第八章探讨1949年至1976年的批评。学界以本质论、典型论批评通俗小说。他们将民国时期遗留下来的通俗小说定位为黄色小说,严厉斥责其本质是资产阶级文学,其宣扬的消闲享乐人生观是低级趣味的,还批评张恨水等人未能创作出反映阶级本质和具有正确引导作用的典型人物。各大高校文学史教科书均将民初通俗文学视为"逆流",批评走向机械、教条。在"计划文学"的时代,学界一方面对通俗文学作品予以批判,另一方面创作反特小说取代之。

迫于生存需要与各方压力,通俗作家纷纷用批评者的观点作自我贬损,甚至作认罪式检讨,反映了高度意识形态化的文学体制对言论自由的压制。

第九章探讨1977年以后老海派作家、老报人对通俗文学作家在文化传播等方面贡献的重新发现。施蛰存等人肯定了他们在1949年之前翻译的小说在促进白话文语法结构的统一上起到重要作用,其采用的传统评点、序跋等批评方式有助于读者理解并接受西方文学。吴组缃亦称赞侦探、科学小说丰富了中国小说的品种。曹聚仁等人指出通俗报刊有指导读者了解社会的作用,晚清以后许多新思潮都由通俗文学传播。这些有助于我们从多方面认识这一群体的贡献,也是对长期形成的偏见的纠正。

第十章探讨1977年至1990年当代学者的评价。贾植芳指出游戏消遣的文学观是对"文以载道"的正统文学观的否定,这些职业文人成为具有独立人格、自食其力的社会个体是历史的进步。袁进认为民初通俗小说是小说发展中不可或缺的一环,从晚清到民初到"五四",小说在每个阶段都是否定中有变化,这就否定了民初通俗文学是"逆流"的判断。此乃认识上质的转变。本章还概括了姚雪垠、王瑶等学者的大文学史观和入史标准,虽然他们在入史范围、如何入史等具体问题上观点不一,但无疑通俗文学开始作为被肯定对象入史,这是批评进步的表现。

第十一章探讨1990年以后当代学者的评价。他们重申了文学的游戏、消遣职能的重要性,指出通俗文学意义在于转移现代人的精神焦虑,消解正统意识形态,对民众思想的启蒙有积极意义。其文学实验受到嘲弄、否定,包含着被压抑的现代性。研究者认为,以《玉梨魂》为代表的言情小说具有反封建色彩,表达了现代爱情观以及反叛封建父权的思想,在艺术上借鉴了西方表现手法。他们对武侠小说的情节荒谬论予以反驳,指出以现代主义方法来矮化通常属于浪漫主义文本的武侠小说的错误。武侠小说主要表现侠胆、侠情、侠义,以激发人的正义感。文学史教科书普遍认为通俗文学与新文学存在既对立又互补的关系,在肯定其入史合理性的同时,对哪些作品可以入史则抱审慎态度。

第十二章对批评的反思。指出通俗文学不能推进社会历史发展进程的观点是片面的。通俗文学也反帝反封建,只是它不符合当时社会历史批评的要求。社会历史批评强调文学与人生、社会的关系,这固然十分重要,但后来走向为阶级、为政治,并一味要求文学展现特定的社会历史内容,甚至走入极端则于批评不利。通俗文学批评与历史语境、国家政治的关系十分密切,拉开时代距离有助于客观评价批评对象。为避免重蹈批评的覆辙,应摈弃单一思想艺术标准,接纳不同风格的美,应认识到通俗文学与新文学的竞争关系使文学更充满生机,同时,通俗文学要发扬本土特色,提高艺术性方能实现持续发展。

以上说明统一标准最终导致对通俗文学的取消,改革开放后批评回归多元化符合批评的内在要求。

结语部分概括说明多元批评的辩证性与科学性。

总体来看,"五四"时期社会历史批评虽有积极意义,但后来逐渐形成单一的政治文化视角,这极易导致对通俗文学认识的片面性。与之相反,1930、1940年代丰富且多元的审美批评与文化批评从不同角度审视通俗文学,并显示出对本土文学中传统元素的亲近与关怀。尽管它长期被遮蔽、被压抑、被忽略,但是自1980年代开始,由隐到显,构成了通俗文学批评的重要组成部分。同时,社会历史批评不断摆脱政治意识形态束缚,对通俗文学的改良特点亦逐渐认可并形成新的判断,批评视野也不断拓展。批评的曲折历程充分证明,把握多重标准、正确认识不同价值的存在意义才能客观公正地评价研究对象。

三、学术创新、学术价值与研究方法

本书首次全面系统地研究了通俗文学批评的历史进程和规律,其创新性和理论深度比较明显。第一,将民国时期与新中国成立以后的通俗文学批评贯通,在百年批评曲折发展过程中发现其成长轨迹,揭示批评中存在的问题以革新批评方向。第二,以文化人类学的眼光,全面展现百余年通俗文学批评的各种形态。将不同维度、不同层面的审美、文化批评与社会历史批评相对照,建立了认识通俗文学的立体参照系,从而超越单一政治文化视角的局限。第三,挖掘并整合了本土通俗文学批评的理论资源,为积极评价通俗文学提供学理支持,改变了以西论中的局面。这些都是以前学者相对忽略的重要领域。第四,在资料的开掘上也取得了较大突破。毫无疑问,无论是从哲学层面、文化层面,还是从文学理论和方法层面来看,这些都是富有新意的。它标志着通俗文学批评研究向纵深领域的拓展和推进,而且它的展开有助于完善中国现代文学批评的科学研究体系。

从研究中可以得出这样的结论:1.一花独放不是春。文学创作与批评是个生态系统,主流文学与批评不能取代其他类型的艺术形式和批评的存在。2.历史不能删改。既然出现过通俗文学的繁荣,那么就应该给予其合理的历史地位。3.不能舆论一律。要克服批评史的不公现象。既然主流

文学曾压抑过通俗文学,那么只有在一定程度上肯定寓教于乐的通俗文学的合理性,并采用多元评价标准,才能使批评进一步客观化、公正化。

因此,本书的研究对建立合理科学的批评观有一定的借鉴作用。其理论意义不限于通俗文学,对所有文学批评都有启示作用。

作为史论研究,本书注重对批评发展历史过程的描述,突出"史"的特征。同时,分析并归纳批评的特点、批评之间的历史关联性,并概括、总结批评的规律。阐述批评的价值、对批评的认识、批评之由、批评变迁之故,并将多元发展的理念渗透到各章节的论述中。此为"论"的内容。

在研究方法上,首先,采用最基本的实证方法。注重事实的考证,通过清理书信、回忆录、访谈录,以及报纸、期刊、书籍的相关材料,对不同时代的批评言论加以对照、分析,从丰富而确凿的细节中寻觅能反映历史真实的内容(如批评之间的相互联系和因果关系),力避空谈、泛论。其次,采用了文化人类学中的多线进化论和文化相对论结合的方法,既承认文学是发展的、进步的,也重视文学的多层性和独特性。再次,采用文学社会学方法,将通俗文学放在一个大的社会背景下考察文学的消费与阅读、文学与社会、文学与发展的关系。

上编

第一章 《新青年》作家的批评

第一节 批评的焦点

一、通俗文学思想观念和艺术手法陈旧

"五四"时期是中西文化撞击最为激烈的时期,传统文化在几千年的发展中形成了日渐滞重的固定模式,需要输入新的思维方式、思想观念。当时文坛为通俗文学的一统天下,通俗文学承袭了民族传统文化,作品表现的思想意识、文学观念、叙事方式主要是传统的。虽然它们也得以改良,但是在《新青年》作家眼中并无实质性变化,仍局限在旧文学的范围之内,缺乏对中国文化和体制层面的反思,这不利于西方文学的引进和新文学的建设。批评就是在这样的背景下展开的。

周作人从宏观角度指出小说界的现状是:"作者对于文学和人生,还是旧思想。"①风行一时的鸳鸯蝴蝶派小说的"祖师"徐枕亚的言情小说《玉梨魂》"发乎情,止乎礼义""很是肉麻"②。同样,该派"大师"苏曼殊的思想也"实在不大高明,总之还逃不出旧道德的藩篱"。③

罗家伦则提出文坛流行的神怪(求仙、狐鬼)、技击、轶事等小说都是"无思想"的消闲文学。而小说"并非消磨他人的岁月,供老年人开心散闷的。它第一个责任就是要改良社会,而且写出'人类的天性'HumanNature 来!所以做的人,必须用精确的眼光,观察一切的事物,然后不至谬误"④。胡适亦主张文学必须有"高远之思想,真挚之情感"⑤,要

---

① 周作人:《日本近三十年小说之发达》,载《新青年》第5卷第1号,1918年7月。
② 仲密(周作人):《中国小说里的男女问题》,载《每周评论》第7号,1919年2月。
③ 岂明(周作人):《答芸深先生》,载《语丝》第135期,1927年6月11日。
④ 志希(罗家伦):《今日中国之小说界》,载《新潮》第1卷第1号,1919年1月。
⑤ 胡适:《文学改良刍议》,载《新青年》第2卷第5号,1917年1月。

"表现著作人的性情见解",以避免成为"一种平民的消闲文学"。①

鲁迅也发表了署名"唐俟"的《随感录》,号召北方人不要教南方人什么"阴截腿""抱桩腿""谭腿""戳脚"等武侠家之类的东西,南方人不要送给北方人什么"梦""魂""痕""影""泪",什么"秽史""秘史""黑幕""现形""吊膀"等,不要这样的"有无相通"。② 以此劝告才子们不要去编造这些无意义的东西,写武侠也要反映某种人生意义。

除了小说,有的杂志上《文苑杂俎》栏目刊载的"香草美人的艳诗,技(注:原文为'技',应该为'枝')离琐碎的笔记"都是无聊文字,应该去除。办杂志要有宗旨,有主张,不能上至天文,下至地理,古今中外,诸子百家,无一不有。"人人可看,等于一人不看;无所不包,等于一无所包",对社会没有一点影响。③ 罗家伦希望社会上少一点这样的"杂"志。

在文体方面,周作人嘲笑"《玉梨魂》派的鸳鸯蝴蝶体,《聊斋》派的某生者体""古旧得利害,好像跳出现代的空气以外"。《广陵潮》《留东外史》一类的著作"全是一套板。形式结构上,多是冗长散漫"。④

胡适也感到国内新起的小说看来看去只有两派:"一派最下流的"是那些学《聊斋志异》的札记小说。"篇篇都是'某生,某处人,生有异禀,下笔千言……一日于某地遇一女郎……好事多磨……遂为情死';或是'某地某生,游某地,眷某妓。情好綦笃,遂定白头之约……而大妇妒甚,不能相容,女抑郁以死……生抚尸一恸几绝'……此类文字,只可抹桌子。"第二派是那些学《儒林外史》或《官场现形记》的小说。上等的如《广陵潮》,下等的如《九尾龟》。"这一派小说,只学了《儒林外史》的坏处,却不曾学得他的好处。《儒林外史》的坏处在于体裁结构太不紧严,全篇是杂凑起来的……分出来,可成无数札记小说,接下去,可长至无穷无极……如今的章回小说,大都犯这个没有结构,没有布局的懒病。"这"许多又长又臭的文字;只配与报纸的第二张充篇幅,却不配在新文学上占一个位置"。⑤

至于短篇小说,报纸杂志里面的"笔记杂纂",或者"拉长演作章回小说的短篇"不是真正的短篇小说。现代意义上的短篇小说,是"用最经济的文

---

① 胡适:《五十年来中国之文学》,《胡适文集》第4卷,北京:人民文学出版社,1998年,第371页。
② 唐俟:《有无相通》,载《新青年》第6卷第6期,1919年11月1日。
③ 罗家伦:《今日中国之杂志界》,载《新潮》第1卷第4期,1919年4月。
④ 周作人:《日本近三十年小说之发达》,载《新青年》第5卷第1号,1918年7月。
⑤ 胡适:《建设的文学革命论》,载《新青年》第4卷第4号,1918年4月15日。

学手段,描写事实中最精彩的一段"。从"横截面"看到社会的全部。①

另外,缺少材料也是中国文学的"大病"。"近人的小说材料只有三种:一种是官场,一种是妓女,一种是不官而官,非妓而妓的中等社会(留学生,女学生之可作小说材料者,亦附此类),除此以外,别无材料。最下流的,竟至登告白征求这种材料。做小说竟须登告白征求材料,便是宣告文学家破产的铁证。"②因此,创作要注重实地观察,并依据个人经验。

在胡适看来,与西方文学相比,中国文学的方法是不完备的。要想得到高明的文学方法,要"赶紧多多的翻译西洋的文学名著做我们的模范"③,他特别提出不译第二流以下如哈葛得的著作,而哈葛得正是《小说月报》等通俗期刊上常刊载的翻译小说的作者。周作人也表达了类似的意思。他还将上海小说界与日本小说界相比,称赞后者学西洋学得好,而"中国人不肯模仿,不会模仿",即使"勉强去学,也仍是扛定老主意,以'中学为体,西学为用'。学了一点,便古今中外。扯作一团,来作他传奇主义的《聊斋》、自然主义的《了不语》"。④ 很明显,周作人要求"彻底地去模仿外国,随后就可以蜕化出自己的东西来",而当时上海的小说界和翻译界是未能得西洋文学的精髓,也未能到达独创的文学的高度,因此"毫无成绩"。直至1960年代,周作人回忆起这一段评论,仍"觉得很对"。⑤

二、黑幕小说教人为恶

在《新青年》的批评中,刘半农⑥也起到了先锋作用。他是从通俗刊物走出的小说家,曾翻译过大量侦探小说,但这时却称康南道尔所撰侦探小说、维廉勒苟所撰秘密小说、瑟勃郎所撰强盗小说,"非小说之正,且亦全无道理,与吾国《花月痕》《野叟曝言》《封神榜》《七侠五义》等书,同一胡

---

① 胡适:《论短篇小说》,载《新青年》第4卷第5号,1918年5月15日。
② 胡适:《建设的文学革命论》,载《新青年》第4卷第4号,1918年4月15日。
③ 胡适:《建设的文学革命论》,载《新青年》第4卷第4号,1918年4月15日。
④ 周作人:《日本近三十年小说之发达》,载《新青年》第5卷第1号,1918年7月。
⑤ 周作人:《知堂回想录(下)·五四之前》,合肥:安徽教育出版社,2008年,第259~260页。
⑥ 刘半农曾在被称为鸳鸯蝴蝶派或礼拜六派的刊物《小说月报》《中华小说界》《小说海》《小说大观》《小说画报》《礼拜六》等上撰写或翻译侦探、言情、滑稽、侦探、社会等类型小说,与人合译了《福尔摩斯侦探案全集》。据统计,这时期发表的文字总数在百万字以上。见鲍晶编:《刘半农研究资料》,北京:知识产权出版社,2011年,第3页。

闹"。① 他宣称"不认今日流行之红男绿女之小说为文学"②,对那些以情节离奇为主的小说表示不屑,从而彻底否定了自己之前的创作。

此外,对黑幕小说③的批判,刘半农是首先发难的。1918 年 1 月 18 日,他在北京大学文科研究所小说科作题为"通俗小说之积极教训与消极教训"的演讲,指出新近出版的"某某黑幕","简直是贻害社会,比几部有名的海淫海盗小说,还要利害百倍"! 这些小说"纪述恶事,描摹恶人,使世人生痛恨心,革除心"。④ 但因为所记属实,与现代社会吻合,模仿起来很容易,所以不良影响的范围极广。

之后,罗家伦在《新潮》创刊号上发表文章,把当时中国新出的小说分为三派:黑幕派、滥调四六派和笔记派。其中,黑幕派"罪恶最深"⑤。而宋云彬在给钱玄同的信中则将黑幕小说的影响升级为"简直可称作杀人放火奸淫拐骗的讲义"⑥。周作人在《人的文学》中把"黑幕"类归入"妨碍人性的生长,破坏人类平和的"⑦非人的文学,措辞非常严厉。

对于黑幕小说的不良影响,北洋政府教育部通俗教育研究会也发函表示谴责,并劝告小说家勿再编黑幕一类小说,兹摘录如下:"近时黑幕一类之小说,此行彼效,日盛月增。核其内容,无非造作暧昧之事实,揭橥欺诈之行为。名为托讽,实违本旨。况复辞多附会,有乖写实之义;语涉猥亵,不免诲淫之讥。此类之书,流布社会,将使儇薄者视诈骗为常事,谨愿者畏人类如恶魔。且使觇国之人,谓吾国人民之程度,其卑劣至于如此,益将鄙夷轻蔑,以为与文明种族不足比伦。"因此,小说家要"尊重一己之名誉,保存吾国文学之价值""多著有益之小说"。⑧

从上述文字来看,黑幕小说真是十恶不赦了。那么它为何还能风行? 罗家伦寻绎其社会原因:一是作者泄私愤,由于近十几年来政局不好,官僚

---

① 刘半侬(刘半农):《诗与小说精神上之革新》,载《新青年》第 3 卷第 5 号,1917 年 7 月。
② 刘半侬(刘半农):《我之文学改良观》,载《新青年》第 3 卷第 3 号,1917 年 5 月。
③ 1916 年 10 月 10 日,上海《时事新报》开辟"上海黑幕"专栏,"黑幕"开始风行。周作人认为"黑幕"不是小说,它是实录的东西。而罗家伦等人称之为小说。今天来看,"黑幕"实际上指的是新闻汇编。
④ 刘复(刘半农):《通俗小说之积极教训与消极教训》,载《太平洋》第 1 卷第 10 号,1918 年 7 月。
⑤ 志希(罗家伦):《今日中国之小说界》,载《新潮》第 1 卷第 1 号,1919 年 1 月。
⑥ 钱玄同、宋云彬:《"黑幕"书》,载《新青年》第 6 卷第 1 号,1919 年 1 月。
⑦ 周作人:《人的文学》,载《新青年》第 5 卷第 6 号,1918 年 12 月。
⑧ 《教育部通俗教育研究会劝告小说家勿再编黑幕一类小说函稿》,载《东方杂志》第 15 卷第 9 号,1918 年 9 月。

异常腐败,恨他们的人故意把他们的生活、家庭描写得淋漓尽致,以抒心中的愤懑;二是无聊所致,近来时事不定,那些高等游民一旦得志,恣意荒淫,等到下台后,就把先前勾心斗角之事写成小说来教会他人。杜撰小说的目的无不是借了言之者无罪、闻之者足戒的招牌,来骗取金钱教人为恶。① 周作人也表达了同样的意思,并指出作者用它来讲大话、报私怨,这是一种堕落的国民性,②"很足为研究中国国民性社会情状变态心理者的资料",至于文学上的价值,却是"不值一文钱"③。

第二节 提倡新思想、新方法

一、主张输入西洋的学术思想

《新青年》同人将民初文坛的言情小说、黑幕小说、侦探小说等都看作旧文学的末景或是堕落,严词批评旧文学之弊。同时,以"新"为号召,旗帜鲜明地将新与旧、先进与落后、先锋与保守对立起来,表明势不两立的态度。

首先,在《新青年》创刊号就发表题为"新旧问题"的文章,开宗明义指出所谓新者,乃"外来之西洋文化",所谓旧者,"中国之固有文化也","二者根本相违。绝无调和折衷之余地。旧者不根本打破,则新者绝对不能发生……新旧之不能相容,更甚于水火冰炭之不能相容也"。④

其次,针对"吾辈重在一意创造新文学,不必破坏旧文学"的言论,胡适、陈独秀在共同署名的答易宗夔的通信中,提出"不塞不流,不止不行,犹之欲兴学校,必废科举,否则才力聪明之士不肯出此途也"。"旧文学,旧政治,旧伦理,本是一家眷属,固不得去此而取彼",中国此前改革数十年没有大进步,就是因为害怕阻力而迁就旧的,如果要让改革取得实效,必须取而代之。⑤ 周作人表示宣传我们的主张,"也认定我们的时代,不能与相反的意见通融让步,唯有排斥的一条方法"⑥。

---

① 志希(罗家伦):《今日中国之小说界》,载《新潮》第1卷第1号,1919年1月。
② 仲密(周作人):《论"黑幕"》,载《每周评论》第4号,1919年1月。
③ 仲密:《再论"黑幕"》,载《新青年》第6卷第2号,1919年2月15日。
④ 汪叔潜:《新与旧》,载《青年杂志》第1卷第1号,1915年9月15日。
⑤ 胡适之、陈独秀:《论〈新青年〉之主张》,载《新青年》第5卷第4号,1918年10月15日。
⑥ 周作人:《人的文学》,载《新青年》第5卷第6号,1918年12月。

旧思想要革除，新思想往何处寻？当然是往欧美新思潮去寻找。胡适说"我们学西洋文字，不单是要认得几个洋字，会说几句洋话，我们的目的在于输入西洋的学术思想"。所以，"中国学校教授西洋文字，应该用一种'一箭双雕'的方法，把'思想'和'文字'同时并教"。①

就文学作品而言，就是要创作"人的文学"，即"用这人道主义为本，对于人生诸问题，加以记录研究的文字"。新文学乃人的文学，旧文学大多是非人的文学。二者区别就在"著作的态度不同：一个严肃，一个游戏"。周作人举例说，同样是写娼妓生活的题材，俄国库普林的小说《坑》是人的文学，而中国的《九尾龟》是非人的文学，前者对非人的生活表示悲哀和愤怒，而后者对非人的生活感到满足，又"带着玩弄与挑拨"的意味。② 创作要有严肃的态度，然而写旧小说的人多少带有游戏的意味，以风靡一时的言情小说而论，做哀情苦情小说的每每乐于"玩赏"小说中人的痛苦，却"不以造成这不幸的现存社会为非"。③ 这便导致了作品内容、意义与价值的差异。

在创作方法上，大力推崇写实主义。因为从文学的发展来看，采用写实主义是历史的进步："古时的人好神异的小说；中古的人好武侠的小说；到了今日写真主义 Realism 同自然主义 Naturalism 的小说把古时荒诞主义 Romanism 的小说压倒也是社会的进化。"④而且借助写实主义，文学可以揭示人生真相。⑤ 从当时的社会来看，大的病根在于"不肯睁开眼睛来看世间的真实现状"，若要真切地认识人生，"改良社会"，必须"把社会种种腐败龌龊的实在情形"写出来叫大家仔细看，让人产生维新革命的愿望。⑥

他们还将写实与黑幕区分开来，周作人告诫读者黑幕不是写实，它只是说社会上的琐事，没有什么深挚的社会意义，所以不同于写实小说。后者受到科学的洗礼，用解剖学、心理学方法，写唯物论、进化论思想。即使是揭起黑幕，也不是专写黑幕之后有人在那做什么事，做那事的是什么人，而是分析此人"何以做出这类不长进的事"，⑦与社会背景有何交互关系，从而揭示黑暗的真相，描写社会的病根。

---

① 胡适：《归国杂感》，载《新青年》第4卷第1号，1918年1月15日。
② 周作人：《人的文学》，载《新青年》第5卷第6号，1918年12月。
③ 仲密（周作人）：《中国小说里的男女问题》，载《每周评论》第7号，1919年2月。
④ 罗家伦：《今日中国之小说界》，载《新潮》第1卷第1号，1919年1月。
⑤ 陈独秀：《今日之教育方针》，载《青年杂志》第1卷第2号，1915年10月15日。
⑥ 胡适：《易卜生主义》，《胡适文集》第2卷，北京：人民文学出版社，1998年，第17页。
⑦ 仲密（周作人）：《论"黑幕"》，载《每周评论》第4号，1919年1月。

二、呼吁报刊做时代先锋

在《新青年》作家的心目中,除了思想变革和创作方法的变革外,以白话代替文言也是重要变革,但在这其中,思想变革尤为重要。周作人表示,如果不"将旧有的荒诞思想弃去,无论用古文还是白话文,都说不出好东西来。就是改学了德义或世界语,也未尝不可以拿来做'黑幕',讲忠孝节烈,发表他们的荒谬思想"。①

傅斯年看了上述文字之后很受感动,觉得说出了自己的心里话,并表示"我们现在为文学革命的缘故,最要注意的是思想的改变。至于这文学革命里头应当有的思想是什么思想,《人的文学》中早已说得正确而透彻"②。

《新青年》作家非常重视报业界的作用,他们呼吁,在思想变革的过程中,报业界应该为社会开先路。胡适在《十七年的回顾》中就提倡报纸应该有先锋性,他回顾上海的《时报》在十七年前虽有过为中国日报界开辟一种带文学兴趣的"附张"等创新之举,但是后来却跟其他报纸一样缓步徐行了。他曾经跟《时报》的一位先生谈起这事,这位先生答道:"日报不当做先锋,因为日报是要给大多数人看的。"胡适很失望,因为在他看来正是给大多数人看的,所以更应该做时代先锋。"日报既是这样有力的一种社会工具,若不肯做先锋,若自甘随着大队同行,岂不是放弃了一种大责任?"③他表示,《时报》不努力前行的原因不是看报人的守旧,而是主笔自己丧失了锐气。

同时,他们还提倡杂志要"趋重批评",因为它是"改革思想,进促现状的妙品。中国人脑筋里没有判断力,所以没有批评;因为没有批评,所以脑筋愈没有判断力。长此以往,我们中国人真要永远做糊涂虫呢"。补救的方法,就是在杂志里多设批评。"不问社会上的阻碍,他人的怨恨",批评家都要"按着真理,秉公出来话公道话"。这样才能一方面"将中国现在市侩流氓害人的书籍,一律打倒,免得青年上当";另一方面"把世界上有价值的书籍,多多介绍过来"。④

---

① 仲密(周作人):《思想革命》,载《新青年》第6卷第4号,1919年4月15日。
② 傅斯年:《白话文学与心理的改革》,载《新潮》第1卷第5号,1919年5月1日。
③ 胡适:《十七年的回顾》,《胡适学术文集·新文学运动》,北京:中华书局,1993年,第93页。
④ 罗家伦:《今日中国之杂志界》,载《新潮》第1卷第4号,1919年4月1日。

第三节 对《新青年》作家批评的回应

一、言情小说乃表现婚姻不自由的痛苦

周瘦鹃是言情小说巨子,对言情小说诲淫的说法,他予以坚决否认。他强调个人操守是否坚定关乎平时的学养,人人都应该"严守心垒",不"为外物所动"。如果将社会罪恶仅归罪于小说,说小说使人失足,这是完全错误的。他举例说,西方小说每一国都有千万种,尤以言情为多,但并未听说社会因之堕落,而我国犯奸杀案的人反而多为不识字之流。①

在通俗小说作家看来,言情小说是一种"极高尚纯洁"的小说,它主要是表现两性间苦痛。言情小说写破碎无望的爱情,或是被拆散的爱情,或是精神之恋,均出自人的正常欲望,虽有萎靡之气、颓唐之气,但不能掩其社会价值。就是"为婚姻不自由发挥一篇文章"②,而不是什么有伤风化。

言情不是色情,对于色情小说,正派的通俗作家是坚决反对的。曾经黄色小报风起云涌,败坏了小报的声誉,影响了小报的社会地位。小报界也开展过清扫黄色小报的运动,一些著名报人纷纷谴责黄色小报,如包天笑在《晶报》上斥责《荒唐世界》是"社会之蠹,害群之马"。不少小报也纷纷发出"打倒横报"的口号,指责这类小报"都是教阅者们成为一个失足者"。③

言情小说虽涌现过艺术性较高的作品,但"因出版太多,陈陈相因",以至于"无足观也",故《小说月报》主编恽铁樵称"去年敝报中几于屏弃不用"。④ 甚至连徐枕亚也宣称自己所言之情与一般小说家无丝毫相似之处,极力与那些"想入非非、索寞无味之哀情"⑤划清界限。通俗作家也反思了言情小说的缺点在于以前"以词采为工,近则以悲苦相尚"⑥,这不免产生很多问题。重雕饰的作者大多采用骈文抒情,而骈文重辞藻、典故,在

---

① 鹃(周瘦鹃):《自由谈之自由谈》,载《申报》,1921 年 6 月 26 日。
② 蒋箸超:《白骨散牟言》,见范烟桥:《中国小说史》,苏州:苏州秋叶社,1927 年。
③ 发痴哥哥:《阅小报的感想》,载《上海趣报》,1927 年 5 月 29 日,见洪煜著:《近代上海小报与市民文化研究》(1987—1937),上海:上海世纪出版集团,2007 年,第 67 页。
④ 铁樵(恽铁樵):《答刘幼新论言情小说书》,载《小说月报》第 6 卷第 4 号,1915 年 4 月 25 日。
⑤ 徐枕亚:《血鸿泪史·自序》,上海:清华书局,1916 年。
⑥ 范烟桥:《小说话》,《小说丛谈》,上海:大东书局,1926 年 10 月。

小说叙事上是有欠缺的。正所谓"僻典非小说所宜,雅言不能状琐屑事物"①,"以词藻自炫,是背修辞公例"②。而喜欢表现悲苦的作者哭哭啼啼,写得"太萧瑟","人生观太狭仄"③,因此需要改进。

改进的路径就是学习西方小说。早在1915年,恽铁樵就看到了危机而提出"言情小说撰不如译"④,范烟桥也主张"欲高尚纯洁之作,须于译本中求之矣"⑤。他们共同的感觉是,西方作者对人物个性观察仔细,所以刻画入情入理,且西方崇尚爱情神圣,恋爱自由,其男女间交际方式很多,不像我国千篇一律。因此,无论是从表现社会的方法还是从广度、深度来看,都完全有借鉴的必要。

后来,又有人从读者接受的角度对言情小说的语言提出建议。包天笑主编的《星期》的"小说杂谈"专栏说:小说的"文笔辞句……务须清爽明白,使人易解……那种骈四俪六的文字,读的时候,龃格不入……要费许多光阴解释他的意思,却终脱不了'郎乎''吾之爱妻乎'几个刻板文章,只好骗骗那不懂看小说的"。⑥ 又说:"小说中夹载连篇累牍之诗词,最为讨厌。盖小说自小说,诗词自诗词。喜小说者,未必解诗词;解诗词者,未必爱小说,混杂一起,小说诗词两样俱灭了精彩。"⑦虽说文章对小说本身价值的评价未必正确,但是也代表了他们对套语、陈词滥调、动辄运用诗词的反对,以及对纯净文体和通俗平易的要求。

二、黑幕小说乃人情世故的教科书

至于新文学作家对黑幕小说的批评,张舍我的《谁做黑幕小说?》采取了以牙还牙,反唇相讥的态度,他说:

> 一部分新式圈点的小说家常说"礼拜六派"的小说是卑鄙龌龊的非人道的黑幕小说,我们原不大去理他们的。因为我们的小说是否卑鄙龌龊、是否非人道的、是否黑幕小说或者是否有文艺价值,只要有群众的观览和批评。他们的骂原是极少有价值的。

---

① 铁樵:《答刘幼新论言情小说书》,载《小说月报》第6卷第4号,1915年4月25日。
② 铁樵:《论言情小说撰不如译》,载《小说月报》第6卷第7号,1915年7月25日。
③ 说话人:《说话》(十二),载《珊瑚》第2卷第12号,1933年6月16日。
④ 铁樵:《论言情小说撰不如译》,载《小说月报》第6卷第7号,1915年7月25日。
⑤ 范烟桥:《小说话》,《小说丛谈》,上海:大东书局,1926年10月。
⑥ 董希白:《小说杂谈》,载《星期》第27号,1922年8月3日。
⑦ 琴楼:《小说杂谈》,载《星期》第9号,1922年5月7日。

不料那些以提高小说艺术价值的新文化小说家(?)竟会专门提倡性欲主义,专门描写男女间的情事。甚么提倡兽性主义,描写男和男的同性恋爱,简直说一句,描写"鸡奸"。读者不信,请看《创造》杂志第一二册内郁某的小说和郁某的专集《沉沦》一书——新式圈点的小说。他们不是说小说在文学上占据很高的地位吗?然而到底谁是做黑幕小说的!①

在张舍我看来,新文学作家的批评根本就是没道理。"郁达夫"们的新文学作品对性的描写才是真黑幕,是海淫海盗,是真正的不道德,而礼拜六派是否卑鄙自有读者明鉴。这一指责说明通俗作家对新文学作家的不满。

周作人把黑幕书看成实录的文学(当然他认为所谓事实也有编造),这是有道理的。黑幕书的始作俑者乃上海《时事新报》,该报于1916年9月1日发起"黑幕大悬赏",征集形形色色的"上海之黑幕",其编辑为钱生可,1918年11月7日,该栏目停办。黑幕书在报上刊载一年之后,积集出版《上海黑幕汇编》(又名《上海黑幕大观》甲种上下册),由上海时事新报馆于1917年出版。1933年又再版,有四卷本,分为秘密党之黑幕、男女拆白党之黑幕、探警之黑幕、苦力车夫之黑幕、鸦片之黑幕、局赌之黑幕、赌徒之黑幕、游民之黑幕、娼妓之黑幕、青红帮之黑幕、姨太太之黑幕、学界之黑幕、相公之黑幕、洋奴之黑幕、市侩之黑幕、拐骗之黑幕等十六大类和小黑幕100则,涉及的主要是特别群体,内容乃事实的客观陈述。笔者翻阅了最有可能出现色情问题的"娼妓之黑幕"中的"野鸡之黑幕",发现其主要介绍"野鸡"之出身、种类、等级、迷信(即生意不好时烧香之类)、伎俩(骗钱)、遭遇(幼妓不从遭鞭打)等,并无性行为之类不堪的描述。张东荪在该书《序六》中称其对旧民族的重重秘密组织的揭发,可为"学者研钻特种社会现象之资耳,若以小说观之,则失之矣"。② 与周作人看法相同。恽铁樵亦夸赞此书不但能"禁人为恶",还能"导人自新"。将作恶者"暴之于烈日之中。复使之对镜。虽魑魅魍魉亦知自惭形秽,戚然不安于心,是不啻示以周行,而又鞭挞从其后也"。③ 也是从积极方面予以评价。

被学者当作黑幕小说代表作批评的是1918年由路滨生编辑的《绘图

---

① 张舍我:《谁做黑幕小说?》,载《最小》第14号,1923年3月27日,第3张。
② 钱生可:《上海黑幕汇编》,上海:上海侦探研究所,1933年,第12页。
③ 钱生可:《上海黑幕汇编》,上海:上海侦探研究所,1933年,第13页。

中国黑幕大观》,它分4大卷,汇集了170个作者的742则黑幕笔记,包括政界、军界、学界等16个门类。蔡元培在第一页称该书为"近世写实派小说",王钝根在《序言一》中阐明揭黑的目的,即"黑幕者,摘奸发覆之笔记也","增进一般人士之知识","使天真烂漫之少年,忠厚朴实之君子,读之而知所戒备,尤使贫困之士,勿歆小利而隳其身家"。程瞻庐在《序言二》中表示如今社会黑幕重重,"奔走黑幕,则幕愈张而愈黑","黑幕不除,神州不旦",而此作将黑幕"化作透明之质",使得"魍魉无遁形"。① 这都从正面肯定了它的价值。今天看来,该套书乃是新闻汇编,并没有出格之处。

黑幕小说刚出现时起了积极作用。周瘦鹃指出,青年刚刚涉世,常昧于世故人情,社会黑暗,关系复杂,十步一网,百步一窟,偶一不慎,则深陷其中而不可出。读揭黑的社会小说可以让人识破骗局,知晓社会险恶,所以它亦可被看作人情世故的教科书。②

随着黑幕的风行,坊间出现了大量"拆白党黑幕""女学生黑幕""中国黑幕"等类似的出版物,它们"窃黑幕名义""效颦渔利,几多罪恶",故《上海黑幕汇编甲种》上册中刊有"敬告黑幕效颦家"一文,劝告效颦者"自爱",不要败坏黑幕书的名誉,违反"改良社会"的初衷。③ 可见,揭黑者最初目的是好的,但在黑幕流行之后,市场上出现了一些败坏社会道德的书籍。由此看来,新文学作家的批评是完全有必要的。

黑幕小说流行以后出现了不少问题,一些通俗作家也作了反省。包天笑借《黑幕》这篇小说批评某些作者打着"济世之宝筏,指迷之南针"④的幌子,不顾道德,采用无中生有、移花接木的方式炮制黑幕,甚至揭发亲戚朋友隐私的行径。其认识是十分清醒的。

黑幕小说发展到后来,"内容愈杂,流品愈下……日趋没落,不能自拔"。⑤ 这引起了更多通俗作家的警惕,并加入揭黑的行列。比如,1930年代通俗刊物《珊瑚》批评上海风行的平襟亚的《人海潮》、张秋虫的《海市莺花》等十数种,名为揭穿秘密,实在暗示门槛。偶一为之,还不觉讨厌,争相

---

① 路滨生:《绘图中国黑幕大观》第1卷,上海:中华图书集成公司,1918年2月1日。
② 鹃(周瘦鹃):《自由谈之自由谈》,载《申报》,1920年1月23日。
③ 钱生可:《上海黑幕汇编甲种》上册,上海:上海时事新报馆,1917年。
④ 包天笑:《黑幕》,载《小说画报》第14期,1918年7月。
⑤ 范烟桥:《民国旧派小说史略》,见魏绍昌编:《鸳鸯蝴蝶派研究资料》(上卷),上海:上海文艺出版社,1984年,第270页。

模仿,便成四马路上的"春宫"①。言辞之严厉,与新文学作者不相上下。

从新文化运动开始到1940年代,新文学界对黑幕小说的批评从未停止过,这其中也制造了不少冤案,有的不是写黑幕的小说也受到了连累。1941年徐文滢就为几本被视为黑幕的小说道不平。对于有人指责向恺然的《留东外史》为罪恶教科书,徐认为比较过分:它是"介于'谴责'和'黑幕'之间的一部'谩骂'小说",②即使这谩骂小说,也描写了当时留学生的真实形迹,足以引起后来人警惕。对《留东外史》,早在1920年代,周瘦鹃就称其"状物写人,俱活泼有生气。笔尖若设机括,开转自如。其写景之处,亦细如密缕,幽婉可爱。有时虽病微亵,顾不足为全书玷也。观其蔑视东人,处处为吾国人吐气,尤足令人神往"。③ 所以向作者向恺然索要续书,以献给读者。这倒不是通俗小说作家故意抬高这部小说,沈从文1946年发表的《湘人对于新文学运动的贡献》中也对《留东外史》写人写事的本领大加赞赏(见第五章第一节)。

此外,徐文滢还认为陈辟邪的《海外缤纷录》是"另一部留学生的记录",作者用笔多少受到新文艺的影响,同时由于富有海外异国的风味,这书虽大半是谩骂也仍然很可爱。海上说梦人的《歇浦潮》有趣味地描写了上海光复以后北伐以前的各种社会形态,也可以说是谩骂小说,其"用笔显然还带些忠恕之道",这中间有许多阴险奸恶的人物及由于"一转念"间犯罪的故事,足令读者惊心动魄。④ 这种评价也是中肯的。与《海外缤纷录》相比,《歇浦潮》的名字为更多研究者所熟悉,这是因为大家对张爱玲的喜爱。张爱玲对该书生动的人物刻画念念不忘,可知这本书也有值得一看的地方。

说张恨水的《春明外史》是黑幕小说则更欠公允。徐文滢表示,"这部以北平人情世故为背景的书,和《广陵潮》一样是《红楼梦》和《二十年目睹之怪现状》的化合物"。它不是"夸张的不近人情"的小说,而是"用笔平坦""近于人情"的小说。此外,《金粉世家》是"民国《红楼梦》"⑤,有一个近于贾府的金总理大宅,一个摩登林黛玉——冷清秋,一个时装贾宝玉——金燕西,其他如贾母、贾政、贾琏、王熙凤、迎春、探春、惜春诸人,可以说应有

---

① 说话人:《说话》(十一),载《珊瑚》第2年第11号,1933年6月1日。
② 徐文滢:《民国以来的章回小说》,载《万象》第1年第6期,1941年12月。
③ 鹃(周瘦鹃):《自由谈之自由谈》,载《申报》,1921年5月15日。
④ 徐文滢:《民国以来的章回小说》,载《万象》第1年第6期,1941年12月。
⑤ 徐文滢:《民国以来的章回小说》,载《万象》第1年第6期,1941年12月。

尽有。这些人物虽穿上了时代的新装,但我们并不觉得有勉强之处,因为作者写了世家子弟的庸俗、自私、放荡、奢华等特点,以及一个大家庭的树倒猢狲散,无一不是当时现实的题材。除了表现时代,张恨水"在描写个性的细腻及布局的精密上是做得绰绰有余的……作者对于大家庭内幕的熟悉和社会人物的口语之各合其分,使这书处理得很自然而真实。既没有谩骂小说的谩骂,也没有鸳鸯蝴蝶的肉麻,故事的发展也了无偶然性和夸大之处,使我们明白'齐大非偶'和世家之没落有他必然的地方。这种种都是以大家庭为题材的许多新文艺作家们所还未能做到的好处"。①

很明显,徐文滢作这一番辩护倒不是为了说通俗小说没有缺点,而是希望新文学作家能看到通俗小说的优长之处,给其一个恰当的评价。的确,不少通俗小说具有报人小说的特点,作者喜爱把一些社会新闻写进小说,但只能说是内幕小说,将它们一概冠以"黑幕"二字显然不合适。

1961年,范烟桥在回顾当年新文学界的批评时说,尽管不良文人败坏了通俗小说的声誉,但"旧派小说中有自尊心与要求进步的老作者,还是坚持原来的风格,不肯同流合污的"。② 这是较为客观的观点。

第四节 批评的影响

一、《新青年》的批评缺乏辩证性

《新青年》乃新文化运动的代言人,"对于国内事务凡是旧的都在反对之列,举凡人家所称为国粹的,国学、国文、国医、国术、国剧,都被看作'国滓',一律予以痛击"。③ 通俗文学也被视为旧文学而遭否定。批评虽然可以促进通俗小说的现代化,但因无视其优点而缺乏辩证性。

就言情小说来说,它并不都是无病呻吟,《玉梨魂》在"止于礼"的外衣下对真实感情的书写是打动人的,不仅是普通市民读者,就是左翼作家夏衍也曾坦承自己为女主人公的死流下了眼泪。由此看来,周作人对《玉梨魂》"肉麻"之类的评语缺乏对"五四"前夕人特有的思想状况的审视,小说

---

① 徐文滢:《民国以来的章回小说》,载《万象》第1年第6期,1941年12月。
② 范烟桥:《民国旧派小说史略》,见魏绍昌编:《鸳鸯蝴蝶派研究资料》上卷,上海:上海文艺出版社,1984年,第270页。
③ 周作人:《周作人散文》,北京:人民文学出版社,2005年,第232页。

有产生的具体历史环境和社会背景,读者处境不同会产生不同的情感体验。曹聚仁回忆,曾经有一位小姐念了许多《玉梨魂》中的诗篇给他听,"这些诗也曾闯进我的心坎,反复环诵,不能自己的,但再重听这位小姐的吟诵,却也索然无味了"①,说明事过境迁,人的欣赏趣味会发生变化,对作品的感受会有很大不同,而且不同个体对同样的作品情感亦有巨大差异。

在艺术上,胡适认为《玉梨魂》学到的只是梁启超的"堆砌"与"排比"。② 罗家伦亦贬低徐枕亚、李定夷等人的艳情小说是滥调四六派,"论起他们的词藻来,不过把几十条旧而不旧的典故颠上倒下……论起他们的结构来,也是千篇一律"。③ 这种评价并不完全属实,并且忽略了小说包含的新因素,《玉梨魂》对寡妇恋爱心理的反复渲染和大胆揭示在当时是非常勇敢的,它采用大量书信、日记抒发情感的叙事模式也非周作人等人所言的"古旧"二字能概括,只是当时没有人指出。真正发现其价值要到1980年代中期,这在本书第十章有说明。

当然,对黑幕弊端的批评并非空穴来风,有的黑幕书对某些丑恶现象过于细描,格调不高。另外,像周作人所言借说黑幕揭人隐私的作者,实属心理扭曲,与那些出于义愤揭开内幕让人避免上当的作者完全不同。因此,批评是有必要的,但是批评扩大化就会伤及无辜了。就《中国黑幕大观》而论,罗家伦说里面所载都是"某某之风流案""某小姐某姨太之秘密史"等,有以偏概全、张冠李戴、望书名而生义的情况。由此可知,眼见为实,黑幕之书也不可一概而论。

刘半农批评黑幕小说,是因为"纪述善事,描摹善人,使世人生羡慕心,模仿心""纪述恶事,描摹恶人,使世人生痛恨心,革除心"。④ 后者会产生很多流弊,这虽然有道理,但是他将侦探小说当作黑幕小说来批也未必合适。他说,"侦探小说要做得好,必须探法神奇;要探法神奇,必须先想象出个奇妙的犯罪方法"。这种方法一披露,作奸犯科的凶徒们便多了一个义务顾问。刘半农发文以前,有人说上海的暗杀案愈出愈奇,都是外国侦探小说输入中国以后的影响,他"当时颇不以此言为然,现在想想,却不无一

---

① 曹聚仁:《文坛五十年》,上海:东方出版中心,1997年,第4~5页。
② 胡适:《五十年来中国之文学》,载《申报》五十周年纪念刊《最近之五十年》,1923年2月。见《胡适文集》第4卷,北京:人民文学出版社,1998年,第352页。
③ 志希(罗家伦):《今日中国之小说界》,载《新潮》第1卷第1号,1919年1月。
④ 刘复(刘半农):《通俗小说之积极教训与消极教训》,载《太平洋》第1卷第10号,1918年7月。

二分是处"。① 对侦探小说的社会效果持这种态度的人不在少数,类似的说法还有,侦探小说"专言奇秘不测,盗贼箧胠杀人之术,其势足以海盗,而助长社会之恶"。② 对此,张舍我曾予以反驳,他认为,社会的罪恶是由于"社会之组织不良","而非侦探小说家所能负其责也"。"作奸犯科之流,未必尽能读侦探小说",能说侦探小说助长社会之罪恶吗?英美的侦探小说已经有近二十年发达的历史,并没有听说国外有查禁此种书籍之说。而且英王因为柯南·道尔"文字之功而赐勋爵之位"。我国侦探小说尚处于极幼稚阶段,译本不多,作者寥寥,而社会罪恶程度比欧美不知高出多少倍。③ 言下之意,说侦探小说助长社会的罪恶完全是本末倒置。治安不良是非常复杂的社会问题,刘半农将其随便推到文学身上,未免夸大了文学的作用,也与事实不符,毕竟那些因看小说而作奸犯科的人少之又少。从时间上来看,刘半农批评侦探小说、黑幕小说早于罗家伦、钱玄同,综合后者的批评言论,他们对通俗文学并不是很了解,而措辞却比较极端,可见,刘半农的态度对他们特别是钱玄同或多或少产生了一些影响。

二、《新青年》的批评影响深远

《新青年》同人的批评虽然持续时间不长,但是它拉开了新文学界批评通俗文学的序幕,建立了新旧不可调和的、非此即彼的二元对立批评模式。其倡导的以改良社会为使命、以写实主义为创作方法的文学理念为文学研究会所接受,并得到了进一步的强化。

《新青年》同人多为高等学府教授,他们把自己的观点或写入讲义、带进课堂,或在公众中演讲,最终又刊载在期刊上或者汇编成著作公开发行,从而产生了广泛而深远的影响。如鲁迅在北京大学授课时追溯黑幕小说的源头乃谴责小说,"其下者乃至丑诋私敌,等于谤书;又或有嫚骂之志而无抒写之才,则遂堕落为'黑幕小说'"。④ 该讲义于1920年代合集出版,这就是著名的《中国小说史略》,该书在传播过程中,这一观点又为其他文学史作家所采用。陈子展分别出版于1929年、1930年的著作《中国近代文学之变迁》《最近三十年中国文学史》,是根据他在上海南国艺术学院任

---

① 刘复(刘半农):《通俗小说之积极教训与消极教训》,载《太平洋》第1卷第10号,1918年7月。
② 张舍我:《侦探小说杂谈》,载《半月》第1卷第6号,1921年11月29日。
③ 张舍我:《侦探小说杂谈》,载《半月》第1卷第6号,1921年11月29日。
④ 鲁迅:《中国小说史略》,《鲁迅全集》第8卷,北京:人民文学出版社,1957年,第250页。

教时的授课讲义写成的,对通俗文学的评价与周作人、鲁迅、钱玄同的观点颇为类似。该书是这样描述的,文学革命运动以前的"旧小说各派各体都有,尤以玉梨魂派的'鸳鸯蝴蝶体',聊斋派的'某生某甲体'最为流行,这不过是烂污文人写来糊口,思想形式都陈腐不堪,值不得论及"。① 又认为,"学《儒林外史》的小说时期后一点的向恺然的《留东外史》、李涵秋的《广陵潮》,亦颇有名,但文殊卑猥。等而下之,则为袁世凯时代的'黑幕小说'。由谴责小说堕落为黑幕小说,也是时势使然。因为这种东西是旧思想的结晶,在旧社会中才有此产物。同时又是泄愤造谤,或暗地里指责时政的一个妙法,又可把它作为消闲或卖钱的一种生活"。② 对照周、鲁、钱三人的文字,可知之间的关联。另外,陈子展还大篇幅引用钱玄同发表在《新青年》六卷一号上的《答宋云彬书》,周作人发表在《新青年》六卷二号上的《论"黑幕"》《再论"黑幕"》来表明对二人看法的认同。学者的传扬显然扩大了批评在知识群体中的影响。

  1935年,赵景深的《中国文学小史》谈到"五四"十年的文学时并未提到鸳鸯蝴蝶派,似乎其从来没有存在过。李何林在编著《近二十年中国文艺思潮论》第一编第一章,谈到文学研究会"为人生的艺术"时,认为反对者有礼拜六派、创造社、留学英美的绅士派等三方面,"礼拜六派可以说是封建文艺的代表,《红玫瑰》《红杂志》《紫罗兰》均属于此派,而以《礼拜六》的资格为最老。这类杂志登载的小说约有三类:一、黑幕小说,专以揭发人之隐私为主;二、鸳鸯蝴蝶派小说,以骈四俪六的文章,叙述红男绿女的爱情;三、笔记小说千篇一律,文字模仿《聊斋志异》。《小说月报》常载攻击《礼拜六》派的文章,商务虽因专出此类杂志之书商的提出反对,而将沈雁冰调往国文部,继任编辑郑振铎,对《礼拜六》派仍继续抨击,彼辈亦无可如何"。③(注:据作者所提供的参考书目,第一编主要取材于张若英编《中国新文学运动史资料》、吴文祺著《新文学概要》、乐华图书公司编印《当代中国文艺论集》。)

  从1949年以后编纂的多种文学史教材及发表的多篇研究论文来看,《新青年》同人的批评观点不断地被引用,从而在长达几十年的时间里左右

---

  ① 陈子展:《中国近代文学之变迁　最近三十年中国文学史》,上海:上海古籍出版社,2000年,第45页。
  ② 陈子展:《中国近代文学之变迁　最近三十年中国文学史》,上海:上海古籍出版社,2000年,第53页。
  ③ 李何林:《近二十年中国文艺思潮论》,上海:生活书店,1946年,第22页。

着人们对通俗文学的认识和判断。

　　《新青年》同人分化以后,鲁迅、周作人积极支持文学研究会对通俗文学的批评。1921年10月《晨报》副刊创办,主编为孙伏园,是文学研究会发起人之一,报刊上逐渐汇集了鲁迅、周作人、钱玄同等人的文章。

第二章　文学研究会的批评

第一节　对游戏消遣与金钱主义的批评

一、反对游戏消遣的文学观

　　文学研究会于1921年1月在北京成立,发起人有周作人、郑振铎、孙伏园、沈雁冰、叶绍钧、许地山、王统照、郭绍虞、蒋百里、耿济之、瞿世英、朱希祖,共12人。其中,周作人、郑振铎、沈雁冰等人批评通俗文学最力。

　　文学研究会直接继承了《新青年》同人(注:指其分化之前)的思想和文学理路。周作人在他起草的《文学研究会宣言》中指出:"将文艺当作高兴时的游戏或失意时的消遣的时候,现在已经过去了。我们相信文学是一种工作,而且又是于人生很切要的一种工作。"①其宗旨简明、确定、单纯、集中、指向性强,凝聚到一个中心点上,就是游戏、消遣的文学观已成为过去,取而代之的是对"人生"价值的肯定。周作人在《新青年》时期就反对消闲文学,要求文学承担起社会责任,这次更明确地将它写入宣言中,作为该会遵循的守则,追求的方向、目标。并且,为了造成声势、扩大影响,该宣言分别于1920年12月13日、19日,1921年1月1日、10日在北京《晨报》、上海《民国日报·觉悟》、《新青年》第8卷第9号,以及《小说月报》第12卷第1号上刊载。

　　沈雁冰积极拥护文学研究会的主张,其著名的《自然主义与中国现代小说》一文从思想上剖析了旧式章回体小说最大的错误是"游戏的消遣的金钱主义的文学观念"②。他在该会成立之前,就在多篇论文中宣扬为人生而艺术的文学观。《现在文学家的责任是什么?》一文指出:"文学是为表现人生而作的。文学家所欲表现的人生,决不是一人一家的人生,乃是一社会一民族的人生。"他还说,文学"不是'浓情'和'艳意'做成的""不是茶

---

① 周作人:《文学研究会宣言》,载《小说月报》第12卷第1号,1921年1月10日。
② 沈雁冰:《自然主义与中国现代小说》,载《小说月报》第13卷第7期,1922年7月10日。

余酒后消遣的东西"①。显然,这里的为人生与游戏说是处于对立地位的。此外,他还发表了《文学和人的关系及中国古来对于文学者身份的误认》一文,表明文学"不是高兴时的游戏或失意时的消遣""文学的目的是综合地表现人生""文学家是来为人类服务,应该把自己忘了,只知有文学;而文学呢,即等于人生"②。在这里,不仅以"文学为人生与游戏、消遣"相对立,而且以"文学=人生"的公式来特别强调表现人生的巨大价值和重要意义,由此也可看到茅盾在确立文学研究会宗旨方面的作用了。

与文学研究会有密切关系的还有鲁迅,文学研究会成立时,鲁迅在教育部工作,据"文官法"规定:凡政府官员不能和社团发生关系。鲁迅虽不参加"文学研究会",但对它是支持的,周作人起草的《文学研究会宣言》就由他审阅过。③ 他在《晨报》上发表了《名字》一文,起头就开宗明义是针对报章小说"消极的这一方面"而发的,并声称文章署名有以下四个方面的,他是不看的。

一、自称"铁血""侠魂""古狂""怪侠""亚雄"之类的不看。
二、自称"蝶栖""鸳精""芳侬""花怜""秋瘦""春愁"之类的又不看。
三、自命为"一分子",自谦为"小百姓",自鄙为"一笑"之类的又不看。
四、自号为"愤世生""厌世主人""救世居士"之类的又不看。④

这些多为通俗小说作者的笔名,鲁迅以"不看"表明其拒绝的态度。不仅如此,他还在信中告诫宫竹心,《礼拜六》等刊物"主持者都是一班上海之所谓'滑头',不必寄稿给他们的"⑤,以示心中的不满。

叶圣陶(叶绍钧)是从通俗文学阵营走出的作家,从 1921 年 3 月 5 日

---

① 佩韦(沈雁冰):《现在文学家的责任是什么?》,载《东方杂志》第 17 卷第 1 期,1920 年 1 月 20 日。
② 沈雁冰:《文学和人的关系及中国古来对于文学者身份的误认》,载《小说月报》第 12 卷第 1 期,1921 年 1 月 10 日。
③ 茅盾:《革新〈小说月报〉的前后》,载《新文学史料》,1979 年第 3 期。
④ 风声(周树人):《名字》,载《晨报》,1921 年 5 月 7 日。
⑤ 周树人 1921 年 8 月 26 日致宫竹心的信,见《鲁迅全集》第 9 卷,北京:人民文学出版社,1958 年,第 304 页。

起到 6 月 25 日他在《晨报》上连载 40 则《文艺谈》,其中有十多则针对消遣文学。他委婉地指出一些人对文学的错误看法,并从正面阐述文学的社会价值,以便让通俗小说作家有所领悟。他说,"国人对于文学素抱一种谬误的见解",就是"视为玩弄之具",以这种见解从事创作,当然没有"辉耀"的作品出现。① 文学是神圣的事业,具有伟大的力量,可以凝聚人心,指引人向上进取的路径,因此,需要全身心投入,如果仅仅当作谈资,乃所谓"玩物",不能算真正的文艺作品。②

念及与《礼拜六》的旧交,他在多篇文章中不点名地劝那些写消遣品的朋友们改弦更张,希望他们将巨大的热情倾注于文学之中,站立在时代之前,而不是"匿居于众人的背后,伺候颜色,仰承鼻息",否则以后"一定要悔:悔自己做的事毫无意义,悔自己给人家以心灵的损害,悔自己沦于乞人怜笑的地位,辱没了自己的人格。"③

而他直接点杂志名的是发表在 1921 年 6 月 12 日《晨报》上的《文艺谈(三十七)》(一个星期后文章又发表在《文学旬刊》的"杂谈"上,题为《侮辱人们的人》,个别文字有改动),该文谈到上海报纸登载了一个"使我伤心的广告""宁可不娶小老嬷,不可不看《礼拜六》""这实在是一种侮辱,普遍的侮辱。他们侮辱自己,侮辱文学,更侮辱他人!……无论什么游戏的事总不至卑鄙到这样,游戏也要高尚和真诚的啊!"这不仅是"文学前途的渺茫",也是"中华民族超升的渺茫了"④。

还有一篇态度激烈的是以笔名发表的《关于〈小说世界〉的话》。叶圣陶批评了《快活》《星期》《半月》《礼拜六》等杂志的毛病在于无论做什么事情都不是认真去做,当然不容易有好成绩。"要知小说不是骂人和打趣的工具,不是只顾空想的梦话,不是生活浮面的记录,尤其不是游戏地骂人,游戏地空想,游戏地记录,而可以做得好的。"⑤由于这些杂志的作者"绝不思想,绝不观察,只是在那里胡说",因此不能"进入人心的深处,不能察知世间的真相,所以没有自出心裁的描写,没有特造新铸的修词。只见些传习的语句堆积成篇,而且这篇和那篇如其'张冠李戴'起来,也不至于头寸

---

① 圣陶:《文艺谈(二十七)》,载《晨报》,1921 年 5 月 13 日。
② 圣陶:《文艺谈(三)》,载《晨报》,1921 年 3 月 10 日。
③ 圣陶:《文艺谈(三十四)》,载《晨报》,1921 年 6 月 7 日。
④ 圣陶:《侮辱人们的人》,载《文学旬刊》第 5 号,1921 年 6 月 20 日。
⑤ 华秉丞(叶圣陶):《关于〈小说世界〉的话》,载《文学旬刊》第 62 期,1923 年 1 月 21 日。

不合"。①

由上可知,文学研究会在反对游戏、消遣文学这一点上是十分一致的。

二、反对金钱主义的文学观

文学研究会还批评了金钱主义的文学观。因为文学创作受利益驱使而被动地迎合世人的嗜好意味着对社会责任的放弃,对人生意义的否定,最终会导致人精神价值的丧失。对这种文学观的否定也并非该会最先提出。早在文学革命的倡导期,北京的新文学刊物就主动宣布放弃稿酬以示对拜金主义的反对。当时《新青年》《新潮》《每周评论》《少年中国》《星期评论》和《时事新报》副刊《学灯》等新文学报刊概不支付稿费。这一"壮举"在新文学报刊中流行开来,成为一种时尚,甚至达到这一地步,"判断哪一份报刊是否是新文学报刊,哪一位作家是否是新文学作家,无须看作品内容,只要看这份报刊给不给稿费,这个作家要不要稿费便一目了然了"。②

到文学研究会时期,对金钱主义的批评更为严厉。茅盾是这样评价礼拜六派的:"在他们看来,小说是一件商品,只要有地方销,是可赶制出来的;只要能迎合社会心理,无论怎样迁就都可以的。这两个观念,是摧残文艺萌芽的浓霜。"③为金钱而创作是对艺术的不忠诚,其直接后果是文学的堕落。

叶圣陶也表示,商品化文学是肮脏的,它"不仅披上垢腻不堪的外衣,连它的肌肉筋骨乃至每个细胞都渗透了污浊卑鄙的质素","它只含着玩笑,滑稽,奇怪,等等。它除了供人一笑之外,更没有一丝一毫的力量"。④因此,他建议从事文学者不能以物质为酬报,在社会经济组织尚不能解决以创作为职业者的温饱问题时,可以兼做其他工作以保持文学的独立性。他引用一个政治家的话为例,"凡为政治家的,必须别有一种维持生计的职业,一面将衣食问题解决了,一面才得保持政治上的人格"。⑤ 同样,文学也不能与生计问题混合,"凡为文学家,必须别有一种维持生计的职业,与文学相近的固然最好,即绝不相近的也是必须,如此才得保持文学的独立

---

① 华秉丞(叶圣陶):《关于〈小说世界〉的话》,载《文学旬刊》第62期,1923年1月21日。
② 鲁湘元:《稿酬怎样搅动文坛——市场经济与中国近现代文学》,北京:红旗出版社,1998年,第191~192页。
③ 沈雁冰:《自然主义与中国现代小说》,载《小说月报》第13卷第7期,1922年7月10日。
④ 圣陶:《文艺谈(三十三)》,载《晨报》,1921年6月3日。
⑤ 圣陶:《文艺谈(三十三)》,载《晨报》,1921年6月3日。

性,不至因生计的逼迫,把它商品化了"。① 叶圣陶为作家设想了一个二者兼顾的方法,避免以文学换取口粮可能造成的对文学的损害。对那些已经从事商业文学的作家,则好意劝告他们改行从事别的工作,如务农、务工等。可谓苦口婆心。

西谛则嘲讽卖文者"用单调干枯的笔"写出道听途说的闲话,"换来几片面包,以养活自己以至他的家人"。② 还说:《半月》之类的作者为"无耻的'文丐'",是"身心都将就木的遗老遗少"③。C.S.甚至还把《快乐》《红杂志》等杂志的作者称为"文娼"。"他们像娼的地方,不止是迎合社会心理。""(1)娼只认得钱,'文娼'亦知捞钱;(2)娼的本领在应酬交际,'文娼'亦然;(3)娼对于同行中生意好的,非常眼热,常想设计中伤,'文娼'亦是如此。所以什么《快乐》,什么《红杂志》,什么《半月》,什么《礼拜六》,什么《星期》,一齐起来,互相使暗计,互相拉顾客了。"④这些言辞无不显示了对"卖文为活"的人的极度鄙视。这类谩骂式词语一出现就有人大呼不妥,浩然表示,自己虽然不认可这些文人,但是不赞成用"文丐""小说匠"之类的名词骂人。因为以文字换饭吃,以文字换衣穿,以文字换一切人生的需要,都是极正当的。"丐"的性质,一是不劳而获,二是乞怜而获。这与卖文为业的人,性质不相同。"匠"以劳力取得报酬,在性质上与卖文为业的人相差甚远,用这些词欠妥。⑤ 这是有道理的,拜金主义虽然不可取,但是否定文学为一种谋生的手段,否定文学具有商业性质,特别是将为书籍作广告之类的商业行为统统看成投机家的事业或"娼"的道德缺失,夸大了文学的社会价值与市场价值相冲突的消极一面,忽略了商品经济发展乃社会进步的表现。

第二节　提倡写实主义

文学研究会作家把写实主义当作一种对待人生和艺术的态度。写实主义是正视人生的严肃文学,而通俗小说则是逃避人生的无聊文学,因而是非写实的。《学衡》派代表人物吴宓作了一篇《写实小说之流弊》,登在

---

① 圣陶:《文艺谈(三十三)》,载《晨报》,1921年6月3日。
② 西(郑振铎):《悲观》,载《文学旬刊》第36期,1922年5月1日。
③ 西(郑振铎):《消闲?!》,载《文学旬刊》第9期,1921年7月30日。
④ C.S.:《杂谈》,载《文学旬刊》第49期,1922年9月11日。
⑤ 浩然:《论上海滩上的文人》,载《晨报副刊》,1923年1月21日。

1922年10月22日的《中华新报》上，他把上海风行的各种黑幕大观、《广陵潮》《留东外史》等作品以及《礼拜六》《快活》《星期》《半月》等杂志上刊登的小说都当作写实小说，并批评黑幕小说刻画过度、描摹失真，《礼拜六》等刊载的小说"好色而无情，纵欲而忘德"①。由于吴宓把俄国的写实小说与通俗期刊上的小说并列批评，并且称其为写实小说，所以，沈雁冰专门撰文批驳吴宓的观点。

沈雁冰认为，写实主义要求如实地反映生活，提倡客观冷静地观察生活，强调一个"真"，而通俗期刊的旧小说是缺乏真实性的。比如："旧派中竟有生平从未到过北方而做描写关东三省生活的小说，从未见过一个喇嘛，而竟大做其活佛秘史；这种徒凭传说向壁虚造的背景，能有什么'真'的价值？此外如描写'响马'生活、蜑户生活等特殊的人生，没有一篇是出于实地观察的，大家在几本旧书上乱抄，再加了些'杜撰'，结果自然要千篇一律。"②

写实主义③主张实地观察与细致描写，且能用近代科学中的进化论、心理学等解剖社会问题，故能校正旧派小说错误。他说："世上没有绝对相同的两匹蝇，所以若求严格的'真'，必须事事实地观察。这事事必先实地观察便是自然主义者共同信仰的主张……左拉等人主张把所观察的照实描写出来……这种描写法，最大的好处是真实与细致。一个动作，可以分析的描写出来，细腻严密，没有丝毫不合情理之处。这恰巧和上面说过的中国现代小说的描写法正相反对。专记连续的许多动作的'记账式'的方法，和不合情理的描写法，只有用这种严格的客观描写法方能慢慢校正。"④

他特别批评发表在《礼拜六》第108期上周瘦鹃的短篇小说《留声机片》，"以'记账式'的叙述法来做小说，以至连篇累牍所载无非是'动作'和'清账'，给现代感觉锐敏的人看了，只觉味同嚼蜡"⑤。在沈雁冰看来，写真实不是有闻必录做生活起居注式的自然主义繁琐描写，而是透过纷繁、零碎的具体现象，达到对生活根本意义的宏观把握，这样的真实才能对整

---

① 茅盾：《"写实小说之流弊"？——请教吴宓君：黑幕派与礼拜六派是什么东西！》，载《文学旬刊》第54号，1922年11月1日。
② 沈雁冰：《自然主义与中国现代小说》，载《小说月报》第13卷第7期，1922年7月10日。
③ 沈雁冰在《"左拉主义"的危险性》中称"自然主义——或者把它是写实主义也可以"。
④ 沈雁冰：《自然主义与中国现代小说》，载《小说月报》第13卷第7期，1922年7月10日。
⑤ 沈雁冰：《自然主义与中国现代小说》，载《小说月报》第13卷第7期，1922年7月10日。

个社会形成强大的冲击力。叶圣陶的《文艺谈(二十四)》(发表于《晨报》第7版,1921年5月10日)、《文艺谈(三十)》(发表于《晨报》第5版,1921年5月16日),西谛的《谴责小说》(发表于《文学周报》第176期,1925年6月7日)都表达了类似的意思。

　　沈雁冰还指出,中国国民"没有确定的人生观"①,对于生命,没有热爱。因此,负有使命的作家要关注人的精神世界,关注人的精神解剖。目前,通俗文学作者尚没有这种自觉的意识,其作品主要是道德训诫,或者暴露黑暗或者以情节的趣味性满足娱乐消遣,缺乏深刻的见解和对人独立精神的表现。《广陵潮》等小说只是"攻刺生活的脓疮,暴露社会的丑恶",作者自己的立场,自己理想中的社会人生没有得以展现,这是为写实而写实,不是真的写实主义,而是伪写实主义。② 沈雁冰的写实主义观点与周作人、胡适一致,与二者相比,他对写实主义的具体特征及通俗小说改造的途径都作了更充分的阐述。

　　此外,文学研究会还提醒大家,言情、武侠、黑幕等通俗小说,写的是怪诞的、偶发的奇闻逸事。它们不仅不符合写实主义信奉的科学原则,更重要的是,它们非但无助于批判现实,反而易使人产生幻觉,特别是在市民中产生的轰动效应巨大,潜在的负面因素也更为突出,所以,必须作为对立面加以摒弃。关于这一点,创造社成仿吾的一段话可以给我们提供参考,他在谈到写实与浪漫的关系时说:"从前的浪漫的 Romantic 文学,在取材与表现上,都以由我们的生活与经验远离为它的妙诀,所以它的取材多是非现实的,而它的表现则极端利用我们的幻想。这种非现实的取材与幻想的表现,对于表现一种不可捕捉的东西是有特别的效力的……自入近代以来,为的反抗这种浪漫的文学,为的与人生合为一体,才有了一种脱离梦想之王宫的写实的文章。"③成仿吾认为,浪漫主义文学多远离人们的生活经验,容易致人于幻想之中,使人弱于思考与行动,所以,需要直面现实,使读者脱离幻想的写实文章。从效果看,通俗小说容易产生与浪漫小说类似的阅读体验,如此,遭弃绝就在所难免了。

　　总之,茅盾等文学研究会作家援引西方写实主义理论作为尺度,以左拉、司汤达、莫泊桑等人的作品为典范,将通俗小说作为旧文学的符号加以

---

① 沈雁冰:《自然主义与中国现代小说》,载《小说月报》第13卷第7期,1922年7月10日。
② 玄珠(沈雁冰):《浪漫的与写实的》,载《文艺阵地》第1卷第2期,1938年5月1日。
③ 成仿吾:《写实主义与庸俗主义》,载《创造周报》,1923年第5期。

拒斥,是"五四""整体性反传统思想"①在写实文学领域的体现。他们虽然指出了通俗写实小说的某些缺失,却忽略了其在特定时代、特定情境下存在的合理性。通俗小说虽是以传统思想为本位的道德劝善,但也不同程度地受到西方文学的影响,从林纾翻译的狄更斯等人的小说中获取了写实主义的精神气质。像徐枕亚的《玉梨魂》和包天笑的《一缕麻》都提出了妇女问题,思想蕴含新的因素,就不能简单地斥之为古旧、无意义。写实主义在不同作家笔下会呈现出不同特征,如果说通俗小说侧重于对具体人物、事件的感性描写,对人物的刻画或许达不到陀思妥耶夫斯基所言的具有心理深度的"在高的意义上的写实主义"②,但展现了清末民初、"五四"前后的人生百态和生动的风俗图,其中也不乏揭示社会矛盾、批评社会不公的佳作。

第三节 批评的策略

一、全力对付通俗文学

在对通俗文学的批评中,文学研究会作家采用了以下方法:

第一,刊物分工明确,针对性强。《小说月报》乃上海商务印书馆出版发行,1910年7月创刊,至1920年底,这十年间,由所谓鸳鸯蝴蝶派著名人物王蕴章、恽铁樵编辑,成为该派的重要阵地。自1921年1月第12卷第1号起由沈雁冰编辑,他一走马上任即大刀阔斧地进行改革,大力提倡文学为人生服务,从而改变了游戏主义风气。它虽非某一文学社团办的刊物,但在事实上已成为新文学运动的一大阵地。《小说月报》的文章重学理性,如茅盾的《自然主义与中国现代小说》就采用写实主义理论剖析礼拜六派小说,而文学研究会的机关刊物《文学旬刊》则重在抨击,通过短论的方式在杂谈、通信等栏目上发表大量攻击鸳鸯蝴蝶派的文章,言辞激烈,嬉笑怒骂,特别是"杂谈",常常在一期上同时刊载两三篇评论,尤其是1921年和1922年的报刊上有时连续数期集中连番进攻,造成强大的冲击力。郑振铎、沈雁冰、叶圣陶、李芾甘、郭沫若等作者都在上面发表过评论。其中,主编郑振铎用力最猛,发表的文章最多,批评持续的时间最长。

---

① 林毓生:《中国传统的创造性转化》,北京:生活·读书·新知三联书店,2011年,第171页。
② 鲁迅:《〈穷人〉小引》,《鲁迅全集·集外集》,北京:人民文学出版社,1958年,第96页。

《文学旬刊》改版了两次,每次改版宣言都要声明与通俗刊物势不两立的态度。1923年7月30日,《文学旬刊》第81期开始改名为《文学》,每周出版一次。西谛在《本刊改革宣言》中重申"以文艺为消遣品,以卑劣的思想与游戏的态度来侮蔑文艺,熏染青年的头脑的,我们则认他们为'敌',以我们的力量,努力的把他们扫出文艺界以外;把传统的文艺观,想闭塞我们文艺界的前进之路的,或想向后退走去的,我们则认他们为'敌',以我们的力量,努力与他们奋斗"。

1925年5月10日,《文学旬刊》改名为《文学周报》,在《今后的本刊》中,编者指出:文坛现状不容乐观,小报"在上海的蜂起,表示黑幕派作家的日益增多,而一般青年的文学观念,也有倒流之势"。今后"要打破的是文艺界的诸恶魔,是迷古的倒流的思想"。从而反复提醒读者坚定立场,警惕敌对思想的危害。

后来,郑振铎回顾在《小说月报》改革初期,《文学旬刊》对通俗作家"也曾以全力对付过。几乎大部分的文字都是针对了他们而发的,却都是以严正的理论来对付不大入流的诬蔑的话"。[①] 可见,《文学旬刊》乃是文学研究会向通俗文学进攻的主要舆论阵地。

为何不是《小说月报》出面反击,郑振铎的解释是:"《小说月报》出版太迟缓,不便多发表攻击的文章,而现在迷惑的人太多,又急需这种激烈的药品,所以我们都想把《旬刊》如此的做去……"[②]《文学旬刊》的作用是口诛笔伐,而《小说月报》用沈雁冰的话来说,是"词严义正的批判,不作谩骂,必将引起'礼拜六派'小说读者的注意,以及同情于此派小说者的深思"[③]。二者的配合使批评发挥了更大效应。

第二,相互声援,南北呼应。通俗期刊《长青》第三期刊载了胡寄尘给郑振铎的信,其中有这样几句话:"提倡新文学的人,意思要改造中国的文学;但是这几年来,不但没收效,而且有些反动。"[④]这里的"反动"指的是通俗期刊并未因为批评而销声匿迹,反倒有风起云涌之势。

对这种情况郑振铎颇感压力。1921年8月4日,他在给北京的启明

[①] 郑振铎:《中国新文学大系·文学论争集·导言》,上海:上海良友图书印刷公司,1935年,第14页。
[②] 郑振铎1921年9月3日致启明的信,见中国现代文艺资料丛刊编辑组编:《中国现代文艺资料丛刊》第5辑,上海:上海文艺出版社,1980年,第350页。
[③] 沈雁冰:《复杂而紧张的学习、生活与斗争》(上),载《新文学史料》,1979年第4期。
[④] 雁冰:《反动?》,载《小说月报》第13卷11号,1922年11月10日。

(周作人)写信时提到"我们要注全力来对付近来的反动——《礼拜六》一派人的反动呢",不能自己人打架,否则"不惟给他们笑,而且也减少效力不少"。①

与此同时,沈雁冰1921年8月11日在给启明的信中也叫苦不迭:"上海谩骂之报纸太多,《晶报》常与《小说月报》开玩笑,我们要办他事,更成功少而笑骂多;且上海同人太少,力量亦不及。"②他在9月21日的信中又说:"《小说月报》出了八期,一点好影响没有,却引起了特别的意外的反动,发生许多对于个人的无谓的攻击……我是自私心极重的,本来今年揽了这劳什子,没有充分时间念书,难过得很,又加上这些乌子夹搭的事,对于现在手头的事件觉得很无意味了。我这里已提出辞职,到年底为止,明年不管。"③

于是周作人决意"打开书房门,出来加入'反反动的运动'"④,仅一个多月时间就在《晨报副刊》中一口气发表了四篇署名"子严"的杂感(或杂记),如:《复古的反动》(1922年9月28日第3～4页)、《恶趣味的毒害》(1922年10月2日第3～4页)、《读〈红杂志〉》(1922年10月8日,第3～4页)、《读〈笑〉第三期》(1922年10月13日,第4页)等。

周作人首先要求大家分清学衡派与礼拜六派,学衡派的行动并不是反动,它是"新文学的旁枝,决不是敌人",与胡寄尘所说的反动绝不相同。然后,他指出《礼拜六》以下的出版物所代表的"并不是什么旧文化旧文学,只是现代的恶趣味——污毁一切的玩世的纵欲的人生观",这是很"重大而且可怕的事","中国国民最大的毛病,除了好古与自大以外,要算是没有坚实的人生观,对于生命没有热爱,现在所需要的便是一服兴奋剂,无论乐观也罢,悲观也罢,革命文学也罢,颓废派也罢,总之要使人把人生看得极严肃,饮食男女以及起居作息都要迫切的做去,才是真正的做人的道路。可惜中国多是那些变态的人,礼拜六派的文人便是他们的预言者:他们把人生当作游戏,玩弄,笑谑;他们并不会享乐人生,只把他百般揉搓使他污损以为快,在这地方尽够现出病理的状态里去了"。这样下去,"中国国民的生活

---

① 陈福康:《郑振铎传》,北京:十月文艺出版社,1994年,第111页。
② 雁冰1921年8月11日致启明的信,见孙中田、周明编:《茅盾书信集》,北京:文化艺术出版社,1988年,第21页。
③ 雁冰1921年9月21日致启明的信,见孙中田、周明编:《茅盾书信集》,北京:文化艺术出版社,1988年,第23页。
④ 子严(周作人):《恶趣味的毒害》,载《晨报副刊》,1922年10月2日,第3版。

不但将由人类的而入于完全动物的状态,且将更下而入于非生物的状态里去了……从进化论善种学看来,这种反生物性的人生观的恶趣味,在人的前途上决不是一个好现象"。他还认为在思想上该派小说为害尤其大,觉得有反抗这派的必要,而文学上的影响在其次,因为"他们的运动在本质上不能够损及新文学发达的分毫"。①

看了这篇文章以后,沈雁冰在《小说月报》中发表了《真有代表旧文化旧文艺的作品么?》,用大段篇幅引用了其中的内容,称其分析"非常透彻",自己亦有同感。他甚至认为礼拜六派在文学上要使在历史上有价值的中国旧文艺蒙受意外的奇辱。②

在《小说月报》同一期上还发表了沈雁冰的另一篇文章《反动?》,针对胡寄尘《给郑振铎的信》及何慧心在《学灯》里对胡寄尘的反驳,沈雁冰指出,按照胡寄尘的意思这种反动是指一年来上海定期通俗刊物的流行,他提醒胡寄尘,这种流行决不是反动,而是"潜伏在中国国民性里的病菌得了机会而做最后一次的——也许还不是最后一次——发泄罢了",这病菌就是周作人所言"污毁一切的玩世的纵欲的人生观"。③

新文学作家提倡的"新文化的精神"乃是胡适所说的"评判的态度,是重新估定一切价值",《礼拜六》的"反新文化的小说当然是非评判的,以服从传统为主的文学""内容与形式都是传统的"④,它们不适于现代生活,因此应予以抨击。这是文学研究会的根本态度。

另外,鲁迅以"某生者"为笔名发表在 1922 年 10 月 9 日《晨报副刊》上的《儿歌的"反动"》一文,讽刺了胡怀琛(胡寄尘)对胡适等人新诗的删改,发表在 11 月 3 日该报上的《"一是之说"》也对《长青》《红》《快活》《礼拜六》等通俗杂志予以嘲弄。这些均表明了他对文学研究会的支持。

在沈雁冰接编《小说月报》以后,商务印书馆又策划了《小说世界》(1923 年 1 月 5 日创刊)周刊,由叶劲风主编,另行发表礼拜六派的作品以吸引《小说月报》的老读者,这便激起了新文学作家的愤怒。鲁迅在 1 月 15 日以"唐俟"为笔名给《晨报副刊》写信,痛斥《小说世界》的出现是旧势力的

---

① 子严(周作人):《恶趣味的毒害》,载《晨报副刊》,1922 年 10 月 2 日,第 3 版。
② 沈雁冰:《真有代表旧文化旧文艺的作品么?》,载《小说月报》第 13 卷第 11 号,1922 年 11 月 10 日。
③ 雁冰:《反动?》,载《小说月报》第 13 卷 11 号,1922 年 11 月 10 日。
④ 仲密(周作人):《复古的反动》,载《晨报副刊》,1922 年 9 月 28 日,第 3~4 版。

"　种异样的挣扎"①。同在这一期,东枝发文表示对改革后的《小说月报》的支持以及对《小说世界》出版的担忧。荆生则批评上海"文氓"只要有钱可赚,便去制造"排泄物"给人吃②。对于那些作者,他同意唐俟发表在《晨报副刊》的信中所说的话,即不必多花力气去攻击那些"废物"的"旧文化小说"。③

《小说世界》创刊号上还发表了王统照的《夜谈》以及沈雁冰的译稿《私奔》,这同样招致了一些新文学作家的不满。钱玄同以"疑古"为笔名发表《"出人意表之外"的事》,嘲讽商务印书馆刚做了点像样的事就不舒服了,"天下竟有不敢一心向善,非同时兼做一些恶事不可的人",他还希望沈王二君"爱惜羽毛"。④ 对此,王统照在13日的《晨报副刊》上刊出《答疑古君》,表示赞成钱玄同对礼拜六派的批评观点并解释供稿的原委。他回忆,沈雁冰曾给自己写信说,"因《小说月报》比较的有学理深奥处,非于文学有素养者,难以索解",所以该馆想出版一种专载小说的周刊作文学兴趣的指导,而不多谈学术,希望易于流行。原来以为商务印书馆会出版一些可以抵抗《礼拜六》《星期》之类势力的刊物,不料自己的文章却刊发在《小说世界》上与李涵秋、林琴南为伍。他还联想到1922年春周作人与他的谈话,说通俗刊物流行"在《文学旬刊》等刊物上任有怎样严重的批评,也不生何等效力。周说:这类恶劣的出版物的杜绝,只凭攻击,恐怕力量还微弱些,最好是集合同人,办一种少说学理,文字浅近些而有真正文学的精神的小杂志传播出去,可以将民众的思想暗暗提高。既然使得一般人对于真正文学有了嗜好,则那恶劣的杂志,当然不合胃口,如此不费攻击之力,即可消灭"。⑤

后来,他们又于15日在《时事新报》副刊《学灯》上发表了一组《〈小说世界〉与新文学者》的文章,转载了疑古与剑三(王统照)的文章,还有剑三给沈雁冰的信,以及沈雁冰的《我的说明》。⑥ 一是表明不愿意与礼拜六派为伍的态度,二是批评商务印书馆以赚钱为目的的行为。

在这些文章中,疑古的评价最为激进,后来,浩然表示赞成疑古在《"出

---

① 《唐俟君来信——关于〈小说世界〉》,载《晨报副刊》,1923年1月15日,第4版。
② 荆生(王任叔):《意表之中的事》,载《晨报副刊》,1923年1月23日,第3版。
③ 荆生(王任叔):《意表之中的事》,载《晨报副刊》,1923年1月23日,第3版。
④ 疑古(钱玄同):《"出人意表之外"的事》,载《晨报副刊》,1923年1月10日,第3版。
⑤ 王统照:《答疑古君》,载《晨报副刊》,1923年1月13日,第3版。
⑥ 陈福康:《郑振铎传》,北京:十月文艺出版社,1994年,第89～90页。

人意表之外"的事》中对礼拜六派的评价,就是"思想陈腐",如提倡三纲五常,提倡嫖赌,提倡纳妾,提倡杀人不眨眼的什么大侠客,反对自由恋爱,反对文学,等等。在艺术方面,礼拜六派不看重学问,不肯读外国作品,反对译作,这种畏难、懒惰造成了其写作手腕的笨拙。①

鲁迅等作家的批评确有必要,一些通俗小说作家思想保守,如李涵秋与新思潮就相当隔膜,应该予以抨击,但如果将"思想陈腐"等缺点加诸所有的礼拜六派文人,那便犯了以偏概全的错误。另外,钱玄同等人说礼拜六派反对译作也是不符合实际的(见本书第九章第一节)。

第三,求同存异,目标一致。文学研究会既重视集团的号召力和冲击力,又重视发挥各个成员的主动性、机动性,鼓励他们各自为战(写稿、办刊物)。

20世纪30年代,茅盾在《关于"文学研究会"》一文中说:

> 就我所知,文学研究会是一个非常散漫的文学集团……如果有所谓"一致"的话,那亦无非是"将文艺当作高兴时的游戏或失意时的消遣的时候,现在已经过去了",这一基本的态度。现在想起来,这一基本的态度,虽则好像平淡无奇,而在当时,却是文学研究会所以能成立的主要原因……当时文学研究会同人在反对游戏的消遣的文学观这一点上,颇有点战斗的精神!②

不仅如此,当与其他新文学社团发生论争时,文学研究会往往又搁置争议,共同对抗旧文学阵营,这样便得到了其他社团作家的支持,创造社的郭沫若、成仿吾等人都写过批评文章。郭沫若在致西谛先生的信中高喊:"攻击哟!攻击哟!用著二十四咖的大炮去攻击哟!""先生攻击《礼拜六》那一类的文丐是我所愿尽力声援的,那些流氓派的文人不攻倒,不说可以夺新文学的朱,更还可以乱旧文学的雅。"③

成仿吾在《歧路》中则批判《礼拜六》《晶报》中的一些人是"卑鄙的文妖",是"为妓女们做起居注的先生们",他们"以种种下贱龌龊的文字,专门迎合一般人盲目的浅薄劣等的心理,把多少物质的纯洁的青年蛊惑了"。只要把那些"恶劣的杂志"翻一翻,就"可以得到一个确切的评语,就是'该

---

① 浩然:《论上海滩上的文人》,载《晨报副刊》,1923年1月21日,第3版。
② 茅盾:《关于"文学研究会"》,载《现代》第3卷第1期,1933年5月1日。
③ 郭沫若:《通讯》,载《文学旬刊》第6号,1921年6月30日。

死'二字"。他们的"罪恶可比天上的繁星",仅举几点:"第一,他们是赞美恶浊社会的,他们阻碍社会的进步与改造。第二,他们专以鼓吹骄奢淫佚为事,他们破坏我们的教育。第三,他们专以丑恶的文章,把人类往地狱中诱惑,他们是我们思想界与文学界的奇耻。"①成仿吾还在《创造》季刊第1卷第3期"编辑余谈"中高呼,对于"我们前面的妖魔也应当援助同志们,不惜白兵的猛击。这丑恶的妖孽,固然不免可惜了我们很贵重的弹药。然而,他们的横奔,是时代的污点,是时代的奇辱,时代要求我们把他的污点揩了,把他的奇辱雪了。朋友们!请来同我们更往前方追击,把他们的战线,一条条的夺了,把他们由地球上扫除了罢"!② 这是批评最为激烈的文字了。

二、探讨如何改造旧民众文学

在批评的同时,文学研究会还努力寻找替代通俗文学的方法。他们认为,民众迫切需要通俗文学杂志,然而市面上流行的是"冒顶着民众文学的招牌"的"粗滥的东西"③,那些加上新符号或自命"调和新旧"的杂志都不符合通俗期刊要求。④ 因此,需要创作新的通俗文学来代替市面充塞的小说。

在1922年1月《文学旬刊》第26期、第27期上,西谛就主编了一组题为"民众文学的讨论"的文章。他在第26期"编者按"上写道,"中国的一般民众,现在仍旧未脱旧思想的支配",普通农民与佣工、商人的脑筋中"还充满着《水浒》《彭公案》及《征东》《征西》等通俗小说的影响","要想从根本上把中国改造,似乎非先把这一班读通俗小说的最大多数的人的脑筋先改造不可"。围绕着"改造"这个问题,俞平伯、许昂若、叶圣陶、朱自清都发表了各自的见解。

首先,在旧小说的利用上,这四位作家达成了共识。其中,许昂若认为,就改造民众心理方面创作新的民众文学固然重要,但若从建设新文学方面着想则删订旧有的民众文学也很重要。新文学的建设应该借鉴西洋文学,但"若能把旧有的民众文学洗刷出来",在艺术方面必有许多可取之

---

① 仿吾:《歧路》,载《创造》第1卷第3期,1922年10月。
② 仿吾:《编辑余谈》,载《创造》第1卷第3期,1922年10月。
③ 严敦易:《通信》,载《文学旬刊》第68期,1923年3月21日。
④ 谢路易(谢六逸):《现在需要的小说杂志》,载《文学旬刊》第64期,1923年2月11日。

处,对于建设新文学亦有很大帮助。叶圣陶也提出了类似的意见。此外,他还主张采用"旧有的材料,旧有的形式,而为之改作,乘机赋以新的灵魂"。在语言方面,是用白话,方言还是文言?俞平伯指出,"无论哪一种工具都以适用为贵,我们不该现存一种成见在胸中……总看事实的需要为断。"(以上作家言论见《文学旬刊》第 26 期,1922 年 1 月 21 日。)这些观点在当时一味批评传统、横移西方文学的言论中确实是值得重视的。

其次,在策略上,他们都主张采用和缓的方法而不宜用严正的教导。其中,朱自清还提出了"兴趣"问题:民众文学的"第一要件还在使民众感受趣味","民众文学当有一种'潜移默化'之功,以纯正的、博大的趣味,替代旧有读物戏剧等的不洁的、偏狭的趣味;使民众底感情潜滋暗长,渐渐地净化,扩充"。如能做到这一步,"民众自然能够自己向着正当的方向思想和行动","换句话说,民众就觉醒了,他们的文学鉴赏权也恢复了"。

对礼拜六派小说,朱自清认为,作为民众文学的一部分它有好有坏。他将流行的民众读物按题材分为三类:

第一类 超自然的奇迹,有现实意味的幻想,语逆而理顺的机智,单纯而真挚的恋爱等。

第二类 肉欲的恋爱,侠义的强盗的事迹……中下层社会生活实况等。

第三类 才子佳人式的恋爱,礼教,黑幕,侦探案,不合理的生活等。

这里面囊括了礼拜六派几种类型的作品,如侠义、恋爱、黑幕、侦探、滑稽,等等。在朱自清看来,第一类里"多简单、明了、匀整"的东西,第二、三类似乎少有可取之处,其通病为"粗疏、肤浅、散乱",有的"将秽亵、奸诈等事拿来挑拨、欣赏",那"简直是毒物了"。① 这些缺点,需要加以改造。

礼拜六派的读者大多为"高等小学高年级学生,商店或公司的办事人、其他各机关的低级办事人,□□的文人和妇女"②。既然学生、都市市民是该派阅读主体,那改造就更有必要了。

朱自清建议,原有题材可酌量采用,但"要依新方法排列",态度宜"郑

---

① 《文学旬刊》第 27 期,1922 年 2 月 1 日。
② 《文学旬刊》第 26 期,1922 年 1 月 21 日。

重不苟",切忌带一毫游戏的意味!同时,他肯定民众文学最重要的一点是使民众感受趣味,但要去除"不洁的,偏狭的趣味",以"纯正的,博大的趣味"替代之。① 这与文学研究会的观点虽是一致的,但与1921年、1922年西谛和沈雁冰等人发表在《文学旬刊》上的一系列声色俱厉的文章相比,可谓心平气和、点到即止。

以上几位作家的言论都发表于1922年1月,相对于那些扫除旧形式的激进态度而言是较为客观的。特别是朱自清指出了兴趣的重要性,这在新文学界对趣味的一片讨伐声中显得尤为不同。

第四节　对文学研究会批评的回应

一、呼吁以公允的态度评价通俗文学

对于文学研究会的批评,通俗小说作家也进行了猛烈的反击。《小说月报》原为通俗文学阵地,在茅盾执掌《小说月报》编辑大权后,不予刊发商务印书馆已买下的可供《小说月报》一年之用的通俗文学作品,因而引起了他们的愤怒。对此,郑振铎在《〈中国新文学大系·文学论争集〉导言》中记录了他们进攻的情况:"当《小说月报》初改革的时间,他们却也感觉到自己的危机的到临……他们在势力所及的一个圈子里,对《小说月报》下总攻击令。冷嘲热骂,延长到好几个月还未已。""但过了一时,他们便也自动的收了场。《礼拜六》《游戏杂志》一类的刊物,便也因读者们的逐渐减少而停刊了。然而在各日报的副刊上,他们的势力还相当的大。他们的精灵也还复活在所谓'海派'者的躯壳里,直到于今而未全灭。"②

在众多通俗报刊中,《晶报》(1919年3月3日创刊)和《最小》报(1922年11月15日创刊)对《新青年》、文学研究会的批评均予以集中回击。

第一,呼吁批评的公正性。张舍我阐明批评的重要性在于:它是一种指导,虽然小说本身的价值不因批评家的评语而增减,但批评有助于读者对作品的理解,读者可以从公正的批评中"得知一篇小说之良窳",所以客观批评是一种责任。令人遗憾的是,如今的批评家不是文学会或文学社里

---

① 《文学旬刊》第27期,1922年2月1日。
② 郑振铎:《中国新文学大系·文学论争集·导言》,上海:上海良友图书印刷公司,1935年,第14页。

的"作誉颂文者",就是"专为一党一会里的作品'作注脚者'",也就是专为"同党同会"的人"作捧场者"。对"形式不同"的创作,他们"既执着成见,不肯细读,又秉着牢不可破的谬想,闭着眼乱骂,所以他们的批评文学,并不是公平无偏的指导的评语,乃是他们成见谬想乱骂的结晶"。① 其危害是影响到读者的正确评判,以致那些不知情的年轻读者也跟着说:"礼拜六派。"②张舍我恳求那些青年读者用"自我的识见慧辨和理解,来批评那些不用新式符号的小说""平心静气地阅读那被誉颂或是漫骂的作品,而下一公平的批判"③。张的观点很能代表一些通俗作家的意见,也就是说,文学研究会的批评有失客观。虽然大多数通俗小说质量不高,但也有一些有价值的,不能"一例抹杀"④。而且《礼拜六》里发表的小说也不足以代表众多作者的个性、文风、特点和主张⑤,应该区别对待。

至于新旧问题,通俗文学界观点不一。袁寒云讽刺新文学作家自居为"新",他攻击改革后的《小说月报》:"所谓创作呢,文法,学外国的样;圈点,学外国的样;款式,学外国的样;甚而连纪年,也用的是西历一千九百二十一年。他还要老着脸皮,说是创作。难道学了外国,就算'创'吗?"⑥周瘦鹃也称新文学作品是新体小说,与通俗小说的区别在于形式,而"小说之新旧,不在形式,而在精神。苟精神上极新,则即不加新符号,不用她字,亦未始非新"⑦。显然,周瘦鹃是自认为"精神上极新"的,但"新"在何处?他没有展开论述。

在新旧文学的差别上,林语堂曾说过不在于白话与文言的不同,而在于内含的不同。他说,近日新旧文学好相轻,新文人看不起江湖奇侠旧小说,老学究看不起鸳鸯蝴蝶文学,都是"内含问题"。"若张恨水之《啼笑因缘》,虽用白话写来,只好归入旧文学,若《浮生六记》,虽用文言,不得不视为新文学。"文学要有独特的思想,要不拘于旧套,不袭陈见,而旧文学缺少清新之气,与我们的情感相差太远。⑧ 可见,在"新"的内含上,他们是存在分歧的。

---

① 张舍我:《批评小说》,载《最小》第5号,1922年12月25日。
② 张舍我:《什么叫"礼拜六派"?》,载《最小》第13号,1923年3月25日,第3张。
③ 张舍我:《批评小说》,载《最小》第5号,1922年12月25日。
④ 胡寄尘:《一封曾被拒绝发表的信》,载《最小》第8号,1923年1月25日,第2张。
⑤ 张舍我:《什么叫"礼拜六派"?》,载《最小》第13号,1923年3月25日,第3张。
⑥ 寒云:《辟创作》,载《晶报》第287号,1921年7月30日,第2版。
⑦ 鹃:《自由谈之自由谈》,载《申报·自由谈》,1921年5月22日。
⑧ 语(林语堂):《新旧文学》,载《论语》第7期,1932年。

在新旧文学的关系上,张舍我表示,小说既没有新旧,也原无什么主义。① 只要作品有进步,无论是谁做的都应该提倡,不必把新旧的界限、人我的界限放在心里。而胡寄尘则承认有新旧之别,但应允许新旧作品共存,随着时代的变化,不能生存者自然会淘汰。他在给郑振铎的信中说,譬如前清刚开始开设邮政局时,并没有将旧的民间寄信机关一律关闭。而是将邮政局办好了,老式的信局自然而然就减少了,直到消失。②

关于作品的优劣,有的作家嘲讽新小说换汤不换药,与才子佳人小说没多大区别。"才子穿了西装,佳人剪了头发,放到小说里就不算蝴蝶鸳鸯了。把自杀做结局,就算文艺的至上者了。"旧式流水账不是好小说,而啰里啰嗦记些新式簿记,也不配称为好小说。③

也有人分析造成新旧阵营矛盾的原因是大家看到的都是对方粗恶的作品,所以相互攻讦起来。如果平心静气,破除陈见,细细搜求对方好的作品来看,便自然知道都误会了。④ 他们希望"旧体小说家,也要稍依潮流,改革一下了。新体小说家,也不要对丁不用新标点的小说一味排斥。大家和衷共济,商榷商榷,倒是艺术上可以放些光明的机会啊"⑤。

在呼吁的同时,他们对有缺点的小说通俗期刊并不迁就,批评起来也毫不留情。《珊瑚》杂志就选登了一些读者的来稿以批评作者的不足。比如:佐藤的《喜怒哀乐观》一文,评价胡寄尘、何海鸣、包天笑、徐卓呆的四篇长篇小说或为记账式或表现的不是人生,都为失败的小说。⑥ 还有一篇文章评价漱六山房的长篇章回小说《反倭袍》,描写手腕越来越"松懈",到了末集竟使读者味同嚼蜡了,这是"害了勉强敷衍充满篇幅的流弊";书中人物的个性有许多没有用力去写,所以不甚明白;在情节方面把一些不相关的人事"硬行塞入,毫无意思"。⑦ 这显然采用的是新文学的观点与批评话语。

说话人在《说话》一文中还引用了《晨报》的《子楼随笔》第22则批评通俗小说作家大多现代知识比较贫乏,故描写与结构颇少可取之处。另外,

---

① 张舍我:《创造自由》,载《最小》第6号,1923年1月5日。
② 胡寄尘:《一封曾被拒绝发表的信》,载《最小》第8号,1923年1月25日,第2张。
③ 说话人:《说话》(六),载《珊瑚》第2卷第6号,1933年3月16日。
④ 楼一叶:《一句公平话》,载《最小》第17号,1923年4月2日,第2张。
⑤ 灵蛇:《小说杂谈》,载《星期》第16期,1922年6月28日。
⑥ 说话人:《说话》(六),载《珊瑚》第2卷第6号,1933年3月16日。
⑦ 说话人:《说话》(七),载《珊瑚》第2卷第7号,1933年4月1日。

作者对现代社会新人物的个性缺乏了解,比如《春明外史》把徐志摩、陆小曼写成封建社会的才子佳人,可谓完全不相似。① 上述文章都指向通俗文学界著名作家,拿他们开刀明显有警示作者之意,也表明了期刊提高文学质量的决心。

第二,提出侦探小说的评价标准问题。侦探小说虽深受读者喜爱,却一直得不到新文学界的肯定。程小青的《霍桑探案》出版袖珍本时,姚苏凤为之作序。他颇为不平地说,侦探小说在"'壁垒森严'的新文坛上仿佛是毫无位置的。一般新文学家既不注意它们的教育作用,亦无视它们的广泛的力量,往往一笔抹煞,以为这只是'不登大雅之堂'的小玩意儿。于是'宗匠'们既不屑一顾,而新进者们亦无不菲薄它们的存在"。②

程小青也在多篇文章中说到侦探小说不被承认的原因是新文学作家"崇拜西方文学家的缘故"。在西方,侦探小说相较其他小说而言,历史短,数量少。批评家偶然翻开侦探小说,因"口味的迥殊,不期然而然地发生了成见"。就像一个人戴惯了蓝色的眼镜,一旦叫他换一副别的颜色的眼镜,定会产生异样的感觉。③ 于是,他们"所持之文学条件过于严格,或则主见太深,往往持一固定之标准,所以绳其他小说者以绳侦探小说,辄觉侦探小说之内容乖殊,不合其固定之程式。口味既异,遂即屏侦探小说于文学疆域之外。甚者目侦探小说为'左道旁门',而非小说之正轨。此讵非类于木工执定圆之规,以量方材,而觉其不适,即号于众曰'此弃材也,无当我规'。此究材之当弃耶?抑量材之器当变换耶?世有知者,当知所择矣"。④

新文学批评者所持之标准,"莫不循规蹈矩,悉遵欧美人所定之典型。凡欧美批评家所未经提及者,我国人亦谨守其范,不敢有所逾越。侦探小说在欧美既尚未受相当之认识,我国人亦步亦趋,自不敢道及只字。其下焉者,门户派别,横梗胸臆,若欲求公允之评衡,独创之鉴别,直犹缘木而求鱼,宜不可得矣"。⑤

说新文学作家步外国作家之后尘虽未免绝对,但是说其对侦探小说未予以恰当评价倒是事实。

---

① 说话人:《说话》(十一),载《珊瑚》第 2 卷第 11 号,1933 年 6 月 1 日。
② 《霍桑探案袖珍丛刊(三集)·姚序》,程小青:《案中案》,载《霍桑探案袖珍丛刊》二一,上海:世界书局,1945 年。
③ 程小青:《谈侦探小说》(上),载《红玫瑰》第 5 卷第 11 期,1929 年 5 月 11 日。
④ 程小青:《侦探小说在文学上之位置》,载《紫罗兰》第 3 卷第 24 号,1929 年 3 月 11 日。
⑤ 程小青:《侦探小说在文学上之位置》,载《紫罗兰》第 3 卷第 24 号,1929 年 3 月 11 日。

程小青认为,正确的标准应采用英国文学批评家韩德(James Henry Leigh Hunt)对文学的解释:"文学应当有想象(Imagination)、有感情(Feeling)、有风格(Taste),能使普遍人类的心理,觉得明了,和感着有趣。"根据这样的理解,他指出文学最重要的条件不外乎"想象、情感和结构的技巧三点",以这样的标准为侦探小说量体裁衣,它是符合文学的标准的。侦探小说有想象的元素,在写之前,一般"只有偶然触发而生的一点半点的小说原子",必须利用"敏锐的想像力,才能演绎成功一篇又离奇又曲折,而又在人们情理之中的情节"。因此,侦探小说的"想像质素"绝不低于甚至高于其他小说。在情感方面,它虽然没有达到"深镂心版"和"回肠荡气"的程度,但写"惊骇的境界,怀疑的情势,和恐怖愤怒等的心理,却也足以左右读者的情绪,使读的人忽而喘息,忽而骇呼,忽而怒眦欲裂,忽而鼓掌称快,甚且能使读者的精神,会整个儿跳进书本里去,至于废寝忘食"。所以,如果说侦探小说不能诉诸情感,那是"污蔑"。至于结构的技巧,侦探小说"布局的致密,脉线的关合,和口语的紧凑等,都须比较其他小说格外注意"。①由此,小说有没有文学价值应当由小说本身的质量来决定,而不能受体裁或文类的限制。

在同时期其他文章,如《侦探小说在文学上之位置》(《紫罗兰》第 3 卷第 24 号 1929 年 3 月 11 日)和《侦探小说的多方面》(《霍桑探案汇刊》第 2 集,上海文华美术图书印刷公司 1932 年 1 月出版)中,程小青都表达了类似的意思。

程小青还表示,从文学为人生的角度看,文坛上曾经"为艺术的艺术"与"为人生的艺术"两种意见相互混战,分不出死活。如果说承认文学担负着为人生的"道德、法则和功利,等等"的使命,那么侦探小说也没有脱离人生。因为除了"情"的元素,侦探小说还含有"智"的意味。也就是说,"侦探小说的质料,侧重于科学化的,可以扩展人们的理智,培养人们的观察,又可增进人们的社会经验"。侦探小说的情节,是写探案,注重"观察、集证和推理",多读它,"在观察推理方面,往往会感受一种'潜移默化'的影响,而有所增进"。②

除了有文艺欣赏和启发理智的作用外,阅读侦探小说还可以唤醒人们的好奇心。虽有人鄙视好奇心,但在程小青看来,每个人都有"天赋的好奇

---

① 程小青:《谈侦探小说》(上),载《红玫瑰》第 5 卷第 11 期,1929 年 5 月 11 日。
② 程小青:《谈侦探小说》(下),载《红玫瑰》第 5 卷第 12 期,1929 年 5 月 21 日。

心,凭着这好奇心的活动,才能启发宇宙间一切的蕴藏,揭露大自然的神秘",它是"人类文明的产生和演进"的动力之一。只是,当时的社会不重科学,好奇心因为家庭教育、传统迷信、社会影响等势力的前后夹攻被压迫得无从发展。千百年来,人们"早已降服在重重迷信的势力之下,以为一切都是自然而然的,用不着空费心思去探究。即使探究,也得不到什么"。如果长此以往,"把我们的好奇心修养到了零度以后,在我们民族的前途也许有些儿危险罢"!而且,当时国家司法薄弱,办案"往往视事主的阶级高下而定",或者敷衍了事,或者随便抓一个人充当凶手,天大的案子就可以了结,根本谈不上采用科学的侦探方法,这样,老百姓就命运堪忧了。① 作者言下之意,读侦探小说可以对外国的司法产生兴趣并进一步探索解决方法,从而改变本国司法黑暗的状况,这于民族的前途是有益无害的。

有人批评侦探小说的取材总不外乎偷盗和凶杀,而凶杀的动机大体逃不出财、色二字,程小青也承认这是事实,但并不能因此就断定它题材单调。世间一切问题追根究底都不能不归结到"食""色"二字,"食(财字可以代表)是维系人类生命的原素,色是维系生命的原动力"。"世界就靠着这两个字的力量而存在的。芸芸众生的一切动作,追根究源,都是受了这两个字的驱策和指挥,因此才演出种种奸佞圣善,悲欢离合的事实。"② 所以,不能以取材评价它的优劣。

当然,程小青也不讳言侦探小说有优有劣,像其他小说一样。比如美国之波氏(注:原文此处无英文名)及格林氏(Annak. Green),英国之道尔氏(A. Conan Dogle)及考林斯氏(Wilkie Collins)等人的作品流传于世,皆有永久之价值。然而在英美流行的"一角小说"与"六便士小说"虽然也多有侦探性质,但是其价值不能与前者相提并论。平心而论,小说有无文学价值应该"以本身之高下为断,而不能以性质区别"。所以,说侦探小说"不能入文学之领域"或者说它没有文学价值皆属一孔之见。③

后来,程小青将自己的小说汇编成《霍桑探案汇刊》出版,得到了程瞻庐、周瘦鹃、张毅汉、赵苕狂和范烟桥的一致肯定,他们分别为之作序,赞扬程氏小说蕴含的科学精神能激发人们对科学的兴趣及对理智的尊重。

除了上述通俗文学作家,在1930年代,还有很多侦探小说的"粉丝",

---

① 程小青:《谈侦探小说》(下),载《红玫瑰》第5卷第12期,1929年5月21日。
② 程小青:《侦探小说的多方面》,载《霍桑探案》第2集,上海文华美术图书公司,1933年。
③ 程小青:《侦探小说在文学上之位置》,载《紫罗兰》第3卷第24号,1929年3月11日。

白露就是其中一个,他对程小青作品非常熟悉。他发现程在翻译美国范达痕(S. S. Vandine)著的裴洛凡士(Philo Vance)探案的过程中吸收了其精髓。凡士探案"注重心理的分析,定要到了山穷水尽的当儿才来一套心理测验,去探明案中的症结。案中的布局精密极了,大可当得'剥茧抽丝'的考语。并且案中对于美学,力学,各种科学,也有巧好的运用"。① 程小青"《紫信笺》的结构,像波涛一般,层层翻腾;《两粒珠》把两件案子,互相纠结,极为腾挚,《白纱巾》,也诡奇可喜",其他各篇都有相当的功力与火候,可以看出凡士的影响。他还敏锐地概括出霍桑探案系列的一个重要特点,就是小说的背景"完全是眼前景物,竭力避去'欧美化'"。② 在借鉴欧美小说的技法演绎中国侦探的传奇故事时将人物的个性、心理和行为中国化,这是程小青的贡献。只是当时少有人喝彩。

二、游戏乃取婉言规劝之意

对所谓游戏之文的指责,通俗文学界也予以还击。1921年6月,周瘦鹃与赵苕狂在合编的《游戏世界》月刊发刊词上说,游戏这两个字,"我们中国一般咬文嚼字脑筋内装满头巾气的老师宿儒,向来把这两个字当做不正经代表的名词;教诲子弟,当作洪水毒兽的警戒……列位!须知道孔圣人所说的'游艺',就是三育中发挥智育的意思,诗人所说的'善戏谑兮',就是古来所说'庄言难入,谐言易听'的意思,可见这两个字,真是最正经的"。也就是说,取游戏的方式发挥教育作用,并非不严肃。

即使是滑稽小说也时有婉言规劝之意。被誉为"笑匠"的徐卓呆说:"笑是工作的围墙,里面的建筑物,却充满着讽刺意味。因为滑稽的本质,本来应当含有这种分子。中国的老话'主文谲谏','谲'是滑稽,'谏'是讽刺,所以一方面引人哈哈大笑,一方面要使人有一种皱(注:原文为"绉")眉头仰下额的回味。"③因此,滑稽小说是用滑稽的方式来寄托讽刺。

文学研究会作家总是将游戏与对国家、民族不负责的态度挂钩。其实,作为传统文人,中国传统文化中的爱国主义影响了他们的民族精神,爱国主义是他们共同的道德准则,因而在民族危亡之时,他们总是发出正义之声。早在1915年,周瘦鹃就有警世小说《亡国奴之日记》问世,它描述了

---

① 说话人:《说话》,载《珊瑚》第2卷第8号,1933年4月16日。
② 说话人:《说话》,载《珊瑚》第2卷第8号,1933年4月16日。
③ 说话人(五):《说话》,载《珊瑚》第2卷第5号,1933年3月1日。

想象中亡国奴的苦况。开端有两句话颇为沉痛:"前此有国之时,弗知爱国,今欲爱国,则国已不为吾有。"在篇后"跋"中,作者阐明写作目的是"发为危辞",以此警告"醉生梦死"的国人要振作起来,"共爱其国",也希望读者不要以为是作者的无病呻吟。① 1919 年,英、法、美等列强在巴黎和会上承认日本对青岛的占有权,引起国人的愤慨。于是,作者请中华书局将这万言小说重新出版单行本,该书数次再版,销售四五万册,社会影响很大。1937 年卢沟桥事变不久,瘦鹃即创作《卢沟桥之歌》:

> 此其时矣! /此其时矣! /秣我马,/厉我兵,/冲上前去,/抵抗敌人。/我只知有国,/不知有身;/我有进无退,/虽死犹生。/战而胜,/长在卢沟桥扎我的营,/战而不胜,/就把卢沟桥作我的坟!//此其时矣! /此其时矣! /以公理为先锋,/以民气为后盾,/冲上前去,/抵抗敌人。/一寸寸国土,/一寸寸黄金;/谁要抢着走,/我和谁拼命。/战而胜,/长在卢沟桥扎我的营,/战而不胜,/就把卢沟桥作我的坟!②

该诗发表于 7 月 26 日的《申报》上,8 月 1 日《江西地方教育》第 88 期就转载了该诗,以激励民气,彰显爱国精神。

其实,通俗文学作家只是反对过于强调、夸大文学的社会价值,并非对社会漠不关心。赵苕狂主编的《红玫瑰》曾在 1931 年第 7 卷第 1 期表示了对新文学作家批评通俗期刊的反感情绪。

> 我们不敢和一般时髦少年一样,标榜着什吗主义,什吗主义;也不敢高喊着"提倡什吗文学""提倡什吗文学"的口号。我们自己知道,我们这《红玫瑰》只是适合一般普通社会的一本通俗杂志。在以前固然已是如此,到如今更是旗帜鲜明了。③

而在同年第 7 卷第 21 期的《花前小语》开篇就痛斥倭寇的暴行,对之前强调刊物以消遣为主旨予以检讨:

> 在此蛮夷猾夏,国将不国之秋,我们还坐在斗室之中,说几句

---

① 瘦鹃:《小说杂谈(四)》,载《申报·自由谈》,1919 年 6 月 16 日。
② 瘦鹃:《卢沟桥之歌》,载《江西地方教育》第 88 期,1937 年 8 月 1 日。
③ 苕狂:《花前小语》,载《红玫瑰》第 7 卷第 1 期,1931 年 3 月 21 日。

不痛不痒的话,编辑着这被人家所目为供人们消闲的杂志,这未免太无心肝了! 依理说:我们都得投笔从戎去!①

还表示要多刊载一些抗日救国的文字,并且在第 7 卷第 24 期刊发"挥戈号"特刊。这表明他们是有爱国之心的。

至于办消闲杂志的原因,周瘦鹃也解释过。他曾看到过国外对文学市场的调查,即美国杂志有数千种,"大抵以供人消闲为宗旨"。"若陈义过高,稍涉沉闷",读者即"束之高阁,不愿浏览"。所以消闲杂志动辄行销"数十万,或竟达百万、二百万以外",而"专事研究文艺之杂志则仅二三种",行销也不广,只供一般研究文艺的人参考。国内也一样,因此,他办杂志就是为了"供消闲与专研文艺开作一过渡之桥"。②

通俗刊物为了吸引普通读者,都以"奇""趣"相号召,《小说月报》第 3 卷第 12 号的本社特别广告,指出小说情节"择其最离奇而最有趣味者"。在《小说月报》等刊物的插页中反复出现的《东方杂志》《小本小说》的广告,以及林纾翻译小说的广告也是以情节之"奇"来招徕读者的,其他刊物无不以趣味作为选稿标准和招徕读者的招牌。这是大多数新文学作家一贯反对的,他们认为情节离奇并不是不可不看的唯一因素。小说重在描出"情状",不重叙述"情节";重在"情状真切",不重情节离奇,情节只是外壳。比如荔枝,情节就像荔枝的壳,"情状"才是荔枝的肉。因文艺植根于真实,所以不贵在离奇,而重在真切。③

对于新文学作家的这类观点,不少通俗作家是赞同的。张舍我认为短篇小说不可或缺的要素有三个:情节、人物、情感。他引用亚里士多德之言"美术者,模仿自然者也④"来说明情节以近自然为上乘,而不需要以怪奇入小说。包天笑主编的《星期》告诉大家:善于做小说的不必搜求神奇事迹,如果有奇事,但不切合人生,也无描写之必要。在取材方面,"人生之最切近者,为家庭琐碎,层出不穷,大足供小说家之描写"。⑤ 徐卓呆还就戏剧改良提出,"旧剧之目的,以娱乐为主,新剧虽亦不脱娱乐范围,其大部分,乃在心理解剖,在性格描写在人生研究,故新剧与吾人之关系,大于旧

---

① 茗狂:《花前小语》,载《红玫瑰》第 7 卷第 21 期,1931 年 10 月 11 日。
② 瘦鹃:《说消闲之小说杂志》,载《申报·自由谈》,1921 年 7 月 17 日。
③ 晓风:《随感录》,载《民国日报·觉悟》,1923 年 6 月 19 日。
④ 张舍我:《短篇小说之要素》,载《申报·自由谈》,1921 年 1 月 23 日。
⑤ 镜水生:《小说杂谈》,载《星期》第 40 号,1922 年 12 月 3 日。

剧,在戏剧言论界者,安得不重视之而提倡导之哉"①。而周瘦鹃等作家既借鉴了新文学作家的观点,又根据通俗小说阅读的实际情况提出要兼顾多种因素,即"情节应与文字并重,所谓情文并茂,斯为上乘。文字为表,情节为里,二者相得益彰,不可偏废,如文字隽绝,而无绝佳之情节供其描写,则文字虽佳,亦复味如嚼蜡"②。有人看到了这种变化,表示以前看小说只问情节如何,现在看小说还要兼及文笔和思想,这不能不是进步。③

三、卖文之苦楚

文学研究会作家批评通俗小说作家以卖文"来维持他们的'花天酒地'的颓废生活"④,其实并非如此。作为一种职业,卖文是艰辛的。周瘦鹃慨叹与欧美小说家相比,我国小说家"生计之窘困,与苦力殆无以异,雕肝镂心,曾不足以供温饱",名家如琴南翁每千字只得六元,"吾辈后生小子,碌碌无足称者,诚不免有臣朔饥欲死之慨。执金笔而冠桂冠,更无望矣"。⑤除了少数作家,绝大多数卖文者的经济极为窘迫。武侠小说作家顾明道肺病严重仍教书写稿,挣扎不已。后来竟至生活费、医药费都由朋友分摊,最后甚至由刊物向文艺界与热心读者募捐以解其困。⑥ 侦探小说作家孙了红因患咯血症入院治疗,医疗费无着,以至《万象》在第 2 年第 4 期《编辑室》中号召热爱他的读者募捐来帮他度过难关。

一旦走上卖文之路,作者常常有身不由己之感。有的作家同时写作几部连载小说,脑力过度支出,有时想懈怠一下,却因读者喜爱而欲罢不能。还珠楼主的《蜀山剑侠传》第 21 集扉页有《还珠附启》:"明知砚田无税,素乏丰年,笔耕所获,难为生活之计。"⑦但是有劳各地读者来函来电,殷勤相邀,盛意难却。为了不负读者雅意,只好勉力续作。难怪张恨水发出这样的感慨:"卖文之业,无论享名至如何程度,究非快活事也。"⑧

至于迎合市场而作文也有很多苦衷。有编辑表示,在文艺以金钱为代

---

① 徐半梅(徐卓呆):《戏剧言论界急宜革新》(下),载《申报·自由谈》,1921 年 2 月 22 日。
② 瘦鹃:《小说杂谈(七)》,载《申报·自由谈》,1919 年 7 月 17 日。
③ 说话人:《说话》,载《珊瑚》第 3 卷第 7 号,1933 年 10 月 1 日。
④ 郑振铎:《中国新文学大系·文学论争集·导言》,上海:上海良友图书印刷公司,1935 年,第 14 页。
⑤ 瘦鹃:《小说杂谈(八)》,载《申报·自由谈》,1919 年 8 月 1 日。
⑥ 纸帐铜瓶室主(郑逸梅):《悼顾明道兄》,载《永安月刊》第 61 期,1944 年 6 月 1 日。
⑦ 周清霖:《还珠楼主李寿民先生年表》,载《西南大学学报》,2008 年第 6 期。
⑧ 张恨水:《哀海上小说家毕倚虹》,载《世界晚报》,1926 年 5 月 29 日。

价的现代,不能完全责备作者不长进。在文学市场上,作者、读者、出版者"呈三角式'循环律'",①出版者总是默察读者的心理,为了适应读者的需求,便向作者征求某种类型的作品。作者为了生意经,也不能不迁就。有时一些不良文人或出版商盗用他人之名写作伪书或续书,给原作者带来不少麻烦。《啼笑因缘》风行之后,续貂之书甚多,都是无聊文人的急就章,因为不愿自己的作品被人家涂上污泥,张恨水取消了原本"不可续,不能续"的主张,写了续集。续集后半部写关秀姑父女和沈国英等人为国牺牲,樊家树夫妇遥祭壮士,算是加了些"时代的辣酱油",但这种"啼笑救国"②的情节却甚为牵强。据不完全统计,除了张恨水自己的续作以外,还有他人著的《续啼笑因缘》两种,《反啼笑因缘》三种,《新啼笑因缘》两种,同名著作《啼笑因缘》两种,等等。③ 文学市场的混乱让作家感到相当无奈。

有的编辑将小说的进步寄希望于读者的鉴别及"不盲从""不标榜"的严正的批评,使"出版者有所取舍,作者亦不至随波逐流"④,但同时又叹息这种读者难于寻觅,显示了对不能控制市场环境的焦虑。

即使如此,卖文之作并不都是随意为之,程小青的创作态度就非常认真,"作稿之先,先绘一图表,由甲点至乙点,乙点至丙点,曲折之如何,终点之奚在,非经再三研求,不肯轻易涉笔"。为了提高自己的写作水平,程小青向《小说月报》主编恽铁樵询问小说做法,恽回答"不可不读古人书,更不可不读《礼记·檀弓篇》"。程小青"归而简练以为揣摩,更由美利坚某大学函授罪犯心理学,及关于侦探应有之学术"。⑤ 他看到书坊间流行的福尔摩斯探案的译笔欠佳,于是自己整理翻译,最后刊登在《侦探世界》上。这表明卖文的作家不都是不忠实于艺术的。

当然,卖文为生即为挣钱养家糊口,有时迫于生活的压力,一旦出现无利可图时也会敷衍了事。比如:周瘦鹃在小说界是"一块老牌子……佳作很多,但可惜不能一律。这也难怪他……这是卖文为活的苦楚,因为要急于凑稿数,供生活上的需要,有时便不能不暂屈自己的志气,把次等货拿出

---

① 说话人:《说话》(九),载《珊瑚》第2卷第9号,1933年5月1日。
② 说话人:《说话》(八),载《珊瑚》第2卷第8号,1933年4月16日。
③ 华严一丐:《没遮阑:啼笑种种》,载《珊瑚》第2卷第9号,1933年5月1日。
④ 说话人:《说话》(九),载《珊瑚》第2卷第9号,1933年5月1日。
⑤ 郑逸梅:《程小青》,《小品大观》,上海校经山房,1935年,第10页。(注:《小品大观》一书分为两大部分,每部分页码都从1开始标记。)

来搪塞一下"①。

有的作者同时为报刊写几部连载小说,很难做到精益求精。风靡一时的武侠小说作家向恺然(平江不肖生)在《江湖奇侠传》第 86 回就欲结束,但引起了读者的责难,于是不得不打起精神往下做,在第 87 回开头有这样一段话:

> 书中应交代不曾交代,应照应不曾照应的所在,原来还很多。何以不待——交代清楚,照应妥帖,就此马马虎虎的完结呢? 这其中的原因,非在下亲口招供,无论看官们如何会猜情度理,必也猜度不出。究竟是甚么原因? 说起来好笑。在下近年来,拿着所做的小说,按字计数,卖了钱充生活费用。因此所做的东西,不但不能和施耐庵、曹雪芹那些小说家一样,破费若干年的光阴,删改若干次的草稿,方成一部完善的小说。以带着营业性质的关系,只图急于出货,连看第二遍的功夫也没有。一面写,一面断句,写完了一回或数页稿纸,即匆匆忙忙的拿去换钱……承各主顾特约撰述之长篇小说,同时竟有五六种之多。这一种做一回两回交去应用,又搁下来做那一种,也不过一两回,甚至三数千字就得送去。既经送去,非待印行之后,不能见面,家中又无底稿。每一部长篇小说中的人名、地名,多至数百,少也数十,全凭记忆,数千万字之后,每苦容易含糊。所以一心打算马虎结束一两部,使脑筋得轻松一点儿担负。②

这种随写随登的状态导致了小说局部片段的精彩和整体布局的失败,连作者本人也承认"小说的章法稍嫌散漫"。小说通常说到一个人就要交代其身世,有时为写一个人的来历,离开正在叙述的情节主线,"抛荒正传,久写旁文"③达十几回之多。有时一个大岔岔开去,竟写了好几万字的闲文。如此节外生枝,还常常许诺某人是紧要人物,后文自有交代,然而写到后来,却并无交代。"写到七八集时,几乎完全忘记了开头所布下的宏大计划,到九集草草结束了。"④这里记录了为文的甘苦,道出了其捉襟见肘、穷

---

① 马二先生(冯叔鸾):《我所佩服的小说家》(二),载《晶报》,1922 年 8 月 21 日。
② 不肖生(向恺然):《江湖奇侠传》,载《红玫瑰》第 3 卷第 1 期,1927 年 1 月 1 日。
③ 不肖生(向恺然):《江湖奇侠传》,载《红玫瑰》第 2 卷第 32 期,1926 年 6 月 1 日。
④ 徐文滢:《民国以来的章回小说》,载《万象》第 1 年第 6 期,1941 年 12 月 1 日。

于应付的尴尬,同时也说明如果有过多的市场干扰因素的存在,就会影响作品的质量。

第五节 批评的不足

一、将文学问题上升为道德问题

《新青年》以及文学研究会作家全力反对游戏、消遣的小说观念,使得文学承担社会使命成为时代主流,这在当时无疑是具有积极意义的。但是,他们忽略了通俗文学中也有合理的、有价值的地方,存在攻其一点、不及其余的一面,这也使得批评存在很多偏见,其中之一就是无视礼拜六派的进步。在《新青年》时期,胡适曾讽刺文坛流行的"某生体",但后来他注意到一些变化:近一两年来,国内渐渐有人能赏识短篇小说的好处,那些"'某生,某处人,美丰姿……'的小说渐渐不大看见了,这是文学界极可乐观的一种现象"。① 通俗小说刊物上常刊登某生体小说,它的减少从一个侧面反映了通俗作家在文体改良方面的努力与进步。

但由于把通俗作家看作对立面,文学研究会将这些改良的举动都视为投机行为。西谛斥责《礼拜六》的作者在思想上是陈旧的,却时时冒充新式,在陈陈相因的小说中砌上几个诸如家庭问题、解放之类的现成名词。② 又说,上海一班通俗小说家现在也注意到文学的原理,也知道有所谓永久价值的短篇小说,这不能说是十分坏的现象。但"小知是危险的","一知半解,不如无知"。如果凭借"似是而非的言论,来助作恶者之张目","则其可悲,尤胜于愚顽者之作恶"。③ 茅盾也认为,正因"礼拜六派"中有人在"赶潮流",足以迷惑一般的小市民,故其毒害性更大。④ C.P看到《礼拜六》上的小说"已渐趋于用白话,近来出版的《星期》征文上也大大声明,稿件以白话为主"。然而,他并未肯定,反而说:"这可以算是新文学运动的势力扩充么?"不,这是"加于新文学运动的一种侮辱而已"。⑤ 周作人也讽刺这些

---

① 胡适:《〈短篇小说〉译者自序》,《胡适文集》第3卷,北京:人民文学出版社,1998年,第130～131页。
② 西谛(郑振铎):《思想的反流》,载《文学旬刊》第4号,1921年6月10日。
③ 西谛:《杂谈》,载《文学旬刊》第52期,1922年10月10日双十增刊。
④ 茅盾:《复杂而紧张的生活、学习与斗争》(上),载《新文学史料》,1979年第4期。
⑤ C.P:《白话文与作恶者》,载《文学旬刊》第38期,1922年5月21日。

"旧文化的小说家"所谓"国学"文章的守旧①,并不能代表优秀的旧传统文学。鲁迅则称,洋场上的文豪所谓之国学写的是"拆白之事"。② 因而,对礼拜六派他们的态度是拒之于门外,"旧的人物,你去做你的墓志铭,孝子传去吧。何苦来又要说什么'解放',什么'问题'"。③

他们反对改良的一个重要原因在于,在新旧关系上仍然持不调和论。在1921年9月10日《文学旬刊》第13号的《通讯》上,文学旬刊社在给宋云彬先生的信中说,本刊批判的是错了方向的东西,不是方向不错而程度不足的东西。郑振铎也针对黄厚生调和新旧文学的建议,指出"无论什么东西,如果极端相反的就没有调和的余地"。④ "思想界是容不得蝙蝠的"⑤,如果有两碗水,一碗是蓝色的,一碗是红色的,一调和就变成紫色了,"我们愿意有非驴非马的调和派的紫色文学"出现吗?绝对不可能!"'迁就'就是堕落!"⑥西谛旗帜鲜明地指出新旧文学是不相容的。

文学研究会用现代小说的标准来规范旧小说,探求更合乎时代节奏的新的表现手法,这是符合艺术发展规律的。沈雁冰也曾道出过新旧之间的辩证关系:"所谓新旧在性质,不在形式。"⑦"最新的不就是最美的最好的。""凡是一个新,都是带着时代的色彩,适应于某时代的,在某时代便是新……真实的价值不因时代而改变。旧文学也含有'美''好'的,不可一概抹煞。所以我们对于新旧文学并不歧视;我们相信现在创造中国的新文艺时,西洋文学和中国的旧文学都有几分的帮助。我们并不想仅求保守旧的而不求进步,我们是想把旧的做研究材料,提出它的特质,和西洋的特质结合,另创一种自有的新文学出来。"⑧

这种说法完全正确,但是,如何区分旧文学中包含的合理与不合理的因素,却需要谨慎。人的思想、文学形式的演变和发展是一个渐进的过程,其间新与旧是共存的、互渗的,有一些在新文学作家看来是旧的应该抛弃的东西,往往也包含着合理的内核。比如章回体,既有僵化的套路,也有利

---

① 子严(周作人):《读〈红杂志〉》,载《晨报副刊》,1922年10月8日,第1版。
② 某生者(周树人):《所谓"国学"》,载《晨报副刊》,1922年10月4日,第4版。
③ 西谛:《思想的反流》,载《文学旬刊》第6号,1921年6月30日。
④ 西谛:《新旧文学的调和》,载《文学旬刊》第4号,1921年6月10日。
⑤ 西谛:《思想的反流》,载《文学旬刊》第4号,1921年6月10日。
⑥ 西谛:《新旧文学果可调和吗?》,载《文学旬刊》第6号,1921年6月30日。
⑦ 茅盾:《新旧文学平议之评议》,载《小说月报》第11卷第1期,1920年1月25日。
⑧ 茅盾:《小说新潮栏宣言》,载《小说月报》第11卷第1期,1920年1月25日。

用的空间。可是,文学研究会弃之如敝履,这是极端的。新月派理论家梁实秋也曾批评过新文学作者:"凡是模仿本国的古典则为模仿,为陈腐;凡是模仿外国作品,即为新颖,为创造,例如中国章回体长篇小说,在艺术上讲本无可非议,即在外国小说中也有类似的体裁;而所谓新文学运动者必摒斥不遗余力,以为'话说''且听下回分解''正是'是绝对的可笑,处处都表示出……一方面全部推翻中国文学的传统,一方面全部地承受外国的影响。"①此观点与通俗小说作家是相同的。传统的东西也有生存的价值,如果适用则虽旧犹新。章回体小说之所以批而不倒,至今都没有销声匿迹就说明了这个道理。

文学研究会还将文学问题上升为道德问题。文学旬刊社在给宋云彬的信中说,"中国近年来的小说,一言以蔽之只有一派,这就是'黑幕派',而'礼拜六'就是黑幕派的结晶体,黑幕派小说只以淫俗不堪的文字刺戟起读者的色欲,没有结构,没有理想,在文学上根本没有立脚点"②,简直不配称文学作品。究其原因,该派对社会上的事情,一切都出之以冷酷的旁观态度,对"这样黑暗的世界""不起一点儿反感,不起一点儿厌恶的观念与怜悯的心肠,反而傅虎以翼,见火投薪;日以靡靡之音,花月之词,消磨青年的意气。他们的热血冷了吧!冷了吧!他们的良心,死了吧!死了吧!'哀莫大于心死'。他们的心已死了,怎么还可以救药呢"。③ 文学旬刊社对礼拜六派作品评价极低,并认为是作者缺乏社会良心所致。此乃由文而引起的对通俗文学作家人格的怀疑。

到抗战时期,文艺界建立了一个抗日统一战线组织,经过冯雪峰、茅盾、郑振铎的通力合作,于1936年发表了《文艺界同人为团结御侮与言论自由宣言》,在宣言上列名的共计二十一人,其中包括所谓"礼拜六派"的知名人士,如包天笑、周瘦鹃二人。据夏衍说,茅盾开始不同意二人加入。④为何不同意?茅盾也提到过,郑振铎对于拉礼拜六派表示不放心,他自己也有同感。鲁迅则表示只要他们赞成抗日就吸收他们参加,如果他们进来以后又反对抗日了,可以把他们再开除出去。其实,这种顾虑是由文而导致的对人的不信任。然而事实与想象距离太大,茅盾在文章的后面又补充

---

① 梁实秋:《现代中国文学之浪漫的趋势》,载《晨报副刊》第1369号,1926年3月25日。
② 《通讯》,载《文学旬刊》第13号,1921年9月10日。
③ 西谛:《新旧文学果可以调和么?》,载《文学旬刊》第6号,1921年6月30日。
④ 夏衍:《懒寻旧梦录》(增补本),北京:生活·读书·新知三联书店,2006年,第216页。

了一句:"不过说句公道话,礼拜六派的文人后来真正变成文化特务的并不多。"①这说明写游戏之文并不等同于丧失民族尊严。

尽管大多数礼拜六派文人是正派的,但是,长期持续规模化的批评导致该派成了文学界一个"卑污"的名称,无异于"海派""黑幕派"等。这是叶圣陶《过去随谈》一文中的说法,该文写于1930年,叶在谈及自己开始做小说时正是民国三年(1914年),他投稿给《礼拜六》周刊的小说登出来以后,又继续发表了好多篇,它们"多写平凡的人生故事,同后来相仿佛,浅薄诚然有之,如何恶劣却不见得,虽然用的工具是文言,还不免贪懒用一些成语典故"。②叶圣陶的夫子自道是切合实际的,虽然他说这番话的初衷是想将自己的小说与该刊其他小说区别开来,但也从某个角度说明了《礼拜六》上的文章并不都是恶劣的,也不应该受到如此贬损。

二、忽视了通俗文学作家在文化市场开拓方面的贡献

文学研究会对文学市场化的评价过于简单,茅盾等人批评通俗文学作家为金钱而写作,其实,他们最初写稿是出于文学爱好,而非唯金钱是图。《晶报》主持者余大雄基本上不给撰稿人稿费,长篇稿酬也很菲薄。徐卓呆给他写了一年的稿,到了年底,只收到一帧月份牌就算酬报了。③ 同样,《时报》副刊是为引起读者来稿特辟的一栏,乃包天笑编辑,毕依虹、范烟桥都为之写稿,上面"大都登些滑稽讽刺的作品,但刊登后没有稿费,总是赠送有正书局的书券,有数元的,也有数角的,可以凭券取书"。④ 夏衍16岁那一年,有一篇短文被《时报》的副刊录用了,得到的稿酬是"有正书局书券二角",凭着这张券,可以到有正书局买两毛钱的书。⑤ 这些记载均说明为爱好写稿实有其事。

稿费制度是商业社会发展的必然结果,它可以刺激作家的创作和文学市场的繁荣,倒也未必不是好事。文学研究会贬低通俗刊物堕落、低级,其

---

① 茅盾:《"左联"的解散和两个口号的论争——回忆录(十九)》,载《新文学史料》,1983年第2期。
② 叶圣陶:《过去随谈》,北京:大众文艺出版社,2000年,第100页。
③ 郑逸梅:《民国旧派文艺期刊丛话》,见魏绍昌《鸳鸯蝴蝶派研究资料》上卷,上海:上海文艺出版社,1984年,第489、492页。
④ 郑逸梅:《民国旧派文艺期刊丛话》,见魏绍昌《鸳鸯蝴蝶派研究资料》上卷,上海:上海文艺出版社,1984年,第483页。
⑤ 夏衍:《夏衍论创作》,上海:上海文艺出版社,1982年,第108页。

实,有很多新文学作家都是由通俗期刊引上文学之路的。胡适谈到上海销路最广的报纸之一《时报》的一大贡献是"为中国日报界开辟一张带文学兴趣的'附张'"。它每日登载"冷"或"笑"译著的小说,"用很畅达的文笔,作很自由的翻译,在当时最为适用"。① 这里的"笑",就是包天笑,而"附张"就是《时报》的文学副刊,它是由包天笑等作家主编的。

叶圣陶在 1930 年回忆起自己写小说的兴趣是因中学时代读华盛顿·欧文的《见闻录》引起的,那种"诗味的描写,谐趣的风格,似乎不曾在读过的一些中国文学里接触过"②。冰心自述 1913 年这一年没有正式读书,主要是自己看杂志,如母亲订阅的《妇女杂志》《小说月报》之类,通过杂志后面的"文苑栏",她才开始知道"词",③于是开始看各种词。弟弟下了课,冰心就给他们讲故事,将杂志中看到的故事融到一起讲给他们听。徐志摩在 1911 年农历四月初七的日记中记录:"借得《小说月报》二册阅。载有各种小说,若《香囊记》则言情也;《汽车盗》则侦探也,《薄幸郎》则哀情也;其中情事颇曲折动目,不膳时始释卷。"④张资平 17 岁那年在《东方杂志》读了《碎琴楼》后,"觉得这真是百读不厌的作品。同时对商务印书馆的小说月报也发生了兴趣,时常装出冬烘的样子,在不住吟哦'春草碧色春水绿波'一类的文章。受了这类小说影响很深,于是又模仿那些文章,写了一些'莺声燕语'式的小说"⑤。张天翼曾回忆:"因为爱看小说之故,和几位同学写起来,都是些在林琴南和《礼拜六》之类的影响之下的。"⑥

曾毫不留情地批判通俗小说的苏雪林于 20 世纪 50 年代末,在谈及刘半农时说:"民国三四年间,我们中学生课余消遣,既无电影院,又无弹子房,每逢周末,《礼拜六》一编在手,醰醰有味。半侬的小说我仅拜读过三数篇,只觉滑稽突梯,令人绝倒,至今尚保有若干依稀的印象。"⑦即使是丁玲,也谈到从十岁到十四岁,"几乎把舅舅家里的那些草本旧小说看完。而且商务印书馆的《说部丛书》就是那些林译的外国小说也看了不少。《小说

---

① 胡适:《胡适学术文集·新文学运动》,北京:中华书局,1993 年,第 91 页。
② 叶圣陶:《过去随谈》,北京:大众文艺出版社,2000 年,第 100 页。
③ 冰心:《我的文学生活——冰心全集自序》写于 1932 年,原载《青年界》,见郁达夫等著:《创作经验谈》,上海:上海光华书局,1933 年 8 月,第 85 页。
④ 虞坤林整理:《徐志摩未刊日记(外四种)》,北京:北京图书馆出版社,2003 年,第 42 页。
⑤ 张资平:《我的创作经过》,载《文艺创作讲座》第 2 卷,上海:上海光华书局,1932 年。
⑥ 张天翼:《我的幼年生活》,载《文学杂志》第 1 卷第 2 号,1933 年 5 月 15 日。
⑦ 苏雪林:《东方曼倩第二的刘半农》,《苏雪林文集》第二卷,合肥:安徽文艺出版社,1996 年,第 316 页。

月报》(美人封面的)和包天笑编的《小说大观》也常常读到"①。中学时代的丁玲虽然读过鲁迅的短篇小说,但是没有很关注。她喜欢"有故事、有情节、有悲欢离合"的,"古典的《红楼梦》《三国演义》《西厢记》……或还读不太懂的骈体文鸳鸯蝴蝶派的《玉梨魂》都比'阿Q'更能迷住我。因此那时我知道新派的浪漫主义的郭沫若,闺秀作家谢冰心,乃至包天笑,周瘦鹃……"②当然她把这些归之于年轻时阅世不深,对社会缺乏深刻了解时的阅读行为。

人们可能会产生类似丁玲的看法,认为读通俗小说是年青时的不成熟行为,但胡适却说,青年时代,也就是14到19岁这个年龄是"一个人最重要最容易感化的时期"③,在这个年纪受到好影响无疑会让人受益终身。

通俗文学作家在文化市场的开拓方面是作出过很大贡献的,他们重视市场、贴近读者,及时捕捉社会生活中人们普遍存在的心理需求,撰写了大量适合市场需求的文化产品,大大活跃了文化市场。魏绍昌说:"在民国初年至'五四'以前这一时期,文艺杂志、大报副刊、各种小报,几乎是鸳鸯蝴蝶派的一统天下。"④这些报刊登载了鸳鸯蝴蝶派文人创作的文言、白话小说和翻译的外国文学作品,虽然质量有高有低,但是开阔了市民的眼界,培养了他们的阅读习惯。

数量众多的通俗报刊还提供了发表阵地。郑逸梅在《民国旧派文艺期刊丛话》中,收录的通俗杂志有113种,大报副刊4个,小报45种,⑤这只是当时出版过的大量报刊中的一小部分。这些出版物客观上为文学爱好者提供了学习和发表的空间。

叶圣陶先生曾以叶匋、允倩等笔名,在《礼拜六》杂志上发表过《穷愁》(第7期)、《博徒之儿》(第12期)、《黑梅夫人》(第17期)、《孤宵幻遇记》(第19期)、《飞絮沾泥记》(第20期)、《终南捷径》(第26期)、《翁牗新梦》(第27期)、《痴心男子》(第46期)、《灵台艳影》(第66期)等短篇小说。1922年,17岁的张天翼在《礼拜六》第156期发表短篇小说《新诗》,署名张无诤,接下来的两年间在《礼拜六》《星期》《半月》《侦探世界》上发表作品

---

① 袁良骏:《丁玲研究资料》,北京:知识产权出版社,2011年,第91页。
② 丁玲:《鲁迅先生于我》,《写作生涯回忆》,天津:百花文艺出版社,1984年,第193~194页。
③ 胡适:《胡适学术文集·新文学运动》,北京:中华书局,1993年,第92页。
④ 魏绍昌:《我看鸳鸯蝴蝶派》,上海:上海书店出版社,2015年,第19页。
⑤ 魏绍昌:《鸳鸯蝴蝶派研究资料》上卷,上海:上海文艺出版社,1984年,第525页。

18篇。①

1923年5月16日,18岁的张天翼在《半月》第2卷第17期纪念国耻的"鸣呼五月九日"专栏发表短篇小说《恶梦》,他假托恶梦痛哭中国之亡,严词批判抱五分钟热度的反帝者。在创作的同时,张天翼还发表了一些评论。他认为,哀情小说有告诫作用,"譬如说,某人滥用情,以致情场失意。于是阅者在情场上便谨慎些。譬如说,旧家庭的父母顽固,以致酿成哀情,于是那些顽固者或者有些觉悟,这岂不是益处吗"?张最喜欢看徐卓呆的滑稽小说,"滑稽小说是寻开心的,很有益于身心"。②他谈起自己写侦探小说时年幼识浅,有的地方难免不合情理,只有"阅历深了,知识多了"③,才能写好。这些认识说明通俗小说对张天翼文学创作的成长是有益的。对他已经发表的小说,刊物也常常予以推介。1923年6月24日,张天翼在《半月》第2卷第19期"侦探之友"栏发表小说《铁锚印》(徐常云侦探故事之一)。同一期,朱鸮的文章有这样的评价:"新进作家中是当推张无诤先生所作之《徐常云侦探案》为首。虽情节略嫌草率,然彼年未满念稔能为此不背人情之侦探作品,已是令人咋舌而倾佩不止矣。"④朱赞美有加,这对初习者来说,无疑是一种促进。

大多通俗期刊的编辑对读者的稿件也是认真处理的。鲁迅曾在恽铁樵编辑的《小说月报》(1913年第4卷第1号)上发表过小说《怀旧》,署名"周逴"。他在1934年5月6日给杨霁云的信中说:"现在都说我的第一篇小说是《狂人日记》,其实我的最初排了活字的东西,是一篇文言短篇小说。"⑤在信中,鲁迅对题目、笔名和登载的刊物都忘了,但还记得内容和恽铁樵的批语以及几本作为奖品的小说,可见他对编者印象之好。后来周作人在《知堂回想录》(写于1960年代)中重提此事时,还摘录了编辑恽铁樵在文末的注:"实处可致力,空处不能致力,然初步不误,灵机人所固有,非难事也。曾见青年才解握管,便讲词章,卒致满纸饾饤,无有是处,亟宜以此等文字药之。焦木附志。"又说:"本文中又随处批注,共有十处,虽多是讲章法及用笔,有些话却也讲得很是中肯的,可见他对于文章不是不知甘苦的人。"(写到这儿,知堂先生忍不住叽咕了一声:"批语虽然下得这样好,

---

① 沈承宽:《张天翼文学评论集》,北京:人民文学出版社,1984年,第674~676页。
② 《小说杂谈》,载《星期》第33号,1922年10月15日。
③ 《小说杂谈》,载《星期》第39号,1922年11月26日。
④ 朱鸮:《我之侦探小说杂评》,载《半月》第2卷第19期,1923年6月24日。
⑤ 鲁迅:《鲁迅全集·书信》第10卷,北京:人民文学出版社,1958年,第215页。

而实际的报酬却只给五块大洋,这可以考见在民国初年好文章在市场上的价格。")①或许是受此鼓励,周作人后来将自己在东京翻译,经鲁迅修改誊正的波兰作家显克微支的中篇小说《炭画》寄给《小说月报》,仅一周就得到恽铁樵的回信。"大著《炭画》一卷已收到,事冗仅拜读四之一,虽未见原本,以意度之,确系对译不失真相,因西人面目俱在也。但行文生涩,读之如对古书,颇不通俗,殊为憾事。林琴南今得名矣,然其最初所出之《茶花女遗事》及《迦茵小传》,笔墨腴润轻圆,如宋元人诗词,非今日之倚老卖老可比,吾人若学林氏近作,鲜能出色者。质之高明,以为何如?原稿一本,敬以奉还。"周作人认为"他是于旧文学颇有了解的人,所以说的话有些也很有道理",虽书稿因"行文生涩,读之如对古书",难得世人欢迎而被退了回来,但是"领了'落卷'回来,得了一句中肯的批语,失意之中也还有几分的得意"。②

  张恨水年轻时也很喜欢《小说月报》,他曾写过两篇短篇小说投稿,当时的主编恽铁樵居然回信说"稿子很好,意思尤可钦佩,容缓选载"。虽然等了十年,小说最终丢入字纸篓,但是给了张恨水很大的鼓励,后来他"当了五十年的小说匠",这封信是"起了作用的"。③叶圣陶也有这样的经历,他称赞"恽铁樵喜欢古文,有鉴赏眼光"。他最初向《小说月报》投了一篇《旅窗心影》,也得到恽铁樵的鼓励。叶老记得恽铁樵为他复了一封长信谈论小说的道德内容,认为小说有"可取之处",但登在《小说月报》上还不够格,就收在同样是他主编的《小说海》中。叶老还记得他先后给《礼拜六》投稿大概有十篇,编者是王钝根,稿子寄去总能登出来,彼此也不写什么信。④ 这两个编者叶老都不认识,但却尊重作者的劳动,因此,叶老在85岁高龄时仍向来访者提起这段文学经历。同样,著名编辑张静庐曾将处女作投给《礼拜六》,在紧张的情绪中等待,足有三整夜未好好睡觉。过了一个星期,小说稿虽原璧奉还,但附着王钝根先生的回信,指出结构和写作相当可以,可惜有许多费解的句子和别字。虽然小说没有发表,但编者的热情却激起了他写作的勇气。⑤

---

  ① 周作人:《知堂回想录(上)》,合肥:安徽教育出版社,2008年,第189页。
  ② 周作人:《知堂回想录(上)》,合肥:安徽教育出版社,2008年,第190页。
  ③ 中国人民政治协商会议全国委员会文史资料研究委员会编:《文史资料选辑》第70辑,北京:中华书局,1980年,第155页。
  ④ 吴泰昌:《忆五四,访叶老》,载《文艺报》,1959年第5期。
  ⑤ 张静庐:《在出版界二十年》,上海:上海书店,1984年,第42页。

张天翼与戴望舒、施蛰存、杜衡等人不仅在《礼拜六》《星期》《半月》《红杂志》等刊物上发表小说、小品,他们还与通俗作家创办的"星社"有文学交往,他们自己在1922年12月所办的文学团体"兰社"的创作也有言情、社会、滑稽等通俗类型。

通俗文学作家作为新闻界的前辈还热心于提携后进。刘半农常常托徐卓呆介绍译稿,让他帮忙登在《时事新报》和《小说界》等报刊上,徐还把他介绍到中华书局编辑部工作。① 作为一名资深老报人,徐的编辑经验非常丰富。据柯灵回忆,1931年九一八事变以后,他进入电影界和新闻界,刚到《晨报》当编辑时毫无经验,好在编辑部坐镇一位老编辑叫徐卓呆,是位礼拜六派作家,在社会上颇有名气。他既不编也不写,就是看报纸,出点子,头脑特别灵活。柯灵与另一同事每天上午到他那儿报到,由他指派工作,即刻分头出去跑新闻,下午交稿。② 在那里收获了不少知识。严独鹤也是新闻界的前辈,在徐铸成眼里是很"淳朴长厚"的,在上海《文汇报》创刊初期,跟他接触较多,受到他不少鼓励。③ 在通俗文学界,帮助后辈晚进的不是一两个作家的所为,而是一种普遍现象。可以毫不夸张地说,新文学的众多作家和读者是通俗期刊培养的。

几十年以后,离开当年的批评环境,不少作家回忆起早年的文字生涯,对通俗期刊是心存感激的。据周瘦鹃叙述:"有不少老一辈的作家,都是'礼拜六'的投稿人。前几天我就接到中等教育部叶圣陶副部长的信,问我有没有'礼拜六'收藏着。他当年曾用'叶匋'和'允倩'两个笔名给'礼拜六'写过许多小说和散文,要我替他检出来,让他抄存一份,作为纪念。又如名剧作家曹禺同志去夏来苏州访问我,也问起我有没有全份'礼拜六',大概他也曾投过稿的,可惜我经过了抗日战争,连一本也没有了。这两位名作家,对'礼拜六'忽发思古之幽情,作为一个'礼拜六'派的我,倒是'与有荣焉'的。"④叶圣陶等作家的举动表达了一种态度,就是对往昔岁月的珍惜,以及对礼拜六派文人的感念和敬意。

---

① 鲍晶:《刘半农研究资料》,北京:知识产权出版社,2011年,第44页。
② 姚芳藻:《柯灵传》,上海:上海教育出版社,2001年,第77页。
③ 徐铸成:《严独鹤与周瘦鹃》,《旧闻杂忆》(修订版),北京:生活·读书·新知三联书店,2009年,第130页。
④ 周瘦鹃:《花前新记》,南京:江苏人民出版社,1958年,第47页。

第三章　左翼作家的批评

第一节　对封建意识的批评

一、批评武侠小说拱卫封建势力

1930年3月2日,"中国左翼作家联盟"于上海成立,在左翼作家中,曾经批评过通俗文学的干将主要包括原创造社成员,如郭沫若、成仿吾、郁达夫、郑伯奇、冯乃超、阳翰笙等人;太阳社成员,如钱杏邨;原文学研究会成员,如沈雁冰;一些共产党领导人,如瞿秋白。另外,还有鲁迅、冯雪峰、丁玲、沈端先等人,阵容相当可观。其中,较激进的批评家以无产阶级文学理论反对通俗作家的所谓封建阶级文学,其政治化思维十分明显。

左翼作家的批评是从武侠小说开始的。20世纪30年代,武侠小说盛极一时,平江不肖生《江湖奇侠传》的部分章节被拍成电影《火烧红莲寺》,风靡一时,并带动了武侠创作热潮。如茅盾所说:"自《江湖奇侠传》以下,模仿因袭的武侠小说,少说也有百来种。"①1930年,张恨水的社会言情小说《啼笑因缘》在上海《新闻报》上连载,并引起轰动。其中也有武侠人物。为此,茅盾以《封建的小市民文艺》为题撰文,点明这两部小说的"封建性"。他认为,"武侠狂"现象的出现,一方面是封建小市民要求"出路"的反映,另一方面是封建势力给动摇中小市民的一碗迷魂汤。因为它暗示小市民要解除痛苦必须依仗英雄而不是自己的力量,这是对市民的麻醉与欺骗,使其幻想一种拯救的力量而放弃抗争。它传播封建思想,"替统治阶级辩护",②是"封建文学","拥护封建制度,扩大封建思想的影响的"。③ 瞿秋

---

①　茅盾:《封建的小市民文艺》,载《东方杂志》第30卷第3期,1933年2月1日。茅盾还在《今日的学校》中称,"低级趣味的'封建文学'""主要的就是《礼拜六》式的'鸳鸯蝴蝶派'"。详见《文学》1934年第3卷第6号,署名"丙申"。

②　茅盾:《封建的小市民文艺》,载《东方杂志》第30卷第3期,1933年2月1日。

③　微波(沈雁冰):《谈封建文学》,载《太白》第1卷第10期,1935年2月5日。

白在《吉诃德的时代》,①阳翰笙在《文艺大众化与大众文艺》②中也表达了同样的观点。

不是左翼作家但思想偏左的郑振铎分析武侠小说盛行最重要的原因之一,"便是一般民众,在受了极端的暴政压迫之时,满肚子的填塞着不平与愤怒,却又因力量不足,不能反抗,于是他们幼稚心理上,乃悬盼着有一类'超人'的侠客出来,来无踪,去无迹的,为他们雪不平,除强暴。这完全是一种根性鄙劣的幻想;欲以这种不可能的幻想,来宽慰了自己无希望的反抗的心理的"。③"他们乃是:使强者盲动以自贼,弱者不动以待变的。他们使本来落伍退化的民族,更退化了,更无知了,更宴安于意外的收获了。他们滋养着我们自五四时代以来便努力在打倒的一切鄙劣的民族性"④。

同样,郁达夫将武侠小说流行的原因归结为两点:"第一是因为社会及国家的没有秩序,第二是因为中国没有正义和法律之故。社会黑暗,国家颠倒的时候,而没有正义没有法律来加以制裁纠正,则一般的不平就没有出气之处了。大之就须发生绝大的革命,小之尤小,在没出息的国家民族内,就只好看看武侠小说,而聊以自慰。⑤"

由上可见,这些批评有个共同之处:就是认为武侠小说的流行是一种集体逃避现实的心理趋向,是没有正义与法律国家的民众寻求自我安慰的一种表现,会导致市民沉溺于幻想而不去抗争,从而间接起到"拱卫封建势力"⑥的作用。由于相信武侠小说是政治混乱、社会无序的产物,因而他们愤怒地警告武侠小说的作者:"在如今三不管的时候——政府不管,社会不管,良知不管——你们是在横行无忌着……但总有一个时候,将会把你们这一切谬误行为与思想,整个的扫荡而去靡有孑遗的。而这一个时候,我们相信并不在远。"⑦

---

① 瞿秋白:《吉诃德的时代》,载《北斗》第1卷第2期,1931年10月。
② 寒生(阳翰笙):《文艺大众化与大众文艺》,载《北斗》第2卷第3、4合刊,1932年7月。
③ 郑振铎:《论武侠小说》,见郑振铎著:《海燕》,上海:新中国书局,1932年,第9~10页。
④ 郑振铎:《论武侠小说》,见郑振铎著:《海燕》,上海:新中国书局,1932年,第13页。
⑤ 郁达夫:《〈几个伟大的作家〉译者序引》,见王自立编:《郁达夫研究资料》,北京:知识产权出版社,2010年。
⑥ 朱璟(沈雁冰):《关于"创作"》,载《北斗》第1卷第1期,1931年9月20日。
⑦ 郑振铎:《论武侠小说》,见郑振铎著:《海燕》,上海:新中国书局,1932年,第14页。

二、批评国难小说的封建性

左翼作家对国难小说的批评采用的是同样的观点。1931年"九一八"事变和1932年"一·二八"事变(上海事变)以后,一向对时事敏感的通俗文学作家迅速作出反应,他们在各大小报刊上发表了大量国难小说。如,"《时报》号外的《往那里逃》,《时事新报》晚版所登的《血路》,《社会日报》的《恐怖之窟》,以及《申报·自由谈》所刊的'逃难'小说",①这些小说或以反帝为主题,或反映事变中市民的生活状态,一时形成风尚。由于小说表现的对象和表现对象的方式与无产阶级文学的要求不符,这便招致了左翼作家的批评。

钱杏邨在回顾1931年的文坛时,概括了通俗文学作家对"九一八事变"的态度是"外侮必御",即使无力抵御也必须战死,以存气节。对统治阶级他们也表示不满,所谓"吾不知养兵百万今何用,坐使河山如此终"就是这种愤慨的具体表现。但在"御侮"这一点上,他们的意见是相通的,就是希望多出现像"马占山将军"这样的英雄。钱杏邨认为,这暴露了"封建阶级的智识分子""不能了解事实的必然性……危难当头只有用回忆自慰……这正展开了没落阶级没落的小景"。② 这里的不了解必然性,指的是没有看到真正的抗日力量,只能靠写深山大泽的豪侠或者回忆过去的英雄来自我宽慰。

这一观点在《上海事变与鸳鸯蝴蝶派文艺》中得到了更充分的发挥。该文从思想意识、艺术技巧等方面全面批判了国难小说,措辞严厉,态度偏激。钱杏邨将以张恨水、徐卓呆为代表的通俗文学作家(钱将他们统统称为鸳鸯蝴蝶派)定位为"封建余孽",称他们反映在作品里的阶级意识是封建余孽的意识。他以徐卓呆《往那里逃》为例,批评逃难小说描写的是"小市民层在上海事变中的生活形态"。当"大的威胁紧逼"之时,他们"只是战栗,不安,逃避,跳出危险的区域去追寻安全的地方",③他们心里只有个人利益及家室的安全,而不考虑整个民族应该担负起的任务,因而小说没有什么意义。

在徐文发表之前,1925年1月,叶绍钧的《潘先生在难中》刊载在《小

---

① 茅盾:《我们所必须创造的文艺作品》,载《北斗》第2卷第2期,1932年5月20日。
② 钱杏邨:《一九三一年文坛的回顾》,载《北斗》第2卷第1期,1932年1月20日,第9~10页。
③ 阿英(钱杏邨):《上海事变与鸳鸯蝴蝶派文艺》,载《北斗》第2卷第2期,1932年5月20日。

说月报》上。叶文也写城市小资产阶级的逃难生活,但是钱杏邨对他小说的评价却有很大差异。他援引了茅盾的观点表扬作者:"把城市的小资产阶级的没有社会意识,卑谦的利己思想,Precaution(谨小慎微),琐屑,临虚惊而失色,暂苟安而又喜等心理,发挥得非常透辟,滑稽至极。"①尽管他认为叶绍钧早期作品"黑暗暴露的多,没有充实的生命的力的人物多",②但是对《潘先生在难中》还是持肯定态度的。

为什么对同一题材的小说会有如此不同的评价?笔者认为,潘先生是一个带有浓厚的小市民气息的卑琐形象,作者对他的软弱、自私、动摇、苟安都予以讽刺和调侃。而《往那里逃》中的熊先生则是一个正派的市民,作者只是描写了一个逃难者东奔西逃的生活形态,对他逃难的举动没有作任何批评。后方民众的反帝怒潮,反不抵抗的统治阶级的运动,在作品中都没有表现,这样的作品自然不能得到好评。对徐卓呆的《往那里逃》等描写沪战的文艺作品,茅盾也有如下评论:它们"大体是表现喘息方定"的市民的"悲愤交并,且惊且喜,以及苦闷彷徨的心情",其内容是有欠缺的,因为文艺家的任务"不仅在分析现实,描写现实,而尤重在于分析现实描写现实中指示了未来的途径"。所以,"文艺作品不仅是一面镜子——反映生活,而须是一把斧头——创造生活"。③ 关于这一点,张天翼也表示,作品必须反映时代发展方向。就像以农村为题材不见得就是反封建的东西一样,写反帝的作品也是如此,张恨水虽然写过战壕、轰炸机、东洋赤佬打中国人的耳光,但是因为不能认清现实、深入把握现实,写出的也仍然是空虚的东西。写作不光是看写什么,还要看怎么写,即站在什么立场、以什么观点来反映生活内容。④ 在他们看来,反映"一·二八"战争的小说应该表现民众反帝国主义的力量,从中看到民众反帝国主义情绪的高扬,能做到这一点,才是有真实性的小说。⑤ 显然,这里强调的真实性有其特定的含义,指能昭示时代正确发展方向的先进性。

---

① 阿英(钱杏邨):《叶绍钧的创作的考察》,《阿英全集》第 2 卷,合肥:安徽教育出版社,2003 年,第 109 页。
② 阿英(钱杏邨):《叶绍钧的创作的考察》,《阿英全集》第 2 卷,合肥:安徽教育出版社,2003 年,第 109 页。
③ 茅盾:《我们所必须创造的文艺作品》,载《北斗》第 2 卷第 2 期,1932 年 5 月 20 日。
④ 张天翼:《一点意见》,载《现实文学》第 1 期,1936 年 7 月 1 日。
⑤ 阿英:《上海事变与资产阶级文学》,《阿英全集》第 1 卷,合肥:安徽教育出版社,2003 年,第 605 页。

左翼作家采用阶级分析法对作家的写作立场进行阶级性质的判断,并以此作为评论作品意识形态特征的主要依据。称通俗小说作家为封建余孽,武侠小说拱卫封建制度就是如此。这种阐释认为,在政治上无产阶级是最先进、最有前途的阶级,他们敢于直面现实、勇于往前看,而封建阶级是腐朽、没落、逃避现实的。反映在文学上,无产阶级写实主义文学(或称新写实主义文学)能正视现实的反抗与斗争,因而最具真实性与时代性,而封建阶级文学不能反映时代发展的新动向,自然不具备真实性与时代性。武侠小说和国难小说均没有"把那动的,力学的,向前的'现实'提取出来"[①],因而是封建阶级意识的反映。当时对通俗文学的批评都是循着这个思路进行的。

第二节　文艺大众化运动中的批评

一、否认通俗文学为大众文学

左联成立后,确立了无产阶级革命文学的新路线。为了将无产阶级文艺深入到大众中去,左联分别在1930年、1932年直接领导并发动了文艺大众化(关于文艺作品的语言、形式、体裁以及内容、描写技术)的讨论,1934年第三次文艺大众化(针对大众语问题)的讨论也是在左联的影响和支持下开展的。1936年2月和3月间左联解散之后,文艺大众化的思考一直在延续。发起文艺大众化运动并不仅仅针对通俗文学,它也是对新文学欧化倾向的批评。但由于通俗文学吸引着众多大众读者,所以,批评通俗文学、夺取大众文艺的市场乃重中之重。

具体来说,1930年3月和5月,《大众文艺》编辑部分别组织了两次文艺大众化座谈会,讨论大众文艺的形式问题,会议发言记录后来刊登在《大众文艺》第二卷第三、四期的新兴文学专号上。其中,第四期还刊登了26位作者致编者的信,主要是讨论如何办好大众文艺。1932年4月,瞿秋白在《文学》半月刊上发表了《普洛大众文艺的现实问题》(署名史铁儿);6月,又在《文学月报》创刊号上发表了《论文学的大众化》(署名宋阳)。针对瞿秋白提出的问题,编辑约请了茅盾等诸多作家参与讨论。这些文章主要

---

① 阿英:《中国新兴文学中的几个具体问题》,《阿英全集》第1卷,合肥:安徽教育出版社,2003年,第450页。

刊登在《文学月报》第1卷1—6期，以及《北斗》第2卷第3、4期合刊上。同年，《北斗》发起了"文艺大众化问题"征文活动，茅盾、郭沫若、郑伯奇、冯乃超、王独清、郁达夫、钱杏邨、瞿秋白、沈端先等人都发表了文章。这也反映了左翼作家对文艺大众化的重视程度。

在讨论中，瞿秋白指出，目前文坛的现状是"《广陵潮》《留东外史》之类的东西，也至今还占领着市场，甚至于要'侵略'新式白话小说的势力范围：例如今年出版的张恨水的《啼笑因缘》，居然在'新式学生'之中有相当的销路"。他甚至感到了一种威胁："'新文学'尽管发展，旧式白话的小说，张恨水，张春帆，何海鸣……以及'连环图画'小说的作家，还能够完全笼罩住一般社会和下等人的读者。这几乎是表现'新文学'发展的前途已经接近绝境了。"①

对通俗文学的异常活跃，寒生的《文艺大众化与大众文艺》和郑伯奇的《关于文学大众化的问题》(《大众文艺》1930年第2卷第3期)，史铁儿（瞿秋白）的《普洛大众文艺的现实问题》(《文学》半月刊，1932年第1卷第1期)都表示了担忧。

通俗文学是大众化文学吗？左翼作家予以坚决否定。因为从思想上看，"鸳鸯蝴蝶派的什么什么肉麻因缘之类……它们所宣传的那些封建思想和法西斯蒂思想的混合体""对于向上的革命绝没有一点推进力""对大众没有一点益处……所以它们并不是文学的大众化，乃是文学的妓女化"。② 它们表现没落社会阶层的意识，是穿着白话文的外衣借尸还魂。③ 真正的大众文艺"是无产文艺的通俗化"，是"在清醒的责任感之下，在清醒的阶级理论之下"，让被麻醉了的大众清醒起来。④ 所以，要"向那些反动的大众文艺宣战"，将它们"消灭净尽"。⑤

从语言上看，通俗小说运用的也不是老百姓的语言。它的语言结构与传统联系多，是旧式白话。瞿秋白既否定"五四式的白话"，也反对章回体的白话。他认为，"白话"这个名词已经被"五四式的士大夫"和"章回体的

---

① 瞿秋白：《鬼门关以外的战争》，《瞿秋白文集》文学编（第三卷），北京：人民文学出版社，1989年，第144、145页。
② 郁达夫：《文艺论的种种》，载《读书月刊》第3卷第5期，1932年。
③ 胡愈之：《关于大众语文》，载《申报·自由谈》，1934年6月23日。
④ 郭沫若：《新兴大众文艺的认识》，载《大众文艺》第2卷第3期，1930年3月1日。
⑤ 史铁儿（瞿秋白）：《普洛大众文艺的现实问题》，载《文学》第1卷第1期，1932年4月25日。

市侩文丐"垄断了。① "现在,平民群众不能够了解所谓新文艺的作品,和以前的平民不能够了解古文词一样。新式的绅士和平民之间,没有共同语言。既然这样,那么,无论革命文学的内容是多么好,只要这种作品是用绅士的言语写的,那就和平民群众没有关系。五四的新文化运动因此差不多对于民众没有影响。"②又认为,礼拜六派小说是"文言白话混合得乱七八糟的东西",他们的章回体白话仍以文言为主,是一种"明朝话"。③ 寒生(阳翰笙)也表达了同样的意思,他认为,"五四式的白话,实际上只是一种新式文言,除去少数绅商和摩登青年而外,一般工农大众,不仅念出来听不懂,就是看起来也差不多同看文言一样吃力"。不仅五四式的白话不能用,就是流行在大众中的章回体小说的白话同样不能用,因为它"混杂着不少的文言",什么"欲知后事如何,且听下回分解"等,都不是现在大众所常说的。所以,现在要用"绝对的白话",即大多数工农大众所说的普通话。它"既不是五四式的假白话,也不是章回体上的旧白话"。用这种"绝对白话"写出来的东西,大众才能看得懂。④

相当一部分左翼工作者在否认通俗文学是大众文学的同时,还对其读者作了认定。他们不屑地说:鸳鸯蝴蝶派读者"仅仅一二万的堕落的小资产阶级的读者层,来比起全国的无产大众来,恐怕还不止一毛与九牛之比而已"⑤。郭沫若把上海流行的"黑幕小说的读者看作是有产有闲的大众,是红男绿女的大众,是大世界新世界青莲阁四海升平楼的老七老八的大众"。⑥ 茅盾把热爱武侠的读者看作"封建的小市民"⑦,把消闲刊物的读者看作"没落的""低级趣味的""颓废的醉生梦死的小市民"。⑧ 而大众文学的读者对象为"被压迫的工农兵的革命的无产阶级"。⑨ 这种区分否定了通俗文学存在的合理性。

---

① 史铁儿(瞿秋白):《普洛大众文艺的现实问题》,载《文学》第1卷第1期,1932年4月25日。
② 宋阳(瞿秋白):《大众文艺的问题》,载《文学月报》创刊号,1932年6月。
③ 史铁儿(瞿秋白):《普洛大众文艺的现实问题》,载《文学》第1卷第1期,1932年4月25日。
④ 寒生(阳翰笙):《文艺大众化与大众文艺》,载《北斗》第2卷第3、4合刊,1932年7月。
⑤ 郁达夫:《文艺论的种种》,载《读书月刊》第3卷第5期,1932年。
⑥ 郭沫若:《新兴大众文艺的认识》,载《大众文艺》第2卷第3期,1930年3月1日。
⑦ 茅盾(沈雁冰):《封建的小市民文艺》,载《东方杂志》第30卷第3期,1933年2月1日。
⑧ 恺(沈雁冰):《奢侈的消闲的文艺刊物》,载《文学》第4卷第3号,1935年3月1日。
⑨ 画室(冯雪峰):《我希望于大众文艺的》,载《大众文艺》第2卷第4期,1930年5月。

二、对借鉴通俗小说艺术形式的不同意见

一些左翼作家认为,导致通俗文学市场占有率居高不下的原因在于新文学在形式、文法上与大众隔膜。丁玲表示,"现在的作家们,有一种共同的倾向,就是爱把文句加上一番修饰,以示深奥。一般人读起来觉得生涩得很。如像爱用倒装、爱堆砌浮词成功一种长句,例如沈从文的句子,美是很美,然而大众是看不懂的。这种风尚的推衍,使得大众与文艺之隔离,愈趋愈远"。①

提倡大众文艺的目的就是想以合适的形式灌注革命文艺的内容,创造新的普洛革命大众文艺,跳过那一堵万里长城打进大众的文艺生活中去,以达到消灭通俗文学的目的。鲁迅希望"多有为大众设想的作家,竭力来作浅显易解的作品,使大家能懂,爱看,以挤掉一些陈腐的劳什子",②就是这个意思。

在对通俗小说艺术形式的利用方面,左翼作家的意见是有分歧的。丁玲主张可以借鉴,她认为,"任何新文艺作品的销数,都没有《啼笑姻缘》(注:丁玲原文为'姻')大,足见他是得大多数的爱好和拥戴的""我们也不必菲薄《啼笑姻缘》这类作品(我并且也看过它),我们要研究它所以能够握住大众的信心的是些什么条件""我们要借用《啼笑姻缘》《江湖奇侠传》之类作品底乃至俚俗的歌谣的形式,放入我们所要描写的东西"。③茅盾在对旧章回体小说进行全方位透视的基础上得出一个基本认识,中国旧小说的写法,"在艺术形式上是原始的,然而恰恰合于文化水准低落的大众的口味"。④ 而新文艺,大众总觉得不够味,句法看上去不顺眼,表现方式也让人不习惯,读起来费力。所以,必须采用旧形式。

对大部分左翼作家来说,采用旧形式是架起一座民众通向左翼文学的桥梁,等大批人马通过后,再拆桥,也就是抛弃旧形式。

---

① 未卜:《丁玲女士讲演之文艺大众化问题——〈啼笑姻缘〉何以能握着大众的信心?》(注:该演讲标题为"姻"),载《新闻报·本埠附刊》,1932年5月20日。据研究,该文的确是丁玲1932年5月16日在暨南大学的演讲。见石娟:《"〈啼笑因缘〉值得借鉴"——丁玲关于文艺大众化问题的具体意见》,载《新文学史料》,2012年第3期。
② 鲁迅:《文艺的大众化》,载《大众文艺》第2卷第3期,1930年3月。
③ 未卜:《丁玲女士讲演之文艺大众化问题——〈啼笑姻缘〉何以能握着大众的信心?》,载《新闻报·本埠附刊》,1932年5月20日。
④ 茅盾:《文艺大众化问题》,广州《救亡日报》,1938年3月9日、10日,见《茅盾全集》第21卷,北京:人民文学出版社,第1991年,第357页。

文艺大众化把"大众能不能接受作为第一义,而把艺术形式是否'高雅'作为第二义"。① 有作家甚至表示,只要有用,"通俗到不成文艺都可以"②,因为"根本文艺就不是什么了不得的家伙,只是一个工具,被作者自己用,被自己的主子用,穿什么衣就穿什么衣,一点不成问题"③。这种文学工具论显然是极端的。

也有作家,比如茅盾,强调形式并非决定新文学胜败的关键。他提到,在旧书店偶然翻阅到《小说月报》第 14 卷第 4 号(1923 年出版)时,发现"通信"栏中有胡适之先生写给顾颉刚的一封信。信中说:"文学研究会的朋友们似乎也应该明白:新文学家若不能使用寻常日用的自然语言,决不能打倒上海滩上的无聊文人。这班人不是漫骂能打倒的,不是'文丐''文娼'一类绰号能打倒的。新文学家能运用老百姓的话语时,他们自然不战而败了。"他对胡适所谓《小说月报》的语言过于欧化而让人感觉生硬,也因此不能战胜上海滩文人的看法并不以为然,表示这并非仅仅是语言的问题。"上海滩的无聊文人也使用欧化句法",然而并未"自趋于灭亡",他们到现在还是有一部分势力。"胡适只以为文字(形式)变了,自然会'耳目一新',只以为那些'无聊文人'所以打不倒全是因为'新文学家'的文字不是自然言语之故。他却不知道'封建社会'的基础一日不去,则封建文学便能存在一日,而且会'适应时代',换穿各种各样的外衣的。"茅盾认为通俗文学是"封建社会的产物",是为封建制度服务的,因此,只有清除封建制度才能根本解决问题。他讽刺新文化运动的主角胡适对这一点是"茫然"的,也因此现在不再说如何"打倒上海滩上的无聊文人了"。④

第三节 对左翼作家批评的回应

一、反对左翼作家批评的偏见

1930 年代,由范烟桥主编的《珊瑚》半月刊从 1933 年 1 月 1 日第 2 卷第 1 号(总第 13 号)开始,至 7 月 1 日第 3 卷第 1 号(总第 25 号),每半月登

---

① 茅盾:《文艺大众化问题》,广州《救亡日报》,1938 年 3 月 9 日、10 日,见《茅盾全集》第 21 卷,北京:人民文学出版社,第 1991 年,第 357 页。
② 郭沫若:《新兴大众文艺的认识》,载《大众文艺》第 2 卷第 3 期,1930 年 3 月。
③ 张天翼:《关于三个问题的一些拉杂意见》,载《新语林》第 2 期,1934 年 7 月 20 日。
④ 微波(沈雁冰):《谈封建文学》,载《太白》第 1 卷第 10 期,1935 年 2 月 5 日。

载一篇说话人的《说话》，共 13 则；而后从 1933 年 7 月 16 日第 3 卷第 2 号（总第 26 期）开始，至 10 月 16 日第 3 卷第 8 号（总第 32 期），又登载了说话人的《说话》，共 5 则（每期题目相同，但未标明第几则）。这些文章阐明了通俗文学作家的立场，很具代表性。

通俗文学作家认为，新文学团体"壁垒森严，很有组织，很有主义，像以前的'文学研究会'和现在的'左翼联盟'隐然成了文艺界的政党"。文艺与"政见"不同，①应让其自由发展、自由选择。作者有思想的自由，读者有兴趣与感受的自由，不必拉拢，不必排斥。但目前的状况是左翼的文化权威造成了对通俗小说的压制。

有一位叫岂凡的作者盘点了"新"文坛表现"九一八"与"一·二八"事变的作品，小说有茅盾的《林家铺子》等十二篇。左翼作家对这些小说大加赞赏，而对同样以国难为背景的徐卓呆的《往那里逃》，非但摒之于"坛"外，还认为，"他缺乏正确的意识，而且缺乏热情，便是缺少文学的严重性"。岂凡肯定《林家铺子》是"一篇观察极深刻的小说"，同时指出，《往那里逃》确是"一·二八"事变背景下很有意义的写实小说，似乎不应该因为它署名"卓呆"就不把它拉上新文坛去。②

这种看法在通俗文学界具有普遍性。多年后，张恨水回忆起"在鲁迅领导一部分文人的当年，文坛上的发表多于治学，叫嚣多于研讨，虽也是环境使然，而给与后来及当时青年的影响是浮躁与肤浅"。③ 虽然对鲁迅有误解，但也道出了对左翼狭隘批评的不满。

在抗议的同时，通俗文学作家将普罗文艺与张恨水作品进行了对比，指出前者脱离民众的缺点。他们讽刺普罗文学作者是坐在洋房中描写厂里工人的苦况，住在城内描写乡间农民的窘境。工人和农民读了作品后，个个五体投地，祝他们"笔健"！④ 而张恨水的《小西天》在上海《申报》副刊《春秋》连载的前一天，编者周瘦鹃撰写《介绍〈小西天〉》予以推荐，他赞扬张恨水深入陕甘三个月，写出了真正的西北民间小说。同时，周瘦鹃以略带嘲讽的口吻批评那些虽高喊口号却停留在窄小的新文艺圈子里，不付之于行动的现象。他是这样说的：

---

① 说话人：《说话》，载《珊瑚》第 3 卷第 8 号，1933 年 10 月 16 日。
② 说话人：《说话》（三），载《珊瑚》第 2 卷第 3 号，1933 年 2 月 1 日。
③ 水（张恨水）：《文人谦和了》，载重庆《新民报》，1942 年 9 月 21 日。
④ 彭学海：《文坛漫话》，载《红玫瑰》第 5 卷第 27 期，1929 年 11 月。

现在一般作家,都高喊口号,到民间去。是的,我们很赞成作家到民间去,替民间写些东西出来,但是我们仔细考察一下,到民间去的作家,能有几人?甚至于口里喊着到民间去,人却在高大的洋房子里。而咖啡馆、跑狗场、百乐门跳舞厅,大光明电影院……这是他们不时光顾的所在,也许这里就是民间。①

后来,张恨水也回顾了普罗文学与民众隔膜的情形:

乡下文艺和都市文艺,已脱节在五十年以上。都市文人越前进,把这群人越抛在老后面。任何普罗文艺,那都是高调,而且绝对是作者自抬身价,未曾和这些人着想,也未曾梦到自己的作品有可以赶场的一日。②

有很多通俗文学作家都表达了同样的意思,诸如:在咖啡座上谈农人辛苦,不论怎样谈下去,决不能丝毫搔着痒处。坐在写字台边一味幻想,就像"顶了石臼做戏"③,吃力不讨好。"惰性使他们安于狭小的生活范围,不肯深入到大众中间去,实地体验大众的生活和意识形态,同时又不肯放弃为大众所不能了解接受的新文艺形式,因此新文艺运动虽已具有二十余年的历史,却永远和大众隔离着。④"

令通俗文学作家感到自信的是通俗文学很接地气,张恨水自述虽然没有历尽人世的艰辛,但是对社会各阶层都有亲密的接触。这不但对写作有莫大的帮助,而且对为人亦有莫大的启示。

二、对武侠小说截然不同的看法

对武侠小说,通俗文学作家评价不一,有人同意沈雁冰所言"武侠狂"是出版界的恶现象。郑逸梅指出,有些书贾收买小说稿时抱着"除却巫山不是云"的宗旨,非武侠不收,非武侠不刊,书中人物本领要一个高似一个,结果就不得不求之于神怪了。无知之徒读了眉飞色舞,不觉着迷,有的甚至抛弃家庭,孑身远赴峨眉修道访仙,这也是神怪武侠带来的不良后果。

---

① 编者:《介绍小西天》,载《申报·春秋》,1934年8月20日。
② (水)张恨水:《赶场的文章》,载重庆《新民报》,1944年4月11日。
③ 说话人:《说话》(十三),载《珊瑚》第3卷第1号,1933年7月1日。
④ 危月燕(周楞伽):《从大众语说到通俗文学》,载《万象》第2年第4期,1942年10月。

他自己承认也写过类似的武侠小说,因此特地写出以"自忏并劝告同文的撰武侠小说还是改弦易辙,不要再把神怪来惑世欺人,为文明前途的障碍"。①

著名的武侠小说家白羽也多次自我贬低,他在《十二金钱镖》卷一初版《自叙》中说:"雕虫小技,壮夫不为;辞赋尚尔,况丛残小语?叙游侠以传奇,托体愈卑……稗官无异于伶官,鸎文何殊于鸎笑。"又在"三版自序"中感叹:"章回旧体,实羞创作,传奇故事终坠下乘。"②反复言之,可见心情之沉痛。1939年,白羽在《话柄·自序》中检讨:"环境与饭碗联合起来,逼迫我写了些无聊文字。而这些无聊文字竟能出版,竟有了销场,这是今日华北文坛的耻辱……今日之我哀乐中年,饱经世故,回想从前的种种,令人汗下,我可有甚么说头呢?"③这些自我否定反映了左翼的批评对通俗文学界的巨大压力。

武侠小说虽然一向是通俗期刊招徕读者的热点,但《万象》期刊却没有刊载武侠小说。曾有读者来信询问,说《万象》在创刊前的广告上曾预告要刊登赵焕亭的《红粉金戈》,但始终未见发表。他建议设法登载一些武侠小说,像"北方平津一带的武侠名作家赵焕亭,徐春羽,白羽,还珠楼主等的作品,都是各有千秋的,尤其是白羽的武侠小说,其文笔之佳及情节之妙,可以使人至少多吃一碗饭"。陈蝶衣的回信是:"赵焕亭先生写的武侠小说《红粉金戈》,最初本是预备刊载的,而且赵焕亭先生已经寄了三回来,后来经过郑重考虑之下,一般的意见都以为'要不得',编者也深觉在此时代,武侠小说的刊载也许将使一部分程度浅薄的读者蒙受不良影响,因此决定不再发表。"④为了避免脱离时代的嫌疑,《万象》不再刊登武侠小说,可见新文学作家观点影响之大,即使通俗阵营都非常认同。

也有为武侠小说辩护者,他们以其民间流行之广为自豪。徐文滢认为,《江湖奇侠传》几乎妇孺皆知,"这广大的势力和影响可以叫努力了二十余年的新文艺气沮"。⑤武侠小说也不全是"剑侠放飞剑"一类的故事,其优点在于"教读者反抗暴力,反抗贪污,并告诉被压迫者联合一致,牺牲小

---

① 郑逸梅:《武侠小说的通病》,《小品大观》,上海:校经山房书局,1935年,第175页。
② 白羽:《初版自序》,《十二金钱镖》上卷,武汉:长江文艺出版社,2000年,第14、15页。
③ 白羽:《话柄》,天津:正华学校出版部,1939年。
④ 陈蝶衣:《〈万象信箱〉中的谈话》,载《万象》第1年第8期,1942年2月1日。
⑤ 徐文滢:《民国以来的章回小说》,载《万象》第1年第6期,1941年12月。

我"①。诸如,不肖生的《近代侠义英雄传》是很好的技击拳术侠义小说,书中所叙十之八九都是真人真事。像霍元甲、大刀王五都确有其人,他们让国人骄傲我们也有英雄,使我们对所谓的"国术"产生好感。②

《天津市立通俗图书馆月刊》的"书报评"栏目有一篇文章也给《江湖奇侠传》以很高的评价:从社会意义来说,该书乃"正风俗,矫人心之作,其助弱扶衰,惩恶除邪,种种事迹,均不离'正大光明'四字"。它还"描写世态炎凉""表金钱之万恶,鄙之如粪土,且明示欲求大道,须先隔断贪字"。从民俗学角度看,它"描写风俗人情,既工且细,错非躬莅其境,熟悉乡土者,不能如是,读此九集书,胜览若干地志及指南"。③

白羽创作了很多脍炙人口的小说,尽管他并不看好自己的作品,但叶冷提出白羽的《十二金钱镖》与其他武侠故事不同。第一,他借径于大仲马,描写人物很活,所写事情极近人情,书中的英雄都是人,而非"超人";第二,他借径于席文蒂思,做武侠传奇而奚落侠客行径。所以他的故事外形是旧的,而"作者的态度,思想,文学技术,都是清新的,健全的""是无毒的传奇,无害的人间英雄画;而不是诲淫,诲盗,诲人练剑练拳挡枪炮"。他的书可以与英国传奇作家史蒂芬孙相媲美,能够"沸起读者的少年血,无形中给你一些生活力,和一些勇,一些热"。④

为武侠小说辩护者还认为,武侠小说在艺术方面也有可圈可点之处。北方小说家赵焕亭侠义小说的特色是:表现社会人情颇为风趣,对白也流利、诙谐,很值得一看。不肖生的《江湖奇侠传》"描写真肖,文笔警透,驾乎凡流之上"。⑤

就武侠小说的不良影响来说,也不过是使极少数意志薄弱的读者背井离乡访求异人学道,比起新文学作品中写两性多角恋爱的"西装肉蒲团",似乎危害更少。⑥

一般来说,通俗文学作家较为赞同侠义武侠小说,却反对剑仙神怪武侠,认为它没有历史根据。比如,说话人批评不肖生把《江湖奇侠传》写得荒唐怪诞。而由其改编的十八集电影《火烧红莲寺》火爆异常,于是,峨眉

---

① 张恨水:《武侠小说在下层社会》,载《前线周刊》第1卷第4期,1945年9月3日。
② 徐文滢:《民国以来的章回小说》,载《万象》第1年第6期,1941年12月。
③ 于梦梅:《江湖奇侠传评注》,载《天津市立图书馆月刊》,1934年第3期。
④ 叶冷:《白羽及其书》,《话柄》附录,天津:正华学校出版部,1939年,第120页。
⑤ 于梦梅:《江湖奇侠传评注》,载《天津市立图书馆月刊》,1934年第3期。
⑥ 说话人:《说话》(七),载《珊瑚》第2卷第7号,1933年4月1日。

派的吕宣良、崆峒派的红云老祖成了最有权威的剑仙。"潮流所到,武侠小说就一变而成为《封神榜》《西游记》之类的神怪小说。作者只顾情节惊奇,不顾情理如何,思想的退化是无可讳言的",顾明道的《荒江女侠》也"逃不出神怪的范围"。①

给神怪武侠小说以积极评价的是徐国桢,他认为,神怪武侠小说遭受的压力最大,不仅"新式的卫道君子"视其为洪水猛兽,欲置之死地而后快,就是通俗小说作家也视其为不切实际,肯定者寥寥无几。徐国桢感慨神怪小说作者除了埋头工作,完全持不抵抗主义态度,谁也不敢申辩。然而,尽管处于绝对劣势之下,神怪小说不仅没有灭绝,反而不胫而走、盛况空前,这是因为还珠楼主小说有儒释道的惩恶扬善思想蕴含其中。徐国桢说,还珠楼主在给他的信中曾表明写作态度:"惟以人性无常,善恶随具环境,惟上智者能战胜。忠孝仁义等,号称美德,其中亦多虚伪。然世界浮沤,人生朝露,非此又不足以维秩序而臻安乐。空口提倡,人必谓之老生常谈,乃寄于小说之中,以期潜移默化,故全书(指《蜀山剑侠传》)以崇正为本……书中人乃有七个化身,善恶皆备。"②最终正义必将战胜邪恶。它给读者带来的影响是正面的。

不仅如此,还珠楼主的作品充满艺术想象力。徐十分钦佩还珠楼主的"玄思冥想"以及文笔的"恣肆汪洋"③,特别是对幻境的创造,如同有神助一般的笔力。在他笔下:

> 关于自然现象者,海可煮之沸,地可掀之翻,山可役之走,人可化为兽,天可隐灭无迹,陆可沉落无形,以及其他,等等;
>
> 关于故事的境界者,天外还有天,地底还有地,水下还有湖池,石心还有精舍,以及其他,等等;
>
> 对于生命的看法,灵魂可以离体,身外可以化身,借尸可以复活,自杀可以逃命,修炼可以长生,仙家却有死劫,以及其他,等等;
>
> 关于生活方面者,不食可以无饥,不衣可以无寒,行路可缩万里成寸尺,谈笑可由地室送天庭,以及其他,等等;

---

① 说话人:《说话》(九),载《珊瑚》第2卷第9号,1933年5月1日。
② 徐国桢:《还珠楼主及其作品的研究》,载《宇宙》,1948年第3期,第61页。
③ 徐国桢:《还珠楼主及其作品的研究》(下),载《宇宙》,1948年第5期,第44页。

  关于战斗方面者,风霜水雪冰,日月星气云,金木水火土,雷电声光磁,都有精英可以收摄,练成功各种凶杀利器,相生相克,以攻以守,藏可纳之于怀,发而威力大到不可思议。①

  还珠楼主凭借天马行空的想象力,将读者带入一个具有广阔空间的审美世界,这个世界充满神奇、智慧与趣味。

  值得一提的是,还珠楼主想象力虽神奇,但非胡编乱造。《蜀山剑侠后传》第三十四集出版时,编辑是这样推介的:"内容虽神怪至于不可思议,而加以咀嚼,无不合于古今哲理、中外人情,绝非信口开河、胡言乱语者可比。所有盈虚消长之理、邪正生克之势、风雨雷电之变、情爱淫欲之别、山花水草之美、生老病死之苦等等,均有极切实之发挥;否则何以能抓住读者心魂,得广大读者之叹赏哉?"②在对武侠神怪小说一片"荒诞"的声讨中,这种评价让人耳目一新。

第四节　批评的特点

一、左翼作家观点高度统一

  在与通俗文学作家的较量中,左翼作家的批评形成了以下特点:

  第一,思想统一、理论统一、话语统一。左联是革命文学团体,其文学创作与批评都是有组织地进行的。《北斗》是左联机关刊物,据主编丁玲回忆,《北斗》的约稿体现的是刊物的意图,而不是主编的个人爱好。许多问题的看法都是左联党团领导和进步作家事先交换意见,基本态度一致,然后各自写稿。这样,不仅批评观点类似,而且文章语言表达方式都很接近。

  上海事变以后,《北斗》编辑部约请了几位作家撰写有关文章。钱杏邨广泛搜集材料写了一篇大文章,并把其中批评鸳鸯蝴蝶派文艺的一章交给《北斗》发表,时效性非常强,故丁玲称赞他"光是反应之及时,别人就不一定跟得上他"。据丁玲说,钱杏邨发表的回顾1931年中国文坛的文章,述评完了,还用左联执委会决议对当前的文艺运动给以指引,让作家们"找自

---

① 徐国桢:《还珠楼主及其作品的研究》,载《宇宙》,1948年第3期,第62页。
② 还珠楼主:《蜀山剑侠后传》第三十四集,上海正气书局,1946年封底。转引自韩云波:《还珠楼主武侠小说序跋研究》,载《苏州教育学院学报》,2016年第3期。

己的出路"。① 由于钱杏邨的文章往往配合时事的需要,以致李长之称之为"奉命八股"②。

钱杏邨的《上海事变与鸳鸯蝴蝶派文艺》批评张恨水小说"是鸳鸯蝴蝶的一体,只是披上'国难'的外衣",在技巧上,这些抗战加言情的小说情节巧合太多,不是来自生活体验,缺乏真实性。故而"张恨水的小说与其说是'小说',不如说是'胡话'",其他如顾明道、程瞻庐、汪优游的小说也不过如此,观点相当偏激。然而,在"编后"中,时任主编的丁玲却嫌其不够分量,还加上了几句:"论文批评了我们平日不很注意的那些文艺,这对于工作是很重要的,不过杏邨的文章还有缺点,分析没有触到阶级的根底,没有加强地指出'鸳鸯蝴蝶派'的关于上海事变的文艺的政治的意义。"③从中,我们可以看到不少批评者是相互监督、相互促进地保持同一理论方向与步骤的。

第二,以批评为战斗。左翼文学运动是一场以文学为手段的革命运动,在1930年左联成立大会上,左联执委会就宣布:"我们的艺术是反封建阶级的,反资产阶级的,又反对'失掉社会地位'的小资产阶级的倾向。我们不能不援助而且从事无产阶级艺术的产生。"④1931年,重申"站在无产阶级的解放斗争的战线上",提倡无产阶级革命文学。对创作的题材、方法和形式都作了具体且详细的规定,还特别提醒作家:注意那些最能完成目前新任务的题材,要抓取反帝国主义的题材,抓取反对军阀地主资本家政权以及军阀混战的题材等,重要的是反映民众反抗或英勇的斗争。那些身边琐事,小资产知识分子式的革命的兴奋和幻灭,恋爱和革命的冲突之类的题材要统统抛去。此外,对理论斗争与批评也作了明确的规定,就是"去和那些把民众麻醉在里面几乎不能拔出的封建意识的旧大众文艺斗争,去和大众自己的封建的,资产阶级的,小资产阶级的意识斗争,去和大众的无知斗争"。⑤ 在决议中,"封建意识""资产阶级""麻醉"等字眼频频出现,回顾前面茅盾、钱杏邨等人的批评文章,也都是自觉按照上述决议的要求去评价作品得失的。

---

① 颜雄:《丁玲说〈北斗〉》,载《新文学史料》,2004年第3期,第17页。
② 李长之:《梁实秋著〈偏见集〉》,载《国闻周报》第11卷第50期,第8页。
③ 阿英(钱杏邨):《上海事变与鸳鸯蝴蝶派文艺》(编后),载《北斗》第2卷第2期。
④ 《文艺界消息·左翼作家联盟的成立》,载《萌芽月刊》第1卷第4期,1930年4月。
⑤ 《中国无产阶级革命文学的新任务——一九三一年十一月中国左翼作家联盟执行委员会的决议》,载《文学导报》第1卷第8期,1931年11月15日。

作为左联重要的革命理论家,早在左联成立之前,钱杏邨就提出"文艺批评家的职任就是一个革命家的职任。批评家的任务就是促进革命的进展与成功"。批评界要克服没有统一理论的主观随意性,才能承担"作家读者双方的指示者、解释者的重任"。① 而这个理论就是新写实主义理论,其评论重点在作家的思想观念和作品是否能满足政治需求,至于艺术价值则退居其次。这样,对一些内容达标而技巧不成熟的无产阶级文学抱着理解与宽容的态度。在他看来,"果真是同情于普罗列塔利亚文学运动……是决不会在技术的幼稚上来否定一个阶级的艺术的——这'否定'的结论的作成,不过是证明批评者忽略了'历史的发展的必然'"。②

而同样是艺术问题,出于对通俗文学作家的偏见,钱对张恨水《弯弓集》(取名有"弯弓射日"之意,包括小说、电影剧本、诗歌、散文、笔记)则表示了不屑一顾,"谈不上技术。大部分连新闻通信都不如"。至于徐卓呆的《往那里逃》,"与其说是小说,不如说是散文"。③ 显然,这里是以文学的政治价值代替艺术价值,以革命的情绪代替文学的评判标准。

总之,这一时期以文学为阶级斗争的武器或工具,带有特定时代的"左"的气息。批评者将文学的功利作用发挥到无以复加的境地,任何不能直接服务于政治的文学都在指责范围之内,这显然有违批评的原则。

二、鲁迅的态度相对客观

鲁迅在五四时期就反对消闲文学,这种态度一直没有改变。1929 年 5 月 22 日,在给许广平的信中,他嘲讽陈西滢和凌叔华的照片登上了《红玫瑰》、胡适之的诗刊载于《礼拜六》,"时光老人的力量,真能逐渐的显出'物以类聚'的真实"④。很明显,鲁迅并没有把自己归入"张恨水们"⑤的阵列中。左联成立后,鲁迅用积极供稿的方式支持左翼文学,《北斗》每一期都有他的文章登载。尽管如此,鲁迅对通俗小说作家并没有一味否定,这主要表现在他对张恨水和一些通俗作家的态度上。鲁迅和张恨水分别是新

---

① 钱杏邨:《批评的建设》,载《太阳月刊》5 月号,1928 年 5 月 1 日。
② 阿英:《新兴文艺与中国(及其他)》,《阿英全集》第 1 卷,合肥:安徽教育出版社,2003 年,第 459 页。
③ 阿英(钱杏邨):《上海事变与鸳鸯蝴蝶派文艺》,载《北斗》第 2 卷第 2 期,1932 年 5 月 20 日。
④ 鲁迅:《两地书》,《鲁迅全集》第 9 卷,北京:人民文学出版社,1958 年,第 255 页。
⑤ 1934 年 8 月 21 日,鲁迅在给母亲的信中提到"张恨水们的小说,已托人去买去了"。见许广平编:《鲁迅书简》(上册),北京:人民文学出版社,1952 年,第 283 页。

旧阵营的两个大家,1930年代,他们各自支撑起《申报》的两个副刊：一个是《自由谈》,一个是《春秋》。用沈雁冰的话来说,《自由谈》原本是"鸳鸯蝴蝶派文人的巢穴",它天天与读者见面,每天发行十几万,"不但在中国是上流人士和小市民案头必备之物,且在南洋华侨中亦是流行的"①,影响非常广泛。1932年12月1日,《申报》副刊《自由谈》改革,由黎烈文接编,成为新文学夺取的一块阵地。

成为新文学阵地以后,鲁迅应郁达夫之托,经常为《自由谈》撰稿。张恨水也曾详细地谈到此事,称"鲁迅先生常化名在上面写散文,非常叫座"②。《自由谈》改革后,《申报》另辟副刊《春秋》发表通俗文学,由周瘦鹃主编,而张恨水正是《春秋》的支柱。虽然两个副刊暗中角力,但鲁迅并没有批评张恨水的文字。

究其原因,通俗小说作家依靠市场而获取劳动报酬,在政治上并不依附于国民党,在人格上保持了独立与自由,这也使得鲁迅并不那么反感他们。

另外,鲁迅认为,通俗小说良莠不齐,需要分辨清楚。早在1915年,鲁迅在通俗教育研究会小说股当主任时,就提出通俗小说要区别对待："一可绝对禁止；二不必禁止亦不必提倡；三于社会有益者,可以提倡。"③联系到鲁迅书信中记载的买张恨水小说寄给母亲的事实,想来他并没有把它们当作需要禁止的书,也没有归为需要挤掉的陈腐的劳什子。

对旧形式的采用,鲁迅表示"是很有意义的",④"旧形式是采取,必有所删除,既有删除,必有所增益,这结果是新形式的出现,也就是变革。而且,这工作是绝不如旁观者所想的容易的"。⑤

鲁迅1931年的演讲稿《上海文艺之一瞥》最初发表在《文艺新闻》时称"鸳鸯蝴蝶派"小说为"才子+佳人"⑥,后来收入《二心集》后有较大修改,即：这时新的才子+佳人小说又流行起来,"但佳人已是良家女子了,和才

---

① 茅盾：《多事而活跃的岁月》,载《新文学史料》1982年第3期,第1页。
② 张恨水：《写作生涯回忆三十一·东北四连长》,北京：人民文学出版社,1982年,第47页。
③ 通俗教育研究会：《小说股在鲁迅主持下召开的十二次会议记录·小说股第四次会议》,见薛绥之主编：《鲁迅生平史料汇编》(第三辑),天津：天津人民出版社,1983年,第159页。
④ 鲁迅：《论"旧形式的采用"》,《且介亭杂文》,《鲁迅全集》第6卷,北京：人民文学出版社,1958年,第18页。
⑤ 鲁迅：《论"旧形式的采用"》,《且介亭杂文》,《鲁迅全集》第6卷,北京：人民文学出版社,1958年,第20页。
⑥ 鲁迅：《上海文艺之一瞥》,载《文艺新闻》第20号,1931年7月7日,第1版。

子相悦相恋,分拆不开,柳荫花下,像一对蝴蝶,一对鸳鸯一样,但有时因为严亲,或者因为薄命,也竟至于偶见悲剧的结局,不再都成神仙了——这实在不能不说是一个大进步"。① 五四时期,鲁迅曾发文反对言情小说的游戏倾向,但在 20 世纪 30 年代又肯定言情小说打破大团圆的结局是一个进步。以上表明鲁迅对通俗文学的观点是一分为二的。

对左联激进的态度鲁迅并不满意。他在回顾左联成立以来创作与批评存在的问题时说,以过去的经验,我们的批评"常流于标准太狭窄,看法太肤浅",创作也常出现"近于出题目做八股的弱点"。"民族革命战争的大众文学决不是只局限于写义勇军打仗,学生请愿示威"等作品,不应该这么狭窄,而应该"广泛到包括描写现在中国各种生活和斗争意识的一切文学"。② 该文写于他去世前几个月,代表了鲁迅对左翼批评界的总体观察,而他主张把包天笑和周瘦鹃吸收进文艺界抗日民族统一战线中来也表明了一种肯定的态度。

---

① 鲁迅:《上海文艺之一瞥》,《鲁迅全集》第 4 卷,北京:人民文学出版社,1957 年,第 231~232 页。
② 鲁迅:《论现在我们的文学运动》,《且介亭杂文末编·附集》,《鲁迅全集》第 6 卷,北京:人民文学出版社,1958 年,第 476~477 页。

第四章 抗日民族统一战线以后的批评

第一节 搁置矛盾,求同存异

一、文艺界一致对外

上海事变以后,国内形势发生了新变化。为了组织抗日统一战线文艺团体,1936年二三月间,左联解散。同时,在共同维护民族人义的基础上,新文学界主张与通俗文学界搁置矛盾,求同存异。鲁迅表态:"我赞成一切文学家,任何派别的文学家在抗日的口号之下统一起来的主张……文艺家在抗日问题上的联合是无条件的,只要他不是汉奸,愿意或赞成抗日,则不论叫哥哥妹妹,之乎者也,或鸳鸯蝴蝶都无妨。但在文学问题上我们仍可以互相批判。"①在民族生死存亡的时刻,左翼作家在政治上团结通俗文学界,在文艺方针政策上变打击为争取。

1936年9月,《文艺界同人为团结御侮与言论自由宣言》发表,其中主张团结御侮之意溢于言表,兹摘录如下:

> 全国文学界同人应不分新旧派别,为抗日救国而联合。文学是生活的反映,而生活是复杂多方面的,各阶层的,其在作家个人或集团,平时对文学之见解、趣味与作风,新派与旧派不同,左派与右派亦各异,然而无论新旧左右,其为中国人则一,其不愿为亡国奴则一,同为抗日的力量则一。在文学上,我们不强求其相同,但在抗日救国上,我们应团结一致,以求行动之更有力。我们不必强求抗日之划一,但主张抗日力量即刻统一起来。②

宣言上列名的不仅有鲁迅、郭沫若、茅盾,也有通俗文学作家包天笑和

---

① 鲁迅:《答徐懋庸并关于抗日统一战线问题》,载《作家》第1卷第5号,1936年8月。
② 《文艺界同人为团结御侮与言论自由宣言》,载《文学》第7卷第4号,1936年10月1日。

周瘦鹃。这表明了左翼文学界和通俗文学界的共同心愿。

这一时期,左翼作家还对《新申报》破坏文化界抗日民族统一战线的行径加以抨击。该报编者著文说,"鸳鸯蝴蝶派"这个名称是新文学家们讥笑该派"只知咬文嚼字,修词琢句,没有主义,没有意识,不过像鸳鸯蝴蝶似的仅供人们的玩赏而已。其实,凭良心说来,鸳鸯蝴蝶派,对于新思想的介绍,旧礼教的纠正,以及发扬中国国粹的精髓,唤起人们对于文字的兴趣等,却也不无相当的功绩。虽说他们那时的作品,大都脱不了风流旖旎,神怪武侠的范围,但那文字的价值,情操的纯洁,也是无法抹煞"。在表达同情理解之后,编者又用"风行海内,纸贵洛阳""文名借甚,妇孺咸知""文坛史上,足占重要"等词语来赞扬鸳鸯蝴蝶派,称其"不足言功,也不能言罪",又说,他感到意外的是这些作家却遭到新文学作家的批评。接着,编者以嘲弄的笔调讽刺受到批评之后,鸳鸯蝴蝶派便"极力摩仿新文学家的作风笔法,而也以新文学家自居起来。那些新文学家呢,明知他们野狐参禅,但见他们既然低首投降,也足增厚自己的力量,巩固自己的阵线,所以并不拒绝,遥相声援,形成新旧混合的形势。我们只要翻出近年来他们的作品,把目下的形势,加以参证,便会觉得那些言论,多数是在盲从过度之下产生的"。①

对此,钱杏邨愤怒地撰文揭露编者企图通过强调鸳鸯蝴蝶派在文学上的功绩,挑起新文学作家与该派斗争来破坏统一战线。他还批评该报歪曲新文学界组成统一战线只是为了利用鸳鸯蝴蝶派的言论。他相信,此种战略非常拙劣且容易识破,是无法"拉脱""挽救国族于危亡而结成的铁的阵线"的。②

钱杏邨虽然对通俗文学不作总体否定,但对《晶报》仍作了政治化的分析。他说,《晶报》在生活上竭力提倡色与性,并夸张这一类的问题,从抗战的观点来看,其所起的作用是企图把读者从对抗战的注意拉到对色欲的追求,从而削弱中国抗战之力。此外,他还批评捉刀人王小逸的新色情小说给人"一种性的新刺激",是"诱导人走向淫欲,走向享乐,走向没落的路",他希望提供给读者的小说能增强抗战胜利的信念,"最低限度,也应该是鼓励一点气节,劝导那些动摇的份子不要去做汉奸"。③ 应该说,钱杏邨反对

---

① 钱杏邨:《从浓毛狗文学说到袖狗文学》,《阿英全集》第6卷,第33~34页。
② 钱杏邨:《从浓毛狗文学说到袖狗文学》,《阿英全集》第6卷,第34页。
③ 阿英:《论新的色情小说》,见魏绍昌:《我看鸳鸯蝴蝶派》,上海:上海书店出版社,2015年,第144页。该文也收入由柯灵主编的《阿英全集》第6卷第42~43页,但文中屡次出现的捉刀人王小逸均用"×××"代替。

色情是完全必要的,但一切文章皆为抗战的思想,以及把文学问题视为政治问题也是具有局限性的。

二、积极评价通俗文学作家的民族意识

统一战线建立以后,原左翼文学界积极评价通俗文学作家的民族意识。首先,在人格上肯定了礼拜六派文人尽管"在恶劣条件下,受着长时期的利诱和威胁",仍"可敬地保守着国民的贞洁"。① 张恨水的《弯弓集》(曾受到钱杏邨猛烈抨击)"充满民族解放的思想"②,并由此推断张恨水不是随灵感兴趣而写作的作家。其次,在人生态度和艺术技巧方面称赞张恨水有"严肃的写作态度""细腻的观察力""活泼的描写手腕""旧小说的押阵老将包天笑先生比张恨水先生更勇猛,更热情。他象'洪水猛兽一般',要冲决'一切旧堤防,旧藩篱'"。③

当然,对没有表现抗战的小说也流露出某种失望的情绪。楼适夷批评在上海孤岛时期创刊的顾冷观等人编辑的《小说月报》中找不到火药气和血腥味,"在他们,世界依然是一个太平的世界。即使有些微的战争,那战争也是缥缈的过去,并不是正在进行的争生存和自由的搏斗"。其刊载的小说具有"色情""神怪""没有什么"三个特征,在技术上则有"描写的沉闷""结构的松弛""内容的空虚"。④ 他寄希望于礼拜六派的重振,期盼他们勇敢地成为战斗者。尽管他对《小说月报》上礼拜六派作品的内容和艺术表现都无法苟同,但是批评态度和话语都趋于缓和。

这一时期大部分作家避免用"没落""封建阶级""资产阶级"之类的词斥责通俗小说作家,但仍认为通俗小说价值不高。冯雪峰在谈到谴责、暴露与黑幕小说时指出,谴责小说假如对现实斗争更深入、更彻底,对艺术的要求更高,就可以达到像讽刺文学那样战斗的文学的要求,否则就毫无进步,甚至回到传统,堕落为黑幕小说。他以张恨水为例,指出抗战以来,张恨水写了很多富有正义感的批评社会的短文,这是值得欢迎的。不过,在

---

① 叶素(楼适夷):《礼拜六派的重振》,载《上海周报》第2卷第26期,1940年12月7日。
② 佐思(王元化):《"礼拜六派"新旧小说家的比较》,原刊《奔流新集》之二《横眉》,1941年12月5日,见芮和师、范伯群等编:《鸳鸯蝴蝶派文学资料》,福州:福建人民出版社,1984年,第891页。
③ 佐思(王元化):《"礼拜六派"新旧小说家的比较》,原刊《奔流新集》之二《横眉》,1941年12月5日,见芮和师、范伯群等编:《鸳鸯蝴蝶派文学资料》,福州:福建人民出版社,1984年,第891~892页。
④ 叶素(楼适夷):《礼拜六的重振》,载《上海周报》第2卷第26期,1940年12月7日。

其若干部半章回体小说中就有类似谴责小说的东西。这些小说"不仅在文学上的价值等于零,即从社会的'谴责'上说,也并不在连篇'话柄,仅足供闲散者谈笑之资而已'者之上"。① 实际上,冯雪峰仍然把张恨水小说看成黑幕小说。

冯雪峰还认为,"黑幕小说"虽然暴露了个别的"丑态",或从浮面上揭发了"黑幕",却把深掘黑暗社会根源的任务放弃了,也把正视现实的眼光移开了;既不能铸出有深广的社会真实性的普遍现象,也没有暗示出现实矛盾的深刻意义,一切社会的"恶"和反动势力就都变成了个别人的"话柄"或"丑闻"了。这样,不仅不能使读者或观众更加认清斗争的目标,提高战斗的意志,并且连他们原有的对于现状的不满,也可能因为对于"话柄"的追逐和好奇心的满足而给"消遣"掉了。虽然"作者和过去的意在'丑诋私敌'者有不同……但终于用了'黑幕小说'或近于'黑幕小说'的办法了"。② 这样的作品,怎么能"表现人生,指导人生"③,引导读者走向崇高呢?

对秦瘦鸥的《秋海棠》,批评主要集中在其"主题不够明朗"④。

又如:

> 这是一部赚人眼泪,鸳鸯蝴蝶派的小说,虽然作者极力否认这一点,认为他的作品自有其价值。但是我们细读内容。觉得除了作者介绍我们一个动人凄艳的故事和一些习见和罕见的人物外,并没有文学上的价值。作者外貌以新的笔法写出,骨子里仍脱不掉章回小说范畴,鸳鸯蝴蝶派的旧套:桃色的线牵出一些好人与歹人。故事尽量的使它一波之(注:原文为之)折,握住读者的心理。故事的中心是叙述姨太太与戏子的恋爱,至于主题则很模糊,勉强的说,只是暴露军阀的淫暴而已。⑤

再如:

---

① 冯雪峰:《"高洁"与"低劣"——文艺风貌偶瞥之二》,《冯雪峰论文集》(上),北京:人民文学出版社,1981年,第348页。
② 冯雪峰:《"高洁"与"低劣"——文艺风貌偶瞥之二》,《冯雪峰论文集》(上),北京:人民文学出版社,1981年,第348页。
③ 茅盾:《新旧文学平议之评议》,载《小说月报》第11卷第1号,1920年。
④ 本社记者:《剧评:秋海棠》,载《太平》第2卷第6期,1943年2月。
⑤ 朱金:《秋海棠之我见》,载《新动向》第4期,1944年1月31日。

秦瘦鸥虽然将《秋海棠》这本书风行于世,只不过将故事的表现风行于世,并没有将正确的思想、信念、事实告诉读者,这是《秋海棠》这本书不健全的地方。我们试想一个由科班出身而未受过稍深教育的伶人,是不是能对不满的生活及爱情,发出广泛的言论,而且又没有将爱情与肉体用崇高的观点指示出来。所以在我私见上看来,以为这本书并不是一个好的著作。①

很明显,上述言论都表示《秋海棠》没有输入新的思想,因而它呈献给读者的只是一个老套的故事。

王任叔也以"疾首"为笔名,在通俗刊物《万象》上发表文章批评通俗小说缺乏高度,并指出"决定一篇作品的好坏,乃是作家对现实之深刻的观察和分析"。而这一点,张恨水等人的通俗小说没有做到,王表示,自己"始终认为"张恨水"是鸳鸯蝴蝶派中较有才能的一个",读了《金粉世家》之后,"一直对他保持着相当的崇敬,甚至觉得还不是有些新文艺作家所能企及于万一的。在这部刻画大家庭崩溃没落的小说中,他已经跳出了鸳鸯蝴蝶派传统的圈子,进而深入到对人物性格的刻画"。"然而张恨水的成功只是到此为止。我不想给予他过高的估价。张恨水对生活的确熟悉之至,但这许多优点,却也不能掩盖他主要的弱点——他对生活的看法,到底不免鸳鸯蝴蝶气呵"!鸳鸯蝴蝶派的特点就是"小市民性"。"张恨水是完全的小市民的作家。他写金家的许多人物,父母,子女,兄弟,姒娌,姑嫂……以及金家周围的许多亲戚朋友,都是站在和那些人同等的地位去摄取的。他所发的感慨正是金家人的感慨。他所主张的小家庭主义正是金家人所抱的理想。实际上他就是那些人中的一个。他不能站在更高的角度去理解他们,批判他们。""我并不要求张恨水有什么'正确的世界观',或者把主义写得怎么'觉悟',怎么'革命',而是说,作者得跳出他们所描写的人物圈子,站在作为作家的立场上去看一看人。"②王还将张恨水与曹雪芹作一比较,指出曹雪芹在文学上的成就大多了,因为他有自己的哲学,不管这哲学是多么无力,多么消极,他总能立足自己的哲学观点去分析笔下的那些人。

王还将张恨水与秦瘦鸥相比,指出张恨水在处理人物的态度上,"更为深刻,更为复杂"。像《秋海棠》之类同名小说改编的通俗话剧,观众只是对

---

① 伯祥:《关于〈秋海棠〉》,载《中华周报》第33期,1943年2月13日。
② 疾首(王任叔):《读剧随感》,载《万象》第3年第4期,1943年10月1日。

人物的口吻、神情感兴趣,而没有从人物性格的刻画上去打动观众,使观众感到亲切。①

王任叔提到的小市民性,冯雪峰曾经从小市民读者对文艺要求的角度加以分析:

第一,小市民的生活是苦恼、窘迫、空虚的,因此,他们就要求无需思想的消遣,眼前的和无聊的安慰与麻醉。他们虽然不满于现状,但是他们虚伪、自私的根性使他们逃避彻底的真实的革命;他们守旧的习性和对小康生活的幻想,使他们满足于平庸刻板的生活。于是对文艺,他们追求的便是读了等于不读的空虚无物的东西。

第二,由于小市民的生活习惯是长期形成、难以改变的,所以他们所需要的文艺,如果没有他们熟悉的滥调、熟套,如千篇一律的文体、恶浊的笑话,他们也就"过不了瘾"。这种由社会造成的落后小市民的"心理",就是小市民文艺的作者所揣摩与迎合的东西。②

显然,在上述作家眼里,小市民性就是指思想意识平庸、落后。它决定了读者对文艺的需求是空洞的、不进取的东西,而作者因世界观的缺陷也缺乏看问题的高度。这样写出的作品自然不能把握社会矛盾的本质,不能引导读者看清前进的方向,也无法发挥战斗作用。

第二节　对旧形式认识的变化

一、章回体有适用的范围

尽管在思想意识上新文学界并不认可通俗文学,但是在对通俗文学旧形式利用方面的观念则发生了一些变化。"五四"时期,《新青年》作家反对采用旧形式,认为旧形式对新思想是一种束缚。周作人说,"章回体对偶的题目是一种极大的束缚",因其"章回要限制篇幅,题目须对课一样的配合,抒写就不能自然满足""旧小说的不自由的形式,一定装不下新的思想;正同旧诗旧词旧曲的形式,装不下诗的新思想一样"。③ 文学研究会的诸多

---

① 疾首(王任叔):《读剧随感》,载《万象》第3年第4期,1943年10月1日。
② 冯雪峰:《论艺术力及其它——文艺风貌偶瞥之三》,《冯雪峰论文集》(上),北京:人民文学出版社,1981年,第373~374页。
③ 周作人:《日本近三十年小说之发达》,载《新青年》第5卷第1号,1918年7月。

作家也持新旧不调和论,郑振铎在《大众文学与为大众的文学》中说,中国清末以后的革新运动到此时已有几十年的历史,却不曾有过什么好成绩,最大的原因便是"为旧形式、旧规模所羁绊,不能自脱,便不能创立一个新的局面"。旧形式、旧文体是永远黏胶着旧思想、旧意识的,假使掺合了新题材进去,那"新题材便会被扭曲而成为不伦不类的东西……大众天然不会欣赏这一类不伦不类的东西的"。他以林琴南为例,嘲讽后者用古文翻译了许多欧美小说,引起了"微小的影响",用章回体来翻译外国小说,简直把外国的原著变成了一种"活像姜太公乘坐的'四不像'",并由此得出将新题材装在旧形式里会有"削足适履"似的不合宜的结论。不仅如此,想利用旧的,结果一定反会为旧的所利用,因为在传统的吸力下,点点滴滴的改良容易被旧的东西同化。他主张大众文学应该抛弃一切旧形式、旧文体,勇敢地担负起新形式、新文体创作的责任。旧的形式、文体不适宜于装载新题材,所以要"排斥净尽"。至于有大多数读者对新文体的新刺激感到不合适、不习惯,或者感到惶惑而拒绝,这些都不足为虑,因为这至少对他们来说是一种"新的刺激",并且也会引起"新的波动"。①

新文学界新旧不可兼容的态度是相当坚决的,不过到了1940年代,不少作家的观念都有了很大改变。比如,郑振铎认识到:民间的文艺形式常在进步、革新之中,我们要深入民众之中,便绝不能坚守新文艺的壁垒,应该对旧有的民间文艺有一番新的认识。我们不能强迫民众都接受新文艺的形式,而应该在旧文艺形式中灌注民主建国的思想,这样,才能产生广泛的影响。以前郑振铎与很多新文学作者一样,总是觉得旧瓶不能装新酒,现在则承认这种说法是"武断的"。②

一向否定章回体的茅盾认为它虽艺术价值不高,但其旧形式可以利用。1931年初夏,张恨水与郑振铎在旅途中相遇,他主动谈起上海新兴文艺界对刚出版不久的《啼笑因缘》印象不好,怀疑礼拜六派要"返魂"。郑振铎则透露:"茅盾对于这书,有另一种看法。他对大家相同的批评,完全两样。"也就是说,在技巧方面张恨水有自己的长处,所以茅盾对章回体小说的改良写法并不反对,认为在通俗教育方面,它不失为一个利用工具。③

---

① 郑振铎:《大众文学与为大众的文学》,载《文学季刊》创刊号第1卷第1期,1934年。
② 郑振铎:《民间文艺的再认识问题》,载《联合日报》,1946年5月16日。
③ 张恨水:《一段旅途的回忆——追忆茅盾先生五十寿辰之日》,载重庆《新华日报》,1945年6月24日。

抗战胜利以后,茅盾在谈到马烽和西戎创作的《吕梁英雄传》时说:本书是用章回体写的,该书对章回体的传统作风有所扬弃,但"近三十年来,运用'章回体'而能善为扬弃,使'章回体'延续了新生命的,应当首推张恨水先生。《吕梁英雄传》的作者在功力上自然比张先生略逊一筹"。① 能够切实地评价张恨水是因为:其一,张恨水的《八十一梦》《魍魉世界》等作品产生了广泛的社会影响,在对国统区社会黑暗现象的揭露上受到新文学界的某种认可;其二,新文学作家看到章回体确实有适用的范围,经过改良是有生命力的。

二、旧形式有悠久的文化传统

旧形式的利用看似简单,实则并不容易驾驭。1940年代初,聂绀弩谈到他在看了张恨水的《八十一梦》以后,想到"好久以来,文坛上,就嚷着'利用旧形式',理论家无不说得头头是道,振振有词",却不见成绩,因为"能够把握新内容的人,往往不能驾驭旧形式;能够驾驭旧形式的人,又往往摆不脱旧内容的影响……张恨水君是现在能驾驭旧形式的少数人中间的一个。从他的作品,也还能看出逐渐演变的痕迹;百尺竿头,进步正未可量。但和旧形式不是很容易驾驭一样,新内容更不是轻易把握得住的,我们一面希望张君自己的努力,一面也希望嚷利用旧形式的人,不要忘掉了他"。② 在许多作家看来,大众化的问题"只是一种简单的技术问题""大众化就是平易化有趣化",但是作品写出来却不成功。即使作者极力采用平易的手法描写一个斗争的场面,然而"只写出一些空洞的动作和抽象的议论";又或者采用极有趣的笔致去刻画一个工人,结果"画出的只是一个滑稽的丑角",③ 这也造成了新文学界对旧形式的反省。

茅盾在谈利用旧形式问题时认为,"二十年来旧形式只被新文学作者所否定,还没有被新文学所否定,更其没有被大众所否定""这是新文学作者的'耻辱',应该有勇气承认"。④ 大众为何拥护旧形式?激进的批评家喜欢将其原因归结为民众的文化素养太低,或者故意逃避新思想。其实,采用什么形式不仅是技巧问题,还与本民族的思想习惯与性格情调有关,

---

① 茅盾:《关于〈吕梁英雄传〉》,载《中华论坛》第2卷第1期,1946年9月1日。
② 聂绀弩:《汽油——艺术》,《聂绀弩全集》第一卷,武汉:武汉出版社,2004年,第83~84页。
③ 何大白:《文学的大众化与大众文学》,载《北斗》第2卷第3、4合刊,1932年7月。
④ 茅盾:《大众化与利用旧形式》,载《文艺阵地》第1卷第4期,1938年6月1日。

新义学不能为民众接受,原因在于没有从本民族文学中汲取生命力。朱光潜认为,中国文学在现代正经历一个激烈的转变期,我们大量效仿西方文学,颠覆本土文学,"二十年来我们所做的破坏工作或许被我们自己过于抬高市价,并且使我们因此而忽略新路径的寻求与新基础的建树。语体文采用,照道理说,应该使我们的新文学接近民间文艺而在其中吸取新生命。但是不幸得很,新文学的倡导者对于外国文学的倾慕,超过对于'土著'文学的了解,外国文学对于我们是崭新的且有特别强烈的引诱力,于是在建树新文学时,我们处处模仿外国文学的形式与风格"。① 在朱光潜看来,唱本等内容虽大半粗俗,但其形式和技巧已在一般民众心中生了根。如果接受这种根深蒂固的、对民众有吸引力的形式和技巧,鄙俚粗俗的内容换为新鲜精妙的,民众对文学的兴趣便可逐渐提高,而文学自身也可以得到一种新的力量和生命。朱光潜谈到的民间文艺未必是指通俗文学,但他反对"五四"以来将传统文化连根拔起、将西方的东西原封不动移植过来的做法,与通俗文学重传统形式的利用是类似的,也是引人深思的。

第三节 对批评的回应

一、章回体小说在艺术上的优势

抗战时期,新文学界与通俗文学界的关系有所缓和,对传统文化和传统艺术形式的态度也趋于平和。在这样的氛围下,一向不愿意回应文坛批评的张恨水吐露了自己多年来的真实感受。他说,传统文化是"我固有文化",不仅"不容鄙视",还应该"发扬而广大之"。"自'五四'运动以来,淘汰了许多文化上的渣滓,但也摇撼了我们文化的自尊心","我们应当有个否定之否定,恢复文化自尊心"。②

张恨水对二十年来文艺界扫荡民族文艺颇有微词,他认为,在全国人民羡慕弹钢琴、奏提琴的情况下,有两千年历史的中国古乐古舞实有保留的必要。这些传统的东西仅以二十年的时间就淡忘,乃至葬送干净实在可惜。"中国古乐器八音合奏的祀孔一幕,实在雍容大雅,值得一听。"③四十

---

① 朱光潜:《文学与民众》,《朱光潜全集》第9卷,合肥:安徽教育出版社,1989年,第14页。
② 水(张恨水):《恢复文化自尊心》,载重庆《新民报》,1942年2月9日。
③ 水(张恨水):《大雅云亡》,载重庆《新民报》,1942年6月14日。

年来,一切都模仿欧美、日本,"没有在固有文化上着想"①,而"一个有独立生存能力的民族,应当尽可能地保存它固有的文化,只是以不伤害民族思想进步为条件而已"②。

他设想,文化人应"肩负两份重担:一份是承袭先人的遗产,固有文化;一份是接受西洋文明。而这两份重担,必须使他交流,以产出合乎我祖国翻身中的文艺新产品",而目前"实未能办到这个圆满的地步"。③ 张恨水否认自己为"骸骨的迷恋者"④,传统道德中保存了很多美德需要继承,很多人却忽略了,而他愿意为之努力。这不仅说出了他个人的心声,也代表了通俗文学界的共同心声。

以文学作品而论,"五四"以后,新文学界把传统的章回体小说当作需要扔进茅厕的垃圾,而通俗文学界却从来没有间断过对它的辩护。他们对沈雁冰在《东方杂志》上用"诅咒式的口吻"将章回体小说看作封建小市民的文艺十分反感,认为章回体小说之所以历六七百年而不废,是因为它在艺术上有很多优点。

从表现社会的广度看,李涵秋、程瞻庐和海上说梦人等作家的社会小说均擅长将"千奇百怪之事实"集于笔端,其作品"如长江大河奔赴腕底,有一泻千里之观"。⑤ 特别是李涵秋的《广陵潮》反映"清帝国溃亡的社会现象""很有力量",写扬州光复前后,"特别是革命党人的牺牲诸段都相当动人"。主人翁云麟的恋爱故事写得似《红楼梦》般"细腻",让读者流泪。⑥ 也因此,赢得无数读者。

张恨水的《啼笑因缘》则包括爱情、侠义以及社会各方面,写得"入情入理",使人感到"别有风味"。⑦ 还有与张恨水齐名,有"水流云在"⑧之说的天津"小张恨水"刘云若,"笔触极细致,刻画人物极生动,特别是描写天津

---

① 水(张恨水):《读钱穆先生一文有感》,载重庆《新民报》,1942年3月4日。
② 水(张恨水):《大雅云亡》,载重庆《新民报》,1942年6月14日。
③ 水(张恨水):《郭沫若、洪深都五十了》,载重庆《新民报》,1943年1月5日。
④ 金兆梓:《五四文学运动之历史的意义》,载《文学》第1卷创刊号,1933年。该文说:"现在不是武侠小说和张恨水式的小说在借尸还魂吗?——实在不仅是还魂,在一般的社会中恐怕还是权威呢!""旧尸骸的迷恋者还正大有卷土重来的趋势。"
⑤ 鹃(周瘦鹃):《自由谈之自由谈》,载《申报》,1921年5月1日。
⑥ 徐文滢:《民国以来的章回小说》,载《万象》第1年第6期,1941年12月。
⑦ 说话人:《说话》(八),载《珊瑚》第2卷第8号,1933年4月16日。
⑧ 刘云若:《海誓山盟续集》,上海:励力出版社,1943年,见侯福志:《刘云若社会言情小说经眼录》,上海:远东出版社,2016年,第8页。

下层社会的生活,真叫说是入木三分"。宫白羽为刘云若的小说作序时称他"于都市繁华相洞见表里,剖析很清,不止写到了上层,又透视到黑暗的底层。尤难得在写情沁人心脾,状物各具面目,毫无预制脸谱,强打背躬的毛病,也没有过重小动作之虑。他所写的故事往往揭破人间的丑恶,使读者吃惊、发笑,可是闭目一想,这样的人物尤在面前"。① 著名报人徐铸成对《商报》《新天津报》等报纸上连载的刘云若小说"极口推许",认为他同时写几部长篇小说,仓促写作却能"情节、人物互不错乱,也绝少敷衍故事、草率成篇的痕迹",令人惊讶。②

章回体小说能够把书中人物个性用对话、动作表现得"栩栩欲活"③,像汪仲贤的小说能够逼真地描写市镇没落者的生活,且每个人的口吻完全切合各自的身份,写下等人并不专靠"他妈的""放屁"这一类下流粗话来形容。由于他是演话剧的,非常讲究语言的真实性,所以他对各人的"神情风度"都借用"极成熟极流利的'术语'来衬托",倘若给京沪杭一带的人看,更觉得"此中有人,呼之欲出"。④

令人遗憾的是,章回体的格式套路一直为某些新文学作家所诟病,20世纪40年代中后期,郭沫若仍对之持鄙弃态度。他说:"'却说'一起和'请听下回分解'一收,那种平话式的口调已经完全失掉意义固不用说,章回的节目要用两句对仗的文句,更完全是旧式文人的搔首弄姿,那和老百姓的嗜好是百不相干的。我自己小时候读章回小说,根本就不看节目,一遇着正文里面有什么'有诗为证'或四六体的文赞之类,便把它跳过了。今天还要来袭用这种体裁,我感觉着等于再在我们头上拖一条辫子,或再叫女同胞来缠脚。"⑤

关于这一点,张恨水相信,估定文学价值不应只从体裁着眼。他以诗为例,表示"任何一项文艺,都有各种不同的形态存在着。即以诗论,语体式的也好,论平仄韵文式的也好,都是用来表现我们情感或意志","诗有传

---

① 刘云若:《〈湖海香盟〉序》,上海:励力出版社,1943年,见侯福志:《刘云若社会言情小说经眼录》,上海:远东出版社,2016年,第151页。
② 徐铸成:《张恨水与刘云若》,见《旧闻杂忆》(修订版),北京:生活·读书·新知三联书店,2009年,第79—80页。
③ 说话人:《说话》(七),载《珊瑚》第2卷第7号,1933年4月1日。
④ 说话人:《说话》(五),载《珊瑚》第2卷第5号,1933年3月1日。
⑤ 郭沫若:《读了〈李家庄的变迁〉》,《郭沫若论创作》,上海:上海文艺出版社,1983年,第775页。(注:该文写于1946年9月。)

之千百年的,也有五分钟之内就让人遗忘的,这并不关乎诗的体裁如何,而是在于诗的力量能否感动人"。① 任何文体,无论是新还是旧、是先锋还是平常,都有适应的时代条件和读者群体,文体的价值在于能否表情达意、能否感动人,章回体小说也一样。

章回体回目有自己的长处,长篇小说"若是拢统一篇,一线穿得底,有许多不好处。第一,书里的精华提不出。第二,读者要随便寻找一段,没法寻。第三,为文不能随收随起"。而章回体每章的题目可起到"统罩全章"的作用,"回目的字面,无论雅俗,总要对得工整,好让读者注意"。②

章回体的语言被瞿秋白等人称为旧式白话、文言白话而加以否定。对此,张恨水表示,语言的运用要看老百姓是否接受。他回顾"五四"以后写欧化文成为时尚。当时,许多文人"觉得写出来的文字,如不带点欧化,会被人家笑他落伍","假如欧化文字,民众能接受的话,就欧化好了,文艺有什么一定的形式,为什么硬要汉化?可是,无如这欧化文字,却是普通民众接受知识的一道铁关"。由于句法不同,有的欧化文字尽管浅近,但是民众觉得"别扭,看不起劲"③,这就需要作者进行调整。

其实,通俗作家也并非写所有的小说都用章回体。1970年代,包天笑回忆自己写《留芳记》时用的还是章回体,不过他在之前写译作小说的时候已经不用了,但是按照出版家的意思,"如果是创作,读者还是喜欢章回体,开首有一个回目,回末还有两句下场诗,并有'欲知后事如何,且听下回分解'的老套语"。④ 可见,读者意愿影响了他们的写作文体。

不管怎么说,到20世纪40年代,章回体小说已经盛况不再。它为何衰落?徐文滢的解释是,一些因袭模仿者的写作才能低下、技巧拙劣,从而降低了章回体小说的质量。并且,"章回小说由盛而衰,由衰而没落,正如一切文艺风派的各有其末运一样,是文学史上永远的一个公式:'新陈代谢'"。⑤ 每种文体都有其产生和发展的历史,到了一定的阶段被另一种新的文体代替,这也许是不可避免的。

---

① 水(张恨水):《新文艺与写旧诗》,载重庆《新民报》,1942年11月23日。
② 哀梨(张恨水):《谈长篇小说》,载北京《世界晚报》,1926年11月,见徐永龄主编:《张恨水散文》(三),合肥:安徽文艺出版社,1995年,第438页。
③ 水(张恨水):《通俗文的一道铁关》,载重庆《新民报》,1942年12月9日。
④ 包天笑:《钏影楼回忆录续编》,济南:大华出版社,1973年,第6页。
⑤ 徐文滢:《民国以来的章回小说》,载《万象》第1年第6期,1941年12月。

二、寻找对话与交流的机会

尽管新文学作家极力排斥通俗文学作家,但通俗文学作家却积极刊登评价他们的作品。凤兮(日后加入左联的魏金枝)有一篇文章高度赞扬鲁迅的《狂人日记》"描写中国礼教好行其吃人之德,发千载之覆……置之世界诸大小说家中,当无异议,在我国则唯一无二矣","文化运动之轩然大波,新体之新小说群起,经吾所读自以为不少,而泥吾记忆者,止《狂人日记》,最为难忘"。① 该文由周瘦鹃在《自由谈》的"小说特刊"专栏发表,以示支持。

冯叔鸾所读许地山和冰心的作品并不多,却能从自己感兴趣的角度大加赞赏:"《小说月报》中《空山灵雨》……我佩服极了。以为他的思想何等玄妙,用笔何等空灵,每段都能借着极小的事,参透极大的问题,真是能于一粒粟中现出大千世界者。""冰心女士她的作品不少,《遗书》一篇是我无意中看见的,意境圆妙到十二分,其中写景的地方,更清净绝俗,不染一丝尘垢,人说她是一位新文艺的作家,我谓她必然是一位深于旧文词的研究者。"②

对倒戈一击的刘半农,通俗文学界态度不一。包天笑似乎颇有微词,张恨水则与之保持了友善的关系。在张恨水办《民生报》期间,刘半农也不断有作品在上面发表,二人虽相见极疏,但交情甚笃。刘半农去世后,张恨水特地写文悼念。他回忆20年前,刘半农还是新文学作家所斥的礼拜六派,零落在上海以卖文为生,但"旋君幡然襆被北上,为北京大学教授","五四"以来,努力于文化改革,"自有其不可磨灭之光荣史在"。③ 张恨水高度评价了刘半农在新文学改革方面所作的贡献,从而表达了对他的敬意。

通俗文学作家还努力寻找对话与交流的机会。周瘦鹃曾主动去胡适家中拜访,探讨翻译中的直译与意译,以及语言问题。④ 胡适也翻译过外国短篇小说,他的《翻译小说》第一集1919年由上海亚东图书馆出版。在译者自序中,他提到过周豫才、周启明翻译的《域外小说集》两册和周瘦鹃

---

① 凤兮(魏金枝):《我国现在之创作小说(上、下)》,载《申报·自由谈》,1921年2月27日。
② 马二先生(冯叔鸾):《我所佩服的小说家》(二),载《晶报》,1922年8月21日。
③ 恨水:《哀刘半农先生》,载南京《民生报》,1934年7月16日,见鲍晶编:《刘半农年谱》,北京:知识产权出版社,2011年,第277页。
④ 周瘦鹃:《胡适之先生谈片》,载《上海画报》第406期,1928年。

的《欧美名家短篇小说丛刊》三册。① 因为有感兴趣的共同话题,他们相谈甚欢。包天笑也有与胡适交往的经历,他的《留芳记》写好二十回先给林纾以及几位朋友看,朋友们都赞赏有加。于是包天笑诚恳地将文稿送给胡适,请他提意见。不料胡适给他兜头浇了一瓢冷水:"我知道你写这小说很费力,我敢批评你五个字'吃力不讨好',恕我直言。"②可以想见,胡适对此类名伶轶事串连的章回体小说并不感兴趣。正在兴头上的包天笑听了批评,顿时意兴阑珊,放弃继续写作,匆匆将已成篇章发表。虽然结果让包天笑扫兴,但是他积极寻找对话机会的举动是值得称道的。

与通俗文学作家寻找机会沟通相反,文学研究会作家竭力拒绝与之合作。范烟桥举了一例,在新文化潮流初起时,新文学界攻击通俗文坛甚烈,唯胡寄尘持调和之论。那时叶劲风主编《小说世界》,他就在创刊号上发表了茅盾和王统照等新文学作家的文章,与胡寄尘、李涵秋、包天笑、徐卓呆、林琴南并列,以示新旧调和之意,不料引起轩然大波。沈雁冰等作家不依不饶,坚决与胡寄尘等划清界限,令其哭笑不得。

同样,郑振铎对通俗文学作家亦相当排斥,他曾在1931年写的一篇纪念逝去友人的文章中提到,徐志摩曾在上海发起一个笔会,"他的主旨,便在'使文人们不要耗费时力于因不谅解而起的争斗之中'。他颇想招致任何派别的文学家,使之聚会于一堂,俾得消泯一切无谓的误会。他很希望上海的'左翼'文人们,也加入这个团体。同时,连久已被人唾弃的'礼拜六'派的通俗文士们,他也想招致",而郑振铎却表示"是最反对他要引入那些通俗文士们的意思的"。③

相形之下,《新青年》作家胡适算是态度好的,不过他对通俗文学作家也是抱着能不理就不理的态度。他的《尝试集》出版后仅一个月,胡寄尘就于1920年4月30日在《神州日报》上发表《读胡适之〈尝试集〉》,从音韵上批评其诗歌,甚至还亲自修改了《蝴蝶》等几首诗,由此引发了一些争论。对此,胡适在1920年5月12日上海《时事新报·学灯》发表的致张东荪的信中予以回应,并表示"诗只有诗人自己能改的"。后来胡寄尘又发表公开信请胡适参加讨论,胡适回信表达最后的解决方法是"以后我们尽可以各

---

① 胡适:《〈短篇小说〉译者自序》,《胡适文集》第3卷,北京:人民文学出版社,1998年,第130页。
② 包天笑:《钏影楼回忆录续编》,济南:大华出版社,1973年,第10页。
③ 陈福康:《郑振铎传》,北京:十月文艺出版社,1994年,第216页。

人实行自己的'主张'"。①《尝试集》再版时,他在序中就胡寄尘的批评言论作了一番自辩,并讥讽其为"守旧的批评家"②。由此可见,新旧阵营还是壁垒分明的。

三、力图打通新旧壁垒

尽管新文学作家屡屡拒绝合作,通俗文学作家仍然力图打通壁垒。20世纪 40 年代,通俗期刊普遍采用新旧融合的编辑方式,1940 年创刊的《小说月报》表示:"我们没有门户之见,新的旧的,各种体裁都是欢迎的。"③《大众》主编钱芥尘曾办过《晶报》,他认为,"在这本《大众》里面,新旧两派,可谓已经打成一片。……包天笑、潘予且、钱公侠、芦焚、姚克、徐卓呆、张恨水等等,排在一起,我们也并不觉得有什么刺眼的地方"④。《紫罗兰》主张"文学与科学合流,小说与散文并重,趣味与意义兼顾,语体与文言齐收"⑤。《春秋》期刊介绍了大量新文学作品并在《编辑室》中郑重推荐,在目录中用黑体字标出篇名。《万象》从 1943 年开始为新文学作家辟出文学空间,这些努力都表明了通俗期刊诚恳的态度。

《万象》1942 年 10 月至 11 月还连续推出"通俗文学运动"专号,刊出陈蝶衣的《通俗文学运动》、丁谛的《通俗文学的定义》、周楞伽(笔名危月燕)的《从大众语说到通俗文学》、胡山源的《通俗文学的教育性》、予且的《通俗文学的写作》、文宗山的《通俗文艺与通俗戏剧》等文章,意在研究通俗文学,寻找与新文学沟通的路径。

这些文章指出通俗文学的重要价值在于其通俗性和大众性。"不管'士大夫之流'怎样的排斥,却深入了每一个人的心曲。即使'士大夫之流'也未尝不以此为'茶余酒后'的消遣。"而正统文学,除了极少数人以外,一般识字的大众是感不到什么兴趣的。因此,"通俗文学才是中国的真正文学,简直就是正统文学,而所谓'正统文学'者,不过是虚伪文学,割据的,偏安的文学"⑥。

---

① 胡怀琛:《尝试集批评与讨论》,上海:泰东图书局,1927 年。(按照郑逸梅的说法,改后"胜于原作"。见郑逸梅:《清末民初文坛轶事》,北京:中华书局,2005 年,第 208 页。)
② 胡适:《〈尝试集〉再版自序》,《胡适文集》第 3 卷,北京:人民文学出版社,1998 年,第 154 页。
③ 顾冷观、陆守伦:《创刊的话》,载《小说月报》创刊号,1940 年 10 月 1 日。
④ 钱芥尘:《编后小记》,载《大众》第 2 期,1942 年 12 月。
⑤ 周瘦鹃:《写在紫罗兰前头》,载《紫罗兰》创刊号,1943 年 4 月 1 日。
⑥ 胡山源:《通俗文学的教育性》,载《万象》第 2 年第 5 期,1942 年 11 月。

通俗文学的缺点是意识不够,陈蝶衣公开承认新文学作品不但在思想意识方面高出旧文学一筹,而且出现了不少第一流的作品,如鲁迅的《呐喊》《彷徨》、茅盾的《幻灭》《动摇》《追求》、巴金的《家》《春》《秋》等,都是值得珍视的一流作品。① 周楞伽也把意识提到很高的地位,即意识是一部作品的"骨干",如果意识落后就会使这部作品丧失价值。他赞同这样的说法,即张恨水和王小逸的作品如果"有进步的意识,是可以和老舍的作品不相上下的"。②

然而,新文学作品也有缺点,就是不能把新的思想意识用活生生的形象通俗地表现出来,有的作家"生硬地把一些公式、术语"堆砌在作品里面,或者采用"佶屈聱牙的欧化体裁和倒装句法",使得小说成为"看不懂的天书"、新的文言,③它只能被知识阶级欣赏,普通读者只能望而却步。

既然各有优缺点,就有合作的必要。"新作家,旧作家,都不应再蹈过去文人相轻的恶习……分门立户,互相攻击……应该互相联合起来,彼此虚心地学习别人的长处,克服自己的短处,旧作家应该向新作家学习的是进步的意识,进步的世界观和人生观,新作家应该向旧作家学习的是文字的浅显通俗,内容的生动有趣"④等。

为了表示诚意,陈蝶衣还公开自己学习新文学作品的心得。他自述读了茅盾先生的《烟云集》以后,写法受到很大影响,自己也模仿写了几篇。他还发表了几篇模仿鲁迅《故事新编》的小说,并谦虚地表示自己的文章笔力还不够,愿意接受读者不客气的批评,措辞非常委婉。

结合通俗期刊编辑的实际,陈蝶衣还提出兼顾意义与趣味的办刊方针。在《万象》第 1 年第 6 期,他指出一篇好的短篇小说应该具备两个条件:"(1)需要有一个生动的故事,(2)一个出乎意料的结果。"还有"笔调的轻松活泼"。⑤ 很明显,这是通俗小说的写作要素。但紧接着在下一期他又作了相应的补充:"在生动的故事中,更要注意以下数点:(1)题材忠于现实,(2)人物个性描写深刻,(3)不背离时代意识。至于'出乎意外的结果',则是希望结构不要流于平凡的意思,并不是说每一篇小说都要有一个'传

---

① 陈蝶衣:《通俗文学运动》,载《万象》第 2 年第 4 期,1942 年 10 月。
② 危月燕(周楞伽):《从大众语说到通俗文学》,载《万象》第 2 年第 4 期,1942 年 10 月。
③ 陈蝶衣:《通俗文学运动》,载《万象》第 2 年第 4 期,1942 年 10 月。
④ 危月燕(周楞伽):《从大众语说到通俗文学》,载《万象》第 2 年第 4 期,1942 年 10 月。
⑤ 陈蝶衣:《编辑室》,载《万象》第 1 年第 6 期,1941 年 12 月。

奇式'的结束。"①这是新文学的写作要素,这些表白和努力都显示了他寻求新旧共融的思想。

第四节 批评的不足

一、张恨水小说艺术水平的提高

新文学作家对通俗小说的封建思想、结构散漫、记账式描写的批评促进了通俗小说的改良,然而过度的指责使一些作家无所适从,甚至因丢弃了熟悉的笔法而迷失了自我,张恨水的经历就颇具代表性。

张恨水刚踏入文坛时就目睹了《新青年》、文学研究会作家以写实主义理论批评徐枕亚和周瘦鹃的小说,触动相当大,也因此循着新文学作家的思路改造并优化自己的作品。

可以说,张恨水赞同写实主义为现实、为人生的理念是经历了由不自觉到自觉的过程的。他的早期小说缺乏时代思潮中对人的精神状况的书写,现代气息不浓,于是他下决心赶上时代。"五四"写实主义文学以人道主义为基础,反映人的个体意识的觉醒,张恨水也力图表现这一点。他赋予人物以民主思想、人道精神和刚性气质,虽然在文学观念上仍坚持小说是小道、不承载沉重的社会责任,但是在人物的恋爱生活中注入了个性解放的主题。他的小说《金粉世家》不重视人物社会活动的书写,也不具体地描述历史,但读者并不感到它远离现实,因为社会风气的变化处处映现在人们日常生活的言行中。比如:女主人公冷清秋不愿意做玩偶,为了"顾全自己的人格",公然与丈夫决裂,离开了大家庭,自立门户,可以看出作者对妇女解放运动的响应。这与胡适在《终身大事》中以"出走"的情节模式彰显女子的觉醒、反抗和叛逆如出一辙。与《玉梨魂》和《一缕麻》中的女主人公相比,冷清秋在思想、行动上都迈出了一大步。就发表时间而言,《金粉世家》自1926年在北京《世界日报》上连载,1932年载完。它采用倒叙的手法,从冷清秋出走以后靠卖字、写春联来维持生计写起。屈指一算,在1926年冷清秋就出走了,与曹禺《原野》中的金子、《北京人》中的愫芳等角色相比,可谓中国现代文学史上较早出走的女性,这反映了张恨水对时代

---

① 陈蝶衣:《编辑室》,载《万象》第1年第7期,1942年1月。

脉动的敏感。在《啼笑因缘》中,他塑造的贵族大学生家树乐于和下层民众交往,具有平民思想。而富家女何丽娜积极追求爱情幸福且善解人意,是正面的新女性形象。这是张恨水正确把握客观现实和时代趋势的结果。

在对真实性的看法上,张恨水认识到:真实不是文本与现实的直接对应,不是移动的镜子,将事物良莠不分地摄入,也不是人物、事件的仿制品或复制品,而是对现实内在生命节奏的把握。这样,在将外部世界转化为小说素材时,他逐渐摆脱了缝合新闻、轶事的写法。毋庸讳言,《春明外史》存在着连缀新闻材料、缺乏连贯性和逻辑性的弊端,在当时就有人称这部小说是"现实世界若干事实之杂汇",并否认"此书为写实小说之巨擘"。① 张恨水显然也意识到了这个问题,他说:"长篇小说,则为人生之若干事,而设法融化以贯穿之。有时一直写一件事,然此一件事,必须旁敲侧击,欲即又离,若平铺直叙,则报纸上之社会新闻矣。"② 这里所说的"融化以贯穿之",就是去新闻化、去轶事化。

其具体举措是:改变以记事为主的结构特点。写《春明外史》时,张恨水还是以记事为主;写《金粉世家》时,他将写事、写人结合在一起,在把新闻人物与事件引入小说时对素材进行选择、裁剪和提炼,将人物与情节重新规划,使小说人物、情节和主题获得了内在统一性和整体感。小说不再单纯地影射个人命运,而是反映特定时代和特定人群的遭遇,也因此,《金粉世家》到底指北京豪门哪一家?"全有些象,却又全不象",其结果是"好事的诸公,都不能象对《春明外史》一样加以索隐了"。③ 这说明张恨水恰当地处理了写实与虚构的关系,实现了从生活的真实向艺术的真实转化。

此外,张恨水对小说结局的营构也体现了客观的态度。传统小说的大团圆结局不少有悖于直面现实的原则,民初通俗小说和"五四"新文学破除了大团圆的程式,体现了尊重现实的精神,但后来文坛又逐渐形成了"不团圆主义"模式,张恨水在观照现实的基础上提出应该遵照情节自身发展的逻辑来安排合乎情理的结局。他说:"长篇小说之团圆结局,此为中国人通病。《红楼梦》一出打破此例,弥觉隽永,于是近来作长篇者,又多趋于不团

---

① 抱筼:《评张恨水〈春明外史〉——并为余超农君进一解》,载天津《大公报·文学副刊》第104期,1930年1月6日。
② 恨水(张恨水):《长篇与短篇(一)》,载北京《世界日报》,1928年6月5日。
③ 张恨水:《写作生涯回忆十八·〈金粉世家〉的背景》,北京:人民文学出版社,1982年,第30页。

圆主义。其实团圆如不落窠臼,又耐人寻味,则团圆固亦无碍也。"① 这种修正更加符合生活实际,他的《啼笑因缘》既不是团圆主义,也不是不团圆主义,其开放式结局让人"如嚼橄榄一样,津津有味"②。

这些变化带来了张恨水艺术水平的提升,毕树棠在《评张恨水〈啼笑因缘〉》时将它与《春明外史》相比,指出"宏博固不如前书,而齐整则过之,昔者主观太深,描写处太露骨,今者摆脱陈见,只做客观之演述。其中文情笔致,固不无粗糙玄虚之处,然大体是一进步"。③ 批评者指出张恨水克服了结构散乱、情节破碎的现象,这是切合实际的。张恨水也在1932年1月25日的《大公报·文学副刊》上发表文章,表示同意毕树棠的判断。

上海《新闻报》编辑严独鹤在1930年为《啼笑因缘》单行本作序时,也高度评价了这部小说的艺术价值:第一,避免了"据事直书"导致的"起居注式"的记录。发挥了描写的特长,虽然奇文迭起,但是"能深合情理",丝毫不荒唐。第二,在结构、布局方面常采用暗示法、虚写法,让读者去体味"意境"的"空灵"④,避免了记账式的缺点。他将《啼笑因缘》与旧小说彻底划清界限,也为张恨水作了辩护。不难看出,严文就是针对茅盾《自然主义与中国现代小说》一文的批评言论而发的。

张恨水反思了传统小说的认知方式,接受了诸如时代性、艺术的真实、客观描写等小说观念,从而实现了自身审美情趣的现代转化,但是他并不满意新文学作家对写实的狭隘规范以及对通俗文学特有的趣味性的赶尽杀绝,而是试图在保持其原有韵味的基础上建立属于自己的审美世界和艺术价值规范。

二、张恨水写实小说的独特性

张恨水是个有现实情怀的人,他对写实的理解比较朴素、也比较宽泛,就是反映时代和写人民,即"叙述人生"⑤、描写人生,不同于新文学有目的

---

① 水《张恨水》,《长篇与短篇(二)》,载北京《世界日报》,1928年6月6日。
② 张恨水:《作完〈啼笑因缘〉后的说话》,见张占国、魏守忠编《张恨水研究资料》,北京:知识产权出版社,2009年,第199页。
③ 犹(毕树棠):《评张恨水啼笑因缘》,载天津《大公报·文学副刊》第208期,1932年1月4日,第8版。
④ 严独鹤:《〈啼笑因缘〉序》,见张占国、魏守忠编:《张恨水研究资料》,北京:知识产权出版社,2009年,第243~244页。
⑤ 张恨水:《写作生涯回忆十八·〈金粉世家〉的背景》,北京:人民文学出版社,1982年,第31页。

地"表现人生、指导人生"①。张恨水的小说主要侧重对世情、风俗的描写，但出于对都市资本主义发展中市民道德失范现象的焦虑，他常常褒扬美德、谴责丑恶，企求建立良好的社会秩序。因此，他的小说重视游戏却又不止于游戏。在张恨水看来，道德的缺失源自穷奢极欲而非阶级的分野。无论贫富贵贱，都可能因欲望过度膨胀而导致道德缺失问题。所以，他一方面描写人性之善，阐扬知恩图报，重义轻利，人格尊严，诚实守信，勤俭持家，爱岗敬业，等等；另一方面抨击人性之恶，如军阀的暴戾，金钱的诱惑，处世的狡诈，等等。并通过人物命运的浮沉来褒贬人的行为，以启发市民的自我觉醒，从而实现道德自律。

同样涉及金钱的问题，《啼笑因缘》从道德角度否定凤喜一家以金钱为尚的庸俗，而不是表现贫富对立。这与左翼文学作品迥异其趣，后者如茅盾的《子夜》透过人物命运的起落过程再现当时的社会经济状况，形象化地演绎了中国社会的阶级矛盾、社会关系，表达了走社会主义道路的主题。如果说左翼文学通常立足阶级、社会等宏观层面去构思作品、参与历史叙事，那张恨水的作品则是在大的时代背景下编织个体、家庭故事，诠释修身、齐家、治国、平天下的儒家传统精义。这虽然和新文学的最终指向是一致的，但是路径不同。

同样写家的分崩离析，《金粉世家》"并不是从揭露北洋军阀统治下的一个反动政客的丑恶灵魂出发的"，而是"站在一个家族兴衰史面前"，告诉读者，"这种豪门的纨绔子弟简直都是无所不为的败家子、寄生虫"。②林语堂说：以父母为中心的家庭"使年轻人失去了事业心、胆量与独创精神"，"这是家庭制度在中国人性格形成上最具灾难性的影响"。③《金粉世家》中的"树倒猢狲散"，客观上暴露了祖荫之家的封建生活方式导致人的生存能力的毁灭、生活惰性的滋长、人格意志的扭曲，其目的是劝导子辈勤俭持家，而不是"对旧家庭采取革命的手腕"④。在新文学作品如巴金的《家》中，父辈象征着专制、保守、虚伪，子辈的叛逆、抗争或者个性的泯灭都源于

---

① 茅盾：《新旧文学平议之评议》，《茅盾文艺杂论集》上集，上海：上海文艺出版社，1981年，第13页。
② 范伯群：《论张恨水的几部代表作——兼论张恨水是否归属鸳鸯蝴蝶派问题》，载《文学评论》，1982年第1期。
③ 林语堂：《中国人》，杭州：浙江人民出版社，1988年，第153页。
④ 张恨水：《写作生涯回忆十八·〈金粉世家〉的背景》，北京：人民文学出版社，1982年，第31页。

家的罪恶,从而凸显了反对封建专制、改造家庭社会的主题。

同样是写人物的出走,在《金粉世家》中,张恨水写冷清秋出走后选择了自食其力的隐居之路,主要突出她独善其身、洁身自好的人格,否定其丈夫金燕西捧戏子、情感不专等亵渎爱情的失德行为,其意不在于"给书中人一条奋斗的出路"①;而新文学作品写女性出走以后的结局,着眼点是思考"走后怎么办"的问题。比如:鲁迅《伤逝》中的子君被涓生所弃,重新回到封建家庭,最终悲惨地死去。曹禺《日出》中的陈白露因沉溺享乐生活而失去了追寻新生活的勇气,最终毁灭了自己。将人物出走以后的不幸推向极致,既是社会残酷性的真实写照,也催促人们正视女性解放的艰难曲折。

张恨水真实地表现了市民的道德状况,这是通俗文学特有的写实内容。他劝善惩恶的道德观与民初通俗小说是一脉相承的,后者大多标榜有益于世道人心,张恨水的小说在整体上也贯穿着这条道德线索,体现了一个有责任感的报人撷取传统文化中带正面价值的道德思想来匡正世风、建构理想人格的善良愿望。

为了达到寓感化于趣味的目的,他在取材上偏爱情感题材,因其最易产生趣味性。他将爱情视同社会人生,大肆铺张、竭力表现,并寄予真诚、有情有义等道德思想,即使是后期鼓励民气的抗战小说也"在抗战言情上兼有者"②。《弯弓集》是张恨水配合时事之作,它由小说、诗词等组成,其中的小说将柔情与战火交织在一起,在添光增色的同时体现"唤醒国人"③的努力。而新文学作家写恋爱是通过爱情阐发社会、人生的大道理,爱情并非表现的全部,而只是众多内涵中的因子。钱杏邨就斥责《弯弓集》中的故事"缺乏真实性",是"鸳鸯蝴蝶的一体,只是披上了'国难'的外衣"。④在他看来,对英雄人物豪情壮志的演绎更具有意义。

在风格上,张恨水的小说以写实为基调,又以爱情故事来营造富有浪漫气息的艺术世界。它既来自日常生活经验的常态人生,又有超诣日常生活经验的非常态人生,且这种超诣因受制于特定的时空环境而显得合乎情理。像《啼笑因缘》中的卖艺女郎、天桥风情,均为读者身边人、身边景。而

---

① 张恨水:《写作生涯回忆十八·〈金粉世家〉的背景》,北京:人民文学出版社,1982年,第31页。
② 张恨水:《大江东去·序》,重庆《新民报》,1943年。
③ 张恨水:《〈弯弓集〉自序》,见张占国、魏守忠编:《张恨水研究资料》,北京:知识产权出版社,2009年,第218~219页。
④ 阿英(钱杏邨):《上海事变与鸳鸯蝴蝶派文艺》,载《北斗》第2卷第2期,1932年5月20日。

三女追一男的爱情故事与武侠传奇神秘、梦幻,又因基于现实生活而显得传奇而不离奇,巧妙而不诡异,感伤而不凄迷。这是最能展示作者天赋和创造力的写作方式,也最有凝聚读者的吸引力。

总之,张恨水小说不追求陈义之高,而要于人生有益,在形式上保留了传统的故事性,这便坚持了通俗文学的独特价值,同时,也冲破了某些左翼理论家新的载道文学的话语藩篱和过于僵硬的写实模式。

三、批评对作家艺术个性的束缚

20世纪30年代初,张恨水的小说创作处于巅峰时期,吸引了巨大的读者群体,因而被推向新文学批评的风口浪尖。此时,写实主义因为历史环境和意识形态的变动而被重新定义。"五四"写实主义张扬个性,揭露时弊,从生活实际出发,客观、冷静地观察表现人生社会,已经被视为不合时宜的旧写实主义,而新写实主义的核心是站在无产阶级立场上,以革命的、发展的眼光观察社会生活,并指明走向未来的路径。这最能反映历史的真实。其理论代表瞿秋白、钱杏邨主张以文学手段反映社会矛盾和阶级关系,体现历史发展的必然趋向。"写实主义转变为一种进步文化,正确世界观和先进阶级的标志",也因此"具有了异乎寻常的号召力乃至威慑力"。①

钱杏邨的《上海事变与鸳鸯蝴蝶派文艺》(写于1932年)的批评最有代表性。钱充满鄙视地说:劝张恨水"走写实主义的路",他是"根本不理解的"。钱称张恨水为"封建余孽",属于"没落的封建阶级",作品"包含了强度的封建意识,也部分的具有资产阶级意识的要素"。② 张恨水的《弯弓集》除了表示对统治阶级的愤慨,没有指出中国的出路。而夏征农也表达了同样的意思,即一部有社会意义的伟大作品,"应该从那复杂的社会生活中,烘托出正在进展着的社会动向"。③ 夏文认为,张恨水没有把握住时代精神,没有指出贵族走向没落的事实,而是赋予樊家树平民思想,让他爱上社会下层的沈凤喜,是迎合小市民追随高级生活而不敢正面解决问题的心理,体现了有产者不敢正视现实的软弱。言下之意,小说非但不能为读者指出正确的未来,反而起了麻醉作用,因而是非写实的。这里,把文学表现

---

① 南帆:《文学的维度》,北京:中国人民大学出版社,2009年,第48页。
② 阿英(钱杏邨):《上海事变与鸳鸯蝴蝶派文艺》,载《北斗》第2卷第2期,1932年5月20日。
③ 征农(夏征农):《读〈啼笑因缘〉——答伍臣君》,《文学问答集》,上海:上海生活书店,1935年,第158页。

的差异看成不同阶级政治思想意识的较量,让人匪夷所思。实际上,张恨水写武侠是应编辑要求,目的是增加情趣、吸引读者,对铲除军阀暴力的民间道义的表达也蕴含着现实主义的因素。它既不是出于阶级本性去探索社会问题、指明出路,也不是让人产生幻想、安于现状,写不同阶层人物的恋爱也不是调和矛盾。由此可见,简单的阶级分析法对张恨水来说并不适用。

革命文学理论家的身份是战士,将写实主义视作战斗的武器。为了达到文学产生直接的社会效应和引导读者的目的,要求写实主义表现革命的发展和胜利这一本质的真实,体现了高度的社会责任感,从政治角度看也并非没有道理。但是批判现实的意图不能简化为单一的模式,更不能因不符合这一模式而将问题上升至政治层面。生活本身是绚烂多彩的,"一切生活现象都从不同的侧面反映了生活的本质"。① "以现实主义的名义要求一部作品反映全部现实、描绘一个时代或一个民族的历史进程、表现其基本的运动和未来的前景,这是一种哲学的而不是美学的要求"。② 一位作家的才华即使不能表达某种哲学和政治意识,但如果能够在他熟悉的领域感受人与特定时代关系的某些真实方面,那么,他仍不失为一个优秀的作家。

20世纪30年代前后,张恨水一直处于新文学作者的"围剿"③中,"饱受社会人士之教训"④。在这种氛围下,他内心深处饱受压力。如不迁就来自外界的指责、批判,就会被主流文坛视为浅薄、落后;如抛弃自己驾轻就熟的浪漫情愫和创作思维,就不能充分发挥自己的创造才能。权衡再三,张恨水还是屈从了前者,放弃了后者。严峻的抗战形势,也促使他调整了自己的写作思路,去凸显抗日战争题材。《啼笑因缘》续集将何丽娜、樊家树等人都送上抗战之路,赋予他们民族、社会责任,体现了强烈的民族意识,也是通俗小说作家民族气节的体现。不过,作者急于表白人物的满腔热情,人物思想转变过于突兀,缺少性格发展的必然逻辑,反而显得不真切、不自然。《太平花》则根据战况作了两次大的修改。本来写此书时,张恨水有感于老百姓在内战中遭受的颠沛流离之苦,意欲表现和平主题,但

---

① 王元化:《文学的真实性和倾向性》,载《上海文学》,1980年第12期。
② [法]罗杰·加洛蒂著,吴岳添译:《论无边的现实主义》,天津:百花文艺出版社,2008年,第172页。
③ 张恨水:《一段旅途回忆——追记在茅盾先生五十寿辰之日》,载重庆《新华日报》,1945年6月24日。
④ 张恨水:《金粉世家·自序》,见张占国、魏守忠编:《张恨水研究资料》,北京:知识产权出版社,2009年,第189页。

写到一半时"九一八"事变发生，原来的非战意识不符合民意，于是来了一个"一百八十度大转弯跟着说抗战"，后来到快出版的日子，日本人投降了，于是来了第二次修正。这种处理小说与现实的关系太泥于实，是将生活真实等同于艺术真实。

从抗战后期开始，张恨水的小说趋于社会批判，写实因素逐步加强。在讽刺、暴露国统区的黑暗和腐败性方面下大功夫，《魍魉世界》《蜀道难》《傲霜花》等都是这样暴露性强的作品。在大多数学者看来，这是张恨水进步的表现，可是它带来的问题是：纯粹描摹现实生活不足以激活张恨水的想象触角，展现他自身的灵气。其结果是：削弱了形象的生动性，淡化了作品的感染性，降低了作者写实主义的艺术魅力。因为写实主义是不排斥灵感想象和浪漫情愫的，若排斥后者，就会导致作品干枯、单调、塞涩；若包容后者，就会促成作品丰富、多样、圆润。这仿佛鸟的双翼，张恨水兼而有之，因而他的写实主义才彰显其价值。但在批判声浪的冲击下，他犹疑地舍弃掉一翼，终究迫使其后期的写实主义蒙上了苍白、浮泛、平淡的色彩，这导致其抗战时期小说的传奇因素一再压缩甚至剥离。小说与现实的生硬对接抑制了作者讲故事特长的充分发挥，加上作者对抗战生活缺乏直接体验，暴露国统区黑暗的小说也未找到更合适的表现形式，这些都使得他的不少小说退回到早期社会小说的写作经验而出现罗列新闻轶事，乃至只有人像而无人物性格的情况。它反映了写实规范的限制对作家审美情趣的桎梏。抗战以后，张恨水总体艺术水准下滑，虽有少数作品例外，但也没有达到《啼笑因缘》的水平，这说明创作绝不是集体意识的产物，而是充分个性化人性化的表现。

令张恨水感到欣慰的是，他的转变得到了文艺界进步人士的赞扬。1944年5月16日，重庆《新华日报》为庆祝张恨水的寿辰刊发了一篇短评：

> 恨水先生的作品，虽然还不离章回小说的范畴，但我们可以看到和旧型的章回体小说之间显然有一个分水界，那就是他的现实主义的道路，在主题上尽管迂回而曲折，而题材却是最接近于现实的；由于恨水先生的正义感与丰富的热情，他的作品也无不以同情弱小，反抗强暴为主要的"题母"。正由于此，他的作品，得到广大的读者所欢迎；也正由于此，恨水先生的正义的道路更把他引向现实主义。

这篇短评在褒扬张恨水的立场和正义态度的意义上认可了他的现实主义之路,这个评价也是张恨水希望达到的"高度",因为现实主义不仅仅是创作方法,更是关乎民族存亡的原则,而是否走现实主义的道路也成为评估作家人格和文格的标准。

新文学提倡写实主义的"首要动机在于借由文学促进改革和革命,在这样的号召下,不管传统的经典小说所刻画的现实如何生动,也往往会因为无法配合时代对主体和形式的需要,而被讥为'不写实'"。① 这种评价也可以解释张恨水小说被贬低的原因。新文学作家为着某种推动社会进步的既定目标写作,"用文学的社会功利性作为现实主义的基本要素,过分强调文学教化民众、足救时弊的职责"②,导致对现实主义的理解停留在文学的社会功能这一层次。1930年前后的革命文学理论家强调写实主义服务于阶级立场、政治功效,将写作题材、对象、内容、格调都作了统一规定,浪漫、传奇因素被全部挤压掉,这就忽略了现实主义的包容性、开放性、多元性,不可避免地将现实主义的内涵和传达情感的方式限制在狭小的范围内,看不到张恨水等通俗文学作家对现实生活充满个性的表现。

耐人寻味的是,冯雪峰称张恨水的若干部章回小说在"文学上的价值等于零",而陈寅恪在抗战时期却喜欢张恨水的小说。据吴宓日记记载:借得张恨水《天河配》送与寅恪。在抗战将要胜利时,已近于双目失明的陈寅恪请家人读张恨水的小说给他听。抗战胜利时,他刚好听完了《水浒新传》,史学大师非常感动,特地赋诗一首:

> 谁谛宣和海上盟,燕云得失涕纵横。
> 花门久已留胡马,柳塞翻教拨汉旌。
> 妖乱豫么同有罪,战和飞桧两无成。
> 梦华一录难重读,莫遣遗民说汴京。

其中既有对朝政乖谬的慨叹,更有对民族内耗招致外侮的悲慨,可见他的感触之深。③ 对同一作家的作品竟有如此不同的感受,可见标准不同会给价值认定带来多么大的差异。

---

① 王德威:《写实主义小说的虚构 茅盾 老舍 沈从文》,上海:复旦大学出版社,2011年,第5页。
② 温儒敏:《新文学现实主义的流变》,北京:北京大学出版社,2007年,第24页。
③ 见袁进:《鸳鸯蝴蝶派》,上海:上海书店出版社,1994年,第185页。

中编

第五章 京派的批评

　　京派是1930年前后活跃于北平和天津等北方城市的自由主义作家群，该派批评通俗文学的文章并不多，批评者主要有沈从文、朱光潜、朱自清、周作人等人。前两人批评通俗文学，或者是担忧商业化对文学的侵害，或者是出于对贵族化文学趣味的维护。而朱自清乃其中的温和派，他是早期文学研究会成员，20世纪20年代初，在民众文学的讨论中，他对通俗文学的看法与文学研究会基本一致，但他并不反对趣味，也没有将通俗文学作家看成一个整体加以全面否定，而是有褒有贬。20世纪20年代中后期，朱自清与朱光潜等人接触增多，他在文学表现人生的多样性等问题上与之趋近，也因此被视为京派文学群落中的一员，但是他并不赞成将通俗文学视为低级趣味，其观点介于文学研究会与京派之间。作为文学研究会的元老，周作人曾予通俗文学严厉的批评，但在1920年代中期以后其文学观念与京派趋同，对通俗文学的看法亦有较大转变。

第一节 对文学商业化的批评

　　沈从文是在1930年代初批评上海文人的商业习气时提到"礼拜六派"的。他指出，过去人们对"海派"这个名词是缺少尊敬的，"礼拜六派"与过去的"海派"是一个流派的两种称呼，是"名士才情"与"商业竞卖"的结合，加以引申则为："投机取巧""见风转舵"。比如旧礼拜六派一位先生近来也谈哲学史，也"说要左倾，这就是所谓海派。如邀集若干新斯文人，冒充风雅，名士相聚一堂，吟诗论文，或远谈希腊罗马，或近谈文士女人，行为与扶乩猜诗谜者相差一间。从官方拿到了点钱，则吃吃喝喝，办什么文艺会，招纳子弟，哄骗读者，思想浅薄可笑，伎俩下流难言，也就是所谓海派。感情主义的左倾，勇如狮子，一看情形不对时，即刻自首投降，且指认栽害友人，邀功牟利，也就是所谓海派。因渴慕出名，在作品以外去利用种种方法招摇；或与小刊物互通声气，自作有利于己的消息，或每书一出，各处请人批评；或偷掠他人作品，作为自己文章；或借用小报，去制造旁人谣言，传述摄取不实不信消息,凡此种种,也就是所谓海派"。①

沈从文列举了上海文人的种种不良行径,并把他们都归为海派,也就是礼拜六派。其商业竞卖的后果是"使创作的精神逐渐堕落",因此"影响创作方向与创作态度非常之大"。②

沈从文重视文章担负国民教育的责任,认为"一个文学刊物在中国应当如一个学校,给读者的应是社会所必需的东西"③,而《晶报》等报刊是"除了说闲话的材料以外将毫无所得的"④。这些报刊登载的章回体是"章回传奇与《聊斋志异》侦探香艳小说"的继续,它们能"得到大众的了解与同情,是他们(注:通俗小说作家)把习惯的一套给了时代",⑤却没有带来新的东西。文学创作是十分艰苦的劳动,需要心无旁骛,不能追逐流行的风格。如果"希望作品成为经典,就不宜将它媚悦流俗。一切伟大作品都有它的特点或个性,努力来创造这个特点或个性,是作者责任和权利"。既想使文学得到商品的利益,又想产生经典的意义,这鱼与熊掌是不可能一起到手的。⑥

沈从文鄙视以卖文为职业者,认为旧礼拜六派这些海上旧式才子是"被社会一切正当职业所挤出,也就缺少那种有正当职业对于民族自尊的责任观念"。他们"聚集到租界上成一特殊阶级,全只是陶情怡性,写点文章,为国内腹地一切青年,制造出一种浓厚的海上趣味。这海上趣味,对于他们生活,也许可以使他们自觉更变得风流儒雅了一些,可是对于一个国家一个民族却完全不是必需的"。⑦

除了沈从文,朱光潜也多次对20世纪20年代后期以来文学商业化的倾向表示了强烈的不满。他形象化地把它概括为"文艺变成游街队的叫卖,小喽啰的呐喊"⑧。他认为,文艺的功用在于表现作者的情感思想,并传达给读者,使读者领会并感动。然而,在文艺成为一种职业以后,有的作

---

① 从文:《论"海派"》,载天津《大公报·文艺副刊》第32期,1934年1月10日,第12版。
② 沈从文:《论中国创作小说》,载《文艺月刊》第2卷第4号,1931年4月30号。
③ 从文:《论"海派"》,载天津《大公报·文艺副刊》第32期,1934年1月10日,第12版。
④ 甲辰(沈从文):《郁达夫张资平及其影响》,载《新月》第3卷第1期,1930年3月。
⑤ 沈从文:《〈一个母亲〉序》,刘洪涛、杨瑞仁编:《沈从文研究资料》,天津:天津人民出版社,2006年,第31~32页。
⑥ 炯之(沈从文):《作家间需要一种新运动》,载上海《大公报·文艺》第234期,1936年10月25日,第13版。
⑦ 岳林(沈从文):《上海作家》,载《小说月刊》第1卷第3期,1932年12月15日。
⑧ 朱光潜:《流行文学三弊》,载《战国策》第7期,1940年7月。

者为了获取一点版税或者是虚名而逢迎读者,这就容易导致态度上的低级趣味。当然,他并没有特指通俗文学作者,而是泛指一种普遍存在的为名利而创作的现象。

笔者认为,对善用文坛登龙术的文人投机行为的批评是非常必要的,但是把打广告、做宣传等商业活动视为采用不正当手段拉拢读者的卑下行为就欠考虑了。另外,把神圣的艺术变成牟利的勾当固然应该批判,但否认以职业化的写作换取正当收益或者把出卖作品看成对艺术的亵渎也是不妥的,毕竟专职作家也是经济体制范围内的一种正当职业。

到20世纪40年代,沈从文对章回体社会小说有所肯定。他认为,社会小说反映了生活的方方面面,影响面广。如《官场现形记》《海上繁华梦》《孽海花》《留东外史》《玉梨魂》……多在报纸杂志上刊载,并得到广泛注意(那时上海《申报》和《新闻报》是国内任何一省都有订户的)。小说主要与当时的人与事:或嘲笑北京官场,或描写上海洋场;或记载晚清名士美人掌故,或记载留日学生的革命恋爱故事;或继续传统才子佳人悲欢离合的情节,如苏曼殊、徐枕亚等作品就名为"香艳小说"。北京的腐败、上海的时髦,以及新式人物的生活和白面书生的恋爱观,都是经这类小说介绍而深印于国内读者脑中的。作品既然暴露了一些社会弱点,对推动革命进程自然就有大作用。① 沈列举的并不都是通俗小说,他肯定了这些小说的积极意义,同时也指出当时有一部分作家在选材上写妓家如何卷拐阔佬的钱财,使得小说家给读者留下了"流氓才子"的印象,作品价值也随之大跌了。

章回体小说读者面广,且不限于市民读者。据沈从文说,他知道的几个小说迷,一个是研究社会科学的李达先生,跟家中孩子们争看《江湖奇侠传》,看到第十三集还不肯放手;一个是研究哲学的金岳霖先生,读侦探小说最多,要他谈侦探小说史一定比别的外文系教授还在行。还有主持军事航空的周至柔先生,近三十年来的旧章回体小说他也大多欣赏到了。所以沈认为这些小说价值不能说大,但作用非常大。

章回体小说虽然有缺点,但是换个角度看也有价值。虽然沈从文并不欣赏礼拜六派与黑幕派,但是对《留东外史》,他也能从另一角度加以评价。在谈到辛亥革命时期的文化活动时他说:《留东外史》"记叙这个时代留学生的种种活动,写得有声有色,人物性格突出于背景","这个作品连缀若干

---

① 沈从文:《小说与社会》,载《世界学生》第1卷第10期,1942年10月25日。

故事,用章回谴责小说体裁写成",虽常常被"称为'礼拜六'派代表作品,亦即新文学运动所致力攻击的'黑幕派'作品之一种。然吾人若能超越时代所作成的偏见,来认识来欣赏时,即可知作者一支笔写人写事所表现的优秀技术",给读者的印象"必然是褒多于贬。且至今为止,尚未见到其他新作品处理同一问题,能做更广泛的接触,更深刻完整的表现"。① 所以,沈从文在《湘人对于新文学运动的贡献》中把平江不肖生这部小说列入其中。从这点也可以看出,沈从文对通俗小说的认识有所变化,不再全盘否定了。

第二节 对低级趣味的批评

一、低级趣味乃缺乏理性提升的俗趣

20世纪40年代中期,朱光潜在《文学上的低级趣味》(发表于《时与潮文艺》1944年第3卷第5期)中,从审美艺术性角度较为详细地谈论了文学的趣味问题。

朱光潜分别从作品的内容与作者的态度两方面入手,列出十大低级趣味的作品。其中,有几种涉及幽默、言情、黑幕、侦探等通俗小说,有几种涉及新文学小说。他分析通俗文学趣味低下的原因在于注重感性的满足而缺乏理性的提升与美感的创造,具体如下:

关于幽默小说。幽默小说按程度高低分为两种:"报屁股"②上"余兴"之类与说相声、玩杂耍、唱双簧、村戏打诨均属于程度低的。大多数人欣赏这种幽默,有些作家也在作品中迎合它们,这其实是一种低级趣味。在第一流的作品中,高度的幽默与高度的严肃化成一片,一讥一笑除了助兴和风趣以外,还有深刻隽永的意味。笑中有泪,讥讽中有同情,对人世抱有深切的悲悯而非仅仅嘲笑取乐。

关于言情小说。言情小说之所以风行就是逢迎了人类要满足生理和心理上的饥渴这个弱点。在新旧交替时期,一些人继承中国古代才子佳人

---

① 沈从文:《湘人对于新文学运动的贡献》,载上海《大公报·文艺》第43期,1946年7月30日,第7版。在1946年7月10日沈从文发表于《湖南日报》的《对新文学有贡献的湖南人》一文中有对《留东外史》同样的评价。

② 孙伏园说"单张的小报,或大报中单辟的一栏,并没有一个通名,像五四以后二三十年代来的一般,规矩一点叫'副刊',调皮一点叫'报屁股'"。见孙伏园:《三十年前副刊回忆》,载《文艺报》第2卷第4期,1950年。

小说传统和欧洲感伤主义传统,"满纸痛哭流泪",骨子里"没有亲切深挚的情感",①这种作品逢迎人类爱找感情刺激的弱点,特别受读者欢迎,但这种趣味是颓废、不健康、不艺术的。

朱光潜认为爱情描写是文学作品中常见的母题,但它不是表现实际人生中的某一种特殊情绪,如失恋、恐惧、悲伤、焦虑之类。文艺的特质不在解除心理或生理上的饥渴,如果写言情小说只是刺激读者,使人产生快感,那只是实用的而非美感的。艺术家要借助艺术形式,拉开所写的悲惨或淫秽的事迹与实际人生的距离,把读者吸引到另一世界,也就是艺术世界。要创造美妙的意象世界,使人产生美感。比如:《西厢记》把淫秽的事迹放在幽美的意象中,再用音韵和谐的词句表现出来,我们在阅读时便会被和谐的意象和声音所吸引,而忽略它的本意。

关于黑幕小说。黑幕小说风行的原因是读者贪求强烈的刺激,读黑幕小说时人们容易把它与现实中的新闻对照着看,只从中读到现实中人的具体行为,或者只对现实中的人和事感兴趣,而不是对作品本身的欣赏。黑幕小说虽然能够反映一定的社会问题,但是距离实际生活太近了,同样容易把人从美感的世界拉回到实用的世界,故艺术价值不高。文学要真实地表现人生,不应只着眼于光明而闪避黑暗,描写黑幕不是一件坏事,欧洲文学的悲剧也写黑幕,但是它之所以崇高,并不在仅仅描写黑幕,而是在"最困逆的情境中见出人性的尊严,于最黑暗的方面反映出世相的壮丽,它们令我们对于人生朝深一层看,也朝多一层看。我们不但不感受实际悲惨情境所应引起的颓丧与苦闷,而且反能感发兴起,对人生一种虔敬"。② 因此,把黑幕化为悲剧需要艺术的点染。

朱光潜还谈及文章的道德观念。他认为读者在实际人生中留有遗憾,在文艺中却希望能得到弥补,大团圆的结局就是如此。作者与读者希望"善恶报应,因果昭彰",要"天下有情人都成眷属",这是以"道德的同情"代替"美感的同情"。③ 从道德的观点来谈文艺,要大团圆,要求文以载道,像革命文学以文学为宣传的工具一样,也都是把艺术硬拉回到实用的世界里去。道德是实际人生的规范,而艺术与实际人生是有区别的。

关于侦探小说。侦探小说引人入胜之处在于故事的"悬揣与突惊"

---

① 朱光潜:《文学上的低级趣味》,载《时与潮文艺》第3卷第5期,1944年。
② 朱光潜:《文学上的低级趣味》,载《时与潮文艺》第3卷第5期,1944年。
③ 朱光潜:《文学上的低级趣味》,载《时与潮文艺》第3卷第5期,1944年。

(Suspense and Surprise),这本来也不是坏事,但是单靠一点离奇巧妙的穿插绝不能成为文学作品。真正的文学作品要写出"具体的境界,生动的人物和深刻的情致。他不仅要能满足理智,尤其要感动心灵。这恰是一般侦探故事所缺乏的"①。而一般读者在读文学作品时像读《福尔摩斯探案集》那样只关心有没有好故事,而不注意性格描写、心理分析和对人生世相的深刻了解,这就是低级趣味。他还在另一篇文章《谈读诗与趣味的培养》中说,如果真能欣赏文学,要超越对故事的爱好,去求"艺术家对于人生的深刻的观照以及他们传达这种观照的技巧",如贾岛的《寻隐者不遇》和崔颢的《长干行》诗中也有故事,但是诗之所以为诗,是"在故事后面的情趣,以及抓住这种简朴而隽永的语言表现出来的艺术本领"②,对这种佳妙的了解和爱好就是趣味,会读书的人是能读出故事之外的东西的。

朱光潜以通俗小说为例,谈的是文学创作与欣赏中普遍存在的问题。他列举的低级趣味是没有登上艺术殿堂的大众趣味,并非通俗小说所独有,在初学者的作品和左翼文学中都有这种趣味存在。其病在过于粘着于现实的利害、善恶、恩仇、是非,容易使读者产生对实际人生的联想,不利于聚精会神地欣赏作品本身的美。朱光潜的观点符合知识分子趣味,也是大多京派作家的共识。但是他将滑稽艺术、侦探故事等视为低级趣味未必妥当,并且他对通俗言情小说也有误解,说它刺激性欲、满足性欲根本与事实不符。陈平原曾评价言情小说描写的乃"无情的情场",这是恰当的。

二、俗趣乃"量的过度"

京派所认可的趣味是什么?"是诗境,是画境,是禅趣"③,是"清淡朴讷文字,原始的单纯,素描的美"④,是"雅,拙,朴,涩,重厚,清朗,通达,中庸,有别择等,反是者都是没趣味"⑤。总之,是贵族化的趣味。它源自这一文化群体呈现的文人学者化的整体特征,在高等学府讲授文学的身份使他们以文学为本位,在审美上趋于古典趣味、纯正的趣味,而且,作品的阅读对象也为趣味一致的读书人。朱光潜在 1957 年检讨自己当年的想法:

---

① 朱光潜:《文学上的低级趣味》,载《时与潮文艺》第 3 卷第 5 期,1944 年。
② 朱光潜:《谈读诗与趣味的培养》,《朱光潜全集》第 3 卷,合肥:安徽教育出版社,1987 年,第 350 页。
③ 孟实(朱光潜):《〈桥〉》,载《文学杂志》第 1 卷第 3 期,1937 年 7 月。
④ 沈从文:《论冯文炳》,《沈从文文集》第 11 卷,广州:花城出版社,1984 年,第 96 页。
⑤ 知堂(周作人):《笠翁与随园》,载天津《大公报·文艺》第 4 期,1935 年 9 月 6 日,第 12 版。

"书写出来给谁看？当然给读书人看,所谓'读书人'当然不是工农兵那些'老粗',而是和我一样的'士大夫'阶级。……这些想法并不是我一个人的想法而是相当普遍的想法。"①

而通俗小说的大众趣味,即"上海地方的一切趣味"②,乃俗趣。钱锺书1933年在《大公报·文艺副刊》上发表的《论俗气》一文见解与京派作家颇为相同。他概括俗趣的一个重要特点是量的过度,即"鸳鸯蝴蝶派的才情"与"涕洟交流的感伤主义(sentimentality),柔软到挤得出水的男人",③"苏东坡体的墨猪似的书法,乞斯透顿(Chesterton)的翻筋斗似的诡论(paradox),大块的四喜肉……还有说不尽的etc.,都跟戴满钻戒的手一般的俗。这形形色色的事物间有一个公共的成分——量的过度"。④ 当一个人认为一桩东西为俗的时候,"这一个东西里一定有这个人认为太过火的成分,不论在形式上或内容上。这个成分的本身也许是好的,不过,假使这个人认为过多了(too much of a good thing),包含这个成分的整个东西就要被判为俗气。所以,俗气不是负面的缺陷(default),是正面的过失(fault)。……简单朴实的文笔,你至多觉得枯燥,不会嫌俗的,但是填砌着美丽词藻的嵌宝文章便有俗的可能。……雷诺尔慈(Joshua Reynolds)爵士论罗马宗和威尼斯宗两派绘画的优劣,也是一个佐证:轻描淡写,注重风韵(nuance)的画是不会俗的;金碧辉煌,注重色相(color appearance)的画就迹近卖弄,相形之下,有些俗气了。批评家对于他们认为'感伤主义'的作品,同声说'俗',因为'感伤主义是对一桩事物过量的反应'(A response is sentimental if it is too great for the occasion)——这是瑞恰慈(I. A. Richards)先生的话,跟我们的理论不是一拍就合么？俗的意思是'通俗',大凡通俗的东西都是数量多的,价值贱的;照经济常识,东西的价值降贱,因为供过于求,所以,在一个人认为俗的事物中,一定有供过于求的成分——超过那个人所希望或愿意有的数量的成分"。⑤

---

① 朱光潜:《读〈在延安文艺座谈会上的讲话〉的一些体会》,载《文艺报》,1957年5月19日。
② 甲辰(沈从文):《郁达夫张资平及其影响》,载《新月》第3卷第1期,1930年。
③ 中书君(钱锺书):《论俗气》,载天津《大公报·文艺副刊》第13期,1933年11月4日,第12版。
④ 中书君(钱锺书):《论俗气》,载天津《大公报·文艺副刊》第13期,1933年11月4日,第12版。
⑤ 中书君(钱锺书):《论俗气》,载天津《大公报·文艺副刊》第13期,1933年11月4日,第12版。

从"通俗"两个字,钱锺书又悟到俗气的第二个特点:俗的东西就是"可以感动'大多数人'的东西——此地所谓'大多数人'带着一种谴责的意味",不仅指数量,也指品质,"是卡莱尔(Carlyle)所谓'不要崇拜大多数'(Don't worship the majority)的'大多数',是易卜生(Ibsen)所谓'大多数永远是错误的'(A majority is always wrong)的大多数"。① 言下之意,俗的东西在质上是有欠缺的。

总体来看,"俗"乃情感铺张、运笔不够节制、缺乏深度等,是"缺乏美感的修养"②造成的,化俗为雅需要相当的修养。因此,化俗为雅虽是京派对大众的期望,但在现实中难以实现,便也成了大众的奢望。

京派趣味的标准与左翼作家也不同,后者认为趣味高低取决于其社会价值的大小,而前者重在是否有利于审美价值的提高和文学的自由发展。朱光潜批评左翼作家摇旗呐喊,要求文学创作的统一是态度上的低级趣味,会形成一种创作的风气,这一现象后来也有不少作家指出。比如:1936年春,林徽因受萧乾委托,选编《大公报·文艺》一年多时间里发表的有创造性的优秀短篇小说30篇,集成《大公报文艺丛刊小说选》,并由上海大公报馆出版。林发现备选的小说在题材的选择上"有个很偏的倾向",就是"趋向农村或少受教育分子或劳力者的生活描写",她分析此原因在于目前描写劳工社会、乡村色彩已成为一种风气,这并非就不好,但是年轻作家撇开自己熟识的生活去写生疏的题材,暴露出有的个性不强的作者容易不自觉地"因袭这种已有眉目的格调"。③ 林主张为了艺术更加个性化,作者应该心怀热诚地刻画错综复杂的多面人生,而不要拘泥于任何一个方面。林徽因从京派文学趣味出发观察到的现象也给批评者一个启发,那就是:过多描写鸳鸯蝴蝶的男女情感生活固然狭窄,而过度描写劳工社会、乡村色彩,同样也会造成另一种狭窄。关于这一点,沈从文在《湘人对于新文学运动的贡献》中批评左翼之前"文学研究会的文坛独占,有它的贡献,也有它的弱点。最大弱点即倾向一致性。使文运受到拘束,不易作更多方面的试

---

① 中书君(钱锺书):《论俗气》,载天津《大公报·文艺副刊》第13期,1933年11月4日,第12版。
② 朱光潜:《谈美》,《朱光潜全集》第2卷,合肥:安徽教育出版社,1987年,第6页。
③ 林徽因:《文艺丛刊小说选题记》,载天津《大公报·文艺》第102期星期特刊,1936年3月1日,第11版。

验与发展"①。综合上述观点,无论哪个文学社团、流派都应该允许多种层次、多种趣味文学的自由生长,才能真正做到自由发展。

第三节 对俗趣的另一种看法

一、兼顾消遣文学与严肃文学的不同价值

20世纪40年代后期,朱自清的兴趣逐渐转移到文学史研究上来。在对史的追溯中,他的目光重新聚焦于对通俗文学批评最多的消遣、雅俗、趣味等文坛持续关注的问题上。

朱自清认为,"五四"时期与新文学创作"对抗的是鸳鸯蝴蝶派②"小说。它们"不论对文学对人生,都是消遣的。新文学是严肃的。这严肃与消遣的对立中开始了新文学运动"。③ 二者对立的原因在于"西方文化的输入"改变了"文学的意念"④,即"文学有着重大的使命和意义""有其独立的地位",鸳鸯蝴蝶派重视"奇",而在新文学看来,"奇对生活的关系较少""要正,要正视生活,反礼教,反封建,发掘社会的病根,正视社会国家人生"。⑤

在绝大多数新文学作家看来,消遣文学观是旧文学观,应该抛弃。对此,朱自清是持审慎态度的。因为他发现,重"奇"有着深厚的文化积淀和民间基础。在《论严肃》中,他对古代小说作了一番细致的梳理,说:在中国文学的传统里,小说和词曲(包括戏曲)是小道中的小道,就因为是消遣的,不严肃的。不严肃也就是不正经……中国小说一向以"志怪""传奇"为主,"怪"和"奇"都是不正经的东西。明朝人编的"三言二拍"中"二拍"是初刻和二刻的《拍案惊奇》,重在"奇"。"三言"是《喻世明言》《警世通言》《醒世恒言》,虽然重在"劝俗",但是还是先得使人"惊奇",才能收到"劝俗"的效果。后来有人从"三言二拍"里选出若干篇另编一集,题为《今古奇观》,还

---

① 沈从文:《湘人对于新文学运动的贡献》,载上海《大公报·文艺》第43期,1946年7月30日,第7版。
② 在朱自清的《民众文学的讨论》(《文学旬刊》第27期,1922年)中,他把"鸳鸯蝴蝶派"表述为"礼拜六派",在他看来,二者是一回事,都是指以趣味为主的消遣、娱乐文学。
③ 朱自清:《文学的严肃性》,载《生活文摘》第1卷第4/5期,1947年11月15日。
④ 朱自清:《诗言志辨自序》,载《国文月刊》第36期,1945年。
⑤ 朱自清:《文学的严肃性》,载《生活文摘》第1卷第4/5期,1947年11月15日。

是归到"奇"上,这个"奇"正是供人们茶余酒后消遣的。①

奇与趣是紧密相连的,中国古代所谓小说就是指记述杂事的有趣味的作品。关于趣味,在《论雅俗共赏》中,朱自清特别提到唐传奇,据说可以见出作者的"史才、诗笔、议论",是唐朝士子在投考进士以前送给大人先生看,用来介绍自己,求他们给自己宣传的。其中不外乎灵怪、艳情、剑侠三类故事,显然是以提供谈资,引起趣味为主。无论按照传统的意念或现代的意念,这些传奇无疑是小说。宋朝笔记也记述有趣味的杂事,作者的议论和批评往往也很有趣。作者写这种书,只当作对客闲谈,并非一本正经,虽然以文言为主,可是很接近说话,这也是给大家看的。看了以后可以当作谈助,增加趣味,而目录家是把宋朝笔记归在小说之中的。②

朱自清不吝其笔,是为了说明小说历来就是不严肃、不正经、有趣的。"鸳鸯蝴蝶派"继承了传统小说功能,"意在供人们茶余酒后的消遣,倒是中国小说的正宗"③。言下之意,新文学受西方文学影响,赋予文学以严肃的使命固然意义重大,但也要尊重历史、尊重传统,无论怎样变,小说本身的特性还是不能忽视的。

从中国现代文坛的实际情况看,严肃居于主要地位,因为文学总是配合着时代政治浪潮。五四运动以后,又有五卅运动、国民革命、抗日战争。"时代太紧张了,不允许人们那么悠闲",于是"意义和使命压下了趣味,认识和行动压下了快感"。④ 战争既缩短了严肃的尺度,也提高了严肃小说的地位。这自然是符合人情物理的。

问题是,并不能因此一味抹杀消遣、趣味的作用。其实,追逐消遣、趣味对小说创作起着促进作用。朱自清敏锐地发现在都市现代化进程中,小说的读者大大增加了,其中"多半是小市民的读者,他们要求消遣,趣味和快感,扩大了的读众有着这样的要求也是很自然的。长篇小说的流行就是这个要求的反应,因为篇幅长,故事就长,情节就多,趣味也就自然丰富了。这可以促进长篇小说的发展,倒是很好的"。⑤ 对于趣味,文学研究会、左翼作家的批评是一贯的。在20世纪40年代中期,茅盾仍然批评低级趣味的东西挤走了正当读物,严肃的读物销量不广,这是民族文化的危机,导致

---

① 朱自清:《论严肃》,载《中国作家》创刊号,1947年10月1日。
② 朱自清:《论雅俗共赏》,《朱自清全集》第3卷,南京:江苏教育出版社,1988年,第221页。
③ 朱自清:《论严肃》,载《中国作家》创刊号,1947年10月1日。
④ 朱自清:《论百读不厌》,《朱自清全集》第3卷,南京:江苏教育出版社,1988年,第231页。
⑤ 朱自清:《论百读不厌》,《朱自清全集》第3卷,南京:江苏教育出版社,1988年,第232页。

此现象的原因是作家的投机和书商的生意眼。① 他看到的是趣味争夺文学市场且不能服务于社会变革的消极面,而朱自清则着眼于其对文学本体价值提升的积极意义,确实难得。

有人担心增加趣味性,减少严肃性或降低文学的标准会阻碍文学的发展。而在朱自清看来,大可不必杞人忧天,在《短长书》中,他谈及学生、公务人员和商人增加带来小说流行的现象时说:读者爱看故事,因为故事"悲欢离合,层折错综","容易引起浓厚的趣味。这种对趣味的要求,其实是一种消遣心理"。又说:

> 长篇小说的流行,却让一般读者只去欣赏故事和情节,忽略意义和技巧,而得到娱乐;娱乐就是消遣作用,但这不足忧,普及与提高本相因依。普及之后尽可渐渐提高,趣味跟知识都是可以进步的。况且现在中国文学原只占据了偏小的一角,普及起来才能与公众生活密切联系,才能有坚实的基础。②

而且,小说的这种倾向是必然的,也是健康的。

既然消遣、趣味有存在的价值,那么"五四"时期批评它是否正确?朱自清的态度也很明确,他认为,"中国文学开始的时候,强调严肃性,指斥消遣态度,这是对的",好处在于促使读者"吟味严肃的意义,欣赏小说的技巧",这是文学的基本条件③。但他同时指出,如果将严肃和消遣分作不相理会的两端,读者老是正襟危坐,也是一件苦差事。

正确的方法是处理好二者的关系。在《论严肃》中,朱自清不惮其繁地对"五四"以后30年间严肃与消遣进退起落的状况作了全面梳理,意在说明事物向极端发展时都会适得其反。一方面,如果一味迎合社会心理,消遣跨过严肃的边界,放纵到色情及粗劣的笑料上去,这是低级趣味,应当坚决摒弃;另一方面,"正经作品若是一味讲究正经,只顾人民性,不管艺术性,死板板的长面孔叫人亲近不得",反而易使人追逐那些色情、油滑的作品,"这是运用'严肃'的尺度的时候值得平心静气算计算计的"。④ 这里提到的艺术性,自然是不会拒绝趣味的。

---

① 茅盾:《如何击退颓风?》,载《文萃》第1卷第2期,1945年。
② 朱自清:《短长书》,《朱自清全集》第3卷,南京:江苏教育出版社,1988年,第50~51页。
③ 朱自清:《短长书》,《朱自清全集》第3卷,南京:江苏教育出版社,1988年,第50~51页。
④ 朱自清:《论严肃》,载《中国作家》1947年创刊号,1947年10月1日。

总之，严肃提供了文学的主要价值，而消遣利于读者的接受和文学的普及。朱自清的《论严肃》《文学的严肃性》《论百读不厌》《文学的标准和尺度》《论雅俗共赏》《低级趣味》《短长书》等都发表于 20 世纪 40 年代，是围绕严肃、消遣问题思考的展开，可以相互参照来读。他从文学史的走向观察到，严肃与消遣的起伏消长、吸收转化与互渗共融是文学发展的常态，它们各有价值，应兼顾、平衡不同价值而非贬低任何一端，这一结论对文学创作与批评有一定的导向作用。

二、趣味高低、雅俗标准具相对性

朱自清多次论及通俗文学的趣味问题，这是受到时代大环境的影响，时代要求知识分子去研究民众的趣味（民众指农民和都市市民，通俗文学读者主要是都市市民），以适时引导他们。

在知识分子趣味与民众趣味孰轻孰重的问题上，朱自清曾经历了一个转变过程。20 世纪 20 年代初，他更为重视精英知识分子的审美趣味，俞平伯说他"以为文学底鹄的，以享受趣味，是以美为文学批评的标准……大有对于贵族底衰颓，有感慨不能自已的样子"[1]。此可谓知音之言。

朱自清醉心于美的艺术带来的乐趣，认为文学的发展主要依靠少数文学天才的引领，即"文学一面为人生，一面也有自己的价值，他总得求进步"[2]"先驱者永不会与民众调和，始终得去领着"。在《民众文学谈》中，他"极力抗议托尔斯泰一派遏抑少数底鉴赏力底主张，而以为遏抑少数底鉴赏力（如对于宏深的，幽渺的风格的欣赏）和摒斥多数底鉴赏权一样是偏废"[3]。这说明朱自清更加认同知识分子对文学的深层次追求。

但很快，他就表示，就阅读权利来说，"多数底文学与少数底文学应该有同等的重要，应该相提并论"[4]。并且现有民众文学发展状况滞后，建设为民众的文学是当务之急。其目的是促使民众的觉醒，提高民众的鉴赏力。

从欣赏习惯看，知识分子与民众有很大不同。前者要求突出文学的个性品质，个性表现得愈鲜明、浓烈，作品便愈能感动人，但它却很难引起民

---

[1] 俞平伯：《与佩弦讨论〈民众文学〉》，载《文学旬刊》第 19 号，1921 年 11 月 2 日。
[2] 朱自清：《民众文学谈》，《朱自清全集》第 4 卷，南京：江苏教育出版社，1988 年，第 26 页。
[3] 俞平伯：《与佩弦讨论〈民众文学〉》，载《文学旬刊》第 19 号，1921 年 11 月 2 日。
[4] 朱自清：《民众文学的讨论》，载《文学旬刊》第 26 期，1922 年 1 月 21 日。

众的兴趣。民众文学多表现一类人的性格,而一类人的性格大都坦率的地方多,所以用不着含蓄之笔。

从阅读趣味看,民众文学"情节得简单,得有头有尾。描写不要精细曲折,可是得详尽,得全貌。……至于整个故事组织不匀称,他们倒不在乎的"。像白话书报,"明白详尽,老老实实,直来直去",很适合民众的水平,而知识分子读起来却没什么味儿。①

虽然从艺术性来说,知识分子文学更适合朱自清的口味,但可贵的是他并不鄙视普通读者的爱好。民众有自己对作品的期待、理解与鉴赏权,不能拿知识精英的文学标准来要求他们。

文学研究会、左翼作家称通俗文学尚"奇"的趣味为低级趣味,如1930年代加入"左联"的茅盾斥责通俗文学是"低级趣味的'封建文学'"②,以其未起到社会批判的作用,钱杏邨也有同样严厉的批评。在他们看来,趣味高低取决于其社会价值的大小。而京派学院式批评认为,对"奇"趣的追逐是没有登上艺术殿堂的大众趣味,如朱光潜把言情、侦探、黑幕等小说均视为低级趣味,③以其注重感性的满足而缺乏理性的提升与美感的创造。当然,他也批评左翼作家摇旗呐喊,要求文学创作的统一是态度上的低级趣味,会形成一种创作的风气。朱自清并未把"奇"看成低级趣味。他表示喜爱"奇"是传统阅读心理的延续,也是合理的,它与读者的心理状态密切相关。

大团圆结局就是一种对"奇"的爱好。自古至今,民众都乐于接受它。照朱自清的说法,小说本就起于民间,起于农民和小市民之间。在封建社会,农民和小市民受着重重压迫,他们没有多少自由,却有做白日梦的自由。他们寄希望于超现实的神仙,神仙化的武侠,以及望之若神仙的上层社会的才子佳人;他们希望有朝一日自己会变成这样的人物,这自然是不能实现的奇迹,可是能够给他们安慰、趣味和快感。他们要大团圆,是因为他们一辈子是难得大团圆的。他们同情小说中的人物,"设身处地"地"替古人担忧",这也因为事奇人奇的缘故。所以,"奇情也正是常情啊"。④ 朱自清从心理学解读民众的阅读习惯,说明他们喜爱大团圆是因为这个结局

---

① 朱自清:《论通俗化》,《朱自清全集》第3卷,南京:江苏教育出版社,1988年,第142页,第144页。
② 丙申(沈雁冰):《今日的学校》,载《文学》第3卷第6号,1934年12月1日。
③ 朱光潜:《文学上的低级趣味》,载《时与潮文艺》第3卷第5期,1944年7月15日。
④ 朱自清:《论百读不厌》,《朱自清全集》第3卷,南京:江苏教育出版社,1988年,第229页。

能给人以情感的慰藉,是一种正常的心理。

大团圆结局被鲁迅称为"瞒与骗"①,是文学对现实的遮蔽。沈雁冰称鸳鸯蝴蝶派"大关节尚不脱离合悲欢终至于大团圆的旧格式"②,是对传统的因袭。朱光潜认为它以"道德的同情"代替"美感的同情",从道德的观点来谈文艺,要大团圆,是把艺术硬拉进实用的世界里去。道德是实际人生的规范,而艺术是与实际人生有区别的。③

朱自清却没有批评该类小说粉饰太平或者读者品位低,而是给予了充分的理解与宽容。因为趣味的等级或者说雅趣与俗趣上下高低的形成,不仅是文学中的审美问题,很大程度还是由阶级、阶层差异造成的社会问题。

朱自清在为学生讲课时曾论及高雅与低俗的关系,指出雅与俗既可以指人,也可以指文。雅人就是士大夫,俗人就是小市民和农家子弟。"雅是属于高高在上者的,俗则是在下者的。因为以前人民处于为统治者所轻蔑的低级地位,故'俗'字就有'浅俗''凡俗''轻俗''卑俗'……不好的描写,以与'深雅''雅致''典雅''高雅'……相对。不太重功利,不斤斤计较厉害,亦所谓'雅';反之则为'俗'。其实这亦与社会地位有关。能够不斤斤计较,不太重实际功利的,总是较高级的人;而一般最下层的人,是恐怕只能'俗'的。"④

雅人与俗人所欣赏的作品分别对应着诗文与小说,诗文为雅,小说为俗,但是随着雅人俗人身份的降落或上升,社会生活的变化,都可能带来雅俗标准与尺度的调整。⑤ 小说本来是"小道","五四"以后,它也有了雅俗、高低之分。可见,无论古今,在不同的历史阶段,雅俗的内涵与外延都在不断变化中,对它们的理解也因人、因时空而异。从历代文学的发展看,知识阶级渐渐走近民众,而民众对文学的影响也在渐渐扩大,雅俗界限在缩小,因此无须歧视民众的趣味。

三、宽容的文学理念

朱自清对文学批评取中和态度,在他的老友看来是性格使然。比如:

---

① 鲁迅:《论睁了眼看》,载《语丝》第 38 期,1925 年 8 月 3 日。
② 沈雁冰:《自然主义与中国现代小说》,载《小说月报》第 13 卷第 7 期,1922 年 7 月 10 日。
③ 朱光潜:《文学上的低级趣味》,载《时与潮文艺》第 3 卷第 5 期,1944 年 7 月 15 日。
④ 吾言:《忆朱自清师》,载陈孝全《朱自清传》,北京:北京航空航天大学出版社,2008 年,第 142~143 页。
⑤ 朱自清:《文学的标准与尺度》,《朱自清全集》第 3 卷,南京:江苏教育出版社,1988 年,第 134~135 页。

李广田赞扬他批评人生的文字"无处不放射智慧的光芒,心平气和,平正通达,是严肃的,然而并不冷峻,是温和的,但也绝不柔弱。朱先生终其一生,对人处己,观物论事,一直保持了或发扬了这种生活态度,也就创造了并确立了这样的文学风格"。① 这固然有一定道理,但是还应该从他的文学观上找原因。

朱自清不以追求趣味性而否定通俗文学源于他对文学社会作用的看法是宽泛的。20世纪20年代初,他就认为文学的感化力没有一般人想象的那么大。他解释道:有人说,文学能够教导人,鼓舞人,甚至触动人的感情,引起人的行动。比如,革命的呼声可以唤起睡梦中的人,使他们努力前行,或者靡靡之音使人儿女情长,风云气少,这虽都是正确的,但并不是文学直接的、即时的效用,而是间接的力量。文学的直接效用是片刻间的解放自我,是忙碌与平凡的生活之后的短暂舒散,它给人带来中和与平静的情绪,使人得到滋养。而实现自我(以文学来影响人)是通过解放自我达到的,这样,文学的力量不是极大无限的。他同意周作人的观点,即,承认文学有影响行为的力量,但这个力量是有限度的。而且,实现自我本非文学的专责,只是余力而已。文学的效果也因读者受教育的程度、接触文学的多少而异,无法强求一致。而文学的享受也只是个人自觉自愿的行为,或取或舍,由人自便,绝不可勉强人去亲近它。② 可见,在朱自清眼里,文学的精神是自由的,文学的作用也是多重的,它有功利效用,但不是唯一。文学的创作与欣赏也是自由的,无需强求一律。这样,具备消遣作用的文学就有了存在的理由。

在文学与人生的关系上,茅盾、郑振铎等文学研究会作家要求文学直接服务于社会现实工作、宣传工作,倾向于表现被压迫劳苦大众的血与泪,目的是指导人生、改造社会、唤醒民众。朱自清一方面反对"冷眼看人生"③,一方面表示"血与泪底文学"虽然是"先务之急",但却非"只此一家",④所以其他文学也有人生的价值。

朱自清对人生的理解也是宽泛的。他曾在为朱光潜《谈美》写序时称

---

① 李广田:《朱自清先生的道路》,见朱金顺编:《朱自清研究资料》,北京:北京师范大学出版社,1981年,第13~14页。
② 朱自清:《文艺之力》,《朱自清全集》第4卷,南京:江苏教育出版社,1988年,第108~109页。(注:该文说的是"文艺之力",实际上这里的"文艺"指的就是"文学"。)
③ 朱自清:《语文影及其他》,《朱自清全集》第3卷,南京:江苏教育出版社,1988年,第334页。
④ 朱自清:《〈蕙的风〉序》,《朱自清全集》第4卷,南京:江苏教育出版社,1988年,第53页。

许孟实先生"分人生为广狭两义:艺术虽与'实际人生'有距离,与'整个人生'却并无隔阂"。① 他赞同朱光潜对人生的基本看法,即文学所表现的无论与人生是远还是近,都脱离不了整个人生,它本来就是人生的一部分。但与朱光潜不同的是,他认为文学表现的世界是多彩的,因为人生是变化多样的,而表现人生的深浅或方法没有限定,"无论是记录生活,是显扬时代精神,是创造理想世界,都是表现人生。无论是轮廓的描写,是价值的发现,总名都叫做表现"。② 因此,朱自清并不像朱光潜那样认为表现人生浅就是低级趣味。

基于这种认识,朱自清对不同的主义、潮流均取宽容的态度,而没有所谓正统非正统的框框。以谈诗为例,有些人不承认以农村为题材的诗是诗:"以为必得表现微妙的情境的才是的。另一些人却以为象征诗派的诗只是玩意儿,于人生毫无益处。这种争论原是多少年解不开的旧连环。就事实上看,表现劳苦生活的诗与非表现劳苦生活的诗历来就并存着,将来也不见得会让一类诗独霸。那么,何不将诗的定义放宽些,将两者兼容并包,放弃了正统意念,省了些无效果的争执呢?"③这种态度用来评价严肃文学与消遣文学似乎也无不可。

对处于不同阵营小说家风格各异的作品,他都能不带偏见地指出其优劣之处。他高度评价茅盾那些描写都市、农村的严密分析社会问题的小说,认为近几年的长篇小说"真能表现时代的只有茅盾的《蚀》和《子夜》",现代小说的取材正应该像《子夜》《林家铺子》《春蚕》之类的"才有出路"。④

但他并不因此贬低其他作家的创作,对施蛰存《石秀》之类"不以故事为主而专门描写心理"⑤的小说也予以充分肯定;对穆时英的《南北极》,则称赞其"采用活的北平话,念起来虎虎有生气"⑥。对于那些与表现现实有一定距离的非主流作家的作品均能给予正面评价。

---

① 朱自清:《〈谈美〉序》,《朱自清全集》第1卷,南京:江苏教育出版社,1988年,第265~266页。
② 朱自清:《文学的一个界说》,《朱自清全集》第4卷,南京:江苏教育出版社,1988年,第169页。
③ 朱自清:《新诗的进步》,《朱自清全集》第2卷,南京:江苏教育出版社,1988年,第320~321页。
④ 朱自清:《子夜》,《朱自清全集》第1卷,南京:江苏教育出版社,1988年,第273、278页。
⑤ 朱自清:《读〈心病〉》,《朱自清全集》第1卷,南京:江苏教育出版社,1988年,第278页。
⑥ 朱自清:《论白话——读〈南北极〉和〈小彼得〉的感想》,《朱自清全集》第1卷,南京:江苏教育出版社,1988年,第271页。

曹聚仁钦佩朱自清是个"最恰当的而又最公正的文艺批评家"①。确实,朱自清对现代文学现象的批评都以史的考察为参照,王瑶评价他"因了多年研究古代历史的关系,他分析现实问题也常常从历史的发展来说明……使人知道今后的发展也是'其来有自'和'势所必至'的"②,这是非常中肯的。他从文学史的动态发展中揭示出严肃与消遣、趣味高低与雅俗标准的相对性,阐明了通俗文学在文化传承、读者接受、文学普及与发展中的重要作用,显示了尊重传统、关怀现实、放眼全局的气魄和胸襟。在当时以社会历史批评为主导、精英文学歧视民众文学的批评潮流中,朱自清能够坚持独立而清醒的批判精神,透过纷繁、复杂的文学现象,正确把握历史动向,表明其具有深刻的洞见。

当然,朱自清的评价也有失误的地方,比如,他说民初通俗文学对抗新文学并不准确,说他们用的白话是从旧小说抄来的等也有以偏概全之嫌。实际情况是:二者对立主要是因新文学作家的批评造成的,通俗文学作家是主张新旧兼容、自然过渡的。对于白话文的普及他们也是贡献多多。

第四节　周作人批评态度的转变

周作人1920年代初对通俗文学的批评可用"凌厉"一词来形容,1920年代中期以后,他从主张"为人生的文学"逐渐向"人生的文学"转变,对通俗文学的态度也趋于平和。

首先,是对通俗文学趣味的某种认同。曾有人对《语丝》经常发表一些轻松的趣味之作表示质疑,恐其变为《晶报》。对此,周作人是这样解释的:"来函说《语丝》太多滑稽分子,有变成《晶报》之虑,盛意可感。……但是我却不是这样想。我以为滑稽不论多少,都没有什么妨碍,只要有人会说,有人会听。我只觉得我们不很能说'为滑稽的滑稽',所说的大抵是'为严正的滑稽',这是我所略觉不满足的。——至于《语丝》与《晶报》之分,很是明了,便是暗中摸索也可分别罢。"周作人表示"绝不预备变成《晶报》"。③ 但是,时隔不久,周作人在致洛卿先生的信中谈到《语丝》销路不好,"虽然据

---

① 曹聚仁:《文坛五十年》,上海:东方出版中心,1997年,第204页。
② 王瑶:《念朱自清先生》,见朱金顺编:《朱自清研究资料》,北京:北京师范大学出版社,1981年,第31页。
③ 周作人:《滑稽似不多》,载《语丝》第8期,1925年1月5日。

我想来这或者是因为它像那三个日字的《晶报》,是专讲'呒对会'的油话而无益于人心的缘故吧""其实《晶报》有什么不好,它是'文章游戏',岂有此理这一派的支流,也是滑稽文学的一种,倘若它的趣味再醇化一些——然而即使是现在那样子,也不能说是顶坏"。①《晶报》是著名的通俗小报,周作人不以别人将《语丝》与之相提并论而感到难堪,这是耐人寻味的。

其次,认为通俗文学可以反映大多数民众的思想,有某种认识价值。1930年代初,周作人在谈及文学的范围时,提出为何要重视研究通俗文学,因为"影响中国社会的力量最大的,不是孔子和老子,不是纯粹文学,而是道教(不是老庄的道家)和通俗文学。因此研究中国文学,更不能置通俗文学于不顾"②。他在发表于同期的演讲《关于通俗文学》中也表达了同样的意思:"研究文学,单看一方面是不够的,老庄孔孟,不过代表中国思想的顶高一点,但不能代表中国民众思想的总数与平均数。""通俗文学不但可以表现国民性,它还可以表现一切思想。纯文学是不能代表全民众的思想的,也没有什么大的力量。……至于通俗文学,民众读了,其思想自然会发生一种变化,所以我们当有深切的关注才好,这样,才可以看出中国人的大部分的思想来。"又说:"现在的什么文学革命,革命文学,都没有什么大用处,正如《玉梨魂》《春明外史》等,还是中国大多数人所影响之思想。"所以,研究文学或文学史,必须要包括通俗文学。③

虽然周作人表示文学是无用与无效的,但也未完全否定文学的影响。他对侠义小说作用的看法与左翼作家相同,只是褪去了"阶级"的内容。比如,他认为以前人们说《水浒传》诲盗,但其实正相反,它不仅不诲盗,还能减少很多社会的危险。被侮辱被损害者总想复仇,但看过《水浒传》之后,便感到痛快,仿佛我们所恨的人已经被梁山泊英雄打死,因而自己的怒气也跟着消失了。这是侠客义士成为文学中心的最大原因。1930年代,左翼阶级论者如茅盾批评民国武侠小说是封建小市民文学,是对市民的麻醉与欺骗,读者读之,不去抗争,间接起到拱卫封建制度的作用。但是周作人并没有对这类现象作阶级分析,而是作为文学可以抒发心中不平的一个例证。对周作人而言,研究通俗文学从之前批判进而力求改变国民性的思想启蒙过渡到对民众阅读心理的探索。

---

① 岂明(周作人):《乡谈》,载《语丝》第51期,1925年11月2日。
② 周作人:《中国新文学的源流》,上海:华东师范大学出版社,1995年,第5页。
③ 周作人讲、翟永坤记:《关于通俗文学》,载《现代》第2卷第7期,1933年。

为何会发生如此变化？究其原因：

第一，周氏确立了文学的另一种价值。1920年代中期，周作人对文学的功利作用产生怀疑。正如他在《关于通俗文学》中所说，文学革命、革命文学都未能影响到大多数国民的思想，因此他认识到单靠文学来拯救国民根本行不通。文学虽有影响行为的力量，但这个力量是有限度的。在这样的思考中，他退回书斋，操守本业，潜心于艺术与生活，从而回归到文学的审美价值。这也使他避免了仅以文学是否推动社会变革这一标准去评价通俗文学。

第二，其闲适、幽默的文学旨趣与通俗文学的游戏、消遣、趣味并不冲突。周作人早期文章布道者的气味逐渐淡化以后，作品呈现出生活之趣与艺术之趣、常识与学识相结合的特点，这与通俗文学有了某种相通之处，就是对平凡世象的眷恋与品味。当然，从文学气质来说，周作人偏爱闲中清趣，其文以读书人为阅读对象，其意（境）也多为读书人所领会；而通俗文学以市民大众为读者，尚俗趣，其烟火气更浓。就《晶报》而言，它有时为滑稽而滑稽，不免芜杂，这或许就是周作人所说的不够"醇化"。但滑稽有其存在的民间基础，虽不能提供什么言外之意，但可以解颐，在一定范围内容纳它，也不失为人生的一种调剂。周作人曾翻译过日本的小喜剧《狂言》，对那些"纯朴"①的、没有"恶俗气"②的滑稽很是喜爱。《晶报》中的滑稽等次不一，也有不少有益无害的，因此，周作人不加反对就不足为怪了。

1940年代末至1950年代初，周作人在由冯亦代、通俗报刊文人陈蝶衣等编辑的《大报》以及小报文人龚之方、唐大郎编辑的《亦报》上共发表了700多篇兼具知识性与趣味性的随笔。与他30年代写作的小品文相比，它们更符合报章通俗性的定位，也更贴近普通读者，可以说呈现出另一种风貌。

或许是巧合，鲁迅最早的文言小说《怀旧》由周作人加上题目与署名，并寄给通俗文学刊物《小说月报》（1913年第4卷第1号），还得到主编恽铁樵的称许，以至于他受到鼓励，后来又将一篇译作投给该刊。③《礼拜六》的主编周瘦鹃1917年出版的翻译小说《欧美名家短篇小说丛刊》受到周氏

---

① 《〈狂言十番〉附记·〈骨皮〉附记》，见张明高、范桥编：《周作人散文》第三集，北京：中国广播电视出版社，1992年，第247页。

② 《〈狂言十番〉附记·〈雷公〉附记》，见张明高、范桥编：《周作人散文》第三集，北京：中国广播电视出版社，1992年，第252页。

③ 周作人：《自己的工作（一）》，《知堂回想录（上）》，合肥：安徽教育出版社，2008年，第189页。

兄弟的青睐,二人一起拟了条称赞的评语,以教育部的名义发表出去,以示褒奖。① 之后,在对通俗文学的批评中,周作人充当了重要角色,也因此结下了不少笔墨恩怨,晚年又在通俗报刊文人编辑的小报上发表了大量文字。细数这些经历,让人颇感历史沧桑巨变,一切终将归于平凡。

总之,由于意识到过于强调文学的功利性会走向批评的反面,周作人从早期的"凌厉浮躁"逐渐走向后来的宽容与平和。在1930年评价通俗文学时,他没有人云亦云地跟随主流的阶级论批判,而是从更宽泛的意义上理解文学的价值。比如,从认识功能、娱乐功能评价通俗文学,这就为我们了解该派提供了不同视角,也启示我们:标准虽有助于确定价值,但单一标准则会阻碍我们发现更多的价值。

---

① 周遐寿(周作人):《鲁迅与清末文坛》,载上海《文汇报》第3408号,1956年10月5日,第3版。

第六章　海派的批评

施蛰存、苏汶是新感觉派(20世纪30年代海派)重要作家,张爱玲为20世纪40年代海派作家,由于同处吴文化所在区域,他们与不少著名通俗小说作家有着良好的私谊,都在通俗期刊发表过文章。他们还重视文学的商业性,苏汶在《现代》杂志上发表《文人在上海》,反对"北方的同行""嘲笑"上海文人的"多产"以及以卖文为"正业",① 从而为职业化写作辩护。张爱玲也表示"以前的文人是靠着统治阶级吃饭的,现在情形略有不同,我很高兴我的衣食父母不是'帝王家'而是买杂志的大众"。② 对文学商业化的认同以及卖文的经历使他们以较为平和的心态评价通俗文学。

第一节　为趣味辩护

施蛰存曾自认是通俗文学团体星社中一员,对新文学作家批评"吾侪为黑幕派礼拜六派"颇为反感,对其否认《半月》《星期》中的小说为小说也十分不满。他指出:"新旧文学家何必互相抨击?以我观之,今日中国文学,实际上尚不能分新旧。盖新文学作品,除去标点,即是《半月》《星期》中小说耳。③"即新旧文学并无实质区别。就他自己的立场而言,他在《江干集》附录"创作余墨"(代跋)中写得很明白,"我也不愿立在旧派作家中,我更不希望立在新作家中,我也不愿做一个调和新旧者。我只是立在我自己的地位,操着合我自己意志的笔,做我自己的小说"。④ 这表明这是他的独特思考,并非人云亦云。

对通俗期刊,新文学作家是一概否定的,譬如《小说世界》就曾经受到鲁迅的批评。鲁迅在1923年谈到"新文艺是外来的新兴的潮流,本不是古国的一般人们所能轻易了解的",同时指出像《小说世界》之类的所谓的"旧

---

① 苏汶:《文人在上海》,载《现代》第4卷第2期,1933年12月。
② 张爱玲:《童言无忌》,《张爱玲散文全编》,杭州:浙江文艺出版社,1992年,第98页。
③ 施青萍(施蛰存):《青萍谈吐》,载《虎林》第5期,1923年5月26日。
④ 施蛰存:《施蛰存序跋》,南京:东南大学出版社,2003年,第32页。

文化小说",是"批评的必要也没有了"。① 而施蛰存对发表在此刊物上的小说并未一概否定,在《我的日记》(1936年)一文中提到一则记于民国十四年(1925年)十一月七日的日记,即刊载在《小说世界》第十二卷第二期上春野所作的一篇《未嫁》,颇令人回味。小说内容是说曾经有人为某男某女介绍过婚事而未成功,后来那男子外出了,某日遇到他从前的学生,学生告诉他那女子尚未出嫁,因而那男子凄然生出一些回忆。施蛰存说小说情节简单,艺术性并不强,但因为"作者的情绪之体会",使他读后"顿时起了强烈的共鸣",并悠然回到自己的记忆之国去了。小说捕捉并写出了男主人公彼时真挚且深沉的同情心,从而打动了作为读者的施蛰存。

20世纪30年代现实主义成为文坛主流。通俗文学作家虽然也创作了一些批评社会不公的作品,但是缺乏对现象背后社会制度的抨击,不能指引革命的前途与方向,因而被左翼激进作家排斥在现实主义大门之外。对此,施蛰存在《鬼话》中表达了自己的见解:蒲松龄(字留仙)写鬼实际上是写人,是对现实的讽刺,属于现实主义的范围。但"蒲留仙笔下的鬼,若当时直接痛快地一概说明是人,他的小说就是'鸳鸯蝴蝶派',因为有饮食男女而无革命也。人有三等,上等人有革命意识而无饮食男女之欲,中等人有革命意识亦有饮食男女之欲,下等人则仅有饮食男女之欲而无革命意识。写上等人的文章叫作革命的现实主义,写中等人的文章叫作革命的浪漫主义,写下等人的文章叫作鸳鸯蝴蝶派。所以蒲留仙如果要把他笔下的鬼一律说明了仍旧是人,必须把这些人派做是上中两等的,才可以庶几免乎不现实不革命之讥,虽然说这些人的革命意识到底还是为了饮食男女,并不妨事②"。这里,施蛰存否定了对现实主义的狭隘理解,对片面提倡革命意识而忽略人正常欲望描写的现象予以讽刺。

文学研究会和左翼作家批评通俗作家的趣味是恶趣味,而施蛰存却不这么看。施蛰存从某画家画"鬼趣图"而享誉一时引申开去,说如果画的是"人趣图",就不会那么运气了。"人岂可以有趣?"如果一定要有趣,那也要在"趣"前面加一个"苦"字,③以此挖苦文坛对趣味的排斥。他有一本贴报簿,剪贴了民国十一二年间《申报》《新闻报》《时报》上的长篇新闻纪事和文艺作品。"当时固然为了他们有趣味,所以剪下来保留起来,而现在看看,

---

① 《唐俟君来信——关于〈小说世界〉》,载《晨报副刊》,1923年1月15日,第4版。
② 施蛰存:《鬼话》,载《论语》第91期,1936年7月1日。
③ 施蛰存:《鬼话》,载《论语》第91期,1936年7月1日。

却是格外有趣味了。"①这些报纸副刊均为通俗作家所把持,施蛰存对上面的趣闻津津乐道,这与那些谈"趣"色变,把趣味当成不良嗜好的批评者形成了强烈反差。

文学不是高深莫测的,而是可亲、可感的。针对那些贬低张恨水的小说不是文学的观点,施蛰存指出,有些学生尊敬而又轻蔑地称那些看新文学小说的同学为文学家,而他们自己却爱看张恨水的小说。他们"知道张恨水的作品是小说,而茅盾、鲁迅的作品是文学,他所需要的是小说而不是文学,于是新文学的读者群永远不会大过旧文学的读者群了。这固然一半也由于读者的趣味堕落得太低级,但一半也由于把文学的地位抬得太尊严,使一般人的欣赏能力不够仰攀"②。某些批评家认为张恨水的小说不是文学,但一般的读者却喜爱张恨水接地气的小说,在这里,施蛰存似乎不是批评读者的趣味太低,而是抱怨新文学的门槛太高。

过多宣传文学的严肃性,使得新文学作品无形中"取得了《圣经》,公民教科书,或者政治教科书的地位"③。爱看小说的学生不敢接触新文学作品,因为文学似乎就是为教训而存在的,这显然有悖于文学亲近大众的初衷。

苏汶在《民众艺术的内容》中也反对鄙视张恨水等人的民众文艺,他对民众文艺是否有毒素持怀疑态度,并且认为它之所以有感召力、能得到民众爱戴是因为作者懂得民众最关心的"并不是阶级斗争,也不是民族斗争",而是"'善'与'恶'的斗争",因此,像"为原始的正义观扬眉吐气"的文艺最能诉诸民众的情感,并显示在"君子和小人之分界"上,小市民与士大夫一样是清楚明白的。"自命的智识阶级"④瞧不起民众的鉴赏力并无道理。

第二节　富有人生味的小报以及社会小说

与施蛰存一样,张爱玲也偏爱通俗文学。她特别喜爱富有人生味的小报,上面汇聚了不同形式的文学作品。她在由陈蝶衣编辑的《春秋》"女作

---

① 施蛰存:《绕室旅行记》,载《宇宙风》第10期,1936年2月1日。
② 施蛰存:《"文"而"不学"》,《文艺百话》,上海:华东师范大学出版社,1994年,第179页。
③ 施蛰存:《"文"而"不学"》,《文艺百话》,上海:华东师范大学出版社,1994年,第179页。
④ 苏汶:《民众艺术的内容》,载《现代》第5卷第4期,1934年。

家书简特辑"中发表了一封给《力报》编者的回信,自述"对于小报向来并没有一般人的偏见。只有中国有小报;只有小报有这种特殊的、得人心的机智风趣——实在是可珍贵的。我从小就喜欢看小报,看了这些年,更有一种亲切感"。① 特别是有一次较紧张的空袭之后,拿着当天送来的小报,"有一种奇异的感觉,是亲切、伤恸,就着烛光,吃力地读着,什么郎什么翁,用我们熟悉的语调说着俏皮话"②。

小报的魅力是真实把握人生世相,"它有非常浓厚的生活情趣,可以代表我们这里的都市文明"。③ 小报最了解都市人的个性、生活,它深入都市肌理,写的是人们深深喜爱与熟悉的生活,可能琐碎、微小,然而流露的真实的感觉与情绪,以及生动活泼的言语却打动了张爱玲。

同样,社会小说也有人间烟火气。张爱玲看社会小说都是"看点真人真事",如同看"可靠的历史小说,里面偶尔有点生活细节是历史传记里没有的,使人神往,触摸到另一个时代的质地"。④ 小说的内容是作者的见闻或者是熟人的事,因写作仓促,往往"手民索稿",一挥而就,"拉在篮里便是菜,来不及琢磨,倒比较存真"。当然,实事不过是原料,张非常爱好原料,是"偏嗜它特有的一种韵味,其实也就是人生味"。⑤ 社会小说"保留旧小说的体裁,传统的形式感到亲切,而内容比武侠神怪有兴趣,仿佛就是大门外的世界",⑥那细小、微妙之处仿佛能让人嗅到、探到。而把生活中真实的故事逐字逐句地记录下来,就是一部活灵活现的好作品,有时虽不免简单,但读之让人获得生活实感。张爱玲欣赏法国一位女历史学家的话:"事实比虚构的故事有更深沉的戏剧性,向来如此。""事实有它客观的存在,所以'横看成岭侧成峰',的确比较耐看,有回味。"⑦笔者亦赞同此卓见,有时事实比故事更离奇,更超乎想象,从中可知人性之莫测。

---

① 张爱玲:"女作家书简特辑",载《春秋》第 2 年第 2 期,1944 年 12 月 28 日。
② 张爱玲:《我看苏青》,载《天地》,1945 年第 19 期,见《张爱玲全集·流言》,北京:十月文艺出版社,2012 年,第 242 页。
③ 《纳凉会记》,载《杂志》第 15 卷第 5 期,1945 年 8 月。
④ 张爱玲:《谈看书》,载台北《中国时报·人间》,1974 年 4 月 25 日,见《张爱玲全集·重访边城》,北京:十月文艺出版社,2012 年,第 61 页。
⑤ 张爱玲:《谈看书》,载台北《中国时报·人间》,1974 年 4 月 25 日,见《张爱玲全集·重访边城》,北京:十月文艺出版社,2012 年,第 60 页。
⑥ 张爱玲:《谈看书》,载台北《中国时报·人间》,1974 年 4 月 25 日,见《张爱玲全集·重访边城》,北京:十月文艺出版社,2012 年,第 56 页。
⑦ 张爱玲:《谈看书》,载台北《中国时报·人间》,1974 年 4 月 25 日,见《张爱玲全集·重访边城》,北京:十月文艺出版社,2012 年,第 28 页。

张爱玲坦承从通俗小说中吸收了丰富营养,她熟读《海上花列传》《歇浦潮》,唐诗,小报,张恨水。① 她毫不掩饰自己"喜欢张恨水",还与喜爱张资平的要好的同学"时常争辩着"。② 她尤其偏爱张恨水的九本书,一看神经便松懈下来,有一种 relaxed(放松)的感觉。③

　　由于对张恨水小说中的情节、人物性格都非常熟悉,她写文章时常常顺手拈来。比如,看到现实生活中无故打人的警察,就不由地想到在民初李涵秋的小说里,这时候就应当跳出一个仗义的西洋教师或是保安局长的姨太太,上前给那警察两个耳刮子。④ 在谈到数字的独特韵味时,她认为"三"和"七"是俊俏的,而"二"就显得老实。比如,在张恨水的《秦淮世家》里,调皮的姑娘叫小春,二春是她的朴讷的姊姊。《夜深沉》里又有忠厚的丁二和,谨愿的田二姑娘"。⑤ 谈到穿衣时,想到"张恨水的理想可以代表一般人的理想。他喜欢一个女人清清爽爽穿件蓝布罩衫,于罩衫下微微露出红绸旗袍,天真老实之中带点诱惑性"。⑥

　　作为一名对社会小说有执着热爱的读者,她在阅读中尽量揣摩小说对人物的种种表现,并当作自己创作的参照,因为小说要表现的人情、人性并不相远。尤其对怯于交往的张爱玲,很多人生经验和对人性的认识都来自小说。

　　在阅读过程中,一些情节常常积淀在张爱玲的潜意识中,有时转化为她小说的一部分。1970 年代初,夏济安的弟子水晶在采访中直言不讳地对张爱玲说,《怨女》有一段似从《歇浦潮》中剪下,张立刻承认,没有因此"不豫"。当然,这种模仿乃下意识、不自觉的。

　　由于对一些通俗小说中人物的描摹记忆深刻。多少年以后,张爱玲凭借印象依旧能够清楚地记起朱瘦菊《歇浦潮》中众多的人物刻画,她评价张恨水的《春明外史》与毕倚虹的《人间地狱》有些地方相近,自传部分仿佛《人间地狱》写得好些,对平襟亚的《人心大变》、毕倚虹的《人间地狱》等不

---

① 《女作家聚谈会》,载《杂志》第 13 卷第 1 期,1944 年 4 月。
② 张爱玲:《存稿》,载《新东方》第 9 卷第 3 期,1944 年 3 月。
③ 水晶:《蝉——夜访张爱玲》,见子通、亦清主编:《张爱玲评说六十年》,北京:中国华侨出版社,2001 年,第 148 页。
④ 张爱玲:《打人》,载《天地》第 9 期,1944 年,见《张爱玲全集·流言》,北京:十月文艺出版社,2012 年,第 112 页。
⑤ 张爱玲:《必也正名乎》,载《杂志》第 12 卷第 4 期,1944 年 1 月。
⑥ 张爱玲:《童言无忌》,载《天地》第 7、8 合期,1944 年 5 月,见《张爱玲全集·流言》,北京:十月文艺出版社,2012 年,第 103 页。

少小说的情节人物都能娓娓道来。①

社会小说也许应该翻译为"生活方式小说",好的社会小说家"能体会到各阶层口吻行事微妙的差别",②而像张爱玲这样的善于阅读者也能达到同样境界。夏志清认为,对张爱玲影响最大的是中国旧小说,"她对于中国的人情风俗,观察如此深刻,若不熟读中国旧小说,绝对办不到","她受旧小说之益最深之处是她对白的圆熟和对中国人脾气的摸透"。③ 这旧小说当然包括旧派通俗小说。

有人觉得通俗小说浅薄,趣味也不高,而张爱玲却辩护说:"那些不用多加解释的人物,他们的悲欢离合。如果说是太浅薄,不够深入,那么,浮雕也一样是艺术呀。"④这不能不说是一种理解与默契。社会小说瑕瑜互见,对其弊端,张看得很清楚,旧小说"铺开来平面发展,人多,分散,只看见表面的言行,没有内心的描写",⑤"内容看上去都是纪实,结构本来也就松散,散漫到一个地步,连主题上的统一性也不要了"。⑥ 有的小说如《人海潮》"文笔很差","淡漠稚拙"。《广陵潮》刻画得太"穷凶极恶",让人看不下去。⑦

对张爱玲喜爱的《歇浦潮》,水晶提出自己的看法,"可惜作者的'视景'不深,没有如《红楼》那样悲天怜人,也不像《海上花》的温柔敦厚。所以作者看到的,只是人性狭隘的一面,也就是性恶的一面,使人觉得这本书太过cynical(注:愤世嫉俗)了,不能称作伟大"。⑧ 张爱玲并未否认,很高兴水晶能看出这一点。

张爱玲的小说明显克服了上述缺点,从中可知,她读这些小说并不单是一种身心的放松,而是有分析、有判断,在回味、比较、过滤中去粗取精、为我所用。这或许是她看重通俗小说的一个重要原因吧。

---

① 水晶:《蝉——夜访张爱玲》,见子通、亦清主编:《张爱玲评说六十年》,北京:中国华侨出版社,2001年,第149页。
② 张爱玲:《忆胡适之》,《张爱玲全集·重访边城》,北京:十月文艺出版社,2012年,第26页。
③ 夏志清:《中国现代小说史》,上海:复旦大学出版社,2005年,第260页。
④ 张爱玲:《多少恨》的"前记",载《大家》第1卷第2期,1947年5月1日。
⑤ 张爱玲:《谈看书》,《张爱玲全集·重访边城》,北京:十月文艺出版社,2012年,第66页。
⑥ 张爱玲:《谈看书》,《张爱玲全集·重访边城》,北京:十月文艺出版社,2012年,第57页。
⑦ 张爱玲:《谈看书》,《张爱玲全集·重访边城》,北京:十月文艺出版社,2012年,第57~58页。
⑧ 水晶:《蝉——夜访张爱玲》,见子通、亦清主编:《张爱玲评说六十年》,北京:中国华侨出版社,2001年,第149页。

第三节 文学之缘

施蛰存与通俗文学作家颇有渊源,因此,1920年代初,当文学研究会对后者进行猛烈批评时,施蛰存所在的"兰社"却与他们的"星社"同声相应、同气相求。"星社"成立于1922年8月,是赵眠云、范烟桥、顾明道、郑逸梅等苏州小说作者组织的文学社团,是他们为应对新文学作家的批评而建立的。而同年9月,戴望舒在杭州组织的青年文学社团"兰社"是对"星社"的呼应,其中坚人物有施蛰存(笔名施青萍)、戴望舒(笔名戴梦鸥)、张天翼(笔名张无诤)、杜衡(笔名戴涤源)等人。为了增强彼此的交往,施蛰存还与戴望舒特地到苏州访问星社同人,并在间门酒家、吴苑茶室举行了两天联欢。

1922年12月,兰社成员一行7人在杭州灵隐的冷泉留影,照片以《冷泉留影》为题并署上他们的笔名"梦鸥、涤源、寒壶、无诤、鹃魂、弋红、伊凉",发表在《星期》第42期上。兰社的《兰友》旬刊第7期(1923年3月)刊登了一份"社员题目录",共有38人,从名单来看,兰社成员只有施青萍、张无诤、戴涤源、戴梦鸥、李伊凉、孙弋红等人,多数是苏州星社成员,如赵眠云、郑逸梅、范烟桥、黄转陶、范菊高、姚庚夔、包天笑、王钝根、江红蕉、周瘦鹃、徐卓呆等,显示了兰社与星社的同声之谊。因此"两个社团的社员,可以说都是鸳鸯蝴蝶派的青年团员,桴鼓相应,互通声气"①。

施蛰存等人的作品常见于上海的《礼拜六》《星期》《半月》等刊物,其中,施蛰存的作品有几十篇之多。星社成员的作品也发表在兰社的《兰友》旬刊上,如程小青的《侦探小说和科学》、赵苕狂的《侦探小说和滑稽小说》就刊登在《兰友》第13期上。施蛰存在通俗小报《最小》上发表了十多篇作品,星社的黄转陶曾在《最小》报上发表了几篇题为《卡党小传》的文章,对兰社的几个主要成员都有所评价,如:施青萍小说"描摹胜常","文言亦宗朱鸳雏,与碧波弹同调。《兰友》中之《红禅记》,即君撰也。君取短篇小说二十余篇,印小说集。不日出版,声重鸡林,可预卜焉。兰社杭党同人,推崇备至,盖亦学有胜人耳"。"君撰稿好用钢笔,字迹细匀,不稍参差。墨水喜紫罗兰色,有瘦鹃风也。"②张无诤是"吾党中侦探小说之圣手也,其理想

---

① 施蛰存:《〈逸梅选集〉序》,《文艺百话》,上海:华东师范大学出版社,1994年,第352页。
② 黄转陶:《卡党小传》,载《最小》第70号,1923年7月25日。

之徐常云侦探案,布局之妙,几可与东方福尔摩斯相颉颃"①。施蛰存也有对通俗小说的评价:"胡寄尘的小说,完全没有一篇像莫泊桑的。……枕绿的《其妻之死》和海鸣的《老琴师》,还能得莫氏的气息。"②可以看出,星社与兰社成员的融洽关系,他们相互都把对方当作自己人看待。

施蛰存在散文《买旧书》开篇还引用姚鹓雏的诗句"暇日轩眉哦大句,冷摊负手对残书",称后句表示忙里偷闲,驻足马路边旧书店的情形,"的确是怪有风味的"。③ 这都表现了与通俗作家之间的友谊。

施蛰存曾回忆,1922 年他 18 岁,在读了许多报刊文学之后,"心血来潮,见猎心喜",也学写小说、随笔,并"冒失地"向一些"鸳鸯蝴蝶派"文学刊物投稿。④ 他的第一个短篇小说集《江干集》出版于 1923 年,请王西神、姚鹓雏等人题诗,作品的风格,都在通俗文学和新文学之间,尽管他说"是一批不上不下的习作"⑤,并不认为它是自己第一本正式的文学创作集。⑥ 但是,不可否认的是,在刚走上文学道路时,施蛰存确实受过他们的提携,并且他与兰社社友也希望借助星社同人的名望来壮大自己的声势,扩大自己的影响。

20 世纪 30 年代,施蛰存的审美趣味发生了转移,他的写作风格也发生了变化,但仍有许多人骂他曾是"鸳鸯蝴蝶派"中人,以为这是他的"不名誉处"。⑦ 由于文坛批评声势浩大,他也并不希望被归为鸳鸯蝴蝶派,于是声称自己受到《女神》等新文学作品影响,曾以笔名向新文学刊物投稿,但大多数稿件命运不可知,只得另谋出路,转投《礼拜六》《星期》等杂志,以表明他的投稿是退而求其次,不得已而为之。

尽管施蛰存想摆脱与通俗文学作家的干系,但是并没有人云亦云地批判他们,而是常为他们打抱不平。

---

① 黄转陶:《卡党小传》,载《最小》第 69 号,1923 年 7 月 23 日。
② 施青萍(施蛰存):《读莫泊桑的小说》,载《最小》第 91 号,1923 年 9 月 5 日。
③ 施蛰存:《施蛰存散文选集》,天津:百花文艺出版社,2004 年,第 72 页。
④ 施蛰存:《十年创作集·小说卷·序言》,上海:华东师范大学出版社,1996 年,第 1 页。
⑤ 注:"卡党"为星社徐碧波所命名,星社成员范菊高在《谈卡党》一文中说:"卡者,不上不下之称也。卡党云者,中等作家结合之党会也。"见陈丙莹:《戴望舒早期创作钩沉》,载《新文学史料》,2004 年第 1 期。笔者认为这是他们对自己当时的定位。施蛰存称《江干集》不上不下,或与此有关。
⑥ 施蛰存:《我的第一本书》,《文艺百话》,上海:华东师范大学出版社,1994 年,第 291 页。(注:该文写于 1985 年。)
⑦ 施蛰存:《我的创作生活之历程》,《十年创作集》,上海:华东师范大学出版社,1996 年,第 800 页。(注:该文写于 1933 年。)

同样,张爱玲也是在通俗文学营造的文化氛围里长大的,她父亲书桌上的《歇浦潮》《人心大变》《海外缤纷录》,她一本一本拖出去看。① 她母亲是周瘦鹃主编的《半月》《紫罗兰》《紫兰花片》等刊物的忠实读者,而她也"对通俗小说一直有一种难言的爱好",②对她而言,阅读通俗小说已经成为一种生活习惯。有时明明觉得连载小说不好看却又耐着性子看它怎么接续下去的。她并不喜欢武侠言情小说家顾明道的小说,称其"没颜落色的愚笨"。讨厌《明日天涯》有的情节写得不合情理,该小说在《新闻报》上连载了两个礼拜,她"不得不读下去,纯粹因为它是一天一天分载的,有一种最不耐烦的吸引力"。她有一个表姊,两人一见面就骂《明日天涯》,"一面叽咕一面往下看"。③

由于新文学的发展,社会小说大为减少,以至于引起张爱玲的不安。这也反映了酷爱通俗小说的人对题材偏向的担忧。还有小报,到1950年代初也几乎无存,她曾写文表示她的好印象:看到别人桌上摊着一份《亦报》,"立刻有一种人情味,使我微笑了。一张报纸编得好,远远看见它摊在桌上就觉得眉清目秀,醒目而又悦目。报纸是有时间性的,注定了只有一天的生命,所以它并不要求什么不朽之作,然而《亦报》在过去一年间却有许多文章是我看过一遍就永远不能忘怀的";"天天翻开《亦报》,就有机会看到这样的文字,真要谢谢《亦报》。祝它健康"。④

在对通俗义学表示好感的同时,她对新文学似乎没有表现出特别的青睐,甚至表示"中国新文艺我喜欢的少得几乎没有"⑤。如果把女作家特别分作一栏来评价的话,把我同冰心、白薇们来比较,我实在不能引以为荣,只有与苏青相提并论我才甘心。⑥ 与苏青引为同调,笔者想这也并非她故作惊人之语,而是特殊的阅读体验吧。

由于对通俗文学的好感,张爱玲进入上海文坛的前两篇小说《沉香屑——第一炉香》(1943年)、《沉香屑——第二炉香》就选择在通俗刊物

---

① 张爱玲:《忆胡适之》,《张爱玲全集·重访边城》,北京:十月文艺出版社,2012年,第20页。
② 张爱玲:《多少恨》的"前记",载《大家》第1卷第2期,1947年5月1日。
③ 张爱玲:《诗与胡说》,载《杂志》第13卷第5期,1944年8月。
④ 张爱玲:《亦报的好文章》,《张爱玲全集·重返边城》,北京:十月文艺出版社,2012年,第3~4页。
⑤ 夏志清编注:《张爱玲给我的信件》(注:指1974年6月30日,张爱玲至夏志清的信),武汉:长江文艺出版社,2014年,第184页。
⑥ 张爱玲:《我看苏青》,《张爱玲全集·流言》,北京:十月文艺出版社,2012年,第237页。

《紫罗兰》上发表。张登门拜访主编周瘦鹃并送上了自己的文章,而周瘦鹃也非常赏识才女的佳作,他这样记录阅读感受:"当夜我就在灯下读起她的《沉香屑》来,一壁读,一壁击节,觉得她的风格很像英国名作家 Somerset Maugham(注:毛姆)的作品,而又受一些《红楼梦》的影响,不管别人读了以为如何,而我却是'深喜之'了。"①周郑重地在《紫罗兰》上推介了《沉香屑》,让读者共同欣赏这种有"特殊情调"②的作品。

第四节　文学观念的认同

海派竭力为通俗文学作家辩护,一方面,后者确实为文坛作过贡献;另一方面,在文学个性上,他们认为作家有自己擅长的写作领域,并非所有作家都能适应左翼作家对写实的要求。20世纪30年代,"普罗文学运动的巨潮震撼了中国文坛,大多数的作家,大概都是为了不甘落伍的缘故,都'转变'了"。③ 施蛰存也尝试着以写实的笔法创作了《阿秀》《花》这两个短篇,但是,此后他没有写过一篇所谓的普罗小说,这并不是他不同情普罗文学运动,而实在是他觉得自己没有向这方面发展的可能。作者甚至认为他的生活、他的笔,恐怕连写实的小说都不容易做出来,"倘若全中国的文艺读者只要求着一种文艺,那时我惟有搁笔不写,否则,我只能写我的"。④ 施蛰存是中国现代小说的先驱,在文艺理论方面,对未来派、表现派、超现实派等新的创作方法十分推崇,在文学上受到奥地利心理分析小说家显尼志勒、弗洛伊德、性心理学家蔼理斯的潜意识理论影响,善于挖掘都市人的深层心理,尤其是性心理。即使是写带有现实批判性的小说《春阳》,也主要通过性意识的萌动来揭示封建礼教对人心理的摧残,这与普罗文学的表现手法有很大差异。

生活经历和创作经验的差异使得施蛰存在1930年代的文坛处于尴尬地位,他无奈地感觉到:他的"创作生命早已在1937年结束了"。⑤ 因为新

---

　　①　《写在紫罗兰前头》,载《紫罗兰》第2期,1943年5月。
　　②　《写在紫罗兰前头》,载《紫罗兰》第2期,1943年5月。
　　③　施蛰存:《我的创作生活之历程》,《十年创作集》,上海:华东师范大学出版社,1996年,第803页。
　　④　施蛰存:《我的创作生活之历程》,《十年创作集》,上海:华东师范大学出版社,1996年,第803页。
　　⑤　施蛰存:《十年创作集·引言》,上海:华东师范大学出版社,1996年,第2页。

文学杂志中没有安插他的文章的位置,于是他什么也不写了。① 处境的艰难使他对通俗文学作家有着理解的同情。

同样,在写作题材方面,张爱玲与通俗小说有共同之处,就是对婚姻、家庭等日常生活内容充满欣赏与喜爱。她在上海迅速成名之后,迅雨(傅雷)写文章提醒她"除了男女以外,世界究竟还辽阔得很","假如作者的视线改换一下角度的话,也许会摆脱那种淡漠的贫血的感伤情调;或者痛快成为一个彻底的悲观主义者,把人生剥出一个血淋淋的面目来"。② 代表了社会历史批评的标准,对此张爱玲是拒绝的:"我发现弄文学的人向来是注重人生飞扬的一面,而忽视人生安稳的一面。其实,后者正是前者的底子。又如,他们多是注重人生的斗争,而忽略和谐的一面。其实,人是为了要求和谐的一面才斗争的。"③张爱玲坚持写人生安稳的一面,与那永恒的做人的原则一样,是存在于一切时代的。这与张恨水等通俗小说作家的认识是一致的。

更重要的是,此乃他们最能把握到位的写作领域。张爱玲曾与朋友讨论今后的写作路径,有朋友问他会不会写无产阶级的故事,她说不会,因为不了解,只有阿妈的事她稍微知道一点,后来从别处打听到阿妈不能算无产阶级,那就更无从着手了。在张爱玲看来,文苑是广大的,有的作者对题材的选择自由且随意,就像游客游园,买了票,在九曲桥上拍了照,再一窝蜂去参观动物园,说走就走,的确可羡慕。但是她认为"文人该是园里的一棵树,天生在那里的,根深蒂固,越往上长,眼界越宽,看得更远,要往别处发展,也未尝不可以,风吹了种子,播送到远方,另生出一棵树,可是那到底是艰难的事"。④ 根深才能叶茂,自然界的朴素法则与文学创造的规律原本同理,张爱玲以此形象化的解说告诉我们,文人创作要植根于熟悉的领地,才能写出更深透的作品。正如她所说,有时有了写小说的故事和人物的轮廓,连对白都已齐备,可是背景在内地,必须实地考察,但去一趟等于新闻记者的访问,初始印象纵然深,可是不能了解人物心理,走马观花没有用,即使去住两三个月,"放眼搜集地方色彩"也没有用,"因为生活空气的浸润感染,往往是在有意无意中的,不能先有个存心。文人只须老老实实

---

① 施蛰存:《我的创作生活之历程》,《十年创作集》,上海:华东师范大学出版社,1996年,第800页。
② 迅雨(傅雷):《论张爱玲的小说》,载《万象》第3卷第11期,1944年。
③ 张爱玲:《自己的文章》,载《新东方》第9卷第4、5期合刊,1944年5月。
④ 张爱玲:《我们该写什么》,载《杂志》第13卷第5期,1944年8月。

生活着,然后,如果他是个文人,他自然会把他想到的一切写出来。他写所能够写的,无所谓应当"。① 创作来源于冲动,这必须以内在的深切感受为基础,不是随时可以转变写作对象和风格的。能随时变动写作对象的作者固然令人羡慕,但是她却做不到。时代要求作家迅速调整创作心态去适应写作对象的变化,而张爱玲强调个人经验和深度了解创作对象的重要性,她认为只有这样才能触及人性深处。

至于具体写法,"像恋爱结婚,生老病死,这一类颇为普遍的现象,都可以从无数各各不同的观点来写,一辈子也写不完。如果有一天说这样的题材已经没的可写了,那想必是作者本人没的可写了。即使找到了崭新的题材,照样的也能够写出滥调来"②。也就是说,作品好坏关键不在于写什么,而在于作家对题材的艺术把握水平和创新能力的高低。

关于文艺的作用,海派作家认为并没有那么复杂。"能道人所未道,看了使人想着:'是这样的。'再不然是很少见的事,而使人看过之后会悄然说:'是有这样的。'""文艺沟通人的心灵的作用不外这两种。"③

在对文学功用的看法上,他们主张"文学的唯一的功用",也是"全部功用",应该使读者对于"人生有更进一步的了解"。文学家并不比普通人有更为敏锐的感受,只是他有尽善尽美的文字技巧把人生各方面表现得"格外清楚,格外真实,格外变幻,格外深刻",④他只要把这些传达给读者就行了。因此,文学家与读者是平等、亲和的关系。

在形式的利用上,海派作家对传统的章回体、话本体、传奇体、笔记体小说均无偏见,对传统的说故事也是情有独钟。施蛰存知道,"无论把小说的效能说得如何天花乱坠,读者对于一篇小说的要求始终只是一个故事"⑤。因此,他自己的小说中常常带有传奇色彩。只是在说故事的同时,他努力尝试文体上的实验,如《猎虎记》;或者挖掘人性内涵,如《黄心大师》。在他眼里,新文学先锋与旧文学经验是可以相得益彰的。

同样,张爱玲表示"写小说应当是个故事,让故事自身去说明"⑥。她对旧体裁也非常喜爱,"从初识字的时候起,尝试过各种不同体裁的小说,

---

① 张爱玲:《我们该写什么》,载《杂志》第 13 卷第 5 期,1944 年 8 月。
② 张爱玲:《我们该写什么》,载《杂志》第 13 卷第 5 期,1944 年 8 月。
③ 张爱玲:《谈看书》,《张爱玲全集·重访边城》,北京:十月文艺出版社,2012 年,第 56 页。
④ 施蛰存:《"文"而"不学"》,《文艺百话》,上海:华东师范大学出版社,1994 年,第 177~178 页。
⑤ 施蛰存:《小说中的对话》,载《宇宙风》第 39 期,1937 年。
⑥ 张爱玲:《自己的文章》,载《新东方》第 9 卷第 4、5 期合刊,1944 年 5 月。

如《今古奇观》体,演义体,笔记体,鸳蝴派,正统新文艺派等"①都实验过。她的《沉香屑》《茉莉香片》《金锁记》《倾城之恋》等名篇均采用民众熟悉的艺术形式叙事,在开场保留说书人的口吻,既发挥了通俗小说导入故事、渲染气氛的功能,又不动声色地增添了现代人对故事的情感与态度。文中有时袭用旧小说的词句,借一点旧时代的气氛来代表空间距离和时间距离感,于是在古与今的对照与回环中生成了无限苍凉的感慨。中国旧小说笔调与西方现代小说趣味这些似乎相冲突的元素组合在一起,使她的小说给人一种奇异的感受。有一个叫尧洛川的读者说:"《倾城之恋》对白写法很特别,有西洋作风,而以中国固有文法写出,心理与色彩描写很特殊,有似以中国画法画西洋画,特别有引人力量……"②道出了她独具的笔法。范烟桥评价《传奇》用新的文字结构来描写一些女子错综复杂的恋爱故事,"也渗用了一些通俗小说传统技法;流利的对话,又尽量使它自然,这样就使人读了有清新之感"。③ 即使是对张爱玲旧小说文体运用持保留态度的傅雷,也承认它"在适当的限度内不无情趣",《金锁记》"新旧文字的揉和,新旧意境的交错","正是恰到好处"④。

而海派对新与旧的看法是辩证的,"无新无旧,因旧见新",过去的东西现在看是旧的,但"如果把它放在历史的地位上看",那还是新的。⑤ 新旧是相对的,新的东西完成了使命而成为过去,它的历史价值是不容否定的,因此必须尊重客观事实,才能一分为二地看问题。

对于左翼文坛的批评,施蛰存称之为"公式主义的批评"。⑥ 张爱玲也曾批评该时期是理论的贫乏,创作的贫乏。她反对集体对个人声音的掩盖。她曾以音乐来表达自己的感受:"大规模的交响乐自然又不同,那是浩浩荡荡,五四运动一般地冲了来,把每一个人的声音都变了它的声音。"⑦ 当时的社会学批评,特别是庸俗社会学对创作的要求确实存在这种倾向。

值得一提的是,同为海派作家,徐訏对张爱玲与苏青评价甚低,对通俗

---

① 《女作家聚谈会》,载《杂志》第13卷第1期,1944年4月。
② 《〈传奇〉集评茶会记》,载《杂志》第13卷第6期,1944年9月。
③ 范烟桥:《民国旧派小说史略》,见魏绍昌编:《鸳鸯蝴蝶派研究资料》上册,上海:上海文艺出版社,1984年,第360页。
④ 迅雨(傅雷):《论张爱玲的小说》,载《万象》第3卷第11期,1944年5月1日。
⑤ 施蛰存:《重印〈杂拌儿〉题记》,《文艺百话》,上海:华东师范大学出版社,1994年,第405页。
⑥ 施蛰存:《一个来源》,载《时事新报·星期文艺》副刊,1937年3月21日。
⑦ 张爱玲:《谈音乐》,载《苦竹》第1期,1944年10月。

小说作家的态度亦是另类。即通俗小说是清末民初在上海的文人遗留下来的一种文风,也就是以游戏的态度"玩弄文字",上海滩的黑幕小说、滑稽小说、武侠小说,都是"以好玩的态度出之"。它既不是写实主义也不是浪漫主义,而是一种"脱离社会而又不接触生命的把戏"。① 这句话的意思是上述作家写作态度不认真,只是随便写写,缺乏人生的意义,这与文学研究会的观点颇为雷同。结合徐订本人的作品来理解,他既追求小说故事性与娱乐性的结合,又不放弃对人生哲理的思考,他的《风萧萧》《鬼恋》都有这样的特点,否定通俗小说作家可能与他自认为在哲思方面更胜一筹有关。

---

① 徐订:《启蒙时期的所谓写实主义与浪漫主义》,《徐订文集》第 10 卷,上海:上海三联书店,2008 年,第 28~29 页。

第七章 批评的不同声音

第一节 左翼电影艺术家看通俗文学

一、表现沉默的群体的反抗

在左翼作家中,夏衍是别具一副眼光的,左翼激进作家常常以通俗小说没有给市民指点光明的出路而否定之,而他却并不因此论成败。他在评价由张恨水小说《欢喜冤家》改编(曹雪松改编)的同名电影时就肯定了张对人物结局的处理。他认为,《欢喜冤家》"里面的意识正像其他张恨水的作品一样,很典型地描画了一副彷徨在封建势力和殖民地资本主义这两种势力中间的、无自觉而没出息的小市民的姿态,他们爱好虚荣,讲究体面,对生活没有反省,对不平没有反抗。他们的意识形态,只是模糊的哀伤,怯弱的逃避。在这作品里面,对于优伶这一职业感到厌倦而只想从婚姻里找'归宿'的桂英,不愿依靠妻子可又无法生活,于是只想茫然地从空想的农村去找出路的玉和,都是这一部属的人种。他们苦闷,他们挣扎,他们睡眠着的意识底下,是在企求着一种好的生活。可是,他们没有自觉、没有决心,所以尽受压迫,尽受欺凌。但是他们始终不能离开这一圈子"。夏衍认为,在影片结束,"编剧者勉强地将他们带到了理想的农园,可是稍稍明白一点中国国情的人们,就能知道荒芜的田园早已经不是这些被都会压榨出来的人物的归宿。在原著,桂英在舞台上愤极而死,多少的还给读者以一抹现实的哀愁"。[①] 也就是说,张恨水原著的结局并不使人振奋,但比电影的改编更为合理。

与那些要求表现人物思想突变的作家不同,夏衍看到市民思想的转变是缓慢的,不能根据观念的需要任意驱使他们的行动。因为他们的生活样式、思想方法是从祖先时代就开始的,是难以一下子摆脱的。他宣称,"不

---

① 沈宁(夏衍):《〈欢喜冤家〉评》,载上海《晨报》,1934年7月2日。

想凭借自己的主观和过切的期望去强求他们的生活",虽然"抗战需要新的英雄,需要奇峰突起,需要进步的一日千里的人物,但是我想,不足道的大多数……也未始不是应该争取的一面"。① 的确如此,人物的思想意识与自身所处环境有很大关系,改变过度并不符合他们性格发展的逻辑。小市民要拐弯抹角地走过各种不同的路,才能到达他们必须达到的境地,这种观点是符合创作实际的。与其他左翼作家要求写先进人物"一日千里"的变化也有根本不同。

　　文艺作品固然需要表现反抗的少数人,但也应该重视能代表大多数的沉默的普通人。夏衍在青年时代曾经对那些"有意无意地违反了所谓'妇道'的女英雄们寄予了同情,觉得只在她们反常的大胆行径之中,才残留着作为一个正直的人所应有的本性",但是,后来看清一些社会现实之后,他"觉得这些叛逆的女性,只不过是千万人中的一两个特例,潜伏而还有能力反拨的这一点灵魂深底叛性,实际上早已经不在我们周遭的女性们心中存在,于是而心机一转,倒觉得那些有气无力地生活在眼泪和悲叹中的千万个平凡的女性,是真正值得悲悯了"。②《玉梨魂》中的梨娘就是这样的女性,夏衍叙述自己"读那部骈四俪六的鸳鸯蝴蝶派小说《玉梨魂》,是在参加了五四运动之后,但我不想讳言,当时曾对这位被千百年的枷锁磨尽了反抗的意志,而终于在悲剧中终场了的未亡人流了稚气的眼泪"③。清末民初,有千万善良的女子在饮泣、自弃与无为中消耗着生命,这些被忽略的群体是值得关注的。

　　在夏衍看来,即使是写反抗,也要看到不同对象的差异。新思潮运动是我们时代心灵地震的震源所在,由于远近、振幅有差异,对不同性格和环境中的女人们产生的反响亦不同。作家的笔不单要描写浪潮的顶点,还要顾及这时代巨浪所能辗转传到的每一线涟漪、每一脉微动。以"五四"以后的作品为例,《北京人》中瑞贞的出走,《家》中鸣凤的死,《风雪夜归人》中的玉春都表现出了反抗意识。反抗有多种形式,"走""是朴素的念头,朴素的

---

① 夏衍:《关于〈一年间〉》,1939年,原载《长途》,桂林:集美书店,1942年12月,见《夏衍论创作》,上海:上海文艺出版社,1982年,第35页。(注:在夏衍的剧作集《小市民》后记中重申了此观点。)
② 夏衍:《从迷雾中看一面镜子——几个现代剧中所反映的妇女问题》,《边鼓集》,重庆:重庆美学出版社,1944年,见《夏衍论创作》,上海:上海文艺出版社,1982年,第524页。
③ 夏衍:《从迷雾中看一面镜子——几个现代剧中所反映的妇女问题》,《边鼓集》,重庆:重庆美学出版社,1944年,见《夏衍论创作》,上海:上海文艺出版社,1982年,第524～525页。

反抗",①长期的沉默也是一种反抗。作品能表现的只是少数反抗者,但反映我们所处真实地位的恐怕还不是这些人,而是另一个无声的群体。当这个群体开口说话,而作者有幸能传达她们的言语时,我们的舞台就会有新的登场者来扮演新的角色。这些想法反映了夏衍盼望文艺作品不仅要表现少数反抗者,还要放眼大多数不同个性的群体,而这恰是通俗文学所关心的。由此我们不难理解他对通俗文学的态度了。

除了夏衍,柯灵也表达过对某些人过于限制题材与表达方式的不满。1940年代中期,有人对秦瘦鸥的《秋海棠》未表现抗战题材发出责难,柯灵撰文为之辩护。那是抗战胜利以后,吴祖光的《风雪夜归人》在上海公演,白及在《文汇报》上发表杂感说该剧写"北平城中一个戏剧工作者与一个姨奶奶的故事",又说"在沦陷区的上海,在演《秋海棠》,在北平作伪官的周作人,在写绝妙的小品……在抗战大后方,有此闲情,叹赏佳人才干",真是"玩物丧志"!② 对此,柯灵质问有什么理由拿《秋海棠》与周作人的小品相提并论?上海戏剧界于沦陷期间在敌人铁蹄之下英勇抗争,始终保持着节操。周作人做的是什么?柯灵认为,在抗战期间要求作家尽量把力量集中于抗战,正如今日要求作家把力量集中于争取民主,是天经地义。但如果忽略了思想斗争的机动性,以为言必杀敌,要求作家凡有所作必须与抗战直接有关,是头脑太僵硬的表现。

除了《秋海棠》,不少根据通俗小说改编的戏剧都是有反抗意义的,早在"五四"时期,梅兰芳就演出过由包天笑同名小说改编的时装新戏《一缕麻》,梅认为它"十足表现盲婚的痛苦"。他在民国初年唱了一出由《一缕麻》改编的新戏,感动了一对包办婚姻的青年的家长,促成他们解除了婚约。好的戏剧"暗示的力量""非常之大",能够"唤醒痼顽",无形之中"转变每个人的心理"。③ 在其回忆录《舞台生活四十年》里,梅兰芳说编这出戏"是要提醒观众,对于儿女婚姻大事,做父母的不能当作儿戏替他们乱作主张。下错一着棋子,满盘就都输了。后悔也来不及了"。④ 由于该戏反映

---

① 夏衍:《从迷雾中看一面镜子——几个现代剧中所反映的妇女问题》,《边鼓集》,重庆:重庆美学出版社,1944年,见《夏衍论创作》,上海:上海文艺出版社,1982年,第526、528页。
② 柯灵:《且慢结束——为吴祖光先生辩诬》,《柯灵杂文集》,北京:生活·读书·新知三联书店,1984年,第505页。(注:该文写于1946年。)
③ 梅兰芳口述、许姬传笔记:《缀玉轩回忆录(二)》,载《大众》第4期,1943年。
④ 梅兰芳口述、许姬传、许源来整理:《舞台生活四十年》(上),北京:团结出版社,2006年,第255页。

了年青人关切的婚姻问题,演出后受到热烈欢迎。柯灵引用傅斯年《戏剧改良各面观》的话说,在三庆园看《一缕麻》,观众"几乎挤坏","出来见大栅栏一带人山人海,交通断绝了"(傅文原载《新青年》第五卷第四期"戏剧改良专号")。除了将通俗小说改编成戏剧,有的通俗小说作家还尝试将外国作品搬上中国舞台。1921年春,滑稽小说作家汪仲贤(优游)劝说上海新舞台,花了极大的人力物力演出萧伯纳的《华伦夫人之职业》,虽然演员也是名角,但演出却遭惨败,不但卖座比不上他们常演的《济公活佛》,而且演出中观众不断"抽签",闭幕时只剩下四分之三,"有几位坐在二三等座里的看客,是一路骂着一路出去的"。① 主要原因是剧中表现的生活和思想不能为当时的观众所理解和接受。不过柯灵认为这个戏没有白演,后来有些导演拍摄的影片主题都受到了它的有益影响。这些评价充分肯定了通俗小说作家的社会价值。

二、积极支持左翼电影工作

夏衍等作家能客观评价通俗文学作家,一方面,他们在文学的表现对象和方式上有相似之处;另一方面,在左翼电影的开拓时期,通俗文学作家给予他们很多帮助。通俗文学作家涉足的文化领域非常广泛,除了文学、戏剧表演以外,在电影界也享有盛名。1930年代,他们在上海的新闻界和电影界已经很有势力,而左翼作家才开始进入电影界。其时,老牌通俗文学作家姚苏凤积极支持左翼电影工作,20世纪30年代初,他就与夏衍有过合作。据夏衍回忆,1931年"九一八"事变、1932年"一·二八"淞沪战役之后,广大群众爱国热情高涨,反映到电影上,他们不再青睐武打片、伦理片等光怪陆离、荒诞不经的影片,而是迫切希望看到能反映人民现实生活与愿望的影片。于是洪深(明星电影公司三巨头之一张石川的智囊人物)就提出转变电影发展方向,请几个左翼作家来当编剧顾问的建议。② 这样,夏衍等人就进入了明星电影公司编剧委员会。为了监督左翼的剧本创作,国民党在上海专管文教的潘公展安插亲信姚苏凤到编委会,这便引起

---

① 汪仲贤:《优游堂剧谈》,原载一九二一年《时事新报·青光》,柯灵转引自《洪深文集》,第四卷,第29~31页,见《试为"五四"与电影画一轮廓——电影回顾录》,《柯灵杂文集》,北京:生活·读书·新知三联书店,1984年,第736~737页。(注:这是柯灵在北京电影回顾展上的发言,作于1983年。)

② 夏衍:《懒寻旧梦录》(增补本),北京:生活·读书·新知三联书店,2006年,第152页。注:夏衍《中国新文学大系(1927—1937)·电影卷·序》(上海文艺出版社,1984年)也有记载。

了一些左翼作家的忧虑,钱杏邨甚至考虑是否要求夏衍退出明星公司。不过,完全出乎他们的意料,姚苏凤不仅没有干涉他们,反而分别找到洪深、王尘无,表明愿意与他们合作。后来,还在他主编的《晨报·每日电影》创刊一周年之际邀请夏衍等人发表一封告读者的公开信,表明副刊今后的办刊方针。同时,请王尘无当《每日电影》的主编,发表什么文章也由尘无定夺。为了应付国民党的检查,自己仍然挂一个主编的虚名。这实际上等于明确表态,只要信任他,他在明星公司当编剧顾问期间,绝不会反对夏衍等人,并且还真的把编辑权交给了王尘无。这样,副刊从1933年6月到1934年12月就一直掌握在夏衍、洪深、柯灵、王尘无手中,直到副刊改组为止。① 从夏衍的叙述来看,整个过程中,姚苏凤都是非常主动的,他的行动实际上帮助了左翼的电影活动。后来,国民党的文化围剿趋严,姚苏凤倍受压力。他告诉夏衍自己在《晨报》挨了批评,但还是似乎有把握地说"不要紧",《每日电影》的方针可以不变,他可以借口《晨报》的销路主要靠这一版副刊来敷衍上面的责难。不仅如此,姚苏凤还冒着极大的风险保护了左翼人士。据姚的同乡王尔龄回忆,夏衍曾写信证实在1934年9、10月间,姚约他谈话,告诉他国民党中统特务机关开列了一张文艺界黑名单,有二三十人,夏衍、田汉、阳翰笙、钱杏邨都榜上有名,以此提醒他们注意安全。姚的举动是很有胆识,也有很大勇气的。② 此后,姚一直与夏衍等人保持良好的关系。抗战胜利后,夏衍回上海,他来找夏衍,见面第一句话就是:"我没有辜负老朋友。没有做汉奸。"由于姚苏凤有这样的表现,中华人民共和国成立后夏衍把他介绍到《新民报》当编辑。③ 关于姚苏凤,冯亦代在《记姚苏凤》(《新民晚报》1984年发表),《她就是她——悼亡妻郑安娜》和《哭夏伯》中都有对他的介绍。另外,袁鹰的《忆姚苏凤先生——我遇到的第一位报纸总编辑》(《新闻战线》1988年第10期),王尔龄的《夏衍与姚苏凤的一段往事》(《新闻记者》1989年8月29日版),舒湮的《悼怀老报人姚苏凤》(《世纪》1994年11月15日)都有对他的追忆。

通俗文学作家非常爱国,上海"孤岛时期",柯灵也曾经与他们共过事,在与他们打交道的过程中,发现对方非常注重民族气节。柯灵曾与范烟桥

---

① 夏衍:《懒寻旧梦录》(增补本),北京:生活·读书·新知三联书店,2006年,第163~164页。
② 王尔龄:《夏衍与姚苏凤的一段往事》,载《新闻记者》,1989年8月29日。
③ 夏衍:《从事左翼电影工作的一些回忆》,载《电影文化》,1980年第1、2辑,见会林、陈坚、邵武编:《夏衍研究资料》,北京:知识产权出版社,2010年,第64页。

同时在上海金星电影公司当编剧,自1942年开始,日本人对上海电影界下手,逐渐吞并上海所有的电影制片厂,成立中华电影联合股份公司,由日本军方直接控制监管,金星电影公司自然难于幸免。消息传来,群情激愤。柯灵正要开口,却被范烟桥抢在前面,范是苏州人,操一口软绵绵的吴语说:"这是不来时格,我要回苏州去哉。"①柯灵认为范是个有名气的礼拜六派作家,虽然自己并不欣赏范的那些远离现实生活的作品,但他的毅然辞退,说明他是个硬骨头,柯灵打心眼里敬佩他。这件事柯灵1982年在《〈剧场偶记〉序》中也提到过,可见柯灵对此事印象很深刻。

1943年5月,柯灵受邀接编通俗期刊《万象》。由于发行人平襟亚、原主编陈蝶衣都与敌伪无丝毫瓜葛,在政治上绝对清白,这使得他乐于接受主编工作。与茅盾接编《小说月报》之后将通俗作品弃之不用不同,柯灵采用了另一种编辑方式,既吸纳新文学作品,也不排斥通俗文学作品,这或许与他对通俗文学作家的尊敬有关。

从各方面的交往来看,夏衍与通俗文学作家接触更频繁,他经过老报人张慧剑的介绍与张恨水认识。1943年,各抗日根据地的军民大生产运动取得了很大胜利,延安把很多礼物分送给在重庆的文艺界人士,来自延安的礼物是很珍贵的,收到的人都以此为荣。夏衍也把一份礼物送给了张恨水,这说明夏衍对鸳鸯蝴蝶派作家是有好感的。此外,他还经常为小报撰稿,他与小报界的龚之方、唐大郎也相熟识。抗战胜利后,龚、唐合作出版方型周刊《海风》,夏衍也化名为之写稿,内容涉及当官的贪赃枉法,老百姓蒙冤受屈等,不久此事被小报界的特务告发。于是,国民党政府把龚之方召到南京,宣传部部长当面训话,结果勒令《海风》停刊了事。

夏衍十分珍视在患难中建立起来的信任。1949年以后,夏衍出任上海军管会的文管会副主任,接管文化工作。他对小报的态度是:通过改造小报来争取小报读者。他找到龚之方、唐大郎编辑《亦报》,并要求冯亦代将原来的《世界晨报》改组,吸收陈蝶衣、李之华、姚苏凤等人组成《大报》,两张小报于当年7月创刊,均为私营。夏衍对这些作家是信任并放手的,且自己不时化名在《亦报》上发表文章。1951年12月,"三反""五反"运动开始,影响所及,《大报》出至1952年1月底与《亦报》合并,《大报》主编陈蝶衣赴香港,其他人员加入《亦报》,《亦报》出至11月20日与民营的上海

---

① 夏衍:《从事左翼电影工作的一些回忆》,载《电影文化》,1980年第1、2辑,见会林、陈坚、邵武编:《夏衍研究资料》,北京:知识产权出版社,2010年,第172页。

《新民报》①合并,部分人员也调入《新民报》工作。夏衍的支持延续了上海小报的生命,也在一定程度上解决了当地小报文人的生计问题。这显示了他宽容的文化态度。他的恋旧,"出于公谊。在白色恐怖和地下斗争中,有过许多做过有益于革命事业的工作的朋友,纵是滴水微功,总属相濡以沫。因此,他总想方设法给他们安排一个可以为建设新社会而贡献其长的机会"。② 魏绍昌认为,上海小报界鱼龙混杂,正派的小报文人,唐大郎、龚之方、姚苏凤、陈蝶衣、张柳絮、潘勤孟、汤修梅、陈灵犀等与那些恶劣的海派小报文人不可等同齐观、一概而论。在这一点上,夏衍"有他既全面又能区别的看法。他绝不是简单化地将他们一棍子打死,而是将可用之才,尽力加以引导帮助,继续发挥他们的擅长之处"。③ 这些无不反映出夏衍既重情感又重理性的用人之道。

第二节 《大公报·文学副刊》上的批评

《春明外史》于1924—1929年在北平《世界日报》副刊《明珠》上连载以后,《大公报·文学副刊》也登载了几位读者的评论。其中,余超农和抱筠延续了文学研究会的观点,而毕树棠则另辟蹊径,概括出通俗小说自身特点。

余超农于1929年11月11日发表的《评〈春明外史〉》一文列举了《春明外史》的种种缺点:第一,全书结构缺乏完整性。从第二集以后,越说越远,牵强拉杂。小故事信手拈来,散漫支离,不能连贯;第二,描写过分。作家不能以"超然之态度"描写事物,笔端夹杂个人之情感,使读者不能于意言之外自生情感;第三,《春明外史》的世情刻画可谓尽致,但是类似李涵秋一派,戏弄之笔无所不在,无所谓高尚之理想。

它之所以流行在于"事实能投合社会之心理",读者喜爱达官佞幸,名伶妖姬之类秘史、隐私,于是小说对这些事"从而扬之",结果"社会群众见

---

① 《新民报》在新中国成立前有重庆版、成都版、上海版、南京版、北平版,在新中国成立后,其他各版先后停刊,唯有上海的晚刊继续出版。后者创刊于1946年5月1日,1952年年底由中共上海市委直接领导,1958年正式改名为《新民晚报》。1966年停刊,1982年复刊。(张林岚:《走向新中国——回忆解放前的上海〈新民报〉(晚刊)》,见陈铭德、邓季惺等著:《〈新民报〉春秋》,重庆:重庆出版社,1987年,第379页。)
② 蒋文杰:《晚报生涯杂忆》,《〈新民报〉春秋》,重庆:重庆出版社,1987年,第321~322页。
③ 魏绍昌:《夏衍同志二三事》,载《新文学史料》,1996年第1期,第125页。

其源原本本,摹绘若真。因而引起知人隐私之趣味,遂亦不问其是非真伪,从而索隐焉"。另外,《春明外史》"文笔之谐谑足以供茶余酒后之消遣",由于芸芸众生有"笑骂轻侮嫉妒之潜念",他们"用隔岸观火之态度,以见他人之被笑骂被牺牲为自己之快乐"。于是小说便"以加倍写法,极尽刺讥诙谐之能事",①以满足读者的爱好。可见,余超农也是把《春明外史》当作黑幕小说来看待了。

抱笃看了余文之后,写了一篇《评〈春明外史〉——并为余超农君进一解》指出这些缺点产生的原因在于作者没有人生观,所以"写人物,乃处处不见其个性",而"仅以若毫不连缀之故事强为连缀"。他认为,小说可"不述事实,决不能不表真理","事实者,乃一定律之特别表现,而此定律则为真理,诚以循此定律,乃事实之所由生也。如苹果熟而坠地,为一事实;而牛顿因此发明地心吸力,则真理矣。是以事实为具体的,属于经验之接触;真理为抽象的,属于心灵之理论。现实(Actual)乃为事实之一境;写实(Real)乃为真理之一境。"由于《春明外史》"无显著之真理",因此,不能目之"为写实小说之巨擘"。②

同样是发表在《大公报·文学副刊》上的文章,清华大学学者、曾任天津《民国日报》主笔的毕树棠就与余超农、抱笃有很大不同。他在《人海微澜与隐刑》《评张恨水啼笑因缘》《评张恨水落霞孤鹜》中坚持通俗文学是对传统小说笔法的继承,有自己的文学形态和创作路数,发挥本色写作也可创作出美的文章,这种观点殊为难得。

毕树棠概括社会小说的特点是广、博。小说家创作时往往朝两个方向努力,"一则作横的开展,步步求万象之包罗,一则纵的追求,层层寻大智之归宿。而其所以异于历史家与哲学家言者,则在其情感之富,艺术之巧,与文章之美也"。③ 几十年来,在报纸上发表的社会小说都属于横的一面。"取材则极力铺张,情节则极力离奇,描写则极力渲染,运笔则极力肆畅",④孙玉声、李涵秋、毕倚虹等人的小说都有这样的特点。但由于他们

---

① 余超农:《评〈春明外史〉》,载天津《大公报·文学副刊》第96期,1929年11月11日。
② 抱笃:《评张恨水〈春明外史〉——并为余超农君进一解》,载天津《大公报·文学副刊》第104期,1930年1月6日。
③ 民犹(毕树棠):《评张恨水啼笑因缘》,载天津《大公报·文学副刊》第208期,1932年1月4日。
④ 民犹(毕树棠):《评张恨水啼笑因缘》,载天津《大公报·文学副刊》第208期,1932年1月4日。

这类小说写作过多,导致"量多""质薄","浮辞陈套",最终"流于滥"。后起的张恨水"才情与文章皆有相当之慧根",①《春明外史》"可谓包罗万象。以一新闻记者为线索,将北京社会作横面解剖。文笔之清丽流畅,亦为俗流作家所不及""以描写北京而言,张氏之作诚应得相当推重矣"。② 但是毕亦担心张恨水大量复制同类作品会重蹈上述几位的覆辙。

不料读了《啼笑因缘》,毕树棠发现作者"摈弃其所短,发展其所长"。具体表现在:一、"结构紧凑,穿插适节,无过分之铺张与轨外之枝节,故篇章殊齐整,转折有节奏。"二、全书描写虽不深刻,但大体笔笔皆到。沈凤喜、何丽娜、樊家树、沈三玄、刘将军等人物性格,皆描写生动。地方景色如天桥、什刹海,以及各人家庭情景皆很逼真。惟关寿峰父女纯为想象,刻画有过火之处。三、《春明外史》《啼笑因缘》不见有何思想。但"为说故事而说故事,亦是小说家之当行本色,作者只取迁都前北平之一段逢时而生的故事,津津演说,不露笑骂,不立教训,亦颇得体"。书中除关氏父女外,都是寻常人物,无至善,无极恶,悲欢与离合表现自然,是张氏小说的一大进步。四、在修辞方面,"张氏对旧小说之文笔,本有相当领会,清灵秀韵,是其所长",该书也如此。而"描画北京土话之清脆合调,婉俏入神,尤为特色。北京话入小说,由《红楼梦》至《儿女英雄传》一大变……至《啼笑因缘》又一新变",这是张恨水的一个新贡献。③

毕树棠认为张恨水采用的是旧小说笔调,与西方小说全然不同,各有千秋。首先,"旧笔调多言简而意长。句□而气舒,其精妙处,半在言传,半在意会。久之遂有一定之单简辞语。表出无移之自然情貌"。"如《三国演义》言张飞一听大怒,《水浒传》言吴用撚须微笑,不过四字即可表现出一粗壮豪勇之气性,与一机智谋士之风采"。其他写情写景莫不如此,都是作者用三分描写,读者用七分想象。其次,"旧笔调最讲文气。在一段文字之中,必含有一种韵调与节奏。如叙述繁重紧张时,常假一二诗词以为点缀,即所以缓其节奏。此种风格在中国文学中自有其优越之位置"。但新兴的欧化文字则完全相反,"其用辞常累赘而□实,其叙述常复叠而有力,其描

---

① 民犹(毕树棠):《评张恨水啼笑因缘》,载天津《大公报·文学副刊》第208期,1932年1月4日。

② 民犹(毕树棠):《人海微澜与隐刑》,载天津《大公报·文学副刊》第136期,1930年8月18日。

③ 民犹(毕树棠):《评张恨水啼笑因缘》,载天津《大公报·文学副刊》第208期,1932年1月4日。

写常抽象而透彻。其精纯处一字一句往往有关于全篇之深义。其成功在深刻细密,其失败在生硬□弱。旧式笔调悉心模拟而能,而新式修辞则需要创造之力较多"。《春明外史》的特点是"纯用旧小说笔调,不羼入新味。文章所以清丽可爱,亦在于是"。①

在夸赞张恨水的同时,他也站在现代价值立场,指出张恨水小说的不足在于现代感与真实性都不强,"若欲深入现代生活之灵魂,驱驰于青年精神生活之中,似非力之所及"②。《春明外史》"对新文人新女性甚隔膜,观察不能彻底。因之不肯放过不写,却又不敢放胆多写,结果不深刻不切实际"。相比之下,茅盾的三部曲写当代青年,"能打进圈子里,跳出重围外,写来笔笔透过一层,难能可贵"。③

又如,在伦理观念上,《落霞孤鹜》有为报恩而牺牲爱情成全他人的情节,这在道义上难能可贵,不过这样写很容易矫揉造作,因为不合现代伦理。旧小说往往"薄儿女之情,行英雄之事,风骨可敬而不能入情。或如风流佳话……二女同爱一公子,结果一妻一妾同事一夫君,艳福可羡而不能入理,皆非现代生活与意识中所可容纳,今世之所谓多角恋爱,往往演残酷之局,其有知难而退者,人将目之为懦夫,耻莫大焉。故牺牲爱情,已非绝对可法可风之德,若真有为者,能将恩情并重,智勇俱备,先成报恩之大义,再谋爱情之成功,方可谓之完人,若杀身以成仁,尤属其次,非合现代伦理者也"。④ 现代小说多以青年的生活尤其是爱情生活为主题,表现恋爱中情与境的冲突,那就需要对人的心理作反复的渲染、细密的描写,"笔笔皆似道人之所未道,而处处又密合人情之理解,再加以思想之灵澈与文笔之精巧,自然成为佳妙之文学矣"。中国新兴作家中天才走的都是这条路,但可惜还没有伟大之作,而纯中国式的旧小说都没有达到这一境界。

比较而言,毕树棠更赞赏将新旧笔法结合,形成两美兼备的文字。不过,他表示对张恨水等作家而言,"能以旧小说之格调,将半新不旧之中国

---

① 民犹(毕树棠):《人海微澜与隐刑》,载天津《大公报·文学副刊》第136期,1930年8月18日。
② 民犹(毕树棠):《评张恨水落霞孤鹜》,载天津《大公报·文学副刊》第236期,1932年7月11日。
③ 民犹(毕树棠):《人海微澜与隐刑》,载天津《大公报·文学副刊》第136期,1930年8月18日。
④ 民犹(毕树棠):《评张恨水落霞孤鹜》,载天津《大公报·文学副刊》第236期,1932年7月11日。

社会作粗枝大叶之描写,能写得漂亮生动,不支离不芜滥,即算成功",不需要完全搬弄新文学的那套。他察觉到"作者大有进求别途之意,而此一途,恐走不通,故不惮繁词,作一忠告。深望张君守故有之肥沃园地,作本色之勤勉老圃,春至阳生,自然灿烂可观,不必再寻文明桃源,此不特为张君一人说法,亦以为一般旧派小说家进一解也"。① 毕树棠对张恨水小说结构的齐整、性格描写的逼真、文笔的清丽以及方言运用得体等特点概括准确,对通俗小说应保持自己优势的建议亦颇为合理。他也不回避张恨水在表现现代意识方面有欠缺,并不因之否定张恨水。在他看来,张恨水的旧小说写作是其最大特色,与新笔法相比并不逊色且自成体系,如盲目地弃其所长,而采用细密的心理描写法去表现人物之间复杂的矛盾冲突则未必能成功。这种见识在以左翼批评为主的1930年代初也是独具一格的。

第三节　老舍和赵树理的批评

与市民交往甚广的老舍和为农民写作的赵树理特别看重读者对文学的反馈,老舍称赞张恨水乃"国内唯一的妇孺皆知的老作家"②,"妇孺皆知"就是一种认可。所以,在张恨水五十寿辰时,老舍特地将张恨水的书名连缀在一起表示祝贺:"上下古今牛马走,文章啼笑结姻缘。世家金粉春明史,热血之花三十年。"③这充分表明了他对张恨水的欣赏与敬意。

有人认为,通俗小说瑕疵甚多,读之无甚意义,对此,老舍有自己的标准:"'印象甚佳'便是好书。""'印象甚佳'有时候并不是全书的,而是书中的一段最入我的味;因为这一段使我对这全书有了好感;其实这一段的美或者正足以破坏了全体的美,但是我不去管"。④ 有人反对读《啼笑因缘》,老舍却表示:"要大家都不读《啼笑姻缘》(注:原文中为姻),人家写他干吗呢?"⑤可见,老舍的意见是:完美的作品固然可贵,而片段的精彩同样使人陶醉。

赵树理也同样真诚地相信读通俗小说有益于创作,他的书架上满是通

---

① 民犹(毕树棠):《评张恨水落霞孤鹜》,载天津《大公报·文学副刊》第236期,1932年7月11日。
② 老舍:《一点点认识》,载重庆《新民报晚刊》,1944年5月16日。
③ 老舍:《贺恨水兄》,载重庆《万象》周刊第50期,1944年6月3日。
④ 老舍:《读书》,载《太白》第1卷第7期,1934年12月20日。
⑤ 老舍:《读书》,载《太白》第1卷第7期,1934年12月20日。

俗小说,自己也常揣摩其技法。不仅如此,他还告诉后学作家:这些小说老百姓爱看,读者多,就值得研究。现在写通俗小说的作家,就很少有能够赶上张恨水的。张小说中表现出来的京味,就是土生土长的京籍作家也很看重。①

老舍和赵树理的民间情结非常浓厚,对民众喜爱的通俗类型小说毫无偏见。老舍自称《断魂枪》是《二拳师》中的一小块,他久想写它,如果能写出来,就是武侠小说。② 而赵树理也很喜欢武侠小说,邓友梅自述在新中国成立后开始写小说,赵树理主动推荐一些书供他学习,头一次拿出来的就是两本《七杀碑》。他说:"别管他的思想内容咋样,写作技巧可以学。懂得老百姓胃口,写出的书人们才爱看!"③

对"五四"以来过于限制题材和文章的写法老舍并不满意,他一贯主张题材没有什么限制,恋爱故事、冒险故事、说鬼说狐都可以。④ 人生最大的问题——两性间的问题,颇为人诟病的三角恋爱,永不失为好题目,写得好还是好。但是一些批评者对恋爱题材必须表现社会黑暗的要求使他在写作时小心翼翼。他感到,"最危险的地方是那些恋爱的穿插,它们极容易使《二马》成为《留东外史》一类的东西"。他在一动笔时就留着神,"设法使这些地方都成为揭露人物性格与民族成见的机会,不准恋爱情节自由的展动"。在他作品中"差不多老是把恋爱作为副笔,而把另一些东西摆在正面"。这个办法的好处是把他从三角甚至四角恋爱小说中救出来,坏处是使他老不敢放胆写两性间的问题。⑤ 不难看出作者透露出的某种遗憾。老舍的话在很大程度上反映了对恋爱题材的过度批评以及处理此类题材的规范已经造成了作家潜在的心理压力,一种对文学试验的顾虑。这也可以从老舍自20世纪30年代直至60年代喋喋不休地强调文学要表现人生中略见一斑。

通俗文艺在写法上有很多相似之处,如对写故事,老舍与赵树理都十分赞同,因为这是通俗文艺吸引读者的诀窍。读者爱好故事,作者就尽量

---

① 徐迅著:《张恨水家事·一山一水也关情——著名作家邓友梅访谈录》,北京:中国华侨出版社,2009年。
② 老舍:《我怎样写短篇小说》,载《好文章》创刊号,1936年10月10日。
③ 吴晓东、计璧瑞编:《2000年北京金庸小说国际研讨会论文集》,北京:北京大学出版社,2002年,第6页。
④ 老舍:《怎样写小说》,载《文史杂志》第1卷第8期,1941年5月22日。
⑤ 老舍:《老牛破车(三)》,载《宇宙风》第3期,1935年10月16日。

写好故事。民众的爱好与新文学有很大差异,在风格上,"(新文艺)因受了西洋文艺的影响,每每爱耍情调,把一件小事能说得很长。……这种情调往往是抒情的、伤感的,似有若无,灵空精巧,而一般人呢,他们却喜爱好的故事——有头有尾,结结实实,《今古奇观》里的故事差不多都是满腔满馅的,而《济公传》已不知道有多少'续'。续而再续,老是那些套数,可是只要'济公'不闲着就好"①。

尽管写故事不被文学研究会作家看好,但老舍仍坚持写小说要先找个故事,他自称是个"善说故事的人","郑西谛(注:郑振铎)说我的短篇每每有传奇的气味!无论题材如何,总设法把它写成个'故事'。这个话——无论他是警告我,还是夸奖我——我以为是正确的"。② 他最爱的作家康拉得就是个很会说故事的人。

当然讲故事不能只是选择传奇的故事。"故事的惊奇是一种炫弄,往往使人专注意故事本身的刺激性,而忽略了故事与人生有何关系。这样的故事在一时也许很好玩,可是过一会儿便索然无味了。"③小说要感动别人,不要给人虚浮的刺激。因为,"第一,故事的惊奇,不如人与事的亲切;第二,故事的出奇,不如有深长的意味。假若我们能从一个平凡的故事中看出他特有的意义,则人同此心,心同此理,它便具有很大的感动力,能引起普遍的同情心"。④ 老舍如是说。

另外,讲故事要用民众喜爱的方式去讲。故事的结构尽量照顾他们的习惯:他们爱听连贯的,就不要因为讲求裁剪而把故事割断了。比如:在章与章的衔接上,一般的小说下一章的开头,可以不管上一章提过没有,重新开辟一个场面,只要把全书看完,其印象完整就行。大众读者的习惯是要求故事连贯到底,中间不要跳得接不上气,于是作者就在布局上增加一点衔接。同时,保留故事中的种种关节来吸引读者,即说到紧要关头停下来以吸引读者的方法,叫"扣子"。这种方法虽然有时容易破坏章节的完整,但可以起到很好地抓住读者心理的效果。⑤ 这些是评书体小说和章回体小说的表现手法。有人认为是陈旧的模式,保留下来会牺牲艺术性,但在

---

① 老舍:《谈通俗文艺》,载《自由中国》第2号,1938年5月10日。
② 老舍:《一个近代最伟大的境界与人格的创造者 我最爱的作家——康拉得》,载《文学时代》创刊号,1935年11月10日。
③ 老舍:《怎样写小说》,载《文史杂志》第1卷第8期,1941年8月15日。
④ 老舍:《怎样写小说》,载《文史杂志》第1卷第8期,1941年8月15日。
⑤ 赵树理:《〈三里湾〉写作前后》,载《文艺报》第19号,1955年。

赵树理看来,那也牺牲不了多少艺术性。对不同读者应该做不同的安排,首先得让他们愿意从头到尾读完才谈得上别的。

民众能懂的艺术未必就不艺术化,对于鄙视民间艺术的批评者他们颇为反感。赵树理采用的是评书体,他认为,有些搞理论的人对评书之类的东西就认为是低级的、不值得一提,但是群众很欢迎。你到了说评书的地方,站上三分钟就不想走,听了一次下次还想来。我们的东西有时候拿去朗诵,人家一听就跑了。所以,究竟谁是低级的,谁是高级的,恐怕还是个问题。① 农民和知识分子对艺术的爱好不同,谁高谁低,不能遽然下结论。

在老舍看来,通俗文学作家写出接地气的文章是因为他们了解读者。有的新文学作者自以为了解民众读者,实则认识非常粗浅,比如,"尽量地用'妈的'或更蠢的字,以示接近下层生活……俗则俗矣,可是别扭奇怪,乃失其俗"。② 这样,其笔下的人物不是真实的而是符号化的,也因此不被读者认可。实际上,了解民众并非"处心积虑"地要观察什么或者偷偷把他们的动作和谈论用小本子记下来。仅仅知道他们的生活状况并不够,而应该"理会""他们的心态",③ 在这一点上,通俗小说作者是有优势的,他们的经验给了新文学作者很多启示。

20世纪50年代以后,老舍仍与张恨水、秦瘦鸥等通俗文学作家保持交往,不过即使是这种日常交往也引起了一些人的非议,这从侧面可知通俗作家的处境。赵树理也对通俗小说作家态度非常谦和,新中国成立后他主编的《说说唱唱》就刊登过一些通俗文学作品。在《文艺报》1949年召集通俗小说作家的会议上,他与丁玲的不友好有天壤之别,他肯定旧小说的表现手法有很多是入情入理、适合中国人口味的,如果批判地接受这种传统并没有害处。当然在保存旧东西时要创作新的形式,为了适应新形势,在政治上要提高理论修养。所以,他希望通俗小说作家详读《人民日报》社论和新的文艺理论书籍。

---

① 赵树理:《和工人习作者谈写作》,《赵树理论创作》,上海:上海文艺出版社,1985年,第172页。
② 老舍:《谈通俗文艺》,载《自由中国》第2号,1938年5月10日。
③ 老舍:《〈老舍选集〉自序》,上海:上海文艺出版社,1980年,第139页。

下编

第八章　左翼批评观点的延续(1949年—1976年)

中华人民共和国成立以后,原通俗文学批评的主将不少进入文化部门并且占据领导位置。茅盾于1949年10月出任首届文化部部长,1949年7月任中华全国文学工作者协会(后改为中国作家协会)主席,郑振铎于1954年10月至1958年10月任中央人民政府文化部副部长。曾任左联机关刊物《北斗》主编的丁玲被委以重要职位,于1951年春担任中共中央宣传部文艺处处长,1949年7月任中华全国文学工作者协会副主席,在1949年9月至1951年12月主编《文艺报》。这样批评通俗小说的仍是文学研究会或左联的原班人马,延续的也是那时的态度和观点,批评言论中出现频率最高的仍是"腐化""麻醉"等字眼。从刊物来看,茅盾于1949年10月至1953年8月任《人民文学》主编,丁玲于1952年3月至1953年8月任《人民文学》副主编,张天翼于1957年12月至1966年5月任《人民文学》主编。他们以文学体制官员的身份把持着最权威的文学期刊。因此,通俗文学便无缘这些刊物。

第一节　将通俗小说定位为黄色小说

一、批评通俗小说社会影响恶劣

新中国成立初期,党的政策是团结新老文艺界人士,并在思想上改造他们。文艺报社于1949年9月5日下午邀请平津地区过去常写长篇连载小说的作者开座谈会,与会者包括耿小的、徐春羽、郑证因、宫竹心、左笑鸿等人,解放区则有马烽、赵树理、柯仲平、丁玲等人。开会目的是"争取小市民层的读者为人民服务"。由于过去新小说没有打进小市民读者层,现在要团结原来的这批章回小说作者打进这一层。但是,丁玲在作会议总结时明显语气生硬,她对章回小说作了明确区分,并提醒与会的通俗小说作者,她批评的章回体小说并不是指《红楼梦》《水浒传》等优秀作品,而是指流行于现社会的长篇连载的旧形式小说。丁玲表示,它也有某种优点:作者社会经验丰富,表现的人物关系错综复杂,也写劳苦人民受压迫的情形和牢骚,能吸引读者。然而接着,话锋一转,长篇大论这些小说基本上没有给人民灌输一种正确的人生观,言情小说教人如何去调情,去钉梢,去赌,去嫖。"侦探小说就告诉人如何杀人灭迹,武侠小说就诱人说道。这种文学……养成人们一种爱以闲谈而消永昼的人生享受。因此,今天须要和这些东西作战。"①

后来,丁玲又撰文批评在敌伪时代北平报纸上流行的长篇小说使"人的感情低级化,无聊化,空洞,庸俗"。② 她厉声指出在北京写这类作品的文人不少,如果不好好从思想上改造,认为还可以混饭吃,那简直是幻想。

与此同时,在《文艺报》第 2 卷第 4 期上,孙伏园也批评了通俗报纸副刊上满纸消闲之语。他回忆"五四"以前的日报中,"《北京日报》有一张'消闲录',《上海时报》有一张'小时报',《新闻报》有一栏'快活林',《申报》有一栏'自由谈',内容可以用'消闲'二字把它们统括了,里面没有一篇严正的文字,也没有一点严正的态度"③。与丁玲的文章类似,孙文也是着重批评通俗文学消遣的态度。而《文艺报》《文艺学习》等重要刊物上有相当多的文章则将通俗文学一律贬为"黄色文化",并多次揭露其本质是资产阶级文学,在批评程度上有很大差别。

其实,将通俗文学贴上黄色标签倒不是这些刊物的首创。早在 1948 年,郭沫若就给予通俗文学危言耸听的评价,他将神怪、武侠、侦探与色情都归为黄色文艺,是"标准的封建类型"。它们"迎合低级趣味,希图横财顺手。在殖民地,特别在敌伪时代,被纵容而利用着,作为麻醉人民意识的工具。在黄色作家群中,多是道义观念贫弱的穷文人,性格破产者,只要靠一枝毛锥可以糊口,倒不必一定有祸国殃民的明确意识,但作品倾向是包含毒素的东西,一被纵容便像黄河决口,泛滥于全中国,为害之烈,等于鸦片。正因为这是一种有效的麻醉剂,足以消磨斗志,甚至毁灭人性"。④ 不仅如此,他还认为这些黄色文艺受到别有用心者利用:"在今天集反动之大成的当局当然也就更从而加紧利用。利用的方法很多,或用金钱津贴,纵容放

---

① 杨犁整理:《争取小市民层的读者——记旧的连载、章回小说作者座谈会》,载《文艺报》,1949 年第 1 卷第 1 期。
② 丁玲:《在前进的道路上——关于读文学书的问题》,《生活·创作·修养》,北京:人民文学出版社,1981 年,第 366 页。(注:该文写于 1950 年。)
③ 孙伏园:《三十年前副刊回忆》,载《文艺报》,1950 年第 2 卷第 4 期。
④ 郭沫若:《斥反动文艺》,载《大众文艺丛刊》第一辑《文艺的新方向》,1948 年 3 月 1 日。

任,暗中加以保护,这是无形的利用。还有形的利用,便是使他们的意识彻底反动,以反人民为主题,明目张胆地帮助'戡乱',或于黄色的方块报中时时插入一些反人民的言论,以利宣传。这样被利用的结果,这黄色之祸,也就更加猛烈起来,黄河决口,不是由于自然崩溃,而是出于有心的决发了。然而黄河本身其罪固不小,我们断难容恕的是这决发黄河的滔天大罪。"① 该文将道义观念贫弱、鸦片、滔天大罪这些危言耸听的词加诸通俗作家作品,并大肆渲染其危害,显然是缺乏根据的。此外,该文还将沈从文斥为桃红色作家,"作文字上的裸体画,甚至写文字上的春宫",毫无疑问存心不良,意在蛊惑读者,软化人们的斗争情绪,因此,他一直是有意识地作为反动派而活动着。另外,朱光潜为蓝色作家,萧乾为黑色作家。郭沫若将京派作家任意涂抹上可以辨识的颜色,并把其作品与通俗文学统统斥为反动文艺,这种彻底的政治化批判预示着这些作家文学命运的不济。

  对通俗文学的批评主要是区分其政治本质,抨击其社会效果。1949年12月25日出版的《文艺报》1卷7期上刊载的一篇上海通讯《黄色文化的末路》斥责通俗小说"写的都是旧社会中落后的小资产阶级,堕落的市民生活,以及才子佳人的几角恋爱,不是宣传升官发财之'乐',就是描述林黛玉式的'悲哀',鼓吹着腐化的享乐主义。敌人、反动派,正希望青年们沉醉在这些'淫奢'的生活中,倘若能以此自满,那么就永难觉悟,再也不会起来反抗他们了。……那群黄色作品的写作者事实上做了旧统治者阶级的帮凶"。"人们看了神怪小说,会去'求仙学道',看了言情小说,想去'偷香窃玉'"。他还分析黄色文化在上海根深蒂固的原因在于"一,上海是帝国主义开辟的畸形商场,有闲阶级特别多。二,物质引诱强,意志薄弱者易于腐化。三,旧社会中小市民的个人主义很厉害,以为人生是吃吃玩玩的。他们只知投机,追求暴利,追求无限止的享乐,因此,那软性的、色情的书报等,成为唯一合乎他们胃口的消遣品了"。② 这些批评话语与左翼时期别无二致。

  1955年2月15日出版的《文艺报》第3号发表钟沛璋的《作家们不要再沉默了》,指出新中国成立后新文艺已经在青年中产生巨大力量,但仍有大量反动、荒诞、淫乱的书刊腐蚀着青年。他桌上有二百多封来信"愤怒地、沉痛地控诉着黄色书刊的毒害",他提醒作家们要警惕这些文艺阵地的

---

① 郭沫若:《斥反动文艺》,载《大众文艺丛刊》第一辑《文艺的新方向》,1948年3月1日。
② 余雷:《黄色文化的末路》,载《文艺报》,1949年第1卷第7期。

黑暗角落。7月5日第14号发表直言的《根绝黄色书刊对青年工人的毒害》,指出"这些黄色书刊是"射进青年工人的心灵"的"资产阶级的其毒无比的暗箭"。8月15日第15号发表华应申的《创作更多的通俗文艺读物》,指出"这些荒谬的书刊是剥削阶级对人民进行猖狂的思想进攻的一种表现",因此,处理这些书刊"实质上是一场刻不容缓的阶级斗争"。①

与《文艺报》相呼应的是《文艺学习》(由中国作协主办),该刊1955年1月8日第1期发表《〈文艺学习〉编辑部一九五四年度工作总结》,介绍最近中国文学艺术界联合会主席团和中国作家协会主席团通过了《关于改进〈文艺报〉的决议》,责成各文艺刊物改进自己的工作。根据决议精神,编辑部检讨了自己的主要缺点是缺乏战斗性。对资产阶级思想、封建思想在青年中影响的深度、广度都估计不足,未能积极主动地批判它们,帮助青年从它们的影响下摆脱出来。例如:对黄色书刊毒害青年的问题不够重视,并且明确刊物的首要任务是用共产主义思想教育改造人民。在同期"答读者问"栏目中还以"我们控诉黄色书刊的毒害"为专题,刊发三篇读者来信,分别为文朴的《一个有为青年沉沦堕落的经过》、洪滔的《王京中了流氓与黄色书刊的毒箭》、范风和于良旭的《有关部门应当重视黄色书籍泛滥的严重情况》。它们历数学生看了黄色书刊以后的种种流氓行为,呼吁政府、商业局、文化局严格管理,杜绝黄色书刊的来源,肃清黄色书刊的流毒。紧接着,3月8日《文艺学习》第3期又刊出社论《不要阅读黄色小说》,称社会言情章回小说和荒诞神怪小说是"文化毒品",是"思想的污泥,文化的渣滓"。它们的共同特点"都是把旧社会的毒瘤、疮疤……当做最高贵最美好的东西来歌颂。……使人读后,慢慢就把丑和美完全弄颠倒了;同时,失去了向心力,失去了对美好生活和高尚感情的感受能力"。② 上述文章观点基本一致,就是通俗小说下流、无聊、腐朽,把人引向沉沦与堕落。

在批评者眼里,不仅从旧社会遗留下的通俗小说没有价值,就是旧文人新创作的通俗小说也无益于社会主义革命和建设。涂树平指出1957年出版的还珠楼主的武侠小说《剧孟》"满纸荒唐言,一套骗人语",只能称为"荒诞"的武侠小说。它的"荒诞之处在于内容完全脱离了历史的真实;过度的渲染打斗;把侠客的武艺神奇化",这种描写对读者是十分有害的。"武侠小说中的个人英雄主义的腐化思想,把这些青少年的思想毒害得和

---

① 华应申:《创作更多的通俗文艺读物》,载《文艺报》,1955年第15号。
② 《不要阅读黄色小说》(社论),载《文艺学习》,1955年第3期。

社会主义的现实生活格格不入。"社会主义文艺应该用社会主义和爱国主义精神教育人们,而"剧盂"是与这种精神背道而驰的。①

《文艺学习》1956年第2期还以编辑答读者来信的形式回答看言情、武侠小说能否学到写作技巧的问题。编辑认为,这些作品在内容上是反动的、含有毒素的,这就决定了它不可能真实地反映生活,而只能制造种种虚伪、庸俗的故事来极力掩饰生活的真相,诱骗读者逃避现实。这些作品人物没有性格,语言刻板,充满了僵尸似的腐败的气味。情节的构成,不是依据现实生活和人物性格发展的必然规律,而是胡诌出各种奇遇偶合。事实上,这本书里的剑侠和那本书里的剑侠,除去他们所使用的'法宝'有些不同以外,谁也找不出他们在性格上、语言上、以至外形上还有什么分别,如果说'公式化',那真是极端的公式化了"。这些书只在故事情节上故弄玄虚,而将作为文学作品主要描写对象的人物摆在陪衬的地位,这算什么技巧呢?②

当然,也有少数作家的评价相对客观,如康濯指出武侠和言情小说虽然大多很无聊,但是也有一些好处是"值得学习"的,像朱贞木语言文字较流利,作品结构较紧凑。还珠楼主善于抓住读者口味,其中也一定有可取之处。此外,个别作品观点较好,反映一定生活,需要我们去发现和学习。③ 但这些建议只是微澜,丝毫不能改变对通俗文学批评的大势。

二、以社会主义现实主义的标准评价通俗小说

20世纪50年代,文艺界谈论最多的是社会主义现实主义(或称革命的现实主义、新现实主义、无产阶级现实主义)的创作方法。茅盾在《文艺报》1949年第4期答读者来信中以高尔基的观点回答了关于旧现实主义与革命的现实主义区别的提问:高尔基把俄国革命前的旧现实主义称为批判的现实主义,因为这些现实主义作品虽然批判了社会的黑暗却没有指示出前进的道路,19世纪西欧其他国家的现实主义作家也是如此。十月革命以后,苏维埃文学的现实主义称为社会主义现实主义,简短地说,就是表现苏维埃人民新的崇高的品质,不但表现我们人民的今天,而且还展望他

---

① 涂树平:《评还珠楼主的武侠小说"剧盂"》,载《读书》,1958年第3期,第4~5页。
② 越明:《从淫秽荒诞书刊中能学到写作技巧吗?》,载《文艺学习》,1956年第2期。
③ 康濯:《谈说北京租书摊》,载《文艺报》,1950年第2卷第4期。

的明天,用探照灯帮助照亮前进的道路。① 周扬也在《人民日报》发表文章指出:"社会主义现实主义首先要求作家在现实的革命的发展中真实地去表现现实。生活中总是有前进的、新生的东西和落后的、垂死的东西之间的矛盾和斗争,作家应当深刻地去揭露生活中的矛盾,清楚地看出现实发展的主导倾向,因而坚决地去拥护新的东西,而反对旧的东西。"② 可见,社会主义现实主义强调文学必须写出历史发展的必然趋势。

按照这个标准来解读张恨水的《啼笑因缘》,小说并没有反映出当时社会生活的真实面貌,没有看清半殖民地半封建社会各阶级中最先进、最积极的力量。《啼笑因缘》于1956年重印出版,《文艺学习》的编辑李兴华专门写长文评价了这部小说,以引导读者的正确阅读。他认为,小说的反封建思想是十分软弱且不彻底的。首先,小说对封建势力的揭露和谴责是无力的。小说没有揭发军阀统治给人民造成的全部灾难,也没有表现出坚决的反封建态度,更不相信普通人民具有反封建的积极性和强大力量。作者把惩罚军阀的愿望寄托在少数侠客的冒险行动上,甚至寄托在这一派军阀代替另一派军阀的统治上,极力攻击的是个别军阀违反社会道德的恶行,而不是整个封建统治阶级。这表明作者对封建势力抱着许多幻想。其次,小说对下层人民的描写也有许多歪曲,它并没有真正尊重和信任人民。从小说中我们不但看不到人民有改变不合理制度的力量,甚至也看不到人民有改变生活的愿望。大鼓女艺人沈凤喜是个十分消极的人物,对自己的命运漠不关心。张恨水特意选择这种消极性格来和富家子弟樊家树的正面性格作鲜明的对比,这不能不表明他思想深处存有轻视人民的贵族偏见。只不过这种根深蒂固的阶级偏见是掩盖在怜悯穷人的美丽外衣之下罢了。他甚至认为《啼笑因缘》所表现的对待人民的态度,不但比同时代的革命文学要落后许多,就是比起古典文学也是倒退了一步。在《桃花扇》《杜十娘》等人民性强的文学中,被贱视的下层妇女心灵的高尚程度不但不比某些读书人差,反要崇高得多。

李兴华还把张恨水阶级立场的局限归咎为以改良主义思想来回避现实冲突,反映了自由资产阶级无力冲破反动统治的痛苦以及以种种幻想来安慰自己和群众的落后心理。比如:作者真诚歌颂的正面人物樊家树是个

---

① 茅盾:《略谈革命的现实主义》,载《文艺报》,1949年第1卷第4期。
② 周扬:《社会主义现实主义——中国文学前进的道路》,载《人民日报》第1653号,1953年1月11日,第3版。

思想矛盾、性格脆弱的人,他怀着社会改良主义和恋爱至上主义的思想,帮凤喜安家求学、帮关寿峰治病等就是这种思想的具体行动。这种行为不带任何革命色彩,也不能解决任何社会问题(包括青年恋爱问题),因为改变旧社会的不合理生活要依靠人民组织起来,采取革命手段推翻旧制度建立新的社会制度才能实现,不能指望个别的开明绅士在旧制度的基础上零星地做点好事就能解决问题。这种改良主义思想在无产阶级革命的年代里是起着妨碍人民的革命觉悟,帮助统治阶级巩固旧秩序的反动作用的。

由于张恨水不想真实地发掘造成悲剧的社会原因(社会冲突被描写成是纯粹的人性冲突:樊家树的痴情和沈凤喜的薄情相冲突,军阀刘厚德的残忍和樊家树的温情相冲突),更不想探讨消除这种人生悲剧的可行途径,甚至也不愿意给自己的主人公安排悲剧的结局,于是小说增添了大团圆式的"尾巴"——侠女撮合樊家树和富家女何丽娜最后结合。这种结合,意味着作者希望具有改良主义色彩的青年同官僚势力之间能够互相妥协。作者加之于主人公的最高理想是社会改良和恋爱自由,给了主人公的最后结局是同封建势力妥协,令人有啼笑皆非之感。

李兴华认为,小说许多观点反映了从没落的士大夫阶级蜕变出来的、发育不全的自由资产阶级的思想情绪,反映了他们被反动势力重重束缚不得自由发展而无力冲破反动统治的痛苦与不安,反映了他们喜欢用种种幻想(包括向反动势力妥协)安慰自己和麻醉人民的落后心理。

因此,张恨水言情小说不是现实主义作品,以其没有指示正确的发展道路,虽然或多或少反映了现实,但现实主义成分太少,而非现实的空想太多。张恨水的小说涉及旧中国的各种社会现象,但作者始终没有达到很高的思想深度。孤立地静止地看这些作品反映的某些生活现象是真实的,但这些作品所显示的生活发展的道路却是不真实的(或者根本没有前途,或者幻想社会改良)。读了张恨水的言情小说,不能给人增添改造生活的勇气,相反会产生无可奈何、苟且偷安的消极情绪。张恨水言情小说艺术水平不高的原因,不是作者缺少写作能力,而是作品自身远离了现实主义传统,师承着才子佳人派"衣钵"的缘故。才子佳人小说原是为封建阶级服务的消闲文学,是粉饰社会矛盾(包括婚姻矛盾)的反现实主义文学,艺术水平和思想水平都是低劣不堪的。张恨水继承这种陈腐的文学传统,而且力图革新使它适合表现资产阶级的生活内容,因此博得许多深受封建文艺熏陶的市民读者的欢迎。可是,因为作者不能也不愿真实且深入地描写丰富多彩的现实生活,勇敢地揭露生活中的本质矛盾,所以他也就不能跳出才子佳人小说的陈旧公式,不能使他的作品带有真正新颖的艺术光彩。①

该文以社会主义现实主义观点否认《啼笑因缘》为现实主义作品,与左翼时期钱杏邨等人以新写实主义标准否认《啼笑因缘》的写实主义在基本观点上是完全一致的。他们都把如何处理情节说成是站在哪个阶级立场、为哪个阶级服务的问题,显然是强调了文艺的阶级属性和政治属性。

关于如何发展社会主义现实主义的问题,邵荃麟在1953年10月4日全国文学工作者代表大会作总结发言时明确:文学是以社会主义精神去教育人民。这样,把创造正面英雄人物形象作为文学的首要任务,因为英雄人物反映了"新社会力量的本质"。② 同样,冯雪峰也提到创造正面人物形象居于最重要的地位,这是现实生活所决定的,也是历史斗争任务所要求的。当然写否定人物同样重要,"否定人物所代表的势力是正面人物所代表的势力所要斗争、所要战胜的势力,忽视或轻视它,那就是忽视斗争"。无论创造正面人物或反面人物,目的"都是为了显示在斗争中的革命势力的胜利"。③ 可见,社会主义现实主义对文艺教育作用导向性的要求十分重视,对创作的评价也是以此为标准的。

以张友鸾新创作的《神龛记》为例,这部小说在某些批评者眼里,错误地将反面人物写成正面人物,或者说没有创造出能反映阶级本质的具有引导作用的人物,因而遭到猛烈抨击。《文艺报》刊登江华的文章批评作者把"不法商人""颇有心计地打扮成一个十分善良的人",他"慈爱""慷慨""开明","对新的社会,颇有了解",却没有把店员与老板的界限分清,也没有要求劳资两利必须服从工人阶级的领导,这"掩盖了商人们损人利己、唯利是图、投机取巧的本质"。非但如此,作者还"用了近三分之一的篇幅,描写商人们的糜烂生活",在这些描写中"我们不但看不出作者对这些'乌烟瘴气'的寄生虫生活有什么义愤,有什么严正的批评,恰恰相反,作者对于这些,却总是平心静气,带着轻薄的欣赏的态度,袅袅不绝地,比划着来'吸引人的'","很明显的,作者要迎合一部分落后读者阅读黄色小说的低级趣味"。④《人民文学》也发文批评作者把资本家看成进步商人,"有意掩盖资

---

① 李兴华:《评张恨水的〈啼笑因缘〉》,载《文艺学习》,1956年第2期。
② 邵荃麟:《沿着社会主义现实主义的方向前进》,载《人民文学》,1953年第11期。
③ 冯雪峰:《英雄和群众及其它》,载《文艺报》,1953年第24期。
④ 江华:《一本为不法商人辩护的小说——读〈神龛记〉》,载《文艺报》,1952年第5期。

产阶级的丑恶本质,把他描写成为一个纯洁无垢的'圣者'",还"把大管事描写成一个具有十足奴隶道德的人",把店员看成无足轻重的人物,"像这样内容充满资产阶级反动思想的作品,特别在今天工商业界正热烈进行'五反'运动的当中,如果让其流行散播,腐蚀劳动人民的斗争意志,替资产阶级的无耻造谣,开辟着另一合法的市场,是非常危险的"。① 压力之下,张友鸾只得写了反省文章刊登在《文艺报》上,声明造成错误的主要原因在于自己"没有从阶级关系上去看问题",由于"我把阶级矛盾当做'若无其事',由于我不要求劳资两利必须服从工人阶级的领导(错认作'劳资协调'),由于我背弃了'既团结又斗争、斗争为了团结'这个原则,由于我对不法资产阶级分子看法的模糊;于是,我把店员(账房)写成了'封建奴才',把少年儿童队员写成了'小市侩',把不法商人写成'慈爱、慷慨、开明,对新的社会颇有了解'的人。……我想让那个不法商人'生硬的转变'过来,就虚构了这样一个'枯燥、简陋'而又含有毒素的故事"。② 此外,张友鸾还"彻头彻尾"地检讨自己在中华人民共和国成立前,"曾按照资本主义的市场法则写过一些不堪入目的东西",在中华人民共和国成立后,"因为我的灵魂深处还另有一个'王国'",这样,没有理解政策的基本精神,以至于"歪曲了政策""危害了人民"。③

也就是说,正面人物和反面人物的设置都要符合阶级斗争的需要。资本家作为敌对阶级阵营的人物,天生具有政治品质和道德品质的缺陷,是不够资格抛弃缺点,转变为正面人物的。因此,《神龛记》过多描写了资本家进步的一面,不能充分反映劳资对抗,是美化资本家,掩盖其剥削阶级的本质。这种要求写本质的批评,以现成的政治定义(对阶级属性的定义)为依据虚构出一个教条式的"本质"来,忽视了作为个体的人的差异性,显然是机械的。

政治的风吹草动影响着对通俗小说的评价。1961年,文艺政策调整时,评论界也曾出现过些微肯定之音。比如:《啼笑因缘》这部小说"现实主义地反映了当时人吃人的社会的种种现象……我们看到旧社会的普通群众受着怎样的迫害,这可以反映出社会主义是多么的光明和优越"。"从今

---

① 王淑明:《〈神龛记〉宣传了什么》,载《人民文学》,1952年第3、4期合刊。
② 冯叔鸾:《对〈神龛记〉的初步检讨》,载《文艺报》,1952年第9期。
③ 冯叔鸾:《对〈神龛记〉的初步检讨》,载《文艺报》,1952年第9期。

天看来,也仍然是有着意义的"①。北京曲艺团的曲剧《啼笑因缘》是一部旧社会说唱艺人的血泪史,它的演出"情致哀婉",使不少观众受到了感动,这是一出很好的社会悲剧。它以"精细锐利"的笔锋描写了军阀统治的民国初年社会的动荡,知识分子的彷徨和劳动人民所受的灾难,有许多现实主义的精彩细节描写。北京曲剧团的同志们大半经历过旧社会被压迫的生活,他们选取小说中沈凤喜的遭遇,编成这一出情节曲折的悲剧,演来真切动人,很能给人以那个时代的真实感。②又,话剧《秋海棠》"抓住了魑魅魍魉的旧社会的一角,唱出了旧时代的悲歌"。"剧本通过鲜明的艺术形象,深刻地揭露和控诉了旧社会的残忍,军阀流氓残暴丑恶的嘴脸,使人在艺术享受中,引起对旧社会的憎恨,从而更加激励我们热爱身边的幸福生活"③。另外,报纸也登载了一些通俗文学作品,如周瘦鹃的散文《滴粉搓酥栀子花》《绣球白玉团》《红裳翠盖妙莲花》分别于1962年5月3日、21日、26日发表在《北京日报》的"文化生活"栏目中。而当1962年9月八届十中全会强调"千万不要忘记阶级斗争"时,对通俗文学又回到了之前的评价。

比如,诸葛文谦谈到沪剧团根据《秋海棠》改编的沪剧时说,原著情节线索分为两条,一是旧社会艺人所受的非人待遇,二是秋海棠、罗湘绮、袁宝藩之间的婚姻纠葛。"如果该剧敢于正视现实,有意识地突破原小说的布局,不回避军阀统治时期暗无天日的社会生活,发展与丰富第一线,压缩与精简第二线,为当时戏曲艺人呼出'不平之鸣',当然也有一定的积极意义。"然而,"可惜的是剧本……笔触所及的仍然是三个人忽而缠绵悱恻、忽而剑拔弩张的婚姻纠纷,并把这场纠纷构成为全剧的中心情节,甚至把它作为秋海棠惨死的直接原因,这样就把本来可以写成有一定意义的悲剧题材,仍然落到一场争风吃醋的个人恩怨的窠臼中去"。他认为,如果反映三人的婚姻问题,应该写罗秋二人如何与军阀展开不调和的斗争。一方面,要展示出军阀统治者袁宝藩如何为了发泄荒淫无度、逞暴行凶的本性,给罗在生活上、心灵上以有形或无形的摧残与迫害;另一方面,应着重描写秋

---

① 刘乃崇:《充满了生活气息的曲剧〈啼笑因缘〉》,载《北京日报》第3435号,1962年2月15日,第3版。
② 张真:《旧社会艺人的血泪史——评曲剧〈啼笑姻缘〉》(注:该文题目为"姻"),载《戏剧报》,1962年第3期。
③ 丁权:《演员们在成长——看省话剧团重演"秋海棠"有感》,载《大众日报》第6811号,1962年3月14日,第3版。

海棠如何在令人窒息的恶劣氛围下,以高洁的情操、蓬勃的朝气与罗一起对袁进行抗争。那么,这戏的面貌就不同了。而沪剧《秋海棠》用了几乎一半的篇幅去宣扬秋、罗的男女关系,且没有赋予他们更丰富更崇高的精神世界。秋与罗的欢合止于满足个人的享乐和情欲的宣泄,对观众来说,起不到鼓舞斗志的作用。因此,剧中所说的争取婚姻自由云云,只能解释为替他们开脱不正常关系的遁词而已。①

诸葛文谦认为,由于这类戏的作者大都出身非无产阶级,在历次运动中又常常是脱离斗争、脱离生活,因此表现在作品上就存在着如下共同问题:一,在舞台上看不到当时的时代精神与政治气氛。任何文艺作品都应该从纷繁复杂的社会现象中揭示生活的本质,站在先进的立场,指出社会发展的动向。然而这些戏却只能肤浅地揭露某些旧社会的黑暗和小市民的苦难生活,却不能从中发现造成这些苦难生活的社会根源。《秋海棠》把残暴成性的军阀拖进三角恋爱的情网里,让他忙于争风吃醋且掩盖了他残忍的本质,因而戏的时代感是不强的。二,美化小资产阶级、袒护他们的弱点,甚至把他们的丑事当作好事来击节赞赏。与无产阶级的革命性、坚定性相反,在旧社会没有经过革命洗礼的小资产阶级知识分子身上,总是处处表露着妥协、动摇等阶级本性,以及种种庸俗猥琐的思想感情。而这些戏的作者又大都出身同一阶级,他们无力给予批判,反而给予刻意渲染。例如,把秋海棠不清不白的行为说成是为争取婚姻自由。三,剧本充满了悲观厌世、颓废伤感的情绪。剧本作者往往以哀伤的情怀、缠绵的笔触,在薄命与悲剧上大肆渲染。他们只看到旧社会的黑暗,但无力抗争,对压迫他们的势力抱着怨而不怒的态度,除了长吁短叹,喋喋不休地诉说生离的烦恼、死别的痛苦外,别无其他出路。

诸葛文谦把这些问题归根于作者的立场问题,小资产阶级的立场和世界观决定了他们对剧中人物的态度和对现实的认识。他认为,虽然其中有一些戏在某种程度上流露了对现实的不满情绪,这在当时也许还有一定的积极作用,但在今天,以无产阶级的思想观点来衡量便感到很不够了。如果在今天让戏中依然保持这种小资产阶级的思想意识,对观众来说更是有害无益的。

同样,1963年,慕容文静在《试谈〈秋海棠〉等戏的思想倾向》中回顾了

---

① 诸葛文谦:《试从三个剧目谈沪剧的"西装旗袍戏"》,载《上海戏剧》,1962年第12期。

鲁迅、文学研究会对鸳鸯蝴蝶派的批评,指出根据《啼笑因缘》《秋海棠》等小说改编的戏剧受到了鸳鸯蝴蝶派的影响。第一,它大量散布爱情至上、感伤主义和个人主义的资产阶级思想,没有表现反封建反压迫的民主思想。《啼笑因缘》和《秋海棠》的作者虽抓到了一点有社会意义的题材,但却没有从正确的方面去处理题材和人物。《啼笑因缘》没有能够理直气壮地控诉军阀对少女的诱骗,却变成一部对资产阶级少爷的"颂歌";《秋海棠》没有能够深刻揭发军阀的罪恶,却成了一部情场角逐的"恨史"。第二,作者对主人公的同情不是由于他们对旧社会、旧制度,以及恶势力有强烈的反抗精神,主要是由于他们的爱情是神圣的,是为他们爱与死的精神作颂歌,因而美化了资产阶级爱情至上、爱情角逐、纵欲玩世的生活方式。作者笔下的才子佳人看似在斗争,但却异常脆弱,命运使他们屈服,因此给人的印象是灰暗的。作者没有认真严肃地反映当代尖锐的阶级斗争,鸳鸯蝴蝶派文学的本领是把社会斗争庸俗化,把阶级对立的矛盾关系变成卿卿我我的爱情纠葛和个人恩怨。自然,这只能模糊尖锐的阶级对立关系,这是世界观的问题。由于剧作者资产阶级没落的世界观,他只能言情,玩弄那些恶趣味,而不能赋予主人公更丰富、更崇高的精神世界。对旧社会黑暗的暴露不涉及军阀、官僚的政治本质,不涉及反动的统治制度,这样的暴露就极不深刻,没有写出革命力量的作用,使人们觉得黑暗势力是难以抗拒的,这样便产生了消极效果。①

  1963年3月,《戏剧报》重新刊登了沈雁冰的《封建的小市民文艺》,引起了慕容文静很大的兴趣,他写了一篇随笔,表示赞同该文的观点,并指出,对于像《江湖奇侠传》这样的剑侠小说今天也不能不格外小心。② 由于1960年代初根据《啼笑因缘》《秋海棠》等小说改编的剧目出现于戏曲舞台且很受群众欢迎,《文汇报》用了一整版刊登《关于鸳鸯蝴蝶派的资料》,摘录了《礼拜六》《快活》等通俗期刊的出版说明,鲁迅、茅盾、郑振铎、郭沫若,以及1960年代数种报纸上的批评言论,以供读者参考。资料的开头有一总概括:"鸳鸯蝴蝶派""所写的大部分是一些没有什么社会意义的哀情、艳情的故事",代表的是"半封建半殖民地小市民的思想感情和庸俗趣味,是没落的封建文化和资本主义文化的混合产物"。③ 不久,罗荪在长文《论鸳

---

① 慕容文静:《试谈〈秋海棠〉等戏的思想倾向》,载《上海戏剧》,1963年第7期。
② 慕容文静:《读〈封建的小市民文艺〉有感》,载上海《文汇报》,1963年4月24日,第4版。
③ 《关于鸳鸯蝴蝶派的资料》,载上海《文汇报》第5863号,1963年11月7日,第4版。

鸯蝴蝶派对戏曲的思想影响》中批判这派作家是"封建遗少、洋场才子",《啼笑因缘》宣扬的是"纸醉金迷的生活,和才子佳人的情场失意",《秋海棠》"所宣扬的思想,哪有一点爱国气息?所表现的那种淫乱关系和感伤情调,恰是消磨人们斗志的"。该派"对历来的革命政治斗争起着消极作用",这两部小说可以说是"鸳鸯蝴蝶派的一枝还魂草,一贴续命汤,使鸳鸯蝴蝶派获得了继续扩大影响的机会"。它的"精灵"是鸳鸯蝴蝶派的"精灵"。鸳鸯蝴蝶派"何曾写过民族矛盾和阶级矛盾",写的"不外是情场失意、争逐名利不遂而已。这样怎么能算是暴露旧社会的黑暗呢"?①

由上可知,这些理论与批评的一致性。

第二节　寻找旧通俗小说的替代品

一、坚持新文艺的教育指导作用

中华人民共和国成立以后,读者仍喜爱传统的章回体小说,这可以从一些作者的调查文章中得知。白融在文艺通讯《夺取旧小人书阵地》中提出,"群众喜欢看有头有尾的故事,而且要很强的故事性。旧小人书中武侠,神怪一类的最受人欢迎"②,而新小人书一般故事性比较弱,读者也不太感兴趣。康濯发现虽然新文艺书已经挤进了北京的书摊,但是书摊仍以武侠、言情为基本书籍,租出去的以郑证因、还珠楼主、王度庐、宫白羽、朱贞木的武侠小说,刘云若、冯玉奇、张恨水的言情小说为多。③ 此外,一些城市的书场仍保留说旧书的习惯,"据估计,上海各书场中老书占百分之八十,苏州占百分之六十……现在在上海,除了公营人民评弹团、私营公助苏州评弹实验团及新评弹实验第一组开唱新书外,所有艺人皆说旧书"④。《文艺报》主编丁玲也收到了许多读者来信,其中大多是新解放区的知识青年和文艺爱好者写的。他们表示有些描写工农兵的书,主题"狭窄",千篇一律,"老是开会、自我批评、谈话、反省"等。"天天都是工农兵,使人头

---

① 罗苏:《论鸳鸯蝴蝶派对戏曲的思想影响》,载上海《文汇报》第5884号,1963年11月28日,第4版。
② 白融:《夺取旧小人书阵地》,载《文艺报》,1950年第2卷第4期。
③ 康濯:《谈说北京租书摊》,载《文艺报》,1950年第2卷第4期。
④ 姚芳藻等:《这是"尊重遗产"吗?》,载《文艺报》,1953年第10号。

痛","他们工作生活都紧张,娱乐还要紧张,怕要'崩了箍'。"①他们"反感""战斗的、政治气氛浓的、与自己生活兴趣有距离"的小说,而喜欢看轻松的书,比如冯玉奇、张恨水的书,"刀光剑影"的连环画,还有写"小资产阶级知识分子的苦闷"和"城市小市民生活"的作品等,他们希望新文艺的作者按照"张恨水的办法",写一些"革命的浪漫故事"。②

对此,丁玲的表态是:读者尚未去除旧趣味或者对新生活缺乏了解。她表示,中国的文艺已经抛弃了那种表现知识分子孤独绝望或者个人惆怅情绪的作品,现在的作品"展开了广阔的生活的原野,揭示了阶级斗争的本质,和它的激烈尖锐和复杂……由于文艺工作者思想的进步,与广大群众有了联系,因此新的人物,新的生活,新的矛盾,新的胜利,也就是新的主题不断地涌现于新的作品中,这正是使我们觉得不单调,不枯燥,这正是新的作品的特点,这正是高过于过去作品的地方"。③ 这里,丁玲否定了读者的爱好和感受,坚持文艺作品的教育指导作用,从而透露出当时文艺导向与普通读者对文学消遣需求之间的矛盾。

二、以惊险小说代替侦探小说

当然,为了照顾读者对情节小说的要求,也是为了争取读者,国内各出版社集中力量出版了一批有正确意识的苏联惊险小说,如《匪巢覆灭记》《勇敢者的道路》《秘密路》《阿尔泰的小英雄》等。并且,《文艺学习》还多次以答读者问的形式阐述苏联惊险小说与资产阶级国家输入的侦探小说的不同,以引导读者提高辨识力。此外,出版社也推出了一批国内惊险小说,如陆石、文达著《双铃马蹄表》,谢挺宇、马戈著《断线结网》等,它们均以反特、肃反为题材。《文艺学习》第12期还刊载了《关于惊险小说答问》,指出从资本主义国家输入的侦探小说与国内惊险小说也有本质不同。侦探小说是标准的资产阶级文学:"这种以凶手、骗子、侦探为主角的,描写偷盗、杀人、追捕的小说,特别鲜明地反映着资产阶级的社会生活,反映着他们感觉兴趣的东西。……从许多故事的基本思想看,是宣传资本主义社会秩序

---

① 丁玲:《跨到新的时代来——谈知识分子的旧兴趣与工农兵文艺》,载《文艺报》,1950年第2卷第11期。
② 丁玲:《跨到新的时代来——谈知识分子的旧兴趣与工农兵文艺》,载《文艺报》,1950年第2卷第11期。
③ 丁玲:《跨到新的时代来——谈知识分子的旧兴趣与工农兵文艺》,载《文艺报》,1950年第2卷第11期。

必须稳定、巩固;宣传那些保卫私有财产主人的警官和私家侦探有极大的神通;宣传许多犯罪的人都是生来的罪犯(这样就掩盖了资本主义社会犯罪问题的真正原因)。在这些书里,侦探、警察是'英雄人物',叫人觉得有了他们这一批精明、强悍的鹰犬,资本主义社会秩序就是动摇不了的。"①

与侦探小说把私人侦探歌颂成大英雄相反,国内惊险(反特)小说中的英雄是为保卫人民利益而不惜牺牲自我的人,是社会主义社会的保卫者和建设者。他们不是超人,而是和群众紧密联系在一起的普通人,是人民的英雄而非个人的英雄。上文认为这是值得称道的。而对一些把英雄(往往是公安人员)写得过于神通广大的小说,有人提出了批评。萧也牧认为:"单凭他一个人或几个人,既没有党的领导,也不依靠群众,也不作广泛而细致的调查研究,居然仅仅凭少数公安人员的侦查技术和勇敢,一网打尽了一窝子匪特,这事实上是不符合国家政治生活的真实情况,也不符合党的肃反政策的。"②可见,国内惊险小说是提倡集体主义精神的。

各出版社大批出版惊险小说的时候,正好全国范围内展开了肃反运动,而惊险小说以肃反为题材的占大多数。这类小说对当前的斗争就有了直接的现实的教育意义:在向读者进行提高革命警惕性的教育问题上,在帮助读者理解尖锐复杂的阶级斗争的问题上,也确实取得了一定的效果。所以,各报纸杂志也有意识地多发表这类作品,并且有意识地向读者推荐。③

这反映了当时政治大环境对文学承担读者思想改造任务的要求。即新中国成立初期国内外斗争形势复杂,肃清暗藏的破坏社会主义建设的特务,提高人民的觉悟乃惊险小说的任务,而侦探小说在批评者看来恰恰起了反作用。

据萧也牧介绍,为了夺取通俗文学的阵地,他们也开过很多次会,想过不少对策。最终,惊险小说的流行使得那些出租小说书铺的书架上言情、神怪、武侠之类小说,已经留出位置让给惊险小说了,这是他们取得的一次大胜利。

在新的通俗文艺远远不能满足读者需要的同时,1955年通俗文艺出版社还重印了少数旧言情小说,如张恨水的《啼笑因缘》,以解书荒。为了

---

① 文:《关于惊险小说答问》,载《文艺学习》,1955年第12期。
② 萧也牧:《谈谈惊险小说》,载《文艺学习》,1956年第7期。
③ 萧也牧:《谈谈惊险小说》,载《文艺学习》,1956年第7期。

指导阅读,《中国青年报》的"青年文艺"栏目刊发文章《答读者问》,阐明它与黄色小说的区别在于:后者指那些内容反动、淫秽、荒诞的书籍,常常"充满了反革命的言论,乱七八糟的男女关系和荒唐透顶的奇闻骇事""反映的不是真实的生活,而是任意编造出来的虚伪庸俗的故事"。就《啼笑因缘》而言,它反映了北洋军阀统治时期的黑暗腐朽,大部分是真实的。书里塑造的人物形象是鲜明的,樊家树、沈凤喜和关寿峰都不是毫无个性的。其缺点在于对当时的社会矛盾没有正面地、尖锐地展开。为了避免樊家树和他旧式家庭的必然冲突,作者不仅设计出沈凤喜和何丽娜相貌完全一样的不真实细节,同时还采用误会法来编造情节。为了使社会矛盾简单化,作者不恰当地夸大了侠女的行径,让人感觉难以置信。最后的大团圆结尾更使全书的真实感冲淡了。① 该文指出张恨水著作极多,虽有芜杂的作品,但有不少是有现实意义的。特别是从抗战期间和中华人民共和国成立后的作品来看,他是慢慢进步的。

不过上文又批评书里有些描写是"接近庸俗和低级的"。比如:形容姑娘们的手臂总是像雪藕,姑娘们的眉毛总是像柳叶。而且"热衷于描写女人的大腿、腰肢、身段等等不值得描写的地方,这是替统治阶级服务的帮闲文学的余唾之一,也是黄色小说的惯用伎俩之一,作者是没有完全摆脱的"。② 可见,那时是把物质享受和对女性特征的描写统统看成资本主义腐朽文化的产物的。

总体来看,创作能在社会主义改造中起到思想教育作用的新文艺是大趋势。据统计,1954年一年全国出版的通俗读物和少儿读物有三千五百种左右,其中很大一部分是文艺读物。这是为了"替代和排除那些精神毒品"③。

第三节 文学史对通俗文学的叙述

1949年以后,通俗文学或者被文学史遗忘,或者是作为被批判的对象入史。1950年代,王瑶的《中国新文学史稿》、丁易的《中国现代文学史略》、蔡仪的《中国新文学史讲话》均没有对通俗文学的介绍。而张毕来的

---

① 丁羽:《从〈啼笑因缘〉说起》,载《中国青年报》第715号,1956年6月6日,第3版。
② 丁羽:《从〈啼笑因缘〉说起》,载《中国青年报》第715号,1956年6月6日,第3版。
③ 华应申:《创作更多的通俗文艺读物》,载《文艺报》,1955年第15号。

《新文学史纲》则称《礼拜八》为"封建性的、洋奴性的杂志"①。北京大学、复旦大学等著名高校 1950、1960 年代集体编写的多种教材对鸳鸯蝴蝶派和黑幕小说的基本定位为"中国文学史上一股反动逆流……对广大市民,特别是知识青年起了极坏的麻醉腐蚀作用"。②"代表了垂死的地主阶级和新兴起的买办势力在文艺上的要求"③。

在小说逆流中,最为"猖獗"④的是言情小说。徐枕亚的《玉梨魂》描写的是无聊爱情,鸳鸯蝴蝶派"不懂得文学的真正使命,积极宣扬文学上的趣味主义……把小说从改造社会的工具堕落为消遣游戏品……鸳鸯蝴蝶派作品的基本倾向是脱离时代精神,极力宣扬庸俗的感情"。⑤ 它们以描写男女私情之作最多,一类"专写爱情上的无聊纠葛、猥琐心理及无病呻吟的缠绵之情,内容空虚贫乏,充斥了无聊的词句……另一类是描写悲剧的'苦情''哀情''惨情'。在这里,悲剧的酿成主要不是社会根源,而是一些生活琐事的偶然冲突,作者有时虽似乎也同情主人公的遭遇,但更多的是玩味欣赏这种'惨情'。……上述两类作品虽然不大描写性爱,但是它不健康的感情对广大青年的腐蚀作用却是更大的"。⑥ 徐卓呆的《微笑》、周瘦鹃的《九华帐里》《此恨绵绵无绝期》都是如此。文学史上这种对所谓庸俗爱情描写的否定是 1950、1960 年代大陆审美观念的反映。

对黑幕小说,几乎无一例外批评《绘图中国黑幕大观》及其续集,并借用《"黑幕"书》中宋云彬给钱玄同信中所言的"杀人放火奸淫拐骗的讲义"⑦作为结论。不仅如此,还对黑幕小说的创作动机加以政治化解释:"它是封建军阀所豢养的反动政客和帮闲文人用来揭露政敌内幕,丑化对方,抬高自己的手段。后来又成为文化流氓用来威胁别人、榨取钱财的工

---

① 张毕来:《新文学史纲》第一卷,北京:作家出版社,1958 年,第 16 页。
② 北京大学中文系专门化 1955 级集体编著:《中国文学史》,北京:人民文学出版社,1959 年 9 月版,见魏绍昌编:《鸳鸯蝴蝶派研究资料》上卷,上海:上海文艺出版社,1984 年,第 139 页。
③ 山东师范学院中文系编著:《中国现代文学史》(初稿),1960 年 7 月初版,见魏绍昌编:《鸳鸯蝴蝶派研究资料》上卷,上海:上海文艺出版社,1984 年,第 164 页。
④ 复旦大学中文系 1956 年级中国近代文学史编写小组编著:《中国近代文学史稿》,北京:中华书局,1960 年,见魏绍昌编:《鸳鸯蝴蝶派研究资料》上卷,上海:上海文艺出版社,1984 年,第 155 页。
⑤ 北京大学中文系专门化 1955 级集体编著:《中国文学史》,北京:人民文学出版社,1959 年 9 月版,见魏绍昌编:《鸳鸯蝴蝶派研究资料》上卷,上海:上海文艺出版社,1984 年,第 136 页。
⑥ 北京大学中文系专门化 1955 级集体编著:《中国文学史》,北京:人民文学出版社,1959 年 9 月版,见魏绍昌编:《鸳鸯蝴蝶派研究资料》上卷,上海:上海文艺出版社,1984 年,第 136~137 页。
⑦ 宋云彬、钱玄同:《"黑幕"书》,载《新青年》第 6 卷第 1 号,1919 年 1 月 15 日。

具。所以,黑幕小说是军阀政治的产物,有着露骨的反动性。""黑幕小说虽然写的是军政界人物的营私舞弊,娼妓盗贼的龌龊行为等等,但作者并不去揭示这些丑恶现象的社会根源和阶级根源,而只是把社会种种罪恶归结为偶然现象,把整个剥削阶级制度的罪恶转嫁给个人,用以转移人民的视线,掩盖阶级矛盾。……是封建资产阶级进行愚民教育、维护统治所不可少的文化鸩酒,在这里也进一步暴露了黑幕小说的反动实质。"①这些评价将黑幕小说作者说成帮闲文人显然是不正确的。

某些文学史也适当肯定了那些在内容上宣传爱国、反对帝国主义侵略,讽刺某些社会不良现象,或是描写底层人民生活的作品。指出它们反映了当时社会现实,有一定积极意义。有的文学史还专列了一个标题,对"逆流中的现实主义"②小说予以介绍。焦木(恽铁樵)的《工人小史》、叶匋(叶圣陶)的《穷愁》、周瘦鹃的《檐下》、贡少芹的《新社会现形记》都包括在其中。但同时又指出其局限性在于工人形象不够鲜明,没有表现其反抗性等,而且这样有意义的作品在鸳鸯蝴蝶派中也是少数。

在艺术形式上也肯定这些小说模仿西洋小说的结构与手法,"对话作用的提高、大段的心理描写、生活场景的撷取、插叙补叙的运用……所有这些都曾给中国小说发展带来过新鲜的气息"。1917年的《小说画报》几乎全部刊载短篇,它们初具"现代小说的规模"。"这时出现的一种时事滑稽体,每篇不超过六百字,有人物又有情节","在短篇小说体裁的发展上,'鸳鸯蝴蝶派'客观上起了一定的促进作用"③。但紧接着又说"由于这些作者的写作态度、知识和内容所限,很快就把学来的一点写作手法僵化了"④,从而否定其创造精神。

从大的方向看,文学史对鸳鸯蝴蝶派、黑幕小说等的表现内容、文学趣

---

① 复旦大学中文系1956年级中国近代文学史编写小组编著:《中国近代文学史稿》,北京:中华书局,1960年,见魏绍昌编:《鸳鸯蝴蝶派研究资料》上卷,上海:上海文艺出版社,1984年,第157~158页。

② 复旦大学中文系1956年级中国近代文学史编写小组编著:《中国近代文学史稿》,北京:中华书局,1960年,见魏绍昌编:《鸳鸯蝴蝶派研究资料》上卷,上海:上海文艺出版社,1984年,第158~160页。

③ 北京大学中文系专门化1955级集体编著:《中国文学史》,北京:人民文学出版社,1959年9月版,见魏绍昌编:《鸳鸯蝴蝶派研究资料》上卷,上海:上海文艺出版社,1984年,第139页。

④ 北京大学中文系1955年级《中国小说史稿》编辑委员会著:《中国小说史稿》,北京:人民文学出版社,1960年4月。见魏绍昌编:《鸳鸯蝴蝶派研究资料》上卷,上海:上海文艺出版社,1984年,第148页。

味、社会影响是彻底否定的,只是在局部作了有限度的肯定,这与《文艺报》等权威报刊的观点是完全一致的。有学者说,"五四"以来,包括鸳鸯蝴蝶派在内的种种文艺实验,"苟若不感时忧国或呐喊彷徨,便被视为无足可观。即便有识者承认其不时发抒的新意,这一新意也基本以负面方式论断"①。此概括是基本属实的。

第四节 整顿旧书摊

与文艺界舆论相配合的是对通俗文学的行政取缔。1949年以后在各大中城市的租书摊遗留下数量可观的通俗小说,国务院和文化部对这些书刊的监管非常重视,曾多次发文要求处理。1951年10月10日,出版总署印发天津市新闻出版处《关于取缔反动落后书刊报告的通报》,指出天津市内残存的反动落后书刊主要集中在发行业和租赁业手中。② 其他各地也多如此。在上海,1949年以后这些书刊经公安局的查禁和报贩自动缴销,已经大大减少了,以至于有人宣称经过六个月整顿,这种书在市面上已绝迹了。③

但是,由于读者的需要,也由于"有几个不法分子,像署名'笑生'、'冷儒雁'、'忆斯楼主'的,秘密写了些淫书,印了交书摊出版,致使某些书摊的生意,不正常地活跃"④起来。对于这类反弹现象,文化部门也组织了调查,据1955年3月4日《文化部党组关于处理反动的、淫秽的、荒诞的书刊图画问题的请示报告》统计,目前省会以上城市约有租赁书籍和连环画的店铺、摊子和流动摊贩一万个以上,其中北京、上海、武汉、广州、重庆等八大城市就占了7000个左右。在这一万个以上的铺摊中,只有10%左右出租旧小说,其余都是出租连环画的。……估计全国租书铺摊共有图书2万种以上,1000万册左右,读者每天有150万人次左右。旧小说的读者有:工人(特别是小工厂和手工业工人)、店员、商人、家庭妇女、失业知识分子、大中学生。从书籍构成来看,1000户左右的旧小说铺摊所出租的图书,只

---

① [美]王德威著、宋伟杰译:《被压抑的现代性——晚清小说新论》,北京:北京大学出版社,2005年,第11页。(注:该书英文版于1997年由斯坦福大学出版。)
② 《关于取缔反动落后书刊报告的通报》,见中国出版科学研究所、中央档案馆编:《中华人民共和国出版史料》第3卷,北京:中国书籍出版社,1996年,第355页。
③ 余雷:《黄色文化的末路》,载《文艺报》,1949年第7期。
④ 康濯:《谈说北京租书摊》,载《文艺报》,1950年第2卷第4期。

有10%左右是新文艺作品,10%左右是旧的说部演义,其余80%是带有色情淫秽成分的言情小说和荒诞的武侠小说,以及描写特务间谍活动和盗匪流氓行为、鼓吹战争和杀人的反动小说。有的还秘密或公开地出租淫书淫画。

报告指出它们的危害在于:散播了大量的地主、资产阶级的反动腐朽思想和堕落无耻的生活方式,对于广大人民群众,尤其是青年、少年、儿童的毒害很大。许多人读了这些书籍后,精神颓丧,胡思乱想,神志昏迷,以致学习旷废,生产消极。其中,还有一些人甚至组织流氓集团,拜把子,称兄弟,行凶斗殴,称霸街道,戏弄异性,奸淫幼女,盗窃公产,杀人放火,并且不以为耻,反以为荣。这就严重地影响了社会公共秩序的巩固,并妨碍了社会主义建设和社会主义改造的顺利进行。

经过有关部门审查,《云破月圆》《红杏出墙记》《蜀山剑侠传》《青光剑侠》等都被列为淫秽的色情小说和荒诞的武侠小说。处理办法是一律收换。而鸳鸯蝴蝶派作家所写的一般谈情说爱的言情小说,如张恨水的《啼笑因缘》;一般的侦探小说,如《福尔摩斯侦探案》则属于保留之列,准予照旧租售。①

半年之后,1955年7月22日《国务院关于处理反动的、淫秽的、荒诞的书刊图画的指示》要求凡宣扬荒淫生活的色情小说和宣扬寻仙修道、飞剑吐气、采阴补阳、宗派仇杀的荒诞的武侠图书,应予收换,即用新书与之调换。一般谈情说爱的言情小说,一般描写技击游侠的图书,一般的侦探小说列为保留。②

仅仅几天以后,7月27日,《人民日报》发表"社论"重申与国务院指示相同的观点以进一步加强宣传力度。并指出,要"坚决地有计划地有步骤地处理反动、淫秽、荒谬的图书,清除地主阶级和资产阶级的反动腐朽思想和下流无耻生活方式的影响,提高人民的思想觉悟和道德品质,是当前阶级斗争中必须完成的一项重要的政治任务。"③为了"抵制"这类刊物的流行,也有人呼吁要改变通俗文艺书籍"缺乏反映现实生活和斗争的创作"的

---

① 《文化部党组关于处理反动的、淫秽的、荒诞的书刊图画问题的请示报告》,见中国出版科学研究所、中央档案馆编:《中华人民共和国出版史料》第7卷,北京:中国书籍出版社,2001年,第113~117页。

② 《国务院关于处理反动的、淫秽的、荒诞的书刊图画的指示》,见中国出版科学研究所、中央档案馆编:《中华人民共和国出版史料》第7卷,北京:中国书籍出版社,2001年,第201页。

③ 《坚决地处理反动、淫秽、荒诞的图书》,载《人民日报》第2574号,1955年7月27日,第1版。

"落后状况"①。

1956年1月13日,《文化部关于续发处理反动、淫秽、荒诞图书参考目录的通知》指出,"有一些人专门编写反动、淫秽、荒诞的图书,如徐訏、无名氏、仇章专门编写政治上反动的描写特务间谍的小说,张竞生、王小逸(捉刀人)、蓝白黑、笑生、待燕楼主、冷如雁、田舍郎、桑旦华专门编写淫书和渲染色情的书,冯玉奇、刘云若、周天籁、耿小的专门编写含有反动政治内容的淫秽色情成分的'言情小说',朱贞木、郑证因、李寿民(还珠楼主)、王度庐、宫白羽、徐春羽专门编写含有反动政治内容或淫秽色情成分的神怪荒诞的'武侠小说'"。② 上述名单上列举的绝大多数是著名的通俗小说作家。为了肃清反动、淫秽、荒诞的图书,文化部请各省市文化局在审读图书时,对上述21人编写的图书特别加以注意。

文化部是把改造私营租书摊当作一项严肃的政治任务来完成的,因而效果显著。经过数次全国各大中城市文化、公安、司法等部门紧锣密鼓的协同查处,这些所谓黄色书籍的确走向了末路。1958年1月6日《文化部关于处理反动、淫秽、荒诞书刊图画问题的通知》明确表示1955年和1956年上半年,全国各城市根据国务院指示,大力改造私营租书铺、摊工作,成绩巨大,它是我国伟大的社会主义改造事业的一部分。但也提出过去处理不当的"有一般的社会言情小说,如李涵秋的《广陵潮》,陈慎言的《故都秘录》,张恨水的《春明外史》等;有一般的侦探小说如福尔摩斯、亚森罗苹、霍森等探案"。③ 虽然通知指出查处有失当之处,但是严格管控无疑是一个趋势。如果把国务院的指示、《人民日报》的社论,与各大报刊的批评文章相互对照,不难看出,它们发出的时间吻合、看法一致、话语一致,显然是统一思想、统一行动,批评一盘棋的结果,其威力也是无与伦比的。茅盾在1970年代末回忆鲁迅所说的"文艺大众化运动没有'政治之力的帮助,一条腿是走不成路的'那一段话,意义十分深刻"。④ 1950年代以后,公安局、文化局、商业局的联合行动使得通俗小说的生存空间迅速被挤压充分证明了这点。

---

① 杨星:《改变通俗读物出版工作的落后状况》,载《人民日报》第2705号,1955年12月5日。
② 《文化部关于续发处理反动、淫秽、荒诞图书参考目录的通知》,见中国出版科学研究所、中央档案馆编:《中华人民共和国出版史料》第8卷,北京:中国书籍出版社,2001年,第2~3页。
③ 《文化部关于处理反动、淫秽、荒诞书刊图画问题的通知》,见中国出版科学研究所、中央档案馆编:《中华人民共和国出版史料》第9卷,北京:中国书籍出版社,2004年,第333~335页。
④ 茅盾:《文艺大众化的讨论及其它——回忆录(十五)》,载《新文学史料》,1982年第2期。

为了不犯错误,文学期刊不敢随意登稿子,对通俗小说,编辑自然更不敢约稿。袁鹰回忆1956年贯彻"双百"方针,这一年上半年,《人民日报》扩版,主管《人民日报》工作的胡乔木与编辑部讨论副刊时提到旧北京副刊上能写文章的几个作家,他向编辑部推荐张恨水。据袁鹰回忆,胡乔木"问我们是否知道他的近况。我们虽然听说张先生仍住在京城,也知道他是写副刊文章的老手,但是脑子里总有'鸳鸯蝴蝶派'那个旧观念的影子,自然也没有考虑去约稿"①。

由于动辄得咎,通俗作家不得不另谋出路。张恨水不再创作,而主要改编古典文学和民间文学的通俗本如《梁山伯与祝英台》《白蛇传》《秋江》等,虽然这个工作被认为还是有意义的,但仍被批改编得不够好,有些地方还掺杂着言情小说的滥调,等等。

而武侠小说家预感到自己的创作不能持久,纷纷另做打算。王度庐改行当老师,且不愿提及写小说之事。1953年,他在旅大实验中学教语文,一位学生得知老师曾是武侠小说家,很想知道他过去写作的情况。谁知老师好像没听见他的话似的,绝口不谈。这位学生模仿老舍的《赵子曰》等作品写了一篇自以为不错的作文,可是评语却是"消闲小品"四个大字,评分也很低,令学生心头一震。② 由此可见作者当时的心态。

1951年5月,还珠楼主宣布"现已放弃武侠旧作"。据可考资料,郑证因在1951年5月出版了《荒山侠踪》《戈壁双姝》等作品之后,亦不再有新的武侠小说问世。朱贞木在1951年6月利益书局出版《铁汉》之后,也不再出版武侠小说。以1951年上半年为标志,民国武侠时代走向终结。③

第五节　对批评的回应

一、对自我思想意识的否定

中华人民共和国成立之前,新文学界对通俗文学有过激烈的批评,但"自由出版市场与职业空间使鸳蝴作家成功抵抗了新文学的排斥,自成一

---

① 袁鹰:《胡乔木和〈人民日报〉副刊》,载《读书文摘》,2007年第2期。
② 邱传贤:《我有一位写武侠小说的老师》,载《沈阳晚报》,1987年7月17日。见徐斯年:《王度庐评传》,苏州:苏州大学出版社,2005年,第302页。
③ 韩云波:《还珠楼主武侠小说序跋研究》,载《苏州教育学院学报》,2016年第3期。

隅。然而1949年以后，生产、出版、评论乃至读者都被纳入单位管制，自由出版市场消失。所以，当某些延安文人挟着较他们师辈更激烈的批评态度对待鸳蝴文学时，这些文人毋宁说是手足无措，无以应对"①。依靠自由出版市场，通俗小说作家可以"拥有自己的发表出版园地和自己的读者群""自抱主张、自成体系、自立门户""不必依附于新文学的流派"，②也可以与新文学作家叫叫板。在强大的计划经济体制的干预下，私营报刊"苟延残喘"了几年，从大幅萎缩到消失尽净，通俗文学作家陷入无处发表文章的困境。据张均研究，1952年至1956年私营书店被改造为国营，1953年文艺刊物实现国有，而通俗文学作家并未取得与新文学作家相同的社会身份与地位，也未能大量进入各地的文化部门，因而深感危机。

似乎早已对前途有所预感，张恨水一改不写自传的初衷，于1949年1月1日到2月15日在北平撰写了《写作生涯回忆》，解释自己的作品为何没有表现反抗和革命。在谈到《春明外史》时，他表示后悔该书的消闲意味居多，如果当年多写点奋斗有为的情节，会对那些爱看这部书的人士有些帮助。

在《文艺报》即将创刊之际，文艺报社就于1949年9月5日下午举办平津地区过去常写长篇连载小说的作者座谈会。通俗文学作家纷纷以之前左翼作家批评他们的言论来自我否定。他们叙述自己的写作大多数是为了挣稿费，很少想到有没有价值。写作内容多为虚构的言情传奇或武侠侦探，前面的写出来了，后面的情节还不知道怎么样。在回目的文字上讲究对偶骈俪，使其工整以吸引读者。办报的人为了报纸有销路，或者是"故意有计划地要毒化人民，拼命要求作者写这类黄色或粉红色小说，去迎合小市民的趣味"，由于自己"政治认识上很模糊，为了生活也只有替他们写，于是，客观上造成在人民群众中播散毒素，使人民漠视现实的事实"。他们自愧地表示："过去的写作是些粗制滥造毫无内容的东西。"他们沉痛地说："我们过去写的都是些低级趣味的东西，里面鬼话连篇。""我们的作品给年青人很多坏影响。"③他们迫切要求学习新的政治理论，以新的观点和内容来创作。

---

① 张均：《中国当代文学制度研究》(1949——1976)，北京：北京大学出版社，2011年，第139页。
② 魏绍昌：《我看鸳鸯蝴蝶派》，上海：上海书店出版社，2015年，第41页。
③ 杨犁整理：《争取小市民层的读者——记旧的连载、章回小说作者座谈会》，载《文艺报》，1949年第1卷第1期。

一直被视为"荒诞"的还珠楼主自感"武侠小说饭吃不长了",因为"公家提倡改造思想",①他很想写点适合时势的作品,并在1950年3月出版的《独手丐》第1集卷首前言"从新写起"中表明了这种意愿。他表示自己"过去二十多年来的作品,其中多是神奇怪诞的武侠小说,故事取材,既多与现实脱离,人物塑造,也多是虚幻的幻影。这当然是我属于的阶级观点,限制了我的认识,使我认为小说根本就是一种消遣品,而不是一种阶级麻醉和阶级战斗的武器""我以前只是从旧道德方面着想。打算用多方面的技巧,于引起读者兴趣中,提倡崇善除恶,孝友义侠,以收潜移默化之功,使人学好归正,敦品励行,或是独善其身等,用意未始不良,但是个人观念太重,那是狭义的,落伍的,没有顾及群众,更没认定这是一个武器,或是用错了这个武器,也没有领导群众走向光明的胆勇,这是我的极大错误"。此外,"没有在现实生活中去找材料,去反映时代的进步与发展,写出群众的斗争生活",也是导致过去小说内容空虚的原因。他决心"将新的时代内容,或是采用旧时代的情况作为背景,加以改造,由多方面取材,增加兴趣,作为现时代的反映与必然的结果,来表现在读者面前,促进他们对时代的深刻认识,得到共同前进的效果"。②

赋闲在苏州老家寄情于花木的周瘦鹃也反思了《礼拜六》中的作品:"当年的'礼拜六'作者包括我在内,有一个莫大的弱点,就是对于旧社会各方面的黑暗,只知暴露,而不知斗争,只有叫喊,而没有行动,譬如一个医生,只会开脉案,而不会开药方一样,所以在文艺领域中,就得不到较高的评价了。"③这的确道出了通俗文学被批评的主要原因。

二、对遭受的不公表示不满

尽管通俗小说作家努力适应时代,但还是受到了不公平的待遇,因此,他们内心充满愤懑与不平。

第一,受鄙视。《文艺报》记者就"双百"问题请张恨水谈谈感受,张说:"报纸杂志上,没有章回小说这一栏,甚至于连谈谈章回小说都不屑意了。文学书籍,就完全删掉章回小说这一门。""自然,章回小说,有些是专门弄

---

① 贾植芳:《记还珠楼主——〈独手丐〉等武侠小说总序》,见孙乃修编:《劫后文存——贾植芳序跋集》,上海:学林出版社,1991年,第148页。
② 周清霖:《还珠楼主李寿民先生年表》,载《西南大学学报》,2008年第6期。
③ 周瘦鹃:《花前新记》,南京:江苏人民出版社,1958年,第48页。

些'黄色'的材料,那是要不得的。但章回小说是一事,'黄色'义为一事,难道因为有了'黄色',就连章回小说都不要了吗……至于'礼拜六'派,我没有赶上,但'礼拜六'派,也有它的过渡性,不能完全抹煞。"[1]1957年5月14日,出版社召开通俗文艺作家座谈会,到会的有陈慎言、张友鸾、张恨水、李红(还珠楼主)、左笑鸿、王亚平、苗培时、金受申、金寄水等20人。大家的一致呼声是扭转社会的舆论和出版社对通俗文艺工作者和作品的歧视现象。大家提起通俗文艺和通俗文艺作家在社会上受人轻视,在文学领域没有一席之地。一提起章回小说、单弦、鼓词,就好像是未入流的作品,搞这一行的作家似乎低人一格。文学评论一提到通俗文艺,就是概念化、公式化、粗制滥造,"好像文艺作品的公式化、概念化是由通俗文艺制造出来的,这是很不公允的"(苗培时语)。"章回小说其实很少有公式化、概念化的东西,它的特点就是故事性强,情节曲折,把这顶帽子扣在章回小说头上,是不合适的。"张友鸾认为,章回小说并不是什么"浅入浅出,而是深入浅出的;也不是人们所说的那样庸俗可憎,也有雅俗共赏的呵"!

文艺界不但不重视章回小说,也不重视章回小说家。张友鸾激动地表示,章回小说为人民所喜爱,但章回小说家往往被看作旧文人。现代文学史上就没有提到过章回小说,《啼笑因缘》印得那么多,而张恨水在文学史上只字不提,这不是虚无主义?不是取消主义?通俗作家受歧视的情况还有:1954年北京市文联选理事时,各个方面都选上了,只有通俗小说作家没有,张恨水就是这样被排斥在外边。作家协会也对章回小说作家采取关门政策,参加的没几个。[2] 1957年5月22日,张恨水在中国作家协会党组邀请部分作家举行的座谈会上"对只吸收他一人而不吸收其他章回小说家参加作家协会一事,表示很不满意。他问,为什么不邀请像张友鸾、陈慎言这样的作家呢"?[3] 与会一些作家认为这是文艺界的宗派主义所致。

第二,出版社对作家作品不够重视。通俗文学作品出版难,出版社乱删乱改作品的情况也很严重。李红说自己这几年写了几十万字小说,剧本搞了几十个,但是在国内都没机会出版,只能由中国新闻社向海外侨胞发行。张恨水出了几本书,有的序言和小诗被无故删去。他气愤地说:"上海

---

[1] 张恨水:《章回小说为何遭遇轻视?》,载《文艺报》,1957年第4号。
[2] 以上内容参见木呆:《通俗文艺作家的呼声》,载《文艺报》,1957年第10期。
[3] 《作家们发表意见帮助共产党整风——批评作协领导没有抓住文学的特点——希望一切愿为社会主义建设服务的作家都能参加作协》,载《光明日报》第2861号,1957年5月23日。

文化出版社最近出版了我的《魍魉世界》,原书名叫《牛马走》,我认为这个名字很好,没有改的必要。不仅改书名,还竟给我删掉了十万多字,事前并未征得我的同意。这样做实在不太好!"①

稿费低也是一大现实问题。1959年,张恨水在接受中国文联工作人员沈慧的访问时说:一千字只给四五元,而辛辛苦苦写出来的文章,又怕发表后有什么问题,会受到批评,一天到晚提心吊胆。劳动花得太多,报酬给得太少,索性不写算了。"去年一年写了一部《记者外传》(上册),预支了三千多元的稿费。现在已由作家出版社的许正因(武侠小说家)(注:应该为郑证因)退还给我,不预备出版了。据说是作家出版社的领导,批评这部作品的思想性不强,没有出版的价值。不出版也就算了,我也懒得再写。本来今年开始写第二部,因此也就不再动笔。"

文人以卖文为生,煮字疗饥。一旦卖不了文,生活就立即陷入困顿。张恨水反映了武侠小说家还珠楼主的窘态:"前几天,李红(注:还珠楼主)来。他谈到目前生活非常困难,几至断炊,我给了他十五元以作燃眉之急。不过他这样挨门求贷也不是办法,文联能否为他想想办法。"对他们的生活境遇,老舍是仗义执言的。在1959年文联工作人员访问他时,他愤愤不平地说:"现在的稿费太低,不合理。当然,对我来说没有关系,不过有些职业作家的生活会受到影响。你想一千字四五元,不是开玩笑吗?这些出版社也太苛刻,他们应该按文化部规定那标准的最高一级发给作者,而不应该按最低的一级来发,因为最高一级也已经是调整过的降低标准了。版税也不合理。这个文联应该过问一下。再者,也应调查一下在北京有哪些职业作家现在生活有困难,特别像张恨水、陈慎言是有数的。"②

对张恨水这样有影响的作家,出于关心,文化部还是比较照顾的。1960年2月,沈慧再次代表文联访问张恨水,张恨水也提到了自己与张友鹤、李红的生活困难。到9月,张恨水就接到中央文史馆签字的聘书,每月拿三十三元薪金,基本解决了生活问题。③

曾经,海外有好事之徒散布谣言说张恨水流落街头以乞讨为生。为此,谢蔚明的朋友委托他邀请张恨水写稿并交由香港《大公报》发表。张恨

---

① 《通俗文艺作家要求重视通俗文艺》,载《光明日报》第2856号,1957年5月18日。
② 以上引文出自贾俊学辑:《文联旧档案:老舍、张恨水、沈从文访问纪要》,载《新文学史料》,2012年第4期。
③ 贾俊学辑:《文联旧档案:老舍、张恨水、沈从文访问纪要》,载《新文学史料》,2012年第4期。

水的第一部著作《梁山伯与祝英台》问世后,被香港《大公报》连载,深受好评,影响很大。他又推出《白蛇传》《牛郎织女》《秋江》《孔雀东南飞》《孟姜女》等十种以上作品。谣言不攻而破。①

第三,文艺批评界对通俗文艺采取一概抹杀的态度,对一些作品是一棍子打死的。张友鸾的《神龛记》是为了配合政治运动而写作的,却挨了棍子。通俗文艺出版社编辑陈允豪说:去年《光明日报》发表了一篇评论李红先生(还珠楼主)作品的文章,把李红说得一无是处,东也不是,西也不是。他看了不大舒服,就写了一篇反驳的文章。文章写好后,中宣部看过,没提什么意见,送到出版局,一压就是几个月,《光明日报》及其他报刊都不肯发表。

由于对写作对象不熟悉,或者说对新思想新写法把握不准导致他们对创作充满困惑。② 张恨水写的以元朝故事为题材的章回小说有60余万字,由北京出版社出版。他自述自己政治水平差,不懂马列主义,怕写爱情多会被认为是黄色小说,故特请他大儿子给看看提提意见。后来他基本上不写什么东西,"写了也没人要,干脆就不写了"。③

程小青也对侦探小说到中华人民共和国成立初期还被称为黄色小说表示不满,他告诉大家侦探小说"也是文艺园地中的一朵花""有着使读者'不终篇,不肯释卷'的魅力""纯正的侦探小说总是在故事情节中包含着耐人寻味的有力的暗示——什么?为什么?怎么样?凭这些暗示,它吸引、启发和推动着读者的思维活动。由于天赋的求知欲的被激发,读者常常会给这些暗示所吸引住,进而欲罢不能地循着作品所指引的正确的思维轨道,步步进展,步步深入,最后终于以揭穿谜底、解决疑问而称快,同时也能在其分析推理的思考上得到一次训练"。简言之,侦探小说"通过调查求证、综合分析、剥茧抽蕉、千回百转的途径,细致地、踏实地、实事求是地、一步步拨开翳障,走向正鹄,终于找出答案,解决问题"。④ 言下之意,它是经过精心构架而非胡编乱造的。

他还将20世纪50年代中期文艺界翻译和创作的惊险小说与旧的侦

---

① 谢蔚明:《我了解的张恨水》,见《那些人那些事》,上海:远东出版社,2006年,第131页。
② "北京有许多写章回小说,向报纸副刊投稿的作者;有画老画、小人书的画家;有写剧本、旧曲艺的作者;这些人正感到'无路可走'、'不敢下笔'的深重苦闷。"见王亚平:《大众文艺工作的推进》,载《文艺报》,1949年第1卷第4期。
③ 贾俊学辑:《文联旧档案:老舍、张恨水、沈从文访问纪要》,载《新文学史料》,2012年第4期。
④ 以上见程小青:《从侦探小说说起》,载上海《文汇报》第3631号,1957年5月21日,第3版。

探小说相比,指出二者"在主题思想上有本质的不同,因为后者限于历史条件,主人公没有立场,只凭兴趣出发,而且有单枪匹马个人突出的缺陷。但是,从结构形式、科学因素上看,两者却相类似",惊险小说"紧张曲折、引人入胜的过程和诱导读者正确地从事思维活动的作用,也跟纯正的侦探小说没有差异"。因此,他建议"对于旧的纯正的侦探小说,包括翻译的和创作的,似也应以'取其精华,弃其糟粕'的尺度,来重新评价,并考虑重印重译或改写,因为这类小说在启发和诱导青年正确的思想方面,确有一定的辅助作用"。① 程小青这么说是有底气的,因为1949年以后,他又写过惊险小说四种,由上海文化出版社出版。第一种《大树村血案》一下子销售22万5千册,第二、三、四种亦各销售20万册左右。② 可见,他的小说很为读者认可。可惜事不如人愿,此文发表于1957年5月21日,但时隔不久,反右斗争开始,这种题材的小说重新受到冷落。程小青重印重译"旧的纯正的侦探小说"的建议亦不可能得到采纳。

  1960年代初,魏绍昌在编选《鸳鸯蝴蝶派研究资料》时找范烟桥和郑逸梅赐稿,两位慷慨应允,并撰写了不少珍贵的史料。1961年,范烟桥在《民国旧派小说史略》中谈到1933年林庚白在《孑楼随笔》中分析章回小说风靡至今的原因是中国"社会组织与经济关系"具有"封建社会性",读小说者十之七八具有"封建社会性",再加上以卖文为业者"不愿效忠于革新"而只追求营利。他认为这个说法有它的道理,但应该将批评范围限于某些小说。也就是"'旧派小说'在中国文学史上虽然是个不甚光彩的名词,但究其实际,亦不可一概而论。以作者论,固有高下之分;以小说论,亦有质量高低,内容正邪之别。而尤可注意者,是这种小说在数十年间所出版的数量,是惊人的"③,所以更应该有所分辨。郑逸梅在1961年写的《民国旧派文艺期刊丛话》中宣称自己对旧派文艺期刊一概不作任何肯定与否定之判断,只是客观地叙述史实,但行文中又明显表露出它们是"有社会现实性值得参考和借鉴",有掌故史料价值"足资研究和吸取"④的意思。这两位老报人在为通俗文学研究留下不可多得的史料的同时,也为它们说出了公道

---

① 以上见程小青:《从侦探小说说起》,载上海《文汇报》第3631号,1957年5月21日,第3版。
② 郑逸梅:《清末民初文坛轶事》,北京:中华书局,2005年,第263页。
③ 魏绍昌编:《鸳鸯蝴蝶派研究资料》上卷,上海:上海文艺出版社,1984年,第269~271页。据编者介绍,小说史略和期刊丛话是由范烟桥和郑逸梅根据各自的旧作改写或补充的,该卷曾于1962年由上海文艺出版社出版。
④ 魏绍昌编:《鸳鸯蝴蝶派研究资料》上卷,上海:上海文艺出版社,1984年,第364页。

话,这是非常可贵的。

三、为通俗文学争地位

1980年代以后,学术界重新审视通俗文学。张恨水1963年写的《我的创作和生活》也于1980年刊出(内部发行),他的《写作生涯回忆》在《新闻研究资料》1981年第1、2期上刊出,并于1982年由人民文学出版社出版。在《我的创作和生活》中,他自称"章回小说'匠',不敢称'家'",当年撰写的小说"没有其它的长处,就是不作淫声,也不作飞剑斩人头",虽然一部分书也曾风行一时,但经过时代的筛子一筛,值得今天读者再去翻阅的也许所剩不多了。"距离党要求文艺工作者,深入工农兵,写工农兵生活"太远了。他表示虽然"老骆驼固然赶不上飞机",但是自己"极愿作一个文艺界的老兵,达到沙漠彼岸草木茂盛的绿洲"。① 张恨水态度谦逊、叙述平和。而一向为通俗文学辩护的张友鸾则为他抱不平。张友鸾提出,现代文学史家对张恨水这样一位有影响的作家全都避而不谈,"视而不见,是文学史家的失职"。他将《金粉世家》与新文学作品相比,指出它"如果不是章回小说,而是用现代语法,它就是《家》;如果不是小说,而是写成戏剧,它就是《雷雨》",②以此表达通俗小说精品并不比新文学作品逊色的看法。此外,他充分肯定张恨水的作品是社会进步的催化剂,作为章回小说大师,张恨水应该在现代小说史上占据应有的位置,他坚信最公正最权威的裁判属于广大读者。

与冯友鸾敢于为通俗文学争地位不同,有的作家在谈及通俗文学时仍然要拿当年左翼作家的批评作一番检讨。比如,秦瘦鸥的《秋海棠》在上海沦陷时期被改编为电影、话剧,并创下了最高票房价值,但新文学界并不看好它。于是,秦瘦鸥借《秋海棠》再版为自己辩护。他虽然不否认《秋海棠》写的是姨太太、戏子和军阀,题材相当陈旧,但又指出"文艺是现实的镜子,现实中间既然曾经有过,并且至今还有这种人物,这种事实的存在,那么当

---

① 张恨水:《我的创作和生活》,见中国人民政治协商会议全国委员会文史资料研究委员会编:《文史资料选辑》第70辑,北京:中华书局出版,1980年,第150、180页。此文系张恨水应文史馆之约而写,文章约两万字,后经别人改过。虽然他对修改过的文章有不同意见,但因多种原因没有再动,交给文史馆打印成油印稿。原拟收入1963年的《文史资料》,后来因文化部开始进行社会主义教育运动而未能发行。见张明明:《回忆我的父亲张恨水》,天津:百花文艺出版社,1984年,第225页。

② 冯友鸾:《章回小说大家张恨水》,载《新文学史料》,1982年第1期。

然就不能限制镜子不把它们照出来。同时……文学所负的使命,除了教育民众,领导民众以外,也还有暴露丑恶和给予读者心灵上的陶冶的责任"。他还声明,《秋海棠》1941年在《申报》连载时,他就决定不让这部小说"跟时代离得太远",于是"在原有的主题以外,加上另一种专为激励并慰勉沦陷区同胞的意义进去。那就是把'秋海棠'写成整个中华民族性格的影子——拉不断斩不断的韧性"。① 但是后来他不断自我批评。1978年至1979年,某些地区有剧团频繁上演《秋海棠》并引发了一些讨论,使得秦瘦鸥"内心极感不安"。应《江苏戏曲》编辑邀请,他对这类传统剧目的上演发表了自己的看法。他表示小说与戏剧有若干可取之处:从内容来说,比较真实地反映了旧时代京剧艺人的处境,这也是中外封建社会、资本主义社会演员的共同命运。他回忆当年话剧在上海首次公演时梅兰芳先生看了触景生情,潸然泪下。认为这个戏曾经那样感动过受苦受难的老艺人,对比今天喝着蜜汁长大的新中国文艺工作者及其他青年,应该总能起到忆苦思甜的作用吧。从艺术手法看,戏也能造成一连串悬念,使观众为矛盾的展开和解决以及人物命运担心,能引起大家的思考和联想。当然,他并不希望这个戏能经常演,因为缺点"很严重"。首先,小说对造成秋海棠父女苦难的根源缺乏生动有力的勾勒;其次,男女主人公秋海棠和罗湘绮的精神境界都不高。他表示如果"希望他们不顾一切,能和周围的恶势力作殊死斗争是不现实的;他们也决不会想到有找寻组织,依靠群众那样的阳关大道,否则他们就将成为革命者了"。但作为青年京剧演员和女学生,他们的精神境界本来完全可以写得更昂扬一些、进步一些的。秋海棠在遭到军阀毒手后表现得那么悲观消沉、灰心丧气,是令人失望的。罗湘绮没有为解放自己作出努力,这使小说和戏曲大为减色。再次,"原想紧紧抓住的那个反封建主题也没能突出来,以致效果很不好",对军阀袁宝藩未能写出特别狞恶的嘴脸。② 到20世纪90年代再回顾这段经历时,他说自己"以诉说旧社会中京剧艺人所遭受的歧视、屈辱和迫害等种种不合理待遇为重点,写出了长篇小说《秋海棠》。……累计印数近一万册,并很快被搬上舞台,拍成电影,如果我硬说毫无影响,那未免近于矫情了。但今天来进行反思,就可以看出它主要是迎合了当年'孤岛'上一部分人民的心态,予他们以'借酒浇愁'的机会,有的甚至就在剧场里淌眼泪,求得一时的宣泄。而

---

① 秦瘦鸥:《秋海棠的移植》,《秋海棠》,上海:百新书店,1945年,第2~3页。
② 秦瘦鸥:《我也说几句话——关于〈秋海棠〉这个戏》,载《江苏戏曲》,1980年第10期。

当时历史所赋予作家的使命却首先是,主要是宣传爱国救亡人人有责的人道理,以期在持久战中终于获得全面的胜利。从这点来衡量,只能承认当年《秋海棠》所造成的影响是消极的,无益于国家民族的"①。

关于这部话剧,1981年柯灵回顾当年观看时曾经特别留意台下的反应:"满场的观众全神贯注地投向舞台,跟着剧中人情绪的变化,时而叹喟,时而拭泪,时而惋惜,啧啧有声,时而屏息凝神,池座中寂静如太古,时而如疾风席卷草原,爆发出笑声与掌声。"②他赞扬该剧动人的情节、人物的命运紧紧地抓住了观众,引起了他们的关注和同情。它的功绩是把话剧观众的领域扩大到小市民和家庭妇女中间。

两相比较,秦瘦鸥20世纪90年代仍如此小心翼翼地自我否定,确实让人感觉批评已经让通俗文学作家成为"惊弓之鸟"了。

---

① 秦瘦鸥:《上海"孤岛"时期文学回顾》,载《解放日报》,1993年1月17日。见彭放等主编:《中国沦陷区文学研究》,哈尔滨:黑龙江人民出版社,2007年,第861页。
② 柯灵:《"衣带渐宽终不悔"——上海沦陷期间戏剧文学管窥》,《柯灵六十年文选》,上海:上海文艺出版社,1993年,第1261页。(注:该文写于1981年。)

第九章 现代作家回望通俗文学(1977年以后)

第一节 通俗文学作家在翻译方面的贡献

一、周瘦鹃的译作很受重视

在通俗文学作家的译作中,最有名的莫过于周瘦鹃的《欧美名家短篇小说丛刊》。早在1917年,教育部通俗教育研究会审核小说的报告就给了它很高的评价:"凡欧美四十七家著作,国别计十有四,其中意、西、瑞典、荷兰、塞尔维亚,在中国皆属创建。所选亦多佳作。又每一篇著者名氏,并附小像略传。用心颇为恳挚,不仅志在愉悦俗人之耳目,足为近来译事之光。"①后来,周作人于1956年10月5日在上海《文汇报》的"笔会"专栏上发表署名"周遐寿"的文章《鲁迅与清末文坛》,谈及鲁迅"对其时上海文坛的不重视乃是事实,虽然个别也有例外,有如周瘦鹃,便相当尊重,因为所译'欧美小说丛刊'(注:指的是《欧美名家短篇小说丛刊》)三册中,有一册是专收美英法以外各国的作品的。这书在1917年出版,由中华书局送呈教育部审查注册,发到鲁迅手里去审查,他看了大为惊异,认为'空谷足音',带回会馆来,同我会拟了一条称赞的评语,用部的名义发表了出去"。周作人评价:"这在当时的确是不容易的事了。"②

周瘦鹃的译著朱自清也十分看重。1929年春,他在清华大学开设"中国新文学研究",在勾勒新文学运动十多年间的发展轮廓时是把"礼拜六派"包括在其中的。其讲义《中国新文学研究纲要》第一章提纲"背景"中列有"礼拜六派",包括包天笑与周瘦鹃的翻译以及《欧美名家短篇小说丛刊》,足见他对礼拜六派翻译的重视。③ 据徐铸成回忆,20世纪60年代初,

---

① 《欧美名家短篇小说丛刊》,载《教育公报》,1917年第4年第15期。
② 周遐寿(周作人):《鲁迅与清末文坛》,载上海《文汇报》第3408号,1956年10月5日,第3版。
③ 朱自清:《中国新文学研究纲要》,《文艺论丛》第14册,上海:上海文艺出版社,1982年,第2,45~46页。

他考察出版史料,知道周瘦鹃不仅长于写小品,翻译过大量欧美小说,还曾翻译过马克思的短文,是我国最早介绍马、恩著作的译者之一,不禁肃然起敬。①

关于周瘦鹃的翻译,他自己谈到是在1950年上海《亦报》上发表的两篇文章中得知鲁迅对他译作的重视,那篇署名"鹤生"的文章说:"鲁迅原来很希望他继续译下去,给新文学增加些力量,不知怎的,后来周君不再有译作出来了。"周表示,其实在那以后的二十年间,除了创作和编辑书报,他一直在做翻译各国名家短篇小说的工作。例如抗战胜利翌年,大东书局出版的《世界名家短篇小说集》中有三十个国家的八十篇作品,其中苏联的有十篇,其他如德国、波兰、匈牙利、捷克等国家都有。② 在该文中,周瘦鹃对鲁迅的褒扬表达了无比感激之情。

当然,对通俗文学作家的译作也有一些贬义的评价。1930年代,有作者称清末有大量译本出现,可惜除了林琴南翻译的一部分外,"全都是些不入流的'流行小说',或侦探,或社会,或言情,译者们的劳力是等于白糟蹋掉"③。钱杏邨虽然说包天笑翻译的教育小说如《馨儿就学记》《爱的教育》),科学故事如《千年后之世界》值得注意,但对当时大批翻译侦探小说颇不以为然,称其为"歧途"④。这显然是因为把这类书看成毫无价值的闲书所致。

二、促进了近代文学的变革与发展

到1990年代,对通俗文学作家翻译文学的评价更趋于学术化。施蛰存是著名的翻译家,1990年,他主持编选的近代翻译文学大系出版。他在大量的阅读中对通俗文学作家有了新认识,概括起来有以下几点:首先,他们翻译的小说常常采用传统的题序,对读者理解作品十分有益。1890年到1919年是中国文化史上第二次翻译高潮。当时翻译纯文学的小说名著较少,通俗文学较多。在通俗文学方面,更明显可见翻译介绍的热度与敏感。外国小说的读者群"除一部分略知外国情况的知识分子以外,大多数是趋向变法维新的一般士民。他们爱看外国小说,一半是为了猎奇,一半

---

① 徐铸成:《旧闻杂忆》(修订版),北京:生活·读书·新知三联书店,2009年,第130页。
② 周瘦鹃:《永恒的知己之感——追念我所敬爱的鲁迅先生》,载上海《文汇报》第3416号,1956年10月13日,第3版。
③ 远:《译书与读者》,载《文学》第4卷第3号,1933年3月1日。
④ 阿英:《晚清小说史》,《阿英全集》第8卷,合肥:安徽教育出版社,2003年,第198页。

是为了扩大视野,认识世界。但是他们的文化水平还低,理解力还浅,就是所谓'民智未开'。翻译小说卷前的译者序文,对这一类读者大有启发作用。在那个时期,这是有意义、有必要的。五四运动以后,新一代的文艺工作者,并不重视这种传统的文学批评方式。批点,绝迹了;题序,侧重在介绍原作者的生平及著作。他们对前代的旧式文学批评,不屑注意,甚至贬为迂谈腐论,而不能以历史的观点去做公允的评价"。①施蛰存特别提出传统的批评方式适合读者的阅读水平,有助于读者把握小说的主旨,对西方文学的引进与传播大有裨益。

其次,通俗文学作家以白话文翻译小说,对促使白话文语法结构的统一起了重要作用。传统的章回小说虽然多数是用白话文写的,但是它们有的白话夹杂着文言,有的是宋元白话,有的是酸秀才的白话,缺乏一致性,并且"是一种书本白话,而不是口头日用的白话。外国文学的白话文译本,愈出愈多,译手也日渐在扩大,据以迻述的原本有各种不同的语文,在潜移默化之间,产生了一种新的白话文。它没有译者的方言乡音影响,语法结构和辞气有一些外国语迹象。译手虽然各有自己的语文风格,但从总体来看,它已不是传统小说所使用的白话文。它有时代性,有统一性,有普遍性。当时的文艺创作家,即我们新文学史上所轻蔑的'鸳鸯蝴蝶派',他们所使用的,就是这一种白话文。特别是几位既是翻译家,又是创作家,如包天笑等人,他们的译文和他们的创作,文体是一致的。这一种白话文体的转变,是悄悄地进行的"②。这是作者在编选翻译文学大系时,阅读了大量译本之后自然生成的感觉。由此,他得出这样的结论:早期的外国文学译本,对当时创作界的文学语言也起过显著的影响。

再次,白话翻译的小说深入文言小说达不到的读者层面。林纾用古文翻译的《茶花女》《黑奴吁天录》流行于知识分子中,而阅读古文小说有困难的小职员、小市民只有向隅而叹,白话翻译则解决了这个问题,让小说拥有更大读者群。

正是认识到通俗文学作家的贡献,施蛰存在《翻译文学集》第一卷编选说明中专门介绍了几位主要的翻译者。如:德国文学名著《大除夕》的译者徐卓呆是一位幽默作家,他来译这本书可谓得心应手。施蛰存还介绍了周瘦鹃选译的《欧美名家短篇小说丛刊》关注小国文学,所以集中选用的译文较多。

---

① 施蛰存:《〈近代文学大系·翻译文学卷1〉导言》,上海:上海书店,1990年,第19页。
② 施蛰存:《〈近代文学大系·翻译文学卷1〉导言》,上海:上海书店,1990年,第25页。

《翻译文学集》一共三卷,第二卷选的都是通俗小说。科幻小说、推理小说、侦探小说、神怪小说均在编选范围之内。施蛰存在该卷编选说明中写道:文学作品无论通俗不通俗,能经受时间、时代考验者必非庸劣之作。他认为自己所选各篇的作者文学地位虽有高低,但都为上乘之作。可见,施蛰存不因人废文,在他眼里,普通作家也有好作品,也能给广大读者带来收益。

1991年,吴组缃等人撰文肯定通俗文学作家的创作丰富了中国小说的品种,如侦探小说、科学小说是中国旧小说没有的,程小青的《霍桑探案》便是模仿英国的柯南道尔创造出的一个中国福尔摩斯形象。而且,受域外小说创作、美学思想和文学理论的引导,通俗小说的表现形式、手法和审美角度在不断发生变化,旧有的章回体已被打破。第一人称、倒叙手法、心理描写、景物描写、象征手法常被作者采用,艺术形象的塑造合乎"理想美学""感情美学"。①

正因为有翻译的域外小说可供借鉴,近代出现的大量短篇小说,如鲁迅的《怀旧》、叶圣陶的《穷愁》、周瘦鹃的《真假爱情》、恽铁樵的《工人小史》等篇,"不论取材、构思、手法、语言,与旧的文言短篇小说很不一样了。这并不是域外小说的移植,而是取法于域外小说的缘故"。②

介绍外国文学是众多翻译家合力作用的结果。吴组缃认为,严复、林纾是运用古文翻译西方著作的代表。周桂笙是最早用白话文从事翻译的,徐念慈重视保持原著的风貌,故采取直译的方式,他们二人是开辟翻译新途径的前驱。同时,他还将周瘦鹃、包天笑、徐卓呆与王韬、马君武、吴梼、伍光建、鲁迅、胡适、刘半农、陈鸿璧、陈冷血等人并列,称他们"都曾为翻译外国文学尽了各自的力量,取得了令人瞩目的成绩"。"现在看来,不少译作,或作品选择不严,或译文有欠准确,或任意删节原文,或未脱离文言笔调,但它扩大了作家创作的参照系,为摧毁文学旧垒提供了取法途径,为促进中国近代文学的变革发展,起了推动和催化剂的作用。"③这样的评价是客观的。

---

① 吴组缃、季镇淮、陈则光:《向"五四"新文学过渡的中国现代文学》,载《中国文学研究》,1991年第1期。

② 吴组缃、季镇淮、陈则光:《向"五四"新文学过渡的中国现代文学》,载《中国文学研究》,1991年第1期。

③ 吴组缃、季镇淮、陈则光:《向"五四"新文学过渡的中国现代文学》,载《中国文学研究》,1991年第1期。

第二节　电影艺术家看通俗文学

一、社会小说提供了丰富的历史知识

电影是最通俗、最有群众性的艺术,它要求广泛表现社会生活,而章回体社会小说对市民社会的描写也是全方位、多层次的,比如人物、历史、世情、民俗无不涉及,为人们了解当时社会的政治、经济、文化起了重要参考作用。所以,夏衍经常要求电影改编者多读读旧的章回小说。

1959年7月11日至28日,文化部在北京召开故事片厂长会议,全面总结和检查1958年以后电影制片生产中存在的问题。在会上,夏衍提出,电影要提高艺术质量必须视野广阔,题材多样。接着,他发表了一些他自称不合时宜的"谬论",比如:为迎接辛亥革命六十周年纪念,需要拍几部影片,于是夏衍建议:改编描写辛亥前后历史的《广陵潮》,不仅可以搞一部,而且可以搞几部,这些题材是很有意义的,可以增加人们的历史知识。他希望大家找一些旧章回小说看看,里面可供拍电影的题材故事很多。现在电影总是老一套的"革命经"和"战争道",离开了这一"经"一"道"就没有东西,这是搞不出新品种的。[①]

作为一个电影艺术家,夏衍深知知识广博对创作优秀剧本的重要性,他指出,现代题材固然应占主导地位,但并不能排斥历史题材,特别是新民主主义革命题材。后者只能靠间接体验,即通过读书、学习来掌握大量资料。他说:在作家队伍中除了郭沫若、茅盾、巴金、叶圣陶等为数不多的前辈外,历史题材方面的知识,包括自己这样的"五四"时代的新文艺工作者也相当贫乏。他举了一个例子:五十年代他曾建议电影厂写一部以李时珍为题材的电影剧本,可是问遍电影厂的编剧,没有一个愿意承担这个任务。好容易找到一位老新闻记者张慧剑(注:张慧剑与张友鸾、张恨水均为安徽人,在重庆《新民报》不同副刊当主编,被称为《新民报》"三张"),才写了《李时珍》这部电影剧本,并拍成了这部影片。在六十年代初,他又建议写一部以宋代大科学家沈括为题材的影片,竟然许多人连这个名字也不知道。其实,写这些人物并不是厚古薄今,而只是为了古为今用,唤起民族自豪感。

[①] 夏衍:《在1959年故事片厂长会议上的讲话》,见陈坚编、夏衍著:《影评与剧论》,杭州:浙江大学出版社,2009年,第259页。

通过这类事情,他感到一个突出问题,就是一些青年作家对清末民初、五四前后,甚至抗战前后的题材也知之不多。知识的缺乏是写作历史题材的一个很大的障碍。所以,他建议除了多读马克思主义经典著作和中外历史外,还要读一点清末民初小说、笔记,读一点五四前后的代表作品,等等。①这不能不说是一个艺术家的经验之谈。

二、为早期国产电影作出了贡献

1980年代,夏衍在谈到中国电影的产生与发展时,称1905年到1931年是中国电影的拓荒期。起初,西方电影在中国电影市场占据绝对优势,经过电影先辈的努力,中国电影逐渐取得立足之地。到1925年以后,电影经历了家庭伦理片、社会言情片、神怪武侠片等类型片创作热潮的起伏。其中,"神怪武侠片将中国武术、中国戏曲中的武打及电影中的特技巧妙地融于一体,以中国传统道德中'侠义精神'为主,一度蜂拥而起,甚至泛滥成灾,虽以粗制滥造者为多,但也使后来发展成中国特有的'功夫片'得具雏形。拓荒时期的中国电影带有浓厚的纯娱乐性及纯商业性,多以迎合城市市民观众趣味以保证票房收入。虽然呈现出混乱、起落沉浮、变幻不定的局面。然而,中国电影拓荒者的功绩还是不容抹煞的。是他们坚持不懈的奋斗,使得电影这门新生的外来艺术,在古老的中国扎下了根、站住了脚,在被外国电影垄断的中国电影市场上争出了一席之地,使中国民族电影成为中国都市人民文化生活的一部分,也为中国民族电影事业的进一步发展提供了物质方面、人才方面、舆论方面的初步基础"。② 这拓荒者是包括通俗作家在内的。民国时期大多数电影的底本来自通俗小说,很多作家除了写小说,还从事编剧和影评工作,他们对早期中国电影是有贡献的。

比较而言,1980年代初,柯灵仍对通俗作家的成绩持保留态度。他说:早期的国产影片常常以通俗小说为脚本,包天笑、周瘦鹃、严独鹤、徐卓呆(徐半梅)、程小青等都编过剧本,许多代表作如徐枕亚的《玉梨魂》、平江不肖生的《江湖奇侠传》、顾明道的《荒江女侠》都搬上了银幕。从1927年

---

① 夏衍:《生活·知识·技巧——在中国文联全委会扩大会议上的发言》,载《上海文艺》,1978年第1期。
② 夏衍:《为提高影片质量而奋斗——在电影局召开的创作人员影片观摩学习会上的讲话》,载《电影通讯》,1981年第20期。

到1931年,"银幕上乌烟瘴气,逐步达到顶点"。① 武侠片风起云涌,从小说《江湖奇侠传》取材的《火烧红莲寺》连续拍了十八集,《荒江女侠》十一集,《关东大侠》十集,以"火烧""侠""盗"命名的影片不可胜数。它们带给电影的主要影响是思想上的庸俗化、创作方法上的反现实主义。作品大部分可用当时习用的标签归类,如滑稽、爱情(艳情、哀情、奇情)、伦理、警世、武侠、神怪、侦探,等等,可谓"千人一面,千部一腔"。

当然,柯灵也看到,后期的通俗作家也在不断地变化,以适应其本身存在的需要。通俗作家和新剧界人士也是"熏莸异气,并非都是《礼拜六》式的玩亵文字,游戏人生"。上述几位作家有的也写过一些"立意善良、受观众喜爱的作品"。早期国产电影不容一笔抹煞,但就总体而言,"鸳鸯蝴蝶气和文明气、封建文艺的流风余韵,是笼罩银幕的主要倾向,和新文化主流泾渭异途,却是一个分明的历史事实"。②

柯灵对通俗作家评价低的原因在于仍以思想性和现实主义风格作为标准,在他看来,思想性是"巨大的历史感觉,广阔的眼界识力,观察生活的深刻性,寻绎真理的敏锐性"③,是否具有这样的素质是艺术家成败的关键。他将左翼电影与早期国产电影相比,称20世纪30年代电影发生了很大变化,鲜明的标志是"社会责任感觉醒了,银幕上表现出强烈的现实感"④,这主要是时代的召唤和左翼电影的推动。柯灵认为,现实主义是"五四"新文学的优秀传统,以夏衍等左翼作家为代表的新兴艺术作品扭转了整个电影界的创作风气,开辟了一个新的时代,这是现实主义的胜利。柯灵把现实主义的创作方法当作先进思想的表现,对神怪武侠的评价自然不会高。

后来,柯灵为中国早期电影、上海抗战时期的文学、戏剧、新闻工作鸣不平,认为应该把属于它们的价值还给它们。他说,自抗战胜利以来,以政治划线,排斥一切,中国早期电影被全盘否定,上海抗战期间的文艺新闻界

---

① 柯灵:《试为"五四"与电影画一轮廓——电影回顾录》,《柯灵杂文集》,北京:生活·读书·新知三联书店,1984年,第730页。(注:该文写于1983年8月。)

② 柯灵:《试为"五四"与电影画一轮廓——电影回顾录》,《柯灵杂文集》,北京:生活·读书·新知三联书店,1984年,第724~725页。

③ 柯灵:《思想是艺术的灵魂——参加"中国电影回顾"的感想》,《柯灵杂文集》,北京:生活·读书·新知出版社,1984年,第1295页。(注:该文写于1983年。)

④ 柯灵:《和香港记者谈心——答〈大公报〉〈新晚报〉记者问(摘要)》,《柯灵杂文集》,北京:生活·读书·新知出版社,1984年,第1312页。(注:该文写于1984年。)

所经历的曲折、艰险的斗争史实更被一笔抹煞。那些从大后方及革命根据地来的"济济多士"颇有人以抗战英雄和解放者自居,他们隔岸观火,视沦陷区人民为苟且偷生,不是汉奸,就是顺民,因此那些史料被扔入历史垃圾堆,无人过问。柯灵对此很有意见,他曾为孤岛文学踏不进中国现代文学史的门槛感慨不已,说:"孤岛文学是用鲜血和热泪灌溉起来的,它是抗战文学的一枝,却又有自己鲜明的特点,短兵相接,血肉淋漓的斗争,激起中华民族爱国主义和抗暴精神的高度升华,无论从文学角度看,从历史角度看,这都不是无足轻重的事情。"[①] 通俗文学作家为早期电影事业作过贡献,孤岛时期通俗刊物除了刊载通俗文学,还吸纳了大量新文学作品。柯灵曾接编过《万象》期刊,他的呼吁也应该是为包括通俗作家在内的作者争地位,他们理应得到合理的评价。

第三节 编辑记者视角下的通俗报刊编辑

一、报刊编排的好手

20世纪50年代,大陆评论界对通俗文学一片指责声,然而著名记者曹聚仁在香港出版的两本著作《文坛三忆》和《文坛五十年》却给了它较为合理的评价。而后到20世纪八九十年代,一些曾经与通俗期刊编辑有过交往的作家才先后撰文表示感念之情。

曹聚仁在1935年批评过《江湖奇侠传》"人物脆弱得可笑""以浅薄思想为中心",武功修炼描写"荒唐",[②] 但并非对通俗文学作家都拒之不理。他与《社会日报》(该报创刊于1930年)的主要编辑和创办人之一的陈灵犀关系密切,同时也是该报的主要供稿人之一。在《文坛三忆》中他设专章介绍《社会日报》,称赞陈灵犀为"最有耐性的人,编稿写稿,细密而有条理,也可以说是编辑中的好手"。[③] 解放以后的上海小型报,如《亦报》走的是《社会日报》的老路,集合了若干副刊作者的好手来编写,时有佳作可以讽诵的,陈灵犀也是这两种报纸的长期写稿人。

不仅在写作上有才能,通俗报刊编辑在报刊编排上亦很有特点。比

---

① 姚芳藻:《柯灵传》,上海:上海教育出版社,2001年,第412页。
② 曹聚仁:《江湖奇侠传》,载《通俗文化》第2卷第3号,1935年8月12日。
③ 曹聚仁:《文坛三忆》,北京:生活·读书·新知三联书店,1999年,第142页。

如,姚苏凤的编排法给人印象十分深刻。据冯亦代回忆,他 1938 年在香港,经由徐迟引见认识了姚苏凤。他说:"要认识姚苏凤是我的夙愿。早在我还是个大学生时,便每天阅读他主编的《星报》。我对这张报颇有好感,因为报纸编排的内容,十分吸引人。"冯亦代新闻工作的学徒生涯就是在姚苏凤的指导下开始的,他感激地说:"说真的,如果我至今对于报刊的编排有些知识的话,那全是苏凤耐心教给我的,我也一直视他为师友。"①

舒湮曾是姚苏凤主编的《晨报·每日电影》的主要撰稿人之一。他称赞姚苏凤有"一手独特灵活的划版风格,脍炙人口的时称'姚式编排方法'"②。这种编排法也为袁鹰所称道:"苏凤先生不仅是我作为副刊编辑的前辈,我从 40 年代到 60 年代编副刊,基本上都是沿用'姚式版式';他也是我踏进新闻界遇到的第一位总编辑。"③可起初,朋友怂恿袁鹰进《世界晨报》,他却犹豫不决,其中一个重要原因就是对上海的小型报印象不好,其格调低下者被称为黄色小报。但接触后,袁鹰感觉姚苏凤不同,他"从 30 年代编《晨报》《小晨报》《辛报》起,就是编副刊的能手。他编的《世界晨报》二三版,显示了新的时代风格,不刊载连载的章回小说,却以大部分篇幅登散文、随笔、小品和电影、戏剧、图书评介",加上他独特的编排版式,显得"高雅清新,不同凡俗"。④ 他写过不少散文随笔、时事政论、影剧评论、新旧体诗,还创作和翻译过小说和话剧,当过电影编剧和导演。作为编辑,他"非常善于做标题,无论是新闻、特写或文章,他都能想出传神而有韵味的标题"。⑤ 有天晚上,他偶然来报馆小坐,看到桌上有条待用的新闻稿,报道沈阳天气骤寒,便兴到笔落,随手拟了个标题:沈阳寒势势。不仅点出新闻内容,也暗示当时国民党军队正集中沈阳准备大举进攻东北解放区的严峻局势,而且用上海话入标题,更有地方特色。有人认为他应属"鸳鸯蝴蝶派",袁鹰认为他虽然"来自苏州文苑,却已受到新文化艺术的熏陶,尤其经过抗战烽火的洗礼,到编《世界晨报》副刊时,早已摒除丝竹,洗尽'半是脂痕半泪痕'的'鸳蝴'文风了"。⑥

小报常讲趣味,著名小报《晶报》也是如此。文学研究会作家屡屡批评

---

① 冯亦代:《记姚苏凤》,《冯亦代》,苏州:古吴轩出版社,2004 年,第 44 页。
② 舒湮:《悼怀老报人姚苏凤》,载《世纪》,1994 年 11 月 15 日。
③ 袁鹰:《忆姚苏凤先生——我遇到的第一位报纸总编辑》,载《新闻战线》,1988 年第 10 期。
④ 袁鹰:《忆姚苏凤先生——我遇到的第一位报纸总编辑》,载《新闻战线》,1988 年第 10 期。
⑤ 袁鹰:《忆姚苏凤先生——我遇到的第一位报纸总编辑》,载《新闻战线》,1988 年第 10 期。
⑥ 袁鹰:《忆姚苏凤先生——我遇到的第一位报纸总编辑》,载《新闻战线》,1988 年第 10 期。

它以消闲为主,很是无聊,但徐铸成对它的印象是编得小巧玲珑,五花八门。他自己记忆中每期前面有一篇署名"丹翁"的短文,颇为隽永,耐人寻味。① 曹聚仁也对之有很好的印象,谈起二十年前的往事,"还记得从上海《民国日报》社的破旧楼梯下来,走过《神州日报》社的黑墙头,总把那份张贴着的《晶报》细细看了一遍,那是张丹斧、马二先生(冯叔鸾)、袁寒云的天地。中国早期的小报,他们于才子佳人以外,夹点诙谐讽刺的情调,会心微笑,让我懂得一点理学气氛中所没有的风趣"②。

二、富有阅历与才华的文人

在这些编辑眼里,通俗小说的创作并不都是随意为之,而是很艰辛的,它需要长期积累。比如:"被新文艺作家瞧不起的章回小说。无论它的题材是一般社会的,或是娼妓生活,甚至恋爱故事,这期间都是作家日积月叠的经验阅历所汇,没有实生活的体验,是写不出这样洋洋四五十万言的东西的。所以,如果你对于这个作家的生活清楚些,老实说在他写出来的一部小说中间,都可以找出每个影射者的真姓名和每一段故事的真史实来。这看似容易,而实际上不是初出茅庐未曾饱经世故的人所能随便写的出来的。"③

为大众喜爱的弹词也是这样,"这类文字难于运用熟语,使之与一般人发生亲切感;要纯熟而不生硬,并不容易"。曹聚仁感慨"我们提倡大众语,闹得一天星斗,可是我们的文字,也还是不能大众化呢"!④

施蛰存对通俗文学作家、报人亦相当认可。他是著名的《现代》杂志主编,青年时代与之关系密切。后来,经过几十年的聚散离合,1960年,与著名报人郑逸梅逐渐恢复星社时期建立的交往。1974年,施蛰存提出郑逸梅的著作是当代的《世说新语》。恰逢逸梅八十寿辰,施蛰存赋诗一首表示祝贺。其中有云:

> 君于翰墨有独嗜,搜罗文献常拳拳。
> 百年掌故了如指,耆旧风流舌粲莲。

---

① 徐铸成:《报海旧闻》,上海:上海人民出版社,1981年,第58~59页。
② 曹聚仁:《文坛五十年·引言》,上海:东方出版中心,1997年,第3页。
③ 张静庐:《在出版界二十年》,上海:上海书店,1984年(注:为上海杂志公司1938年版复印本),第45页。
④ 曹聚仁:《文坛三忆》,北京:生活·读书·新知三联书店,1999年,第143~144页。

>　　短书小记亦《世说》，时人不识刘临川。

　　郑逸梅的文章大多报道文人、学者、艺术家的逸闻轶事，因此，他自称"旧闻记者"；又因为办报常遇到版面空白，于是写一两条短文填补空白，所以人称"补白大王"。逸梅侧重记事，《世说新语》侧重记言，二者本质是相同的。时人轻视他的补白文字，无异于不认识刘义庆的《世说新语》。①《世说新语》是南北朝的重要作品，是记录魏晋名士轶闻、隽语的笔记小说。阅读它，可以了解那个时代文人的风尚，它的艺术性也很高，鲁迅称它："记言则玄远冷俊，记行则高简瑰奇。"②施蛰存将《逸梅选集》与《世说新语》相提并论，无疑是对其文学价值、文史资料价值的充分肯定。

　　至于通俗报纸的价值，好的小报能起到"指导读者，使了解上海的社会"③的作用。1930年代，曹聚仁负责撰写《社会日报》的社论，先后在上面发表二百多篇文章。该报销行的数字到过二万五千份记录。而"它的社论，有一时也曾倾动东南""以小型报而能取得《大公报》的舆论地位，这就可以自豪了"。④

　　而通俗期刊的价值，早在1930年代，张静庐就有评价。他说："随着《游戏杂志》而风起的同样刊物，有天虚我生主编的《女子世界》，许啸天主编的《眉语》，李定夷主编的《小说新报》，徐枕亚主编的《小说丛报》。在这许多杂志中虽然有低级趣味的，也有相当价值的。我们如果不是站在今日的立场来批评昨日，那么，我敢说文明书局先后出版的姚鹓雏先生主编的《春声》，和包天笑先生主编的《小说大观》，确是这时代的'鸡群之鹤'。而尤其是《春声》月刊，拥有南社许多诗人和文艺作家，足以傲视一切的。"⑤

　　施蛰存在回忆文章中曾多次提到通俗旧期刊，他认为，由恽铁樵主编的《小说月报》是上海最大的文学月刊，在旧文学队伍中品味算是高级的，而王钝根主编的《礼拜六》则是一个大众化的文学周刊。在沈雁冰接编《小说月报》《礼拜六》停刊后，其他一些旧文学刊物也逐渐有所改革，至少在文体上都在努力向新文学靠拢。

　　潘伯鹰在为杨世骥的《文苑谈往》作序时说，虽然通俗小说文字不甚精

---

① 施蛰存：《〈逸梅选集〉序》，《文艺百话》，上海：华东师范大学出版社，1994年，第353页。
② 鲁迅：《中国小说史略》，《鲁迅全集》第8卷，北京：人民文学出版社，1957年，第47~48页。
③ 曹聚仁：《乌鸦的自白》，载《社会日报》，1933年6月9日。
④ 曹聚仁：《文坛三忆》，北京：生活·读书·新知三联书店，1999年，第142页。
⑤ 张静庐：《在出版界二十年》，上海：上海书店，1984年，第35~36页。

美,但"晚清许多新思潮新运动,都由通俗小说传播,同时,许多恶劣的社会现象,也只有这些小说反映得最翔实,要想真切的看到那时代,应该看一些这类的书"。①

20世纪50年代,在肯定通俗作家的同时,曹聚仁也不讳言从整体上看,新文化运动是长江后浪推前浪,周瘦鹃的《自由谈》变成了黎烈文的《自由谈》,严独鹤的《新园林》又添上了小记者(严谔声)的《茶话》,这就不是一场平常的变动了。新文学运动毕竟奠定了基础,无论小说、诗歌、戏曲都转了方向,这是中国文化史上最重要的一页。② 从而点出了推陈出新的重要性。

曹聚仁在文坛回忆中设专章介绍陈灵犀,冯亦代多次在文章中提到姚苏凤,这些与通俗作家共过事、有过交往的报人饱含情感的叙述,为我们还原了有理性、有感情、有风范、有才华的真实且生动的通俗作家形象,与文学研究会批评给我们留下的卑琐、无聊的文人印象完全不同。

对小报文人遭受的不公,一些编辑也表示了同情。冯亦代回想起夏衍在新中国成立后为了解决小报文人的生活问题,办了《大报》和《亦报》③,"为此受到极左派张春桥一伙人的多次批评。在那些极左派的眼中,小报文人是敌对阶级,命定要饿死的,这使我心中愤愤不平"④。

三、"精进不已"的张恨水

陈铭德、邓季惺为《新民报》的创始人。该报为民营报纸,在中国舆论界有一定地位。1980年代,他们撰文回忆《新民报》二十年的坎坷经历。当时,陈铭德和张友鸾约请张恨水担任复刊后的《新民报》主笔,二张为该报的骨干,报纸为了在国民党统治下发展与生存,需要制定左右逢源的办刊方针。因此,报社的负责人和业务骨干凑在一起,拟了一个八字方针:"中间偏左,遇礁即避"。即,"居国共两党之中,而偏向共产党;遇到国民党

---

① 杨世骥:《文苑谈往》,北京:中华书局,1946年,第2页。
② 曹聚仁:《文坛五十年》,上海:东方出版中心,1997年,第4页。
③ 注:《大报》由冯亦代、李之华、陈蝶衣、吴崇文编辑,自1949年7月7日创刊至1952年1月31日停刊;《亦报》由龚之方、唐大郎编辑,自1949年7月25日创刊至1952年11月20日停刊。《大报》停刊后,人员并入《亦报》,10个月后《亦报》亦告停刊,两报部分人员并入《新民报》。周作人在两报上共发表了700多篇随笔。
④ 冯亦代:《冯亦代》,苏州:古吴轩出版社,2004年,第172页。

高压时,又要暂时退避"。这就是所谓"超党派""超政治""纯国民"的口号,①也因此受到了共产党领导人的关注。

1942年秋,周恩来在重庆与《新民报》几个编采负责人见面,他分析了国内外政治、军事形势,指出抗战必胜的前景,并阐明了共产党的统一战线政策。他风趣地对张恨水说:"同反动派作斗争,可以从正面斗,也可以从侧面斗。我觉得用小说体裁揭露黑暗势力,就是一个好办法,也不会弄到'开天窗'。恨水先生写的《八十一梦》(注:小说于1939年12月1日至1941年4月25日在《新民报》连载),不是就起了一定作用吗?"②1945年,毛泽东到重庆,在一次各界人士相聚的盛会上,把延安带来的土特产赠给张恨水,称延安翻印过他的《五子登科》等著作,但是延安没有版税制度,这些土特产只是聊表心意。当时重庆报纸作了报道。③

由于张恨水的贡献,在他五十寿辰、创作生涯三十年之时,重庆《新民报》《新民报晚刊》等报纸举办特刊,不少报人、作家发文纪念。其中,重庆《新民报》主笔罗承烈在《我所认识的恨老》中说:"恨水先生也有时高谈政治,但他对政治并无兴趣,所以他从无主义思想的任何偏见。在他抨击罪恶,指摘社会黑幕,讽刺贪官污吏奸商的时候,泼辣而偏激,仿佛他太左倾了。但其引证历史,发抒正气,讥斥淫乱,不落凡响,又似乎近于卫道之士。这一切都不外反映出他是个充分富有正义感和同情心的人。此乃由于平昔受中国固有道德的陶冶、多读线装书的润育,所以才能成功这样一个不激不随、新旧兼备的思想,愤世嫉俗、守正不阿的态度。"④

在抗战方面,张恨水早就大踏步走入抗战的阵营,为正义与自由呐喊。⑤ 1938年1月15日,时任重庆《新民报》副刊《最后关头》主编的张恨水在题为《这一关》的发刊词中介绍取这个刊名的涵义在于充分呐喊,以争取胜利。

> 关这个字,在中国文字里,已够严重。关上再加最后两个字,这严重性是无待词费了。

---

① 陈铭德、邓季惺:《〈新民报〉二十年》,见陈铭德、邓季惺等著:《〈新民报〉春秋》,重庆:重庆出版社,1987年,第37页。
② 陈铭德、邓季惺:《周总理在重庆和我们的几次见面》,见陈铭德、邓季惺等著:《〈新民报〉春秋》,重庆:重庆出版社,1987年,第115页。
③ 谢蔚明:《我了解的张恨水》,《那些人那些事》,上海:远东出版社,2006年,第131页。
④ 罗承烈:《我所认识的恨老》,载重庆《新民报》,1944年5月16日。
⑤ 《张恨水避寿南泉》,载重庆《新民报晚刊》,1944年5月16日。

最后一语,最后一步,最后一举……这一些最后,表示着人生就是这一下子。那暗示着绝对的只有成功,不许失败。事情不许失败了,那还有什么考虑,我们只有绝大的努力,去完成这一举,所以这副刊的命名,有充分呐喊的意味包涵在内。

……

在许多条件之下,不容我不作最后一回的努力。所以我就毅然的答应了在这最后关头上来作一个守卒。任务,自然是呐喊!

这呐喊的声里,那意味绝对是热烈的,雄壮的,愤慨的。决不许有一些消极意味。……我们呐喊。现在就开始。

短短的发刊词,数次提到"呐喊"这两个字,可见张恨水以笔为弓、助力抗战的决心。对那些无关抗战的来稿,他则明确表示拒绝。在1938年1月26日刊发编者《白事》:"蒙在渝文彦,日以诗章见赐,无任感谢。唯最后关头稿件,顾名思义,殊不能纳闲适之作。诸维高明察之。"

也因此,潘梓年在《精进不已——祝恨水先生创作三十周年》中称赞张恨水"不为富贵所诱惑,贫贱所移易"。凡是读过《新民报》上张恨水文章的人,都知道他"是个自强不息、精进不已的作家"。能够如此,"自然是由于他有他的识力,他有他的修养,但更重要的,恐怕还是由于他有一个明确的立场——坚主抗战,坚主团结,坚主民主"。①

对张恨水的人格和工作精神,同事、朋友都十分肯定。"恨水兄是个真正的文人",因为他"最重气节、最富正义感、最爱惜羽毛"。不仅如此,他还"是个没有习气的文人:他不赌钱,不喝酒,不穿奇装异服,不留长头发。他比谁都写得多,比谁都更要有资格自称为文人,可是他并不用装饰与习气给自己挂出金字招牌"。张恨水告诉老舍:他每天必须写出三千到四千字来。老舍十分感慨:"这简单的一句话中,含着多少辛酸与眼泪呀!""一年三百六十天,每天要写出那么多字来,而且是川流不息地一直干到卅年!……有谁能……在煎熬中屹立不动呢?"②

著名报人、社会活动家邓季惺说:创作要才力,办报要耐心。一个人随兴所至写几本小说也许并非怎样困难的事,但持续写了三十年,累积到百余种作品,这就非有过人的耐心不可了。就这点来说,我觉得从事报业的

---

① 潘梓年:《精进不已——祝恨水先生创作三十周年》,载重庆《新民报晚刊》,1944年5月16日。
② 老舍:《一点点认识》,载重庆《新民报晚刊》,1944年5月16日。

张恨水或许比从事创作的张恨水更具有可敬的人格。我们深深地知道，"如果计算到生活的报酬与现实的幸福，报业实在没有可以羡慕的地方，恨水先生，始终不以报业之艰辛而离开岗位，甚至奉献他整个的创作于报业，这对我们有志报业的青年，应该是有力的鼓励。"①

对张恨水作品在大众中的影响，姚苏凤盛赞他："你是为另一群人们/写就了另一部历史。"②著名作家、编辑家赵清阁这样分析：他的文章能够普遍地深入大众。因为"恨老在故事方面能使其人情化，在结构方面能使其明朗化，在文字方面更能使其通俗化！他先把握了大众的心理，再适应着大众的知识。'趣味'是他的手段，'暴露'是他的目的。他吸引读者看他的书，就为了让读者瞥见社会的黑暗面与种种不合理的现实。所以，假如章回小说为教育工具的话，我敢相信效果必大。可惜现在不被提倡，而且还有人否定它的价值，而加以诽谤，这实在是不应该的"。③

张恨水小说通常在变与不变中追求时代性。赵超构指出："他的小说技巧，综合中国的旧的写法和新的戏剧作风；他的小说形式，是一般人最易接受的语文和体裁；这些都是很少变动的，也是作品魅力之所在。至于他在小说里所表现的题材内容与思想，则是变动最多的东西。在百多种小说中，有的是百分之百的佳人才子小说，有的属于讽刺暴露的社会小说，有的确实表现了我们希望与理想；在他两千万字的作品中，有苦痛的呻吟，有恶毒的咒诅，也有高昂的黎明之歌。"赵表示，有人认为恨水曾有一个时期是鸳鸯蝴蝶派的大作家，这个无可否认，但人物创作会随着时代环境的变化而变化。"恨水创作之可敬，就在乎他能利用他的技巧跟着时代，不断地创造新的内容。他以'鸳鸯蝴蝶'成名，却能够断然舍去使他成名的旧路，描写新的东西。……假如将他的作品依年代次序读下去，我们可以对三十年来中国社会的变动获得具体的了解。正因为他的创作能够对每一时代都留下了艺术的记录，每一作品依靠背景之不同而各显其色彩，所以一看起来，无论作品的题材、意识，都是复杂或竟矛盾的。这不仅不足以损害他的艺术人格，而且正是他的忠实、成功之处。"④

张恨水是令人尊敬的作家，因此，对他受到的不公平评价，各个时代都

---

① 邓季惺：《报人张恨水》，载重庆《新民报晚刊》，1944年5月16日。
② 苏凤(姚苏凤)：《献赠恨水先生——祝其写作三十年纪念》，载重庆《新民报晚刊》，1944年5月16日。
③ 赵清阁：《其人其文》，载重庆《新民报晚刊》，1944年5月16日。
④ 沙(赵超构)：《恨水的创作表现》，载重庆《新民报晚刊》，1944年5月16日。

不乏为其辩护者。谢蔚明在《我了解的张恨水》中称,有人在《恨水打油话众生》(8月19日《文汇报·笔会》)中指出张恨水"一生中创作了三千多首诗词","充其量仅够三流水平","所以他为自己起的主要笔名之一,就是'打油诗人'"。① 对此,谢深表不满。他说:抗战胜利后,张恨水从重庆回到北平,发现沦陷期间有一百多部内容荒诞不经、下流无耻的作品,一律盗用张恨水的名字在市面流传。听说东北各大城市也是如此。张非常生气,多次在报上发表声明,并请主管部门查禁。谢表示不知该位先生是否一时失察,误用了敌伪时期的一些资料。谢强烈要求批评者澄清事实真相,正确评价张恨水。可见,在这些编辑记者心目中,张恨水的人格实不容践踏。

第四节　原左翼激进作家的态度

一、丁玲的态度趋于平和

时至1980年代初,丁玲对通俗文学的观点仍然未变,但态度却趋于平和。有访者在对她的几次访谈中提到,钱杏邨发表在她主编的《北斗》上的《上海事变与鸳鸯蝴蝶派文艺》对鸳鸯蝴蝶派(指的是通俗文学)批评有过甚其辞之嫌。对此,她是这样说的:

> 诚然,鸳鸯蝴蝶派作家不了解整个社会,尤其不了解下层社会在战时的心理,不能深刻理解劳苦大众与民族革命战争的关系,他们的抗日作品一味地取媚于小市民的"趣味",造成导向上的偏误。所谓反映抗战也只是闭门造车,取材与表现都在习惯了的老套子里打转转,这些,的确反映出这派作家思想意识的落后。钱的批评是有道理的,也是必要的。但是,毕竟他们不是反对抗日,不能要求所有愿意抗日的人都具有无产阶级的意识。钱文在这方面至少还缺乏团结的策略。

访者又追问了一句,意思是丁玲在刊物"编后"的表态中"调子又提高了一度",跟她在别的场合提到的"团结"一词有偏离。丁玲并没有反驳,而是回

---

① 谢蔚明:《我了解的张恨水》,《那些人那些事》,上海:远东出版社,2006年,第129页。(注:该文写于2000年。)

答:在革命斗争最残酷最激烈的年代,我们的思想感情难免激烈一些。

丁玲接着说:"总结历史是件很不容易的事。历史往往要过了很久,经过反反复复对比才慢慢看得清楚。反思是必要的,只要我们不当风派,反思就客观些,公平些,能够避免情绪化。的确不能忘记历史年代里的具体背景,我们当时肩负着什么任务,在什么样的环境里战斗。"①

理论批评有时代的要求,左翼作家充当的是文化战士的角色。以文章来战斗,文见不免成了政见,文敌也成了政敌,这也是那个时代左翼批评的主要特点吧。

二、沈雁冰仍维持原判

沈雁冰对游戏消遣文学观的批评贯穿于20世纪20、30、40年代乃至80年代,且观点基本没有变化。例如:在1949年第一次文代会上,沈雁冰作《在反动派压迫下斗争和发展的革命文艺》的报告,他是这样总结十年来国统区革命文艺运动的状况的:"带着浓厚的封建愚民主义气味的旧小说和有些无聊文人所写的神怪剑侠的作品,在反动统治势力下播散其毒素于小市民阶层乃至一部分劳动人民中。"②1970年代末,沈在回忆录中自称偶然被选中对《小说月报》进行全部改革,因此"同顽固派结成不解的深仇,这顽固派就是当时以小型刊物《礼拜六》为代表的所谓鸳鸯蝴蝶派文人;鸳鸯蝴蝶派是封建思想和买办意识的混血儿,在当时的小市民阶层有相当影响"。③ 对原《小说月报》的编辑王西神也给予讥讽,并且借胡怀琛《燕子》一诗的最后一句"燕子说:你自己束缚了自己,怎能望人家解放你"评价爱发议论的胡怀琛(胡寄尘)思想越来越不解放。④

1981年1月15日,他在《重印〈小说月报〉序》中提到他接编并革新以后的《小说月报》十一年间的编辑方针是:"兼收并蓄,不论观点、风格之各异,只是不收玩世不恭的鸳鸯蝴蝶派的作品。"⑤茅盾将通俗文学作家看作封建思想和买办意识的结合体,将"玩世不恭"视为他们的人生态度,显然是片面的。

---

① 颜雄:《丁玲说〈北斗〉》,载《新文学史料》,2004年第3期,第18页。
② 茅盾:《在反动派压迫下斗争和发展的革命文艺》,《茅盾文艺杂论集》下,上海:上海文艺出版社,1981年,第1243页。
③ 茅盾:《革新〈小说月报〉的前后——回忆录(三)》,载《新文学史料》,1979年第3期。
④ 茅盾:《革新〈小说月报〉的前后——回忆录(三)》,载《新文学史料》,1979年第3期。
⑤ 茅盾:《重印〈小说月报〉序》,《茅盾全集》27卷,北京:人民文学出版社,1991年,第447页。

从1980年代开始,丁玲等作家对自己左翼时期的过激批评有所反省,而沈雁冰仍维持原判,令人费解。回顾沈雁冰与通俗文学作家的纠葛,不免让人感到应该是有意气在起作用。

沈雁冰自1921年1月10日第1号第12卷起接编《小说月报》,该刊于1910年7月创刊,至1920年底,十年间由著名的通俗期刊编辑王蕴章、恽铁樵主持,成为通俗文学的重要阵地。沈接手后,以商务印书馆改革《小说月报》为契机,改变了该刊以游戏、休闲为主导,偏重于道德劝善的编辑风格,大力提倡文学为人生服务。沈还在《自然主义与中国现代小说》一文中直接点周瘦鹃的名,拿《礼拜六》开刀,可谓锋芒毕现。

不过,由于改革过于骛新而导致销量急剧下降,这引起了礼拜六派的笑骂与读者的不满,给沈雁冰造成了不小的心理压力。

1921年8月11日,雁冰在致启明(周作人)的信中诉苦:

> 据实说,《小说月报》读者一千人中至少有九百人不欲看论文(他们来信骂的亦骂论文,说不能供他们消遣了)。[①]

1921年9月21日,雁冰在致启明的信中说:

> 新近有个定(注:原文为定)《小说月报》而大失所望(今年起)的"老先生"来信痛骂今年的报,说从前第十卷第九卷时真堪为中学教科书,如今实是废纸,原来这九、十两卷便是滥调文字最多的两卷也。更有一位老先生(?)巴巴的从云南寄一封信来痛骂,他说……印这些看不懂的小说,叫人看一页要费半天工夫……[②]

1921年10月22日,雁冰在致启明的信中说:

> 曾有数友谓如今《月报》虽不能说高深,然已不是对于西洋文学一无研究(或可视是嗜好耳)者所能看懂;譬如一篇论文,讲到某文学家某文学派,使读者全然不知什么人是某文学家,什么是

---

① 雁冰1921年8月11日致启明的信,见孙中田、周明编:《茅盾书信集》,北京:文化艺术出版社,1988年,第21~22页。
② 雁冰1921年9月21日致启明的信,见孙中田、周明编:《茅盾书信集》,北京:文化艺术出版社,1988年,第22页。

某文派,则无论如何愿意之人不能不弃书长叹……①

除了读者的指责,还有人事纠葛带来的苦恼。据沈雁冰回忆:"商务当局中的保守派很中意王云五。他们借口《自然主义与中国现代小说》中点到《礼拜六》杂志,对我施加压力,说什么风闻《礼拜六》将提出诉讼,告《小说月报》破坏他的名誉,要我在《小说月报》上再写一篇短文,表示对《礼拜六》道歉,我断然拒绝……"②后来,对沈雁冰安排的稿子,他们实行审查制度,这引起了他的愤怒,进而辞职。离职前沈雁冰在《小说月报》第13卷第7号同时发表了两篇短评批评礼拜六派,作为对商务印书馆中"死硬顽固派"的最后的礼物。

对礼拜六派的攻击与商务印书馆内部的排挤,沈雁冰是不能释怀的,而此后几十年他持续毫不留情地批评礼拜六派或多或少也与此心结有关。

---

① 雁冰1921年10月22日致启明的信,见孙中田、周明编:《茅盾书信集》,北京:文化艺术出版社,1988年,第26页。

② 茅盾:《复杂而紧张的生活、学习与斗争(上)——回忆录(四)》,载《新文学史料》,1979年第4期。(注:王云五由胡适推荐任商务编译所所长,在该篇回忆录中,茅盾说王云五未经自己同意,在通俗期刊《小说世界》第一期上,把自己和王统照等人的文章与礼拜六派的来稿一起刊出,充分暴露了他们比两面三刀的军阀和政客还不如,等等。字里行间流露出愤激之情,可见茅盾与他们积怨已深。)

第十章　当代学者对通俗文学批评之再研究
（1977年－1990年）

第一节　重新评价的背景

　　1976年10月以后,文学与批评进入了一个调整时期。1978年12月,十一届三中全会决定把党的工作重点转移到经济建设方面,阶级斗争的淡化使文学批评呈现相对宽松的态势。在文艺政策上,1979年10月30日,邓小平《在中国文学艺术工作者第四次代表大会上的祝词》中重申百花齐放、百家争鸣的方针,指出:"党对文艺工作的领导,不是发号施令,不是要求文学艺术从属于临时的、具体的、直接的政治任务,而是根据文学艺术的特征和发展规律,帮助文艺工作者获得条件来不断繁荣文学艺术事业。"因此,"在文艺创作、文学批评领域的行政命令必须废止。如果把这类东西看作是坚持党的领导,其结果,只能走向事情的反面"。因为"文艺这种复杂的精神劳动,非常需要文艺家发挥个人的创造精神。写什么和怎样写,只能由文艺家在艺术实践中去探索和逐步求得解决。在这方面,不要横加干涉"。① 另外,不同风格、不同题材、不同功能的文学都要有生存空间。"雄伟和细腻,严肃和诙谐,抒情和哲理,只要能够使人们得到教育和启发,得到娱乐和美的享受,都应当在我们的文艺园地里占有自己的位置。英雄人物的业绩和普通人们的劳动、斗争和悲欢离合,现代人的生活和古代人的生活,都应当在文艺中得到反映。"② 这一反思是非常深刻的,它表明在政治上要强调统一意志和行动,而艺术的追求可以是多样化的。

　　1980年代以后,港台通俗文学大量涌入大陆,带动了内地出版市场的繁荣,这也引起了有关部门的紧急反应。1985年3月,经中宣部批准,文

---

①　邓小平:《在中国文学艺术工作者第四次代表大会上的祝词》,《邓小平文选》第2卷,北京:人民出版社,1994年,第213页。

②　邓小平:《在中国文学艺术工作者第四次代表大会上的祝词》,《邓小平文选》第2卷,北京:人民出版社,1994年,第210页。

化部下达了《关于当前文学作品出版工作中若干问题的请示报告》,明确规定新武侠(包括港、台新武侠)小说、旧小说以及据此改编的连环画,须专题报告文化出版局批准后方能出版。4月,在全国出版局(社)长会议上,又反复强调不要滥出新武侠小说。5月,文化部出版局又发出通知,要求严格按照规定执行。6月18日,重申前令,发出《文化部关于重申从严控制新武侠小说的通知》,要求出版社进一步端正指导思想,对于新武侠小说等图书出版的控制要予以高度重视,并把它作为是否执行党的出版方针的一个标志。①

这一连串通知说明,文化部门对通俗文学可能带来的负面影响还是十分警惕的。但无论如何,从大环境来看,自1978年至整个80年代,"国家在文学领域的制度安排虽然仍有着一体化的基本要求,但在另一方面,文学领域的自主性还是得到了一定程度的尊重"。②

在学术界,学者们对长期流行的阶级本质论批评也进行了深入反思。较有代表性的观点是:反对把生活中复杂的本质与规律简单化地等同于阶级和阶级斗争的本质与规律,如杜书瀛明确表示"在阶级社会中,一定的阶级和阶级斗争的本质、规律是很重要的,然而却并不是唯一的。社会现象极为复杂,一个人物,一个事物,某种生活的发展变化的趋向,是由各种因素造成的,有它的内在根据,也有它的外部条件,有阶级和阶级斗争的非常重要的作用,也有民族的、时代的、历史传统的、思想道德的、文化教养的、家庭环境的等各种因素的不可忽视的影响,表现为综合性的结果。因此,所谓掌握生活的本质规律,当然也包括上述各个方面的本质、规律在内"。③ 在对写本质问题的反复争论中,人们逐渐认识到一切生活现象都可以从不同的侧面反映本质。社会生活中新与旧、先进与落后、积极与消极、进步与黑暗等,都能反映社会生活一定的本质。

就通俗文学而言,从左翼时期到20世纪五六十年代,它屡屡被批为缺乏先进思想、不能反映阶级本质等,其实,通俗文学的主要特点就在于对现象的描写,对情感、感受的表现。而感性描写中是蕴含着理性因素,是可以反映一定的本质的。因此,对本质论的宽泛理解为包括通俗文学在内的创

---

① 中国出版工作者协会编:《中国出版年鉴1986》,北京:商务印书馆,1986年,见吴秀明、南志刚主编:《中国当代文学史料丛书·通俗文学史料卷》,杭州:浙江大学出版社,2017年,第19页。

② 朱晓进:《非文学的世纪:20世纪中国文学与政治文化关系史论》,南京:南京师范大学出版社,2004年,第471~472页。

③ 杜书瀛:《艺术典型与"多数"、"主流"及其他》,载《文学评论》,1980年第1期。

作与批评提供了更广阔的空间。

第二节 对通俗文学的重新认识

一、港台、海外学者观点的启发

"五四"以后至1970年代末,对通俗文学反动腐朽本质的定性已为大陆学术界普遍接受。所以,当港台、海外学者提出通俗文学作家值得研究时,大陆学术界颇有触动。夏志清《中国小说史》(1961年出英文版,70年代末80年代初在港台出版中译本)指出,"纯以小说技巧来讲,所谓'鸳鸯蝴蝶派'作家中,有几个人实在是很高明的,这一派的小说家是值得我们好好去研究的。这一派的小说,虽然不一定有什么文学价值,但却可以提供一些宝贵的社会性的资料"[1]。虽然总体评价不高,但他提出该派的写作技巧和文化价值需认真对待,这一思想是很新鲜的。夏志清的小说史并没有提到张恨水,对此他的哥哥夏济安颇感遗憾,夏济安在1950年代末给夏志清的信中说:"最近看了几本张恨水的小说,此人是个genius(注:指天才)。他能把一个scene(注:指场景)写活,这一点台湾的作家就无人能及。他的limitations(注:指局限)与deficiencies(注:指不足)是很明显的,但是他有耳朵,有眼睛,有imagination(注:指想象力)。你那本书不把他讨论一下,很是可惜,至少他是一个greater and better artist than(注:指比……更伟大、更好的艺术家)吴敬梓。"[2]姑且不论张恨水与吴敬梓孰高孰低,夏济安对张恨水才情的赞赏是颇具眼光的,在普遍存在的通俗文学低级的偏见中,足以给人启发。

与通俗作家有过交往的贾植芳谈到1987年白先勇[3]先生来访,闲议中,白先生说到自己年轻时代"很喜欢读还珠楼主的武侠小说,言下颇有不

---

[1] 夏志清:《中国现代小说史》,上海:复旦大学出版社,2005年,第19~20页。
[2] 夏志清辑录:《夏济安对中国俗文学的看法》,见夏济安著:《夏济安选集·附录》,沈阳:辽宁教育出版社出版社,2001年,第221~222页。(注:此文曾收入夏志清著《爱情·社会·小说》,台北纯文学出版社,1970年。)
[3] 白先勇在《蓦然回首》一文中回忆早年读书经历时说:"还珠楼主五十多本《蜀山剑侠传》,从头到尾,我看过数遍。这真是一本了不得的巨著,其设想之奇,气魄之大,文字之美,功力之高,冠绝武林,没有一本小说曾经使我那样着迷过。当然,我也看张恨水的《啼笑因缘》《斯人记》、徐讦的《风萧萧》不忍释手。"见白先勇:《第六只手指——白先勇散文精编》,上海:文汇出版社,2004年,第53页。

胜敬佩之意"。他"很感意外。因其一般来说,我国新文学作家很少注意这类通俗作家的作品,往往把他们看成另外一种人——'道不同不相谋'嘛!因此当这位在西方文化观念影响之下成长起来,而又长期生活在西方社会的中国现代作家白先勇先生,竟然对这位早已被我们社会遗忘多年的中国现代通俗小说作家还珠楼主还念念不忘时,真使我惊异非常"①。这种"惊异"的感觉引人深思。

而后在《〈中国现代通俗文学文库〉总序》(写于1988年)中,贾从三个方面对那些被称为鸳鸯蝴蝶派或礼拜六派的通俗作家作出了充分肯定。第一,他们"看重文学的欣赏价值和娱乐性质这种艺术功能,从市民文化的角度对传统文学中占统治地位的儒家'文以载道''诗以言志'的正统文艺观加以否定,这正是中国社会由长期的封闭状态走向开放这个历史特征的反映,也是商品经济社会所形成的文化市场开始出现后的一种标志""这类在传统文化哺育下的通俗作家,思想意识上虽然有较为严重的封建性历史负担,但是作为一个作家,他们只是一个卖文求生的文人,而并非为虎作伥的管家爪牙;他的衣食父母是读者大众,即所谓'看官',而非'帝王家'"。第二,他们"摆脱了在封闭性的农业经济社会里作家对官府的由人身依附到人格依附的附庸地位,成为具有自己独立人格的自食其力的社会个体,这是一种历史的进步"。第三,"作为一个小说作者,由于了解各种生活,又由于阅历的丰富,对于中国社会的人情世态、风俗习惯都比较熟悉,这就为他们作品的取材开拓了广阔的领域,因此他们笔下出现的生活场景和人物形象的多样性、丰富性和复杂性往往为新文学作家所望尘莫及"。② 贾后来在为范伯群主编的《中国近现代通俗文学史》一书写的序中表达了同样的观点。

贾植芳从游戏消遣的文艺观是对"文以载道"正统文艺观否定的角度积极评价通俗作家,并且肯定这些职业文人的身份并非封建爪牙,他们成为具有独立人格、自食其力的社会个体乃是历史的进步,其作品也有新文学作家不及之处,可谓发人所未发。它启示人们转换新的认识视角,建立新的评价标准,在评论界引起多方回应与支持。

---

① 孙乃修编:《劫后文存——贾植芳序跋集》,上海:学林出版社,1991年,第145页。
② 孙乃修编:《劫后文存——贾植芳序跋集》,上海:学林出版社,1991年,第151、152、154页。

二、大陆学术界对通俗文学评价的变化

1980年代是大陆学术界通俗文学观念的调整期,80年代初大多数研究者仍然参照"五四"时期鲁迅、茅盾、郑振铎等人的社会历史批评观点,对通俗文学否定大于肯定。80年代中后期才逐渐从几十年的思维惯性中解脱出来,评价标准更为多元、分寸拿捏得更为准确,也更加接近于事实本身。

范伯群是较早评价通俗文学的学者,他指出鸳鸯蝴蝶派(他认为鸳鸯蝴蝶派又称"民国旧派文学"或"礼拜六派")是在分化、转变中趋于进步的,不过对其总体评价仍是否定的。他认为,"鸳鸯蝴蝶派是清末民初半封建半殖民地的十里洋场的产物,以迎合有闲阶级和小市民的低级趣味为目的的都市文学";又认为,"这个主要以欣赏兽欲鬼窟、醇酒妇人为特点的文学派别是在袁世凯复古浪潮中发展到极盛时期。游戏的消遣的金钱主义的文学观念使他们将作品完全视为一种商品,只要能使商品畅销,他们其中的一部分人不惜把它写成嫖学指南和强盗教科书。而这些商品的普遍的毒性则在于维新的封建道德和笑骂一切的虚无主义玩世主义"。① 后来,刘扬体提出反对将鸳鸯蝴蝶派视为"封建文学"或"买办文学",也不同意将该派的实质说成是"以欣赏兽欲鬼窟、醇酒妇人为主的文学派别",但却视之为"消极的文学流派"。② 不过,他又反复强调"鸳鸯蝴蝶派是一个充满矛盾和对立的统一体,在它的内部不但有作者队伍的分化,有各种题材、体裁的作品杂然纷陈,还有思想内容芜杂、倾向甚至大不相同的作品并存和对立的差异,在评价鸳派文学时,要抓住它的主流和本质特征,不要一刀切"。③

同样,袁进早期论文对鸳鸯蝴蝶派评价也不高。他把晚清小说界革命和"五四"文学革命比作"中国小说发展浪潮中的两座浪巅",而"泛滥"的鸳鸯蝴蝶派小说是"浪巅之间的浪谷"。不过,在批评的同时他又指出该派的

---

① 范伯群:《试论鸳鸯蝴蝶派》,载《中国现代文学研究丛刊》,1981年第2期。
② 刘扬体:《病态文学的盛衰——鸳鸯蝴蝶派初探》,载《中国现代文学研究丛刊》,1982年第1期。
③ 刘扬体:《关于认识和划分鸳鸯蝴蝶派的几个问题——鸳鸯蝴蝶派再探》,载《中国现代文学研究丛刊》,1983年第2期。

一些积极因素:虽改良礼教占统治地位,但毕竟改良了。① 随着研究的进一步展开,他发现,民初小说(包括言情小说)是小说发展中"不可或缺的一环",从晚清到民初到"五四",小说在每个阶段都是否定之中有进化。这就避免得出简单化的结论。

对鸳鸯蝴蝶派言情小说的认识也经历了一个变化的过程。民初言情小说成为主流,学界大多批评它"发乎情止乎礼"。而袁进则认为,"倘若用小说干预现实的政治思想标准来衡量这种转换当然是一种倒退;但从小说本身的特性来审视,这种转换又未尝不是一种回归。因为描写日常家庭生活,青年男女的爱情,毕竟是小说永恒的主题"。他发现周作人屡次批为"封建"的"《玉梨魂》最引人注目的变化是寡妇和追求她的青年不仅未曾受到谴责,反而被作为理想人物来歌颂,这是前人未曾触及的题材。这样的形象只有在民初'人'的爱情要求开始觉醒的情况下才可能诞生"。虽然此类小说多以"止乎礼"结束,有的甚至掺杂大量的封建说教,但这种悲剧的原因"在客观上已经包含了相当丰富的社会内容,反映了当时社会的青年既肩负着因袭的传统观念,又受到恋爱自由的西风熏陶,因而进退两难的复杂心理"。他还从社会发展阶段性的角度分析人的认识存在矛盾的合理性:"认识封建礼教的吃人本质需要一个过程。肯定礼教的绝对权威——改良礼教——打倒吃人的封建礼教,其实是中国伦理思想变革的自然流程。民初的一些言情小说从男女关系这一衡量人的文明性的侧面,恰恰体现了这一过渡,从而创造了它的价值。"②这些观点令人耳目一新,它突破了之前批评者过于关注《玉梨魂》表层叙述,未能通过细读挖掘文本潜藏意义的局限。

黑幕小说一直是被集中批判的对象,1980年以后,不少学者的文章仍引用五四时期钱玄同、鲁迅等人的观点否定之。但是,在不断的研究中,范伯群发现不能笼统地批之为"罪恶教科书",有些揭黑小说"既无诲淫诲盗之嫌,又能增强读者对大都市的'适应性,不能一笔抹煞'"③。总算为一部分受到误解的黑幕小说说了句公道话。他认为,"黑幕小说大体分为两种,一种是后来被鲁迅和胡适称为'嫖学教科书''嫖界指南'之类,如《九尾龟》

---

① 袁进:《它为历史提供了什么——试论民国初年鸳鸯蝴蝶派小说泛滥的原因》,载《中国现代文学研究丛刊》,1984年第3期。
② 袁进:《民初小说再探索》,载《学术研究》,1987年第3期。
③ 范伯群:《关于编写中国近、现代通俗文学史的通信》,载《中国现代文学研究丛刊》,1987年第3期。

等〞；另一种则因其揭露(社会黑暗)而产生良好社会效应的,甚至对历史的'激变'能起预示作用的,如《黑狱》等"。周作人等人将黑幕与国民劣根性联系起来是不错的,但是"揭黑的一个很重要的直接目的是为了改革社会。至于国民性,在改造客观世界的同时,也必然会相应改造人们的精神、观念与灵魂"。显然,周作人等人并未认识到这一点,他们的理论文章宣判了黑幕小说的死刑,也为文坛留下了后遗症。① 在后来对黑幕小说的定性中,鲁迅、钱玄同、罗家伦的观点反复被不同时代的文学史和批评文章引用。其实,钱玄同等人的评价是存在以偏概全的错误的,就他们以及后来文学史中一再点名的路滨生的四大本《绘图本中国黑幕大观》来看,无论如何都担不上"杀人放火奸淫拐骗的讲义"②的罪名。那罪名从何而来？究其原因,是有一些批评者"不甘糟蹋了宝贵的光阴,所以从来没有仔细看过"那些杂志,相信随便"翻一翻,就可以得到一个确切的评语",③因此取一点因由,望"黑幕"而生种种联想,于是"××教科书"之类的升级版评价就出现了。可见,批评的随意性也是由来已久的。

张赣生是最早站在通俗小说的立场上竭力为之辩护的学者之一。他分析所谓通俗小说与"纯文学"小说或"严肃文学"小说对立的原因,"实质不过是西方小说传统与中国小说传统之间的冲突而已",他不反对一部分中国人模仿西方小说,但"绝不同意用西方小说传统来取代和消灭中国小说传统"。④

他提及沈雁冰《自然主义与中国现代小说》一文对章回体的否定,是"以西方小说观念来衡量中国小说的章回结构,不能历史地、全面地深入研究章回格式的合理性"。沈氏所谓"章回的格式太呆板,本足以束缚作者的自由发挥"云云,就分段结构而言,立论是站不住脚的。任何一种表述方式,都有善用、不善用之分,"某些'下才'运用章回体时,处处呆板,叫人看了,实在引不起什么美感",但把这视为"章回体弱点赤裸裸的暴露",就难免有攻其一点、不及其余之嫌。沈氏还把"回目要用一个对子"当作否定章回格式的理由,而在张赣生看来,这正是章回体小说的长处。回目如果写得好不仅是向读者提示要点,而且在一开始便将读者导入某种特定的意境

---

① 范伯群:《黑幕征答・黑幕小说・揭黑运动》,载《文学评论》,2005年第2期。
② 钱玄同、宋云彬:《"黑幕"书》,载《新青年》第6卷第1号,1919年1月。
③ 仿吾:《歧路》,载《创造》第1卷第3期,1922年10月。
④ 张赣生:《民国通俗小说论稿》,重庆:重庆出版社,1991年,第13页。

之中。因此,沈雁冰"反对这种传统回目格式,不能不说是出于偏见"。①张赣生自称"为民国通俗小说辩"不是为了说明它与新文艺小说孰优孰劣,而是指出民国通俗小说作为中国通俗小说的一个组成部分,是"历史的延续,也是历史的发展"②,并且它不会因时间的推移而消失。

此言非虚,"五四"时期有些激进的批评者坚信:通俗文学是文学发展的初级阶段,随着社会的进步、读者文学水平的提高,通俗文学终将被取代。但是,20世纪90年代通俗文学在大陆的爆发否定了这种预言。

第三节 关于通俗文学入史问题的见解

1980年以后,研究界酝酿重新撰写文学史,这也引发一个问题:通俗文学能不能入史?以何种方式入史?姚雪垠在给茅盾的信中谈到中国现代文学史的另一种编写方法,主张打破原来文学史的框框,采用"大文学史的编写方法"。将民国初年和"五四"以后较有成就的章回体小说家在文学史中加以论述,比如包天笑、张恨水。还有"所谓礼拜六派究竟是怎么回事"?在过往的文学史中没有说明。他曾与叶老(注:指叶绍钧)谈到这个问题,叶老说自己原来也是"礼拜六派"。那该派到底包括哪些人,它的来龙去脉又是什么?有人还称苏曼殊为"礼拜六派",而姚雪垠认为就艺术水平而言,《断鸿零雁记》比"五四"以来不少同类写爱情悲剧题材的白话小说要高明许多,所以对该派应"作具体分析"。③ 姚倾向于文学史编撰的全面性和丰富性,观念是开放的、有包容性的。当然,他对鸳鸯蝴蝶派总体持否定态度,他认为包天笑、张恨水等人并不属于该派。④ 对包、张入史的问题,王瑶持保留态度,在谈及现代文学史编写中的若干问题时,他对该信内容作了这样的回应:"包天笑在二十年代明显处于新文学的对立面,就作品来说也很难把它纳之于反帝反封建的现代文学的总的性质的范畴。张恨水的情况比较复杂,他在抗战时期主张抗日,解放战争时期有反国民党倾向,曾写过《八十一梦》等较好的作品,但他的代表作是前期的《啼笑因缘》

---

① 张赣生:《民国通俗小说论稿》,重庆:重庆出版社,1991年,第18~21页。
② 张赣生:《民国通俗小说论稿》,重庆:重庆出版社,1991年,第27页。
③ 姚雪垠:《无止境斋书简抄》,载《社会科学战线》,1980年第2期。
④ 注:姚雪垠赞同新文学运动提出的文学为人生的现实主义口号,认为"以娱乐为主旨的鸳鸯蝴蝶派受到现实主义和积极浪漫主义并肩作战的进步文学浪潮的冲击,溃不成军"。见姚雪垠:《论当前通俗文学》,载《文艺界通讯》,1985年第9期。

和《金粉世家》。这些作品拥有较多的作者,在城市居民中产生过影响。像这样的作家究竟应该如何评价,是需要进行深入研究的。"他表示,"不希望把研究范围搞得很狭小",但要"突出进步的、民主主义和社会主义的文学的主流,因为这样才能反映出历史的真实面貌"①。可见,王瑶的态度还是小心谨慎的,也偏向以作品内容的反帝反封建作为选择标准。② 而严家炎则大声疾呼"从历史实际出发,弄清基本史实,尊重基本史实",文学史不应该排斥"鸳鸯蝴蝶派文学"。③ 这可以说是对之前文学史编纂中"左"的思潮的纠偏。

唐弢的意见与严家炎有所不同。他在给严的《求实集》作序时表示,鸳鸯蝴蝶派小说可以写成鸳鸯蝴蝶派发展史,但"它们不是现代文学,不属于现代文学史需要论述的范围","现代文学应是具有真正现代意义的全新的文学"。唐赞成中国现代文学史开拓研究的领域,但表示要有个界限。也就是说,在阐述现代文学发展过程中,为了总结经验,发现规律,从历史联系的角度讲旧文学,讲鸳鸯蝴蝶派文学,不仅需要,而且不可避免,因为中国现代文学正是同旧文学及鸳鸯蝴蝶派文学的不断较量中产生和壮大起来的。沈雁冰、郑振铎等人接编《小说月报》,同拥护鸳鸯蝴蝶派文学的王西神、胡寄尘斗争,这是现代文学史上众所周知的事实,文学史除了说明这些历史联系外,没有必要正面介绍旧文学和鸳鸯蝴蝶派文学。现代文学是从内容到形式都具有真正现代意义的文学,它只能是近代思想影响下的"五四"运动的产物。鸳鸯蝴蝶派白话小说有一套不从生活出发,脱离口语去描写爱情的陈词滥调,毫无新气息,算不了现代文学。而抗战爆发后,文艺界统一战线成立,从鸳鸯蝴蝶派蜕变过来的张恨水,用新的艺术构思写成的爱国主义小说《八十一梦》等,应当提及,别的可以不谈。④ 唐弢既没

---

① 王瑶:《关于中国现代文学研究工作的随想——在中国现代文学研究会上的发言》,载《中国现代文学研究丛刊》,1980年第4期。

② 后来,在1988年10月给首次张恨水学术讨论会的贺信中,王瑶认为:"张恨水先生是现代文学史上影响很大的作家,他创作了近百部的中长篇小说,拥有广泛的读者群,艺术上也有一定成就。长期以来我们的文学史研究对通俗文学是忽视的……张恨水小说的研讨可以成为一个很好的突破点,探讨通俗小说的价值,通俗小说与文人小说的关系,以及通俗小说对整体文学的制约和贡献。"见《张恨水研究》1994年第5期,张恨水研究会编辑出版。

③ 严家炎:《从历史实际出发,还事物本来面目——中国现代文学史研究笔谈之一》,载《中国现代文学研究丛刊》,1980年第4期。

④ 唐弢:《序》,见严家炎:《求实集——中国现代文学论集》,北京:北京大学出版社,1983年,第3~5页。

有把该派归属于旧文学,也不认为它是现代文学,或许是因为在他看来其作品处于既新且旧,新旧胶着的中间状态,给人以不彻底、不充分的感觉。以上为部分老一辈文学史家的见解。

关于文学史的重新撰写,"20世纪中国文学"①的概念拓宽了人们的视野,而正式提出"重写文学史"的口号并组织讨论的是陈思和和王晓明。1988年,他们在《上海文论》开辟的"重写文学史"专栏中担任主持人。开辟专栏的目的是为了"刺激文学批评气氛的活跃,冲击那些似乎已成定论的文学史结论",同时"探讨文学史研究多元化的可能性"。② 希望以切实的材料补充或纠正前人的疏漏和错误,并立足新的理论视角提出对新文学历史的个人创见。作为替通俗文学张目的文章,范伯群的《对鸳鸯蝴蝶——〈礼拜六〉派评价之反思》发表在1989年第1期"重写"栏目中,它指出长期以来人们对该派所谓颓废腐朽的错误认知,否定了非此即彼的二元思维,对20世纪90年代学界更进一步的研究产生了十分积极的作用。

第四节　文学史对通俗文学的叙述

1970年代末出版的文学史对鸳鸯蝴蝶派和黑幕小说的总体评价与1950、1960年代保持一致,其观点和语言表述都颇为相似。兹列举数种:鸳鸯蝴蝶派是"现代文学史中的一股逆流",是"半封建半殖民地的产物。他们的成员不少是没落的封建遗老遗少和买办阶级的洋场才子"。③ 鸳鸯蝴蝶派文学是"封建文学、汉奸文学、买办文学等反动文学的存在",该派"代表了腐朽没落的封建势力和买办势力在文学上的要求,用名士风流的没落阶级颓废思想和庸俗无聊的男女私情来迎合市民阶层的需要。它是半封建、半殖民地和殖民地社会的特殊产物,是封建文学和资产阶级文学的结合"。④ 鸳鸯蝴蝶派是"明清才子佳人小说在半殖民地半封建社会的恶性发展,也与西方资产阶级感伤主义小说的影响分不开"。它"并不是要反映封建势力对青年婚姻的束缚,鼓励青年起来进行斗争,而是编造爱情悲剧,故意表现缠绵悱恻的庸俗情调,甚至散布封建伦理观念",徐枕亚的

---

① 黄子平、陈平原、钱理群:《论"20世纪中国文学"》,载《文学评论》,1985年第5期。
② 陈思和、王晓明:《重写文学史·主持人的话》,载《上海文论》,1988年第4期。
③ 田仲济、孙昌熙主编:《中国现代文学史》,济南:山东人民出版社,1979年,第70～71页。
④ 北京大学等九院校编:《中国现代文学史》,南京:江苏人民出版社,1979年,第3,47～48页。

《玉梨魂》、周瘦鹃的《此恨绵绵无绝期》等都是这类小说。① 鸳鸯蝴蝶派刊物"既标榜趣味主义,长篇也大都内容庸俗,思想空虚","在人民开始觉醒的道路上,起着麻醉和迷惑作用"②。

1980年代初,文学史对鸳鸯蝴蝶派的评价亦无多大改观。兹列举数种:鸳鸯蝴蝶派作品反映了"封建买办意识与小市民趣味的结合,是'小说界革命'流产后出现的小说逆流"③。鸳鸯蝴蝶派小说、黑幕小说,以及侦探、武侠小说是"反现实主义"的,"封建复古主义和殖民地买办文化的混血儿——一种面目可憎的逆流文学"④。鸳鸯蝴蝶派、黑幕派"载封建之道","文学既脱离了人民群众,也远离了社会生活,只成为旧式文人营私的工具和无聊的消遣品。这是封建统治阶级愚民政策的产物,严重地阻碍着中国文学的正常发展,也有害于人民群众的思想启蒙"⑤。初版于1986年的杨义的《中国现代小说史》对民国初年到1920年代初以徐枕亚、包天笑、周瘦鹃为代表的鸳鸯蝴蝶派整体否定。他认为,"鸳鸯蝴蝶派是民初小说界泛滥成灾的一股浊流",他们写作范围有言情、社会、黑幕、武侠、侦探、宫闱、历史、滑稽等类小说,然而,除了历史、社会两类尚有几本可读的书之外,"其余汗牛充栋的作品都不过是历史长河中混浊不堪的浮沤"。⑥ 钱理群等著《中国现代文学三十年》称"黑幕派""鸳鸯蝴蝶派"为旧文学,并引用了周作人《论黑幕》、钱玄同《黑幕书》对黑幕小说兴起的分析。同时,还引用沈雁冰《自然主义与中国现代小说》与鲁迅《关于〈小说世界〉》中对鸳鸯蝴蝶派的批评,指出这些批评深挖了游戏消遣的种种传统文学观念的根源,揭露了"旧文学观念为封建制度及其整个思想体系服务的反动本质"。⑦

对张恨水,1950年代至1970年代的文学史通常只字不提,像王瑶、丁易的文学史都是如此。1979年版刘绶松的《中国新文学史初稿》、北京大学等九院校编写的《中国现代文学史》也都没有提及,直至1980年代才有

---

① 北京大学中文系编:《中国小说史》,北京:人民文学出版社,1978年11月,见魏绍昌编:《鸳鸯蝴蝶派研究资料》上卷,上海:上海文艺出版社,1984年,第167页。
② 唐弢主编:《中国现代文学史》(第一册),北京:人民文学出版社,1979年,第83页。
③ 黄修己:《中国现代文学简史》,北京:中国青年出版社,1984年,第4页。
④ 赵遐秋、曾庆瑞:《中国现代小说史》(上册),北京:中国人民大学出版社,1984年,第137～138页。
⑤ 林志浩主编:《中国现代文学史》(上册),北京:中国人民大学出版社,1984年,第29页。
⑥ 杨义:《中国现代小说史》(第一卷),北京:人民文学出版社,1998年,第54页。
⑦ 钱理群、吴福辉、温儒敏、王超冰:《中国现代文学三十年》,上海:上海文艺出版社,1987年,第25页。

所改观,对他的肯定也早于鸳鸯蝴蝶派。

1980年出版由唐弢、严家炎主编的《中国现代文学史》虽然把张恨水划为鸳鸯蝴蝶派,但其意在论证张恨水《八十一梦》等作品的思想性已经"呈现出新貌","很明显地向健康的通俗文艺过渡",因此,是"由鸳鸯蝴蝶派向新小说过渡的代表性作家"①。

对张恨水等人的评价主要集中在其爱国激情和对现实的不满与抨击上。黄修己认为《八十一梦》和《五子登科》"不能说写得深刻,但矛头直指国民党反动派,讽刺也是很辛辣的"。②

由朱德发增订的蓝海的《中国抗战文艺史》认为张恨水从抗战前一直到20世纪40年代,创作了"一批歌颂军民抗战、暴露国统区黑暗的长篇'国难小说',表现出鲜明的现实主义倾向"。其中,《八十一梦》是其"国难小说"的代表作。尽管这一时期,张恨水以抗战为题材的小说存在"抗战加言情"的俗套,但是它们显示出的现实主义特色是值得肯定的。此外,他还肯定了秦瘦鸥1941年写的《秋海棠》揭示的思想主题及主人公"备受军阀凌辱摧残而不甘屈服堕落的精神,颇能引动当时处于日寇铁蹄蹂躏下沦陷区人民痛恨日本法西斯残暴压迫的悲愤之情"。③

值得一提的是关于张恨水早期作品的中肯评价,如钱理群等著《中国现代文学三十年》指出《啼笑因缘》等在思想上有"轻微的反封建的积极意义,具有进步性,却又不过分严肃,能将言情与侠义内容巧妙糅合,喜剧因素与悲剧因素适度搭配,语言晓畅而不滥俗、情节单纯而有跌宕,线索明晰而时有趣味性或惊险性的穿插,这样就充分照顾了市民读者的文化程度、欣赏习惯,具有可接受性,同时又能满足不同层次的读者多方面的审美要求,具有一定的艺术吸引力。在注意满足读者对象的欣赏习惯、文化心理与要求方面,张恨水小说长期拥有广大读者群。这一事实,是能够给现代小说的发展提供有益的启示的"④。

---

① 唐弢、严家炎主编:《中国现代文学史》(第三册),北京:人民文学出版社,1980年,第492页。该部文学史中关于张恨水的评价由范伯群执笔,此观点后来在他的论文中发表过。见范伯群:《论张恨水的几部代表作——兼论张恨水是否归属鸳鸯蝴蝶派问题》,载《文学评论》,1983年第1期。

② 黄修己:《中国现代文学简史》,北京:中国青年出版社,1984年,第487~488页。

③ 蓝海(田仲济):《中国抗战文艺史》,济南:山东文艺出版社,1984年,第211页。(注:该版由朱德发增订了约一倍内容,原稿于1947年出版。)

④ 钱理群、吴福辉、温儒敏、王超冰:《中国现代文学三十年》,上海:上海文艺出版社,1987年,第476页。

研究者看到,从 1920 年代中期至 1930 年代中期,以张恨水、程小青、不肖生为代表的通俗小说作家在整体上处于赶潮流中的蜕变阶段,小说"已具有不同于鸳鸯蝴蝶派阶段的文学风貌"①,抗日战争爆发到 20 世纪 40 年代末,国难当头,一些作家在"创作意识、题材和表现手法上,都出现了不同程度地靠拢时代的进展",其"有价值的部分,与新文学的距离显然缩短了"。② 杨义肯定了通俗小说作家在改良中的进步,他的关注点主要是通俗小说如何摆脱自身的套路向新文学靠拢,对其独立的艺术价值亦有发现。

总体来看,通俗文学在 1970 年代、1980 年代的文学史中所占篇幅甚少,评价甚低且观点大多千篇一律。至 1990 年代以后,情况才大有改观。重写的文学史对通俗文学的评价褒大于贬,且已不再用"逆流"二字来概括。

---

① 杨义:《中国现代小说史》(第三卷),北京:人民文学出版社,1998 年,第 698~699 页。(注:该卷初版于 1991 年。)
② 杨义:《中国现代小说史》(第三卷),北京:人民文学出版社,1998 年,第 711、713 页。

第十一章　当代学者对通俗文学批评之再研究(1990年以后)

第一节　批评的背景

1990年代,文学的发展与市场结下不解之缘。1992年10月,中共十四大确立了"建立社会主义市场经济体制"的改革目标,这为通俗文学的复苏带来了更多的机遇。虽然向日常生活原生态的通俗文化回归会产生一些弊端,但由计划体制向市场体制的转变在一定程度上解放了人们的思想,为文化的丰富多样性提供了相对宽裕与自由的发展空间,也在一定程度上促使人们以更平和的心态看待通俗文学的创作与阅读。

1990年代中后期,文化保守主义日渐得到广泛理解与认同,表现在:第一,反对激进主义思想。1990年代,李泽厚、刘再复、王元化等人表示对激进主义偏见的批评。其中,王元化在《再谈"五四"》(写于1993年)中反思了"五四"的另一侧面,即"就学术争论这一方面而言,'五四'所倡导的基本精神,是理性、平等和自由。但在论证实践上所表现的非理性态度也是不可讳言的。比如陈独秀,虽然他不断大声疾呼地宣扬德赛二先生,但讨论起问题来有时却显得很专横,很不民主,如他宣告白话文讨论不容提出反对意见,在《泰戈尔与东方文明》一文中痛斥重视东方文明的人是'人妖'等等,都太霸气了"。他认为这些都是反理性的。应该反对谩骂的习气,反对意气用事。当然,他十分肯定"'五四'的个性解放精神、人道精神、独立精神、自由精神,都是极可贵的思想遗产,是我们应当坚守的文化信念"。[①]在《对于五四的再认识答客问》中,王元化又批评以陈独秀为代表的意识形态化的启蒙心态的偏颇。这种心态是指过分依赖人的力量和理性的能力,并把它视为万能,将它绝对化。其缺点是以为真理在握,不允许有反对意见,从而限制自由思想的空间。因而不利于"五四"所倡导的学术自由、学

---

① 王元化:《再谈"五四"》,《思辨随笔》,上海:上海文艺出版社,1994年,第14页。

术民主原则的实行,对"五四"启蒙的继承是不利的。当然,他明确表示,仍须继承"五四"的启蒙任务,但"五四"以来的启蒙心态需要克服。①

第二,认为传统文化不会成为中国现代化的阻碍。有学者指出,"五四"以来反传统的人认为现代化必须以全面抛弃中国文化传统为前提,却没有考虑如何运用传统的精神资源以促进现代化。传统与现代之间存在辩证关系,所谓现代即传统的现代化,离开了传统这一主体,现代化根本无所附丽。在中国现代化的过程中,传统也曾发挥了主动的力量,并不仅仅是回应了西方的挑战。另外,一些长期演化而来的传统价值、道德、习俗,尽管未必能为理性所充分理解,但却是社会秩序最坚固的基础。因而,对传统文化全盘否定的态度和思维方式,会导致严重的失范和无根化。

尽管对上述观点有不同意见,但毫无疑问,这些富有深度的反思大大拓展了人们对"五四"的多元理解。过去笼罩在文化保守主义基础上的种种恶谥(如复古倒退、顽固不化、腐朽反动)被抛弃了。② 在这样的文化氛围下,接受传统文化较多的通俗文学的价值也得到了重新思考。

第二节　对游戏、消遣文学的评价

一、重评游戏、消遣文学

在对通俗文学的态度上,重申消遣、娱乐本来就是小说的一个主要职能。"文学是人学"的倡导者钱谷融特别指出,不仅通俗小说应该担负这种职能,一切小说(包括严肃文学或称纯文学的小说)都应该担负。重视小说闲书的性质既不会降低小说的艺术品格,也不会削弱小说激动人心的力量。从理论上说,小说的"闲书"性质,同小说的艺术品格和艺术表现力之间不存在互不相容的抵触关系。艺术的个性创造与群众化并不完全对立,因为它"是人类的一种共同语言(universal language),总以能博得多数人的理解爱好为定则。除了少数特殊的、非有一定思想文化水平和某种专业方面的修养就难以欣赏的真正'高、精、尖'的精神产品以外,都应该是平易近人的,对一般人都有吸引力和感到亲切的东西。作品质量的高低,固然

---

① 王元化:《对于五四的再认识答客问》,载《文艺理论研究》,2000年第1期。
② 许纪霖、罗岗等:《启蒙的自我瓦解》,长春:吉林出版集团有限公司,2007年,第61页。

与阅读人数的多寡不一定成正比,但也绝不会是成反比"。① 作家写出作品,总希望有更多人来读,所以在通俗性上下功夫是值得的。当然,钱谷融非常明确,就价值和意义来说,严肃文学、纯文学无疑始终居于领先地位,并且代表一个民族、一个国家的文学水准。其弟子殷国明十分赞同老师的观点,因为消遣与娱乐本来就是人生的需要,而这种需要又多半是由文艺活动来满足的,过去一直不重视,甚至不敢提这种需要,是有悖于自然的。

有很多学者具体阐述了游戏消遣文学的意义:

第一,转移精神焦虑。唐小兵认为子严(沈雁冰)批评《礼拜六》是"现代的恶趣味",指的是现代城市平民的日常生活所肯定的世俗性和平庸性。在都市平民心境不良、人生枯寂、生活苦闷的背景下,鸳鸯蝴蝶派的消遣文学就有了转移焦虑的社会意义。《礼拜六》出版赘言允诺的"一编在手,万虑皆忘"的趣味兜售的是一种生活方式,以工作和闲暇为两大内容的现代城市平民的理想生活方式。阅读小说适合于这种生活方式,不仅仅因为满足了个人生活私密化的需要,也因为阅读过程同时也是一个帮助读者掌握社交技能,获得社会成员资格的过程。②

第二,寓教于乐的惩劝之功。李今认为,通俗作家"一方面迎合大众的休闲趣味,另一方面又不忘记'意存惩劝','潜移默化于消闲之余',寄寓'规人之必要'的'感化之功'"。虽然"还不能摆脱传统文人的身份及其价值观",属于"稗官野史"一流,但他们"与庙堂文人一样自视负有教化芸芸众生的重任,只是他们占据着不同的领域,庙堂文人重在'社稷',他们则在社会日常生活的领域发挥风俗教化的职能"。③

第三,消解正统意识形态。正如一些学者所言,"五四"启蒙清理掉了游戏消遣的价值立足点,使"文艺就只剩下一个价值立足点即'意识形态',这就使后来文艺的意识形态一体化失去了一种必要的平衡力量"。④ 这也显示了通俗文学的作用。李泽厚、王蒙等许多学者都认为,从现代文学的整体格局来看,以游戏消遣为本位的通俗文学是消解正统意识形态的最好

---

① 钱谷融、殷国明:《中国当代大学者对话录——钱谷融卷》,北京:中国文联出版社,2000年,第269~270页。
② 唐小兵:《蝶魂花影惜分飞》,载《读书》,1993年第9期。
③ 李今:《海派小说与现代都市文化》,合肥:安徽教育出版社,2000年,第322页。
④ 钱中文、刘方喜、吴子林:《自律与他律——中国现当代文学论争中的一些理论问题》,北京:北京大学出版社,2005年,第142页。

途径。① 它虽然没有采取直接的、面对面的、严肃认真的态度对政治文化展开批判,但是它的繁荣在客观上冷落了政治文化,大量的通俗文学产品覆盖了大众的文化阅读空间,从而使得政治文化的影响力大大降低,这就是一种不应忽视的消解力。②

第四,对民众参与国家新风貌的想像有积极意义。李欧梵认为,通俗报刊义人以旁敲侧击的方式来作时政风尚的批评,其"功用在于营造一群人可以共通的想像,从而逐渐在文化上产生'潜移默化'的效果"。③ 比如:晚清的报纸副刊《申报·自由谈》中有各种所谓杂类文体,包括政治的讽刺、新乐府、天下奇谈等(其编者之一周瘦鹃是后来所谓鸳鸯蝴蝶派的重要人物),在"新旧交替之间……创造出来的文化想像,里面包括新中国的想像"。④ 李认为,梁启超一个非常重要的贡献是提出了对民族国家新风貌的想像,"现代民族国家的产生,不是先有大地、人民和政府,而是先有想像。而这种想像如何使得同一社群的人信服,要靠印刷媒体"。⑤ "中国的现代性不可能只从一个精英的观点来看待,精英只能登高一呼,至于社群共同的想像,其风貌和内容不可能是一两个人建立起来的,需要无数人的努力。而其所借助的印刷媒体,如报章杂志",⑥其撰稿人大多数是不受重视的文人,但恰恰是他们"完成了晚清现代性的初步想像"。他们基本上是文化工作者,或画画,或写文章,"从大量的文化资源中移花接木,迅速地营造出一系列意向",⑦"当时中国的想像就是靠这些人在报章杂志中营造出来的"。⑧ 与此类似,陈建华也谈到周瘦鹃1920年—1926年在《申报·自

---

① 李泽厚、王德胜:《文化分层、文化重建及后现代问题的对话》,载《学术月刊》,1994年第11期。
② 陶东风:《世俗化时代文艺的消遣娱乐性》,载《文艺争鸣》,1996年第3期。
③ 李欧梵:《"批评空间"的开创——从〈申报〉"自由谈"谈起》,《中国现代文学与现代性十讲》,上海:复旦大学出版社,2002年,第146页。
④ 李欧梵:《现代性与中国现代文学》,《未完成的现代性》,北京:北京大学出版社,2005年,第34页。
⑤ 李欧梵:《晚清文化、文学与现代性》,《中国现代文学与现代性十讲》,上海:复旦大学出版社,2002年,第6页。
⑥ 李欧梵:《晚清文化、文学与现代性》,《中国现代文学与现代性十讲》,上海:复旦大学出版社,2002年,第13页。
⑦ 李欧梵:《晚清文化、文学与现代性》,《中国现代文学与现代性十讲》,上海:复旦大学出版社,2002年,第13页。
⑧ 李欧梵:《晚清文化、文学与现代性》,《中国现代文学与现代性十讲》,上海:复旦大学出版社,2002年,第14页。

由谈》发表的时事评论"没有有关国是的具体主张和建言","就每日发生的公共事件略加评点,片言只语,令人忍俊不禁,同公众分享某种感受和情绪,其中却隐含着'自由''民主'的价值观"。① 在一呼"百应"之间,在为主演的"助演"之中,民众也为之吸引而不知不觉地参与到对国家新风貌以及现代文化生活的想象中。从这点来看,通俗文学的价值不仅是连接过去,而且也是指向未来的。

20世纪90年代中期以后,西方现代性理论在国内研究界颇为盛行。在不少研究者的印象中,现代性与现代、进步、文明、理性等相关联,与之相对的是传统、落后、野蛮、蒙昧等字眼,因而通俗文学与现代性沾不上边。对此,王德威颇为不平,他指出:自晚清、"五四"以来,科幻小说、黑幕谴责小说、鸳鸯蝴蝶派小说等"种种不入(主)流的文艺实验"被否决、嘲笑,包含"被压抑的现代性"②。此言不虚,上面提到的鸳鸯蝴蝶派种种意义无不与现代性存在关联,只是与那种激进的与传统彻底决裂的现代性不同,鸳鸯蝴蝶派"代表了一种温和的渐进的改良的现代性,它寻求的是一种现代和传统的结合与传统的转化,对于传统的不合理和不人道采取一种温和的否定的态度。他们可以说是现代性在不同方面、不同思路上的不同选择"。③

二、商业化写作的合理性

游戏之文与商业化写作紧紧相连,也因此通俗小说作家被斥为"文丐""文娼",从而引起他们的极度不满。张恨水在《新民报晚刊》的"北望斋诗谈"专栏里发表七绝《卖文卖得头将白》:"鸳鸯蝴蝶派或然?孤军作战廿余年;卖文卖得头将白,未用人间造孽钱!"④就抒发了因卖文而受鄙视的愤懑之情。

通俗小说作家是近代商品经济的直接产物,是最早写稿取酬的职业作家。20世纪初期,他们大多在上海及周边城市的报刊、书局任主编,而"五四"新文学作家主要是北京高校师生,后者嘲笑"拜金主义"写作,"除了对文学事业的忠诚,还因其相对优越的社会地位。而这牵涉到一二十年代京

---

① 陈建华:《紫罗兰的魅影 周瘦鹃与上海文学文化,1911—1949》,上海:上海文艺出版社,2019年,第162页。
② [美]王德威著、宋伟杰译:《被压抑的现代性——晚清小说新论》,北京:北京大学出版社,2005年,第11页。
③ 罗金:《鸳鸯蝴蝶派:另一种现代性》,载《粤海风》,2002年第5期。
④ 张恨水:《卖文卖得头将白》,载重庆《新民报晚刊》,1943年3月3日。

海两大城市的文化品格,以及同为近代化产物的新式学堂与报刊书局的不同功能"①"学校与报刊,虽然同为中国近代化过程的重要产物,但其承担的功能,其实颇有差异。……一般报刊都必须靠自身活动获取利润,并谋求发展。也就是说,报刊书局本身尽管很有文化意味,同时也是一种商业活动。学校可就大不一样。除了自古以来中国人对'读书'的迷信,使得学校很容易被'神圣化';更因教师和学生一般远离'铜臭',不大介入直接的商业活动。因此,报刊从业人员更多体现市民意识,而学校的教授与学生则基本上继承了传统士大夫的优越感与责任感。作为历史活动中充满偶然性的个体,自然可以在二者之间穿梭或游移;可这两大文化实体的基本品格,却不为个别人的道德情操、审美趣味所左右"。② 鄙视"拜金主义"的写作,"必须有清高优雅的大学作为其知识背景与精神家园。开办大学需要筹集经费,运作大学蕴涵权力斗争,这些世俗层面的焦虑,并非作为个体的教授或学生所必须直接感知。起码就表面现象而言,大学校园比起'红尘十丈'的新闻出版业来,要'高雅'与'纯洁'得多"。③ 1920年代以后,新文学的作者和读者主要集中在学校,而通俗小说"则以市民为依赖对象,这一基本格局没有大的改变"。④ "新式学校的趋于理想主义,与报刊书局的容易世俗化,仍决定了二者对于雅俗的不同需求"。⑤ 陈平原的文章客观分析了京海两大城市报刊、书局不同的文化功能,以及处于不同文化实体的人与世俗化、商业化亲疏的原因,说明蔑视职业化写作是带有贵族气的。

其实,拜金主义是应该批评的,它以追本逐利为目标,反映的是一种精神的贫困,一种世界观、人生观、价值观的缺失,而文学商业化则值得肯定,因其自身具有的自由竞争特征能给文学带来生机与活力。关键在于作者要善于从内在的精神需求与文学的市场需求之间寻求到平衡。

---

① 陈平原:《"通俗小说"在中国》,见《假如没有"文学史"……》,北京:生活·读书·新知三联书店,2011年,第253页。(注:该文初刊于《上海文化》1996年第2期。)
② 陈平原:《"通俗小说"在中国》,见《假如没有"文学史"……》,北京:生活·读书·新知三联书店,2011年,第254页。(注:该文初刊于《上海文化》1996年第2期。)
③ 陈平原:《"通俗小说"在中国》,见《假如没有"文学史"……》,北京:生活·读书·新知三联书店,2011年,第255页。(注:该文初刊于《上海文化》1996年第2期。)
④ 陈平原:《"通俗小说"在中国》,见《假如没有"文学史"……》,北京:生活·读书·新知三联书店,2011年,第256页。(注:该文初刊于《上海文化》1996年第2期。)
⑤ 陈平原:《"通俗小说"在中国》,见《假如没有"文学史"……》,北京:生活·读书·新知三联书店,2011年,第256页。(注:该文初刊于《上海文化》1996年第2期。)

三、对商业化写作的质疑与辩护

也有一些学者对文学的游戏消遣和商业化抱警惕态度。一种观点指出通俗文学迎合读者的后果是不能提供新的看世界的思想和方法,从而唤醒读者。王彬彬认为,"按照接受美学的观点,高雅文学之'高雅',就体现在对读者的期待视野不是迎合而是挑战,是谋求对读者期待视野的改造。而读者期待视野的改变,便意味着思想观念、情感心理、价值尺度的改变,越来越多的读者期待视野的改变,便意味着社会的进步。也正是在这个意义上,接受美学认为,作品创造着读者。文学在人类历史上起着一种特殊的作用,它作为一种解放的力量,曾经帮助人们冲破了种种束缚人类的情感观念,帮助人们看清了种种占统治地位的意识形态的荒谬——而这,正是通过对读者期待视野的改变来实现的。而通俗文学的通俗性,就表现在对读者期待视野的尽可能迎合上,它不能谋求对读者心理的挑战,不能面对读者心灵的按摩而对读者心灵的抽击,否则便违背了其'消闲'和'娱情'的基本使命,也就不成其为'通俗文学'了"。①"通俗文学由于不对读者的期待视野造成改变,由于不给读者提供新的观察事物的方式,由于不能迫使读者全新地感知事物,由于总是验证、加固读者已有的道德观念,由于总使读者原有的思想感情在作品中得到确认和肯定,因而,便不是作为一种解放的力量而是作为一种保守的力量,与政治、经济等其他力量一起,将人类束缚在自然、宗教和社会中。通俗文学给予读者的不是唤醒而是麻醉"。②

这个观点与文学研究会的类似。它注重文学的启蒙作用,呼吁民众通过阅读接纳新思想,以改变原有的生存方式,这无疑是正确的,但是把读者理想化了,因修养、兴趣、阅读习惯的差异,市民读者未必能领略到精英文学思想的深刻性和艺术的独创性,这样文学的引领作用就不能发挥出来。而优秀的通俗文学也在向外国文学、新文学学习的过程中不断提高思想意识和艺术水平,即使不深刻、不先锋,步骤慢半拍,但适合市民节奏,容易被市民接受,所以从总体来看有益于社会进步。

---

① 王彬彬:《文坛三户:金庸・王朔・余秋雨》(增订版),南京:南京大学出版社,2009年,第166页。
② 王彬彬:《文坛三户:金庸・王朔・余秋雨》(增订版),南京:南京大学出版社,2009年,第166~167页。

另一种观点是追求经济效益必然会使文学走向庸俗,因为文学的艺术精神与经济效益之间存在着不可调和的矛盾。刘纳表示,通俗小说作者不须在精神探索方面殚思极虑,他们只须考虑怎样能使读者轻松而容易地获得阅读乐趣。定位于"通俗"的作者势必急于实现自己作品的商品价值,所以他们的"媚俗"是不可避免的。而作为社会组成多数的"俗"者,从来与"和宗教与哲学处在同一境界"的艺术精神无缘。……为了走向市场,走向"流行",通俗作者必然背离精神探索,去适应和迎合俗众的趣味,因此,"通俗"下滑为"庸俗"往往是顺理成章的事①。

这里指出了文学走向市场化消极的一面。在研究者看来,文学的本质是个人化的、非功利的、超越世俗的,因此,要拒绝大众的平庸,反对功利性和世俗性。但是他们主要着眼于物质利益与文学创作矛盾冲突的一面,却忽略了二者统一、融合、相互补充的一面。

不可否认物质考虑对文学生产的影响,但混饭吃的文学也不一定就蹩脚,历史上有许多大作家就是为了钱才拿起笔创作的。从文学社会学的角度来看,"凡文学事实都必须有作家、书籍和读者,或者说得更普遍些,总有创作者、作品和大众这三个方面"。② 这三个方面形成一个循环系统,因此,读者大众在文学活动中的地位极为重要。特别是当文学作为一种职业要通过创作来维持生存需要时,就必须得到读者的认可。罗贝尔·埃斯卡皮说:"作家之所以获得文学意义、成为一位名副其实的作家,那是在事后,在一个站在读者立场上的观察者能够察觉出他象一个作家的时候。"③这也强调了作家的社会认可。它要求作家要经受数量及质量的双重考验。这就必须将文学创造的社会价值、审美价值与消费价值、商品价值统一起来。从文学实绩来看,优秀通俗文学作家包天笑、周瘦鹃、张恨水、程小青等人并没有因为职业化写作而放弃自己的人文理想和艺术探索,他们的成就也被当今研究者认可。这表明,文学的审美创造与职业生产是可以兼顾的,作家的社会责任感和审美个性是可以通过职业生产活动来实现的。

当然,在迎合读者的问题上,可以把上述学者的批评当作一种警示。

---

① 刘纳:《嬗变——辛亥革命时期至五四时期的中国文学》(修订版),北京:中国人民大学出版社,2010年,第150~151页。(注:该书初版于1998年。)

② [法]罗贝尔·埃斯卡皮著,于沛选编:《文学社会学》,杭州:浙江人民出版社,1987年,第1页。

③ [法]罗贝尔·埃斯卡皮著,于沛选编:《文学社会学》,杭州:浙江人民出版社,1987年,第15~16页。

通俗文学在母题表现上要"更侧重积极、健康、向上、明朗的情调","通过审美而娱乐",对读者在审美上要采取逐步提高的积极适应,而不是那种让观众欣赏力退化的消极适应,这样才能避免"通过迁就的方式"实现文艺的商品性。①

第三节 重评言情、武侠小说

"五四"以来,徐枕亚与张恨水及还珠楼主是被当作言情、武侠小说的代表加以批判的,因此,对他们的评价更能反映出批评者观念的巨大变化。

一、对言情小说的看法

对以《玉梨魂》为代表的民初言情小说主要有以下层面的评价:

第一,从思想性来看,小说具有反封建色彩。"五四"时期新文学作家对民初哀情小说特别是《玉梨魂》"发乎情止乎礼"批评甚烈,认为小说在情感上极尽缠绵之能事,在欲望和行动上则小心翼翼,如履薄冰,甚至带有礼教训谕的成份,因而,封建意识浓厚。而当代学者袁进则指出,小说表现了青年男女进退两难的复杂心态,即自由情爱与封建伦常的矛盾,这正是新旧观念混杂的自然流露。张光芒也从叙述策略方面指出,小说中的道德说教有时是用来掩盖作者真实意图的,是为了使作品不因大逆不道而被人们拒绝。从其采取的艺术表现方式来看,以"哀""艳"为主的情调和悲剧式的结局,增强了情理对峙所形成的艺术张力,使表层的礼教、名节的古训显得空洞抽象,而深层的情的痛苦却富有强烈的感染力。② 这就从另一角度推翻了批评的思维定势,揭示出作者矛盾心理产生的时代原因。

在人物评价上,有学者肯定了女主人公梨娘的反叛性,指出在爱情生活中她是较为主动的,她冒天下之大不韪去做在当时看来"伤风败俗"的越轨之事,虽然做的时候内心充满了矛盾和痛苦,但是构成了对封建礼教及其旧道德观念的反叛和挑战。可以肯定地说,梨娘绝非封建道德规范的"节妇",倒像是一位不彻底的、半截子的叛逆女性。从这个意义上来讲,说《玉梨魂》具有反封建色彩并非是不能成立的。历史是不能苛求的,生活在

---

① 毛时安:《大众文艺:世俗的文本与解读——关于当代大众文艺研究的一些想法》,载《上海文论》,1991年第1期。
② 张光芒:《从"鸳派"小说看中国启蒙文学思潮的民族性》,载《学术界》,2001年第4期。

旧社会中的人,是难以超越其所处的时代做出她不可能做到的事,何况还是一个静处深闺的寡妇。①

也许徐枕亚在写作时并没有意识到《玉梨魂》的反封建性,但客观上小说的确起到了此作用。夏志清早在1980年代就谈到,其作者虽"无意'唤醒'中国青年,他却借着诗的力量和个人的深刻感受,明确地写出了'铁屋'内的窒人气息,并充分揭露了居住其中的人物所蒙受的痛苦",因而"引发了读者对中国腐败面的极大恐惧感,其撼人程度,超越了日后其他作家抱定反封建宗旨而写的许多作品"。② 这种说法也为不少研究者所认可,后来他们亦多有发挥。

第二,从婚恋观来看,小说具备现代爱情观,通俗文学作家把爱情上升到人生意义的最高点。在他们的心目中,纯洁、坚贞的爱情价值高于一切,可以为之牺牲生命和一切现世的幸福。如恩格斯所言,"为了能彼此结合,双方甘冒很大的危险,直至拿生命孤注一掷"。③ 这不是低级庸俗的感情或封建伦理思想,这恰恰是现代的爱情观。民初通俗小说正是中国小说现代化的第一步。④

此外,有研究者发现《玉梨魂》中以往研究未曾关注的男性忠贞问题,这表现在对何梦霞与梨娘之恋的书写上。小说继承并发展了中国文学中寡妇不可再婚而才子佳人可以风流多情的传统,并从中生发出两性心灵相知的现代爱情境界。在书写男性至情品质中颠覆了男主女从的封建伦理,又在肯定男大当婚的话语中遵从了儒家正统的家庭观念。小说虽属俗文学范围,但却在对两性爱情痛苦的理解中,在现代婚姻自主观念的宣张中,表现出可贵的现代人道情怀和人权观念。小说所宣张的婚姻自主理念中所蕴含的反叛封建父权思想是"五四"恋爱自由思潮的可贵先声,具有鲜明的人权内涵和现代特质。⑤

第三,从小说产生的原因来看,社会黑暗是根源。《玉梨魂》着重写的

---

① 郭延礼:《中国近代文学发展史》(第三版),北京:高等教育出版社,2001年,第338页。
② 夏志清著、万芷均等译、刘绍铭校订:《〈玉梨魂〉新论》,《中国文学纵横》,上海:上海人民出版社,2019年,第290页。(注:该文于1981年首次发表。)
③ 恩格斯著、中共中央马克思恩格斯列宁斯大林编译局编译:《家庭、私有制和国家的起源》,北京:人民出版社,2018年,第83页。
④ 孔庆东:《1921谁主沉浮》,重庆:重庆出版社,2008年,第142页。
⑤ 李玲:《哪一种传统观念,哪一种现代意识?——〈玉梨魂〉的男性至情观》,载《南开学报》,2012年第6期。

是何梦霞的情愁,但是联系小说提供的社会线索及作者本人的经历,我们看到他的凄凉和飘零感最深的根源是社会黑暗与理想无望。徐与南社文人大多是晚清民族革命和民主革命的志士或热情支持者,但革命后共和制下军阀的专制、政治的倒退使他们的理想期待严重受挫,导致他们在创作中将痛苦转化到男女爱情悲剧的想像中。① 这就反驳了"五四"时期关于言情小说无病呻吟的观点。

也有学者认为《玉梨魂》表达了对古典诗词没落的怀念。王一川说,叙述人讲述何梦霞埋葬梨花之魂并为之痛苦不已的故事,其实在暗喻当时一部分知识分子对濒临危机的中国古典文化之魂的依依惜别的痛悼之情。②

第四,从古今演变、传承及中外比较的角度来看,小说提供了很多新的因素。《玉梨魂》主要写男女主人公的恋爱及他们的痛苦,这是传统文学里有的,是传统文学的继续,但是又有了新的内容。小姑与不爱的人订婚觉得丧失了独立人格,因而很痛苦,这是传统文学里没有的,是一种新思想,它与西方文学影响有关。③

在形式上借鉴了西方的艺术表现手法。徐枕亚的《玉梨魂》和《雪鸿泪史》实际上为"五四"时期的许多白话恋爱小说(包括从头到尾采用书信形式者)开辟出一条新路(夏志清自认为首次指出这点)。④《玉梨魂》以细腻的铺成言说为特征,对情绪和内心的私语进行了表达,将中国小说向现代化的方向推进了一大步。⑤

以上评价基本上颠覆了"五四"以后至 1980 年代初对《玉梨魂》的认知。

此外,研究者还从多层面解读了张恨水的小说。

第一,探寻张恨水小说的文化内涵。有学者认为张恨水能入乎俗,而出乎雅,于俗滥之处点化出几分诗趣来。《啼笑因缘》在爱情故事中加入某些令人神往的风俗,加入某些发人深思的文化体验。少年学子樊家树和清寒鼓姬沈凤喜的爱情发生在北京天桥就是对风俗的描写。他选择沈凤喜

---

① 杨联芬:《中国现代小说导论》,成都:四川大学出版社,2004 年,第 77 页。
② 王一川:《魂归何处——回看辛亥至五四时期的中国艺术》,载《文艺理论研究》,2019 年第 2 期。
③ 章培恒:《传统与现代:且说〈玉梨魂〉》,载《中国现代文学研究丛刊》,2001 年第 2 期。
④ 夏志清著、万芷均等译、刘绍铭校订:《〈玉梨魂〉新论》,《中国文学纵横》,上海:上海人民出版社,2019 年,第 278 页。
⑤ 徐德明:《中国现代小说雅俗流变与整合》,北京:社会科学文献出版社,2000 年,第 123 页。

而不是富家女何丽娜,实际上反映了对东方文化趣味而不是西方文化趣味的选择。① 张恨水早期三大代表作均写了禅意佛学。《春明外史》写杨杏园坐化如涅槃,《金粉世家》感叹万事皆空,《啼笑因缘》写受难与渡劫。这些描述均是张恨水佛学思想的不同面相。②

第二,阐述张恨水对章回体小说文体改造的贡献。它主要不是对回目之类文体外部特征"遗留物"的抛弃上,而是对旧章回体艺术陈规的改造,从根本上使这种文体具有时代感和现代性,"使章回体由一种封闭的、凝固的、粗糙的文体形态转变为开放的、精致的现代文体形式,以满足自己表现现代事物的需要,重塑传统文体的审美魅力"。③ 另外,《八十一梦》是张恨水后期代表作,学界大多将其称为抗战小说、社会讽刺小说,有学者另辟蹊径,着重探讨该小说复杂的戏仿形态,④以展示其文本世界的丰富与多元。

第三,阐述报人的职业生涯对小说创作的影响。认为张恨水小说偏爱暴露或描摹畸形社会人生乃报人的批判意识使然,而纯净易懂的白话、简短的句子、生动的动词运用,乃至惯用的俗套话语,也是采用报纸新闻的写作方式。既然是报人化小说,其文本在审美表达上必然显示出更多的公共性、包容性倾向。另外,小说虽然写情,但其关注的核心始终是社会现实。因此,对他的价值评价不是"鸳鸯蝴蝶派"所能涵盖的。⑤

第四,探讨通俗小说的生产机制。新文学作家常常把文学的营销行为视为一种堕落,而当代学者则把商业运作视为文学活动中不可缺少的部分,认为《啼笑因缘》之所以轰动,离不开编者的造势,作者对报纸连载方式、读者审美习惯的谙熟,以及读者的积极参与,三者的结合共同完成了一部小说,这种开放的写作是文学现代化进程中一种新的文学现象,值得认真关注。⑥

以上论述拓展与深化了对张恨水小说的研究。

---

① 杨义:《中国现代小说史》第三卷,北京:人民文学出版社,1998年,第722页。
② 汤哲声:《〈啼笑因缘〉的细读与再思考》,载《新文学史料》,2020年第3期。
③ 温奉桥:《现代性视野中的张恨水小说》,北京:中国海洋大学出版社,2005年,第146~147页。
④ 胡安定:《张恨水〈八十一梦〉的戏仿策略与鸳鸯蝴蝶派阅读共同体》,载《西南大学学报》,2014年第3期。
⑤ 刘少文:《大众媒体打造的神话——论张恨水的报人生活与报纸化文本》,北京:中国社会科学出版社,2006年,第223页。
⑥ 石娟:《〈啼笑因缘〉缘何轰动》,载《中国现代文学研究丛刊》,2011年第2期。

二、对武侠小说的看法

民国武侠小说于20世纪90年代重新进入研究者的视野,很大程度上是因为以金庸、古龙、梁羽生为代表的新武侠小说在大陆风靡一时,并引起了著名高校学者的高度关注。比如,1994年8月,北京师范大学王一川将金庸列入文学大师的行列,将茅盾排除在外。① 1994年10月,北京大学授予金庸名誉教授称号,严家炎发表了题为"一场静悄悄的文学革命"的贺词。1996年11月,浙江大学正式聘金庸为名誉教授。这些又引起了对武侠小说的讨论,其中,否定者对新武侠小说的质疑与新文学作家对民国武侠小说的批评大致相同。

第一,从社会影响来看,武侠小说乃麻醉品。陈平原表示,1930年代,茅盾、郑振铎、瞿秋白等人认为武侠小说受欢迎是民众在侠客身上寄托了被拯救的希望,所以,说它是麻醉品的判断大体上是中肯的。武侠小说流行最重要的心理基础是"人类无法为所欲为,时时受到命运的钳制,意识到自己的脆弱与渺小,才会产生一种被拯救的欲望"。而它在当代流行,可以见出"现代人对自身处境的不满与困惑"②。对此,陈深表理解。但他在否定拯救消极意义的同时,又肯定了拯救的积极意义,即侠客"在拯救他人中超越生命的有限性"。③ 这就赋予武侠小说更多的意义。

批评激烈、措辞严厉的代表性的观点是:武侠小说的模式陈旧、落后,它将武侠置于历史背景之上,有以假乱真的副作用,是对历史的歪曲。④ "江湖世界"是虚拟的、虚幻的、脱离现实人生的。耽溺其中,就会受到误导,就不可能正确认识、对待现实人生,就可能把"江湖世界"和现实生活混为一谈,从而成为可怜可笑的堂吉诃德。⑤ 武侠强调虚幻的个人力量,不符合历史真实,又鼓吹反社会意识,与现代社会的根本精神相悖,武侠小说是"精神鸦片"。⑥ "以道德的名义杀人,在弘法的幌子下诲淫诲盗。"⑦与要

---

① 王一川:《我选二十世纪中国小说大师》,载《文学自由谈》,1994年第4期。
② 陈平原:《我与武侠小说(代序)》,《千古文人侠客梦》(增订本),北京:北京大学出版社,2010年,第3、4页。(注:该书1992年由人民文学出版社初版。)
③ 陈平原:《我与武侠小说(代序)》,《千古文人侠客梦》(增订本),北京:北京大学出版社,2010年,第177页。(注:该书1992年由人民文学出版社初版。)
④ 袁良骏:《再说雅俗——以金庸为例》,载《中华读书报》,1999年11月10日。
⑤ 袁良骏:《武侠小说的历史评价问题》,载《南通师范学院学报》,2002年第2期。
⑥ 鄢烈山:《拒绝金庸》,载《南方周末》,1994年12月2日。
⑦ 王朔:《我看金庸》,载《中国青年报》,1999年11月1日。

求中国人民站起来的新的人文精神背道而驰,只能拖思想解放和群众觉悟的后腿。①特别是"百年来的武侠文化从总体上说变成了侠文化的扭曲与变形。武侠文化的泛滥成灾,构成了中国传统文化(包括侠文化)的一场深重的灾难"。从平江不肖生《江湖奇侠传》到改革开放后内地的武侠小说创作与传播高潮,侠文化变成了武侠文化、武文化,"打打杀杀、血流成河","既不符合现代法制精神,也极不利于青少年的健康成长"。"江湖义气越来越成了武侠小说的灵魂,侠义小说的行侠仗义变成了忠于帮派、忠于帮主。"到了古龙等人笔下,这种江湖义气"越来越成为社会恶势力、黑社会势力维持帮派的法宝,对社会构成了越来越严重的威胁"。②

　　武侠小说是否会产生如此不良的后果?有学者提出了辩护。严家炎认为"麻醉论"在当时或许有其针对性,但结论未免过于简单。武侠小说是否真的阻碍革命需要辨析。虽然一般武侠小说都肯定行侠仗义、急人所难,但就具体作品而言,内容比较复杂,主要由作者思想境界高下而定。清末民初有一批武侠小说鼓吹反清,"与辛亥革命颇为合拍,革命性相当强"。而《儿女英雄传》就相当符合封建社会的道德规范和人生理想(女主人公一心想当诰命夫人),"对当时社会完全不具有叛逆性或破坏力。所以,笼统地说武侠小说阻碍革命显然不符合事实,笼统地说武侠小说推动革命也未必确切"。③ 如果说"那种认为武侠小说鼓吹暴力、'以武犯禁'的看法是站在封建统治者立场上从右的方面来否定的话,那么,这种认为武侠小说'制造幻想'、乃'精神鸦片'的看法却是站在革命者立场上从左的方面来否定的"。④

　　有学者从理论上反驳了效果论。徐岱认为,"将小说与历史一视同仁,力图用历史的事实来验收小说的虚构,这不仅同艺术法则相去甚远,与马克思主义美学观也背道而驰"。列宁说过"艺术从不要求把它当成现实",人们之所以需要艺术"乃是为了获取一种超越平庸的力量,以便从日常法则的束缚中实现一次诗性的安全突围。因此,艺术所需求的现实关怀并非对既成事实的恪守,而是对我们的'生活世界'里的可能性的发现"。武侠

---

① 何满子:《为旧文化续命的言情小说与武侠小说》,载《光明日报》,1999 年 8 月 12 日。
② 袁良骏:《论武侠文化》,载《汕头大学学报》,2007 年第 1 期。
③ 严家炎:《金庸小说论稿》(增订版),北京:北京大学出版社,2007 年,第 12 页。(注:该书初版于 1999 年。)
④ 严家炎:《金庸小说论稿》(增订版),北京:北京大学出版社,2007 年,第 8 页。(注:该书初版于 1999 年。)

小说的英雄主义文本与浪漫传奇的框架为之提供了方便。效果论"将小说的艺术世界同日常的现实人生相混淆,力图以日常伦理来要求审美创造,以当下的道德评判来取代超越的审美评价","在理论上十分荒谬:毒药固然能置人于死地,补药也会由于服用不当而伤人,'效果'的主观性使得任何由此出发作出的价值评判都缺少合法性"。①

否定者还引用报纸上登载的武侠小说"毒害"青少年、引诱他们上山学道的实例来斥责武侠小说。对此,严家炎也举出了反例。像《青春之歌》作者杨沫1931年离家走上革命道路,与那时爱看武侠小说"很有关联"(《光明日报》1995年3月24日第6版报导的杨沫的现身说法)。说明武侠小说的功效在于"激发读者的正义感,褒扬见义勇为的精神……。武侠小说给人灌输的是一腔热血,让人憎恨残暴的压迫者,同情无辜受虐的百姓,勇于行动,不惜牺牲,它与革命精神正好是相通的"。②

这样看来,以积极或消极的社会影响来判断武侠小说的价值并不合适。

第二,从情节来看,武侠小说是荒谬的。对此观点,严家炎指出,"五四"时期某些革命先驱者在文学问题上有一些"幼稚偏狭的看法:他们重写实而轻想象,重科学而轻幻想,重思想功利而轻审美特质,对……武侠……类作品很不理解。他们把《聂隐娘》《红线》乃至……《水浒传》中某些情节指斥为'迷信'而对整个作品不予肯定。这就使他们不能较为客观和全面地去评价武侠类作品",③也妨碍了人们正确对待"五四"以后的通俗文学。对武侠小说远离现实的指责是"现实主义独尊论的逻辑近年来在文艺批评上的一次发作"。"弘扬侠义精神的武侠类作品,凝聚着真善美理想的童话,很难用现实主义方法来创作",④它采用的是浪漫主义笔法。"五四"以来很多批评为"异元批评"或称"跨元批评",就是"在不同质、不同'元'的文学作品之间,硬要用某'元'做固定不变的标准去评判,从而否定一批可能相当出色的作品的存在价值"。比如,用现实主义标准去衡量现代主义作品或浪漫主义作品,或者相反。这是一种使批评标准与批评对象完全脱节

---

① 徐岱:《批评的理念与姿态——也以金庸写作为例》,载《文艺争鸣》,2000年第2期。
② 严家炎:《以平常心看新武侠》,载《中华读书报》,2000年6月28日。
③ 严家炎:《金庸小说论稿》(增订版),北京:北京大学出版社,2007年,第8页。
④ 严家炎:《金庸小说论稿》(增订版),北京:北京大学出版社,2007年,第208页。

的批评,犹如论斤称布、以尺量米一样荒唐。①

红学家冯其庸亦认为"侠义小说之有一定程度的或较大程度的超现实性或幻想式的神奇性"是可以的,"我们不能用评价现实主义小说的眼光去评价侠义小说",就是《红楼梦》还有太虚幻境之类的描写。② 徐岱也反对以所谓的"现实主义小说观"来矮化通常属于浪漫主义文本的武侠小说。他认为,对虚幻世界的编造也可以透视现实人生。对善良人性描述的缺席并不意味着就是对仇杀的赞赏与渲染,而恰恰相反,是对善良人性的永恒的召唤。③

拿神魔武侠小说《蜀山剑侠传》来说,它"突出正邪两道的斗法,一边是妖魔横行,杀人如草,民不聊生;另一边是正道剑仙苦修正果,拯救苍生。作品贬斥了弱肉强食、尔虞我诈、欲壑难填的邪魔外道,颂扬生命的伟大、道德的尊严",这些可以说明,还珠楼主这位神仙世界的缔造者的内心是十分"入世"的,他以特有的方式表达了自己的"时代性"和"人民性"。④

除了为之辩护,研究者还发掘出还珠小说的现代意义。叶洪生将徐国桢(见本书第三章第三节)的观点进一步发展,他说:"贯穿还珠楼主生命哲学的中心思想所在:体现于儒家者曰'仁',体现于释家者曰'慈悲',体现于道家者曰'长生';即'上天有好生之德'。"即"生命哲学"是还珠楼主思想的根本。⑤ 后来许多学者深化了这一观点。他们认为还珠楼主的生命哲学是对中国传统文化的艺术阐释,同时也蕴含了现代生命意识,对其小说生命抗争主题也给予了较高的评价。

在审美层面上,张赣生认为,还珠小说"绝不仅仅是以'新奇'、'荒诞'取胜",其容量非常之大。除了《蜀山剑侠传》《青城十九侠》中非凡的自然景色描写,他对民俗风情的描写"自然"而"顺畅",十分迷人。他那"浅近易懂的半文言半白话的文字风格,也毫无半点欧化腔"。⑥ 后来的研究者也多有发挥,指出人物形象的个性化、叙事意象的独特性与景物描写的雅致

---

① 严家炎:《走出百慕大三角区——谈20世纪文学批评的一点教训》,载《文学自由谈》,1989年第3期。
② 冯其庸:《读金庸的小说》,《金庸散文集》,北京:作家出版社,2006年,第364页。(注:该文写于1986年。)
③ 徐岱:《批评的理念与姿态——也以金庸写作为例》,载《文艺争鸣》,2000年第2期。
④ 孔庆东:《超越雅俗》,重庆:重庆出版社,2008年,第122页。
⑤ 叶洪生:《论剑——武侠小说谈艺录》,上海:学林出版社,1997年,第132页。
⑥ 张赣生:《民国通俗小说论稿》,重庆:重庆出版社,1991年,第251、253、257页。

化都尽显还珠的艺术才华。①

还珠楼主的神魔武侠因超现实世界的描写受到的批判最为激烈,因此,对它的肯定说明研究者在思想上的解放,可谓意义非凡。

第四节 关于通俗文学入史问题的见解

一、对通俗文学如何入史的两种观念

对现代文学史的编写,学者看法大体一致:通俗文学可以入史,但如何入史,需慎重对待。在1990年代北大的一次研讨会上,大家就文学史研究对象是选择尖端还是选择影响最大的问题发表意见时,钱理群主张两者兼顾,他举的是20世纪40年代解放区文学的作家韩起祥的例子,韩在当时影响很大,部分显示了那个时代的文学风貌,应该入史。而陈平原则明确表示反对,他认为像韩起祥这样一批通俗文学家只是作为这一时代的文化现象,而不是取其文学价值。"他们只是提供一种文化氛围、文学背景,不应该正面讲他们的文学成就。""文学史应该考虑通俗文学的地位和价值。"不过,"最好从通俗文学的繁荣如何刺激和影响整个文学事业的发展这个角度立论"。他还表示,以金庸为代表的武侠小说表现技巧和主题模式也随整个文学潮流发展,但总是慢半拍。通俗小说也大体如此,它"传授的文学信息和思想信息绝大部分是间接的,不具原创性"。② 陈平原部分继承了王瑶的观点,他既肯定通俗文学在小说发展中的动力作用,同时表明要以文学是否具有创新性,是否表现新的思想观念为入史标准,即以精英文学为主导,通俗文学作为背景出现或附带介绍。二人代表了两种入史观念,以后的研究论文也大致持这两种观点。具体如下:

第一,主张从文学史的整体格局出发,重视读者面广狭和影响力大小,以及文学史的丰富性和全面性。钱谷融把通俗文学称为不必羞愧的缪斯女神③,认为通俗文学有功有过,但"两相权衡,无宁还是功大于过的。一味贬斥它,否认它存在的权利,不但不公平,还将严重影响人民精神生活方

---

① 侯运华、刘焱:《中国近代小说流派研究》,北京:中国社会科学出版社,2017年,第83页。
② 《二十世纪中国小说史讨论纪要》,见陈平原:《小说史:理论与实践》,北京:北京大学出版社,1993年,第257页。
③ 钱谷融:《不必羞愧的缪斯女神——我看通俗文学》,载《中国现代文学研究丛刊》,2001年第2期。

面需求的满足,对我们整个文学的发展,也会带来十分不利的后果"。"中国的通俗小说是中国传统文化的重要组成部分,它的内容涉及中国传统文化的各个方面,它的形式具有鲜明的中国民族特色,千百年来在人民群众中广泛流传,起着巨大的潜移默化的作用。是无论如何不应该、也不可能把它一笔抹杀的。""作为通俗小说,它们当然存在着境界不高、趣味较低、甚至掺杂着不少庸俗的东西的毛病。但其中一些较为优秀的作品,还是可读的,无害的。它们有时也难免要宣扬一些封建的道德观念,但更多的却是赞美诚挚的友谊,忠贞的爱情;崇扬侠义的精神,坚毅的品格;主张伸张正义和惩恶扬善等等。这些可说是我们中华民族的传统美德,即使在今天,也是有积极意义的。……从文学史的观点来说,这些作品也是整个中国现代文学的一个组成部分,并且是流传甚广、影响很大的一部分。"[1]他认为,过去现代文学史著作对这些作品几乎只字不提,是很不应该的。为了真实反映中国现代文学史的全貌,以便认真总结过去的经验,为我们今后的文学发展开辟新路,让人民群众,特别是大学文科师生和作家们广泛接触这些作品是十分必要的。因此,应该组织力量着手做选择和重印工作。

对通俗文学研究贡献巨大的是苏州大学的研究团队,他们意在文学史版图上为通俗文学争得与精英文学平等地位。1994年,范伯群在《中国近现代通俗作家评传丛书》总序中推出"双翼论",即"纯文学和通俗文学是文学的双翼,今后编撰的文学史应是双翼齐飞的文学史"[2]。汤哲声也提出调整中国现代小说史基本格局,他认为,将通俗小说"列入编史的视野之中,就能清楚地看到中国传统小说如何在新时期变型变化,看到中国新小说被读者接受的心理过程,看到中国小说形态的基本确立和发展走向。通俗小说入史也使得中国小说史具有了完整性和全面性,使得这个时期的文学现象有了立体感"[3]。

2000年,范伯群及其研究团队推出巨著《中国近现代通俗文学史》。在绪论中,他先驳斥了加在鸳鸯蝴蝶派头上的三大罪状,"地主思想与买办意识的混血种;半封建半殖民地十里洋场的畸形胎儿;游戏的消遣的金钱

---

[1] 钱谷融、殷国明:《中国当代大学者对话录——钱谷融卷》,北京:中国文联出版社,2000年,第250、253、268页。
[2] 范伯群:《中国近现代通俗作家评传丛书》,南京:南京出版社,1994年,第1页。
[3] 汤哲声:《中国现代通俗小说流变史》,重庆:重庆出版社,1999年,第32页。

主义",然后指出纯文学作家"以自己的文学功能和对文学事业的信念构成了一个'借鉴革新派'",即"向世界文学的精华学习、翻译引进并尝试创作,从而在本民族掀起一个文学革命运动,使本民族的文学与世界文学接轨"。通俗文学的大多数作家构成一个"继承改良派",就是"承传中国古典小说中志怪、传奇、话本、讲史、神魔、人情、讽刺、狭邪、侠义、谴责等小说门类和品种,加以新的探索,在19世纪末至20世纪初,反映以大都会生活为主轴的,又以消遣为主要功能而杂以劝惩目的的文学作品"。革新和改良"相对照而存在,对不同的时代和不同的对象可以也应该采取不同的方式而获得相同的前进的效果。而从中国近现代文学发展的具体情况来看,我们认为借鉴革新是必需的,但继承改良也是必要的"。① 但由于现有的中国现代文学史遗忘了继承改良的通俗文学,成为"一部残缺不全的文学史",或者说"半部中国现代文学史",②因此有必要为现代文学史"找回另一只翅膀"③。这一观点是建立在系统的通俗文学资料的整理和扎实的通俗文学研究基础上的,充分显示了科学的研究态度。该著作的出版极大地丰富了文学史叙述,也推动了对通俗文学各种类型研究的拓展与深化。

对这部著作,钱理群称赞它"具有现代文学研究的全局的视野与眼光"。④ 樊骏表示"就认识这段文学历史和这一文学派别而言,《中国近现代通俗文学史》在学术史上具有里程碑的意义"。⑤ 评价如此高的原因在于它摒弃了文学史的权力叙事。如陈思和所言,"权力叙事长期遮蔽了通俗文学,旧体文学……为政治服务的权力叙事在操控文学史写作,阻碍了对文学史丰富性和真实性的认可""新文学运动在发展中允许有极端性和片面性,但文学史叙事不应该没有宽容性和全面性"。⑥

第二,主张以文学的社会追求与艺术追求为标准。王富仁认为"中国

---

① 范伯群主编:《中国近现代通俗文学史》,南京:江苏教育出版社,2000年,第6～7页。
② 范伯群主编:《中国近现代通俗文学史》,南京:江苏教育出版社,2000年,第1页。
③ 范伯群主编:《中国近现代通俗文学史》,南京:江苏教育出版社,2000年,第35页。"找回另一只翅膀"是江苏省作家协会原主席艾煊的一个形象化的比喻,他说:"范伯群先生的研究成果,用一句简括的话说,那就是为中国现代文学史找回了另一只翅膀。"见艾煊:《找回另一只翅膀(上)》,载《扬子晚报》,1995年2月9日。
④ 钱理群:《王瑶学术奖推荐书兼及近年学术研究新进展》,《中国现代文学史论》,桂林:广西师范大学出版社,2011年,第231页。
⑤ 樊骏:《能否换个角度来看》,载《中国现代文学研究丛刊》,2001年第2期。
⑥ 陈思和:《序·范伯群教授的新追求和新贡献》,见范伯群:《多元共生的中国文学的现代化历程》,上海:复旦大学出版社,2009年,第4页。

现代文学是社会的文学,它有其向通俗化发展的一种倾向,但它是雅文学而不是俗文学。中国现代雅文学和俗文学的区别在于文学意蕴的高低优劣,而不在于它是否易懂易读。为什么赵树理的小说不是俗文学而是雅文学？因为他的作品的意蕴能在毛泽东文艺思想的价值系统当中获得社会意义的说明;为什么大多数鸳鸯蝴蝶派小说和黑幕小说不是雅文学？因为它们在中国现代美学和文艺学说中找不到对于它们的社会价值和美学价值的崇高意义的说明,这些作者也大多不以美学的和社会意义的追求为自己的创作目的,他们的创作目的以单纯迎合读者阅读趣味(不等同于我们所说的美学趣味)为目的而取得更大的经济效益。对于这样的文学,中国现代文学史应具有一种压迫性,这种压迫性是为了保证中国现当代文学的严肃性"。①王虽未否定通俗文学有杰出作品,但坚持对要入史的作品作"现代美学的和社会学意义的充分阐释",因为此举有助于中国文学和文学研究的发展。这种观点视精英文学为雅文学,具有严肃和崇高的意义,而通俗文学则为次一等的俗文学。

后来王又对自己的观点有所补充,即"鸳鸯蝴蝶派文学和新武侠小说作为一种文学现象是应该研究的",但"哪些文学作品应该纳入现代文学史的叙述之中去,那得看它们在中国现代文学史上有没有提供一种新的文学范例"。文学作品有两个方面的意义,一是对于当代读者的现实意义,一是对于历史上文学发展的意义。这两个方面的意义有时是统一的(这表现在一些最优秀的作品上),有时则是相对分离的。"一个显著的例子是胡适的《尝试集》。作为一部诗歌作品,仅就对于我们当代读者的意义,我们没有必要把它写入中国现代文学史,但它在历史上的作用却是巨大的、不可磨灭的。没有它,就没有全部的中国现当代的新诗创作,所以我们必须把它写入中国现代文学史。"②但是,通俗文学中到底有无达到这样标准的作品,王并未举出。

应该说,大多数学者都肯定通俗文学入史的合理性,但对哪些作品可以达标入史则抱审慎态度。丁帆表示"我从来就不以为言情小说就是反五四文化传统的,相反,它在某种程度上是迎合五四新文化思潮的,张恨水等人的作品就为明证。这也是五四新文学运动需要彻底反思的问题——将

---

① 王富仁:《当前中国现代文学研究中的若干问题》,载《中国现代文学研究丛刊》,1996年第2期。

② 王富仁:《关于中国现代文学史编写问题的几点思考》,载《文学评论》,2000年第5期。

通俗文学一棍子打死,实际上是'窝里斗'。通俗文学本身就是现代传媒的产儿,虽然在内容上还没有完全摆脱封建主义的羁绊,但是它的现代性的合理存在是不容忽视的。而我们的文学史恰恰在这一点上,仍然坚持对由民国文学进一步高涨的通俗文学保持批判、鄙视与忽视的态度,绝对是一种'相煎太急'式的误伤,其理念是不符合历史唯物主义的,甚至也是不符合历史唯心主义的"。① 他称赞严家炎主编的《二十世纪中国文学史》"能够突出在以往文学史中被淹没了的辉煌",比如把张恨水的章回体小说"提高到较高的文学史的位置,从观念上就更新了过去的文学史观"。但他又说:"尽管我个人主张把 1912 至 1919 年间的文学也纳入中国现代文学史的范畴,但我决不主张从这一时段中用放大镜寻找出一些所谓的代表作家和代表作品,以及文学社团、文学现象和文学思潮来支撑这一时段的文学。"入史应该斧削。仅仅将这一时段"作为五四文学高潮的'序幕',或者是'前奏曲'而已"。因此,像苏曼殊的言情小说和"鸳蝴派"的大家创作等,就不设专章专节进行详细论述了,而只是在背景和概述中一笔带过。② 丁帆主张基本上不从正面大篇幅写通俗文学作家。他主编的《中国新文学史》(上)(高等教育出版社 2013 年版)对鸳鸯蝴蝶派也是一笔带过,并以批评的眼光加以审视。

还有学者坚持现代文学的现代性质,肯定现代文学的根本要义就在其现代的思想与艺术上,反对文学史包罗万象。陈国恩认为,现代文学是知识精英的启蒙文学,它强调个人的独立和权利,批判人性,具有鲜明的时代性,因为它是直接针对中国古代传统的缺陷提出来的,是直接反传统的,因而完全是一种现代的意识形态。他肯定通俗文学是现代性的一种形态,但知识精英文学具有更鲜明的现代性特征。因此,他虽然认为通俗文学有其存在价值,但不建议入教科书。他主张在坚持现代性原则的前提下撰写各类文学史,比如现代通俗文学史,而在大学里用作教科书的中国现代文学史,只能是贯彻经典化原则的现代文学史。③

笔者更倾向于第一种意见,只要能表达现代人的思想感情,那适当采用传统形式也无妨。第二种意见在潜意识中或多或少有文体歧视的观念。文学史不必有那么多清规戒律,通俗文学进入文学史,改变了文学史的构成,扩

---

① 丁帆:《"民国文学风范"在台湾的再思考》,载《文艺争鸣》,2011 年第 7 期。
② 丁帆:《关于百年文学史入史标准的思考》,载《文艺研究》,2011 年第 8 期。
③ 陈国恩:《中国现代文学的学科独立与"双翼"舞动》,载《武汉大学学报》,2012 年第 5 期。

大了其书写范围,虽挤占了一些新文学作家研究的篇幅,但并不会降低文学史的品格和严肃性。由于通俗文学具有与精英文学不同的特点,它的加入反倒可以拓展读者的视野,活跃其思维,为创作和研究带来更多生机。

二、关于"两个翅膀论"的争议

有必要提一下,范伯群推出"两个翅膀论"之后引起了很大争议。2002年,袁良骏发表《"两个翅膀论"献疑——致范伯群先生的公开信》,对范在《中国近现代通俗文学史》中把通俗文学称为"传统继承派",严肃文学(又称纯文学)称作"借鉴革新派"提出质疑,认为"两个翅膀"必须同质同量才能比翼双飞。以"鸳鸯蝴蝶派"为代表的民国旧小说虽然表面上继承了中国传统小说的衣钵(如章回体、故事性强等),但从总体上看,它属于中国传统文学的强弩之末,从形式到内容,已经远远不能适应新的时代需要了。① 到了2005年,袁良骏又发表了《"两个翅膀论":一个似是而非的错误理论——再致范伯群先生》,指出"两个翅膀论""实质"在"贬损、否定'五四'新文学,为'鸳蝴派'翻案,拉中国文学向后转"。它"故意在严肃文学、通俗文学与低俗文学之间制造混乱,故意曲解'五四'新文学一步步民族化、通俗化,雅俗共赏的历史,为低俗文学鸣锣开道"。② 两封公开信第一封态度平和,第二封火药味浓重,令人费解。范伯群应绝无"拉中国文学向后转"之意,他只是希望学界承认通俗文学的贡献,他赞扬的是其中的优秀作品。至于它们对现代文学贡献的大小,那是可以讨论的。

对于"双翼论",不少学者发表了自己的见解。较有代表性的如丁帆所言"非常同意范伯群先生关于纯文学和通俗文学的'双翼说'",也同意"中国现代文学史由于没有通俗文学的植入是一部'残缺'的文学史的观点"。"所谓的新文学并无雅俗之分,只有好坏之分,至于人为地将两者分为雅和俗、纯与杂,是不符合文学史研究的学术性和学理性的人为切割行为。民国的这些新小说的理念和手法不都是一一渗透在后来的中国现代文学史林林总总的作家作品之中了吗?"③他是从通俗文学与新文学相互渗透的

---

① 袁良骏:《"两个翅膀论"献疑——致范伯群先生的公开信》,载《文艺争鸣》,2002年第6期。
② 袁良骏:《"两个翅膀论":一个似是而非的错误理论——再致范伯群先生》,载《汕头大学学报》,2005年第3期。
③ 丁帆:《新旧文学的分水岭——寻找被中国现代文学史遗忘和遮蔽了的七年(1912—1919)》,载《江苏社会科学》,2011年第1期,见《文学史与知识分子价值观》,北京:人民文学出版社,2014年,第121、122页。

关系的角度来说明双翼之不可分割的。

刘勇也非常赞同"新文学和通俗文学是一个飞机的两翼,是一个车子的两轮",但又说"飞机的两翼不能合成一翼,汽车的两轮也不能并成一轮……这两者,你是你,我是我,不存在你中有我、我中有你的关系,可以多元共生,但不必多元共融,你我是不同的"。"在20世纪中国文学发展的广阔时空中,现代文学走现代文学的路,通俗文学走通俗文学的道,这两者有各自的跌宕起伏,不存在彼此之间必然的关联,也不存在二者之间必需的比照分析。两者的研究也可以在不同的视角和不同的层面展开,没有必然的逻辑要将现代文学和通俗文学放在同一个层面展开。"①这种观点强调二者你中无我,我中无你,隐含着一种排斥与拒绝,而"双翼论"是讲共融,讲相互促进的关系的,否则便毫无意义。

三、多元共生的文学史观

通俗文学如何回归文学史?通俗文学是否要与新文学平分秋色、平起平坐。后来,范伯群指出"找回另一只翅膀"只是个形象化的比喻,并不觉得通俗文学要占50%的篇幅。哪些作家应进入文学史是有一个客观标准的,但决不能像过去一样将通俗作家略而不提。②他对"双翼论"提出修正,改称为"多元共生",即"现代通俗文学在时序的发展上,在源流的承传上,在服务的对象上,在作用与功能上,均与知识精英文学有所差异,根据上述的理由它当然能成为'多元共生'中的'一元'"。③"双翼论"是从雅俗的角度争名分,"多元共生"是从功能的角度论互补。另外,"多元共生"并不单是雅俗共生的问题,一部多元共生的文学史中还会有新文学内部多个流派之争。④

对此观点,陈思和表示赞同,他认为范伯群提出"现代文学史的多元共生新体系"的文学史理论新见解,把原来文学史书写为尖锐的敌我斗争的新旧文学冲突,融化为新旧并存、多元共生的文学格局,是对现代文学史叙

---

① 刘勇:《关于中国现代文学史"重构"的几个问题》,载《北京大学学报》,2010年第6期。
② 范伯群:《"过客":夕阳余晖下的彷徨》,载《东方论坛》(《青岛大学学报》),2004年第3期。
③ 范伯群:《填平雅俗鸿沟·自序》,《填平雅俗鸿沟》,南京:江苏教育出版社,2013年,第2页。
④ 范伯群:《百年后学科架构的多维思考——关于中国现代文学史起点问题的对话》,载《学术月刊》,2009年第3期。

述的基本策略的改变。① 这也体现了学术界对建立多元义学史的共同设想。除了范伯群提出的多元共生观点,还有如下几家之言颇具影响。

一是严家炎的"文化生态论"。严家炎认为,一个国家的文化需要有主导地位的成分,但同时也需要有多种不同于主导地位的其他文化成分存在,这些不同的成分构成一种相互制约、相互补充,并在对立中相互吸收、不断更新的关系,于是文化本身就能向前发展,从而避免武断、专制,避免社会僵化或者停滞不前,更可以避免决策上的重大失误,因为在决策之前就存在一种抵消失误的机制。他相信这就是恩格斯所说的历史发展主要依靠一种合力。② 在他看来,任何文化思潮,不管它本身多么激进,多么偏激,只要有东西制约它,就不可怕。

二是杨义的"大文学版图说"。杨义提出的"大文学观"③把处于边缘地带的文学和文化现象纳入研究视野。他重视中国传统文化的挖掘和传统思维方式的弘扬,认为高雅文学与通俗文学属于不同的社会文化层面,书面文学与口承文学展示不同的文化智慧表达方式,它们如果能够维持良性的生态关系,相互间是可以提供另一种文化空间和文化智慧的。他从文学发展史中看到,一些代表性的文体往往发于俗,成于雅,萎于雅俗的隔绝封闭;往往是雅因俗而大,俗因雅而精,凝聚的一些经典作品时或呈现大雅大俗、雅俗共赏的气象。雅俗的良性互动,蕴含着把一盘文学的棋子走活的潜力。④ 在他眼里,雅俗共构,可以推移进化,展现边缘活力可以激发文体的表现空间。

三是陈思和的"常态与先锋论"。陈思和认为,现代文学有常态与先锋两种发展模式,通俗文学属于常态文学。二者的区别在于:一种是随着时代变化而慢慢演变的文学,是常态的发展和变迁,出现人道主义、现实主义,或者说白话文的文学。而另一种是非常态的激进的文学态度,一般通过激烈的文学运动或审美运动,将传统断裂,在断裂中产生新的范式或新的文学。这个变化不是随着社会的变化而进行,而是希望用一种理想推动社会的变化。二者之间他更强调和突出具有先锋性的非常态文学,是值得

---

① 陈思和:《序:范伯群教授的新追求和新贡献》,见范伯群:《多元共生的中国文学的现代化历程》,上海:复旦大学出版社,2009年,第3页。
② 严家炎:《有关文化生态平衡的思考》,载《中华读书报》,1999年8月4日。
③ 杨义:《价值重建与文学批评》,见《重绘中国文学地图——杨义文学讲演集》,北京:中国社会科学出版社,2003年,第361~362页。
④ 杨义:《重绘中国文学地图》,载《文学遗产》,2003年第5期。

珍惜的精华,比如"五四",带来的是一种非常强烈、新颖的思维方式。但他并不贬低常态文学这个宽阔地带的丰富性。像当代的推理、惊险小说是从侦探故事演化而来的,是对传统的继承,但过去并没有写进文学史,这是因为"我们自己脑子里有一个精英与大众的区别"。这种意识是从"五四"初期的反文化市场,反鸳鸯蝴蝶派斗争中形成的,我们自己把本来很丰富的传统简单化了。①

四是吴福辉的"合力型"文学史观。在吴福辉消解"主流型"文学史、倡导"合力型"文学史的设想中,鸳鸯蝴蝶派小说是组成文学史的多种潮流中的一股流。其具体阐述如下:"晚清是一积累文学现代转型的时代,或许这一现代性的积累便是流。其中,梁启超的'文界革命''诗界革命''小说界革命'是一股流,是由政治而文学的精英流。狭邪谴责鸳蝴是一股流,是利用现代手段向世俗社会传播文学的流。话剧的传入和翻译小说的大举入境,则是世界文学大大接近我们之流。这一些构成'合力',互相渗透,便是现代文学起始的时代。""五四"时期,20世纪30年代与40年代都有不同的合力,关键在于对合力的组成以及合力的关系的研究。②

以上各家的具体阐述虽不同,但都强调合力在文学健康发展中的重要作用。它表明淡化分歧,强调联系已成为文学史撰写的总趋势。尽管有不同争议,但研究界普遍认识到通俗文学的存在对文学发展起着不可或缺的作用,其自身也具备独特的文学价值。在这样的共识下,通俗文学走进了各种类型的文学史,并为研究者所持续关注。

第五节　重写的文学史对通俗文学的叙述

与1980年代相比,1990至2000年代高校中国现代文学史教科书都作了较大改动。通俗文学所占篇幅有很大增加,评价有了质的改变。文学史不再将它看成逆流,而是基本上从正面予以整体评价。下面以使用甚广的数种教材为例。

从对通俗文学与新文学关系的描述来看,主要强调二者相向而行,具有互补、共融的一面。钱理群等著《中国现代文学三十年》共有三个专章介绍通俗文学,认为它有从"旧文学向现代性的新文学缓慢过渡的一面,最终

---

① 陈思和:《先锋与常态——现代文学史的两种基本形态》,载《文艺争鸣》,2007年第3期。
② 吴福辉:《春润集》,上海:复旦大学出版社,2012年,第218～219页。

它实际已融入了新文学之中,成为新文学内部的现代通俗文学的一部分"。①

孔范今主编的《二十世纪中国文学史》认为鸳鸯蝴蝶派与新派作家之间虽然存在着严重分歧,但它是两种不同创作旨意、创作态度的分歧,而不是封建与反封建两大营垒的对立。鸳鸯蝴蝶派小说,从其主流来看,属于新兴资产阶级和市民阶层的文学。在资产阶级革命的时期,这类文学不应受到排斥,更不能把它和封建文学并列进行讨伐。应看到,它和新小说之间既有对立的一面,又有互补的一面。②

郭志刚等主编的《中国现代文学史》认为民初小说"开始向着现代化的方向发展……西方小说的一些新的表现方式初步得到了应用。……对于'五四'新文学作家实现小说的根本革新,都提供了可供借鉴的经验"。③

黄修己主编的《20世纪中国文学史》称鸳鸯蝴蝶派作家创造出了不少既符合民族欣赏习惯,又包含有一定惩恶劝善效应的作品。一些著名作家的短篇小说或多或少、或弱或强地反映了一定的生活内容和时代信息,具有一定的历史价值。尤其重要的是,他们在我国走向工业化之初向人们提供了娱乐与休闲的精神食粮,其意义在今天日益显现。④

程光炜等著《中国现代文学史》将通俗文学单独设两章,且占有较大篇幅。他认为,早期新文学在结构、技巧等叙事学方面得益于通俗小说甚多,而越到后来,越演变为双向的交流。现代文学的雅俗格局在一定意义上可以视为民族国家话语和市民话语的消长互动。当民族国家的声音相对强大之时,通俗小说便会受到比较大的贬抑。……新文学所承载的先锋意识,往往是经过通俗文学的传播才成为全社会的普遍思潮。应该说,新文学小说和现代通俗小说是彼此依存、缺一不可的,二者共同组成的雅俗格局,使得20世纪的中国小说既呈现出现代化的风采,同时又蕴涵了对现代性的反省和批判。⑤

---

① 钱理群、温儒敏、吴福辉:《中国现代文学三十年》(修订版),北京:北京大学出版社,1998年,第90页。
② 孔范今:《二十世纪中国文学史》(上册),济南:山东文艺出版社,1997年,第271页。
③ 郭志刚、孙中田主编:《中国现代文学史》(下册)(修订版),北京:高等教育出版社,1999年,第184页。
④ 黄修己主编:《20世纪中国文学史》(上册),广州:中山大学出版社,2004年,第31页。
⑤ 程光炜、刘勇、吴晓东、孔庆东、郜元宝:《中国现代文学史》(第二版),北京:中国人民大学出版社,2007年,第249页。

严家炎主编的《二十世纪中国文学史》认为,"晚清小说开始呈现的对中国传统小说叙事模式的大幅度背离,在辛亥革命后不但没有出现停滞与倒退的趋向,反而是在继续发展,趋向成熟,为五四新小说的问世作了铺垫"。① 这些文学史都肯定了通俗文学的积极意义及其与新文学相互促进的关系。

对通俗文学代表作家张恨水的文学史地位是这样认定的:张恨水为"中国通俗小说由近代走向现代的代表作家"。"对旧派章回小说的改良、革命,不但促进了纯文学与通俗文学的交汇,也使通俗小说实现了由近代走向现代的历史性变革。这是他对中国现代文学做出的独特贡献。"② 又:"在一个作家容易失去自我的年代里,张恨水自觉地保持着独有的人格和文品,可以说,他基本上克服了两种时弊——新文学中的极端主义倾向与俗文学中容易出现的那种庸俗的媚世心态。……他的小说没有过多的社会目的,卸去了沉重的启蒙负荷,比其他作家更注重读者的接受……这在一方面使小说回归了本性,即小说的'俗'与叙事、娱乐功能,同时也使小说失去了不少承担文化道义的精神。在历史、文化与审美三者复杂地缠绕在一起的时代里,每一个有成就的作家其实都是部分的成功,在他们中间,张恨水终究是一个不可或缺的存在。"③

朱栋霖等人主编的《中国现代文学史(1917—1997)》认为张恨水是"中国现代通俗小说史上集大成的作家",但没有写出中西交流的文艺新产品,一生"没走出传统章回小说的窠臼"。④ 而朱栋霖主编的《中国现代文学史(1917—2012)》则突出了通俗小说雅俗融合的特点,对张恨水章回体的改良给予了积极评价,称他的小说在多层次的叙述中完成了章回小说体制现代化的文学使命。⑤ 由对张恨水保守性的批评转变为对其文学改良的肯定,显示出批评者的眼光更多投向其进步的一面。

目前大多数中国现代文学史为通俗文学保留一个或几个章节的位置。

---

① 严家炎主编:《二十世纪中国文学史》(上册),北京:高等教育出版社,2010年,第126页。
② 郭志刚、孙中田主编:《中国现代文学史》(下册)(修订版),北京:高等教育出版社,1999年,第184、187页。
③ 孔范今:《二十世纪中国文学史》(上册),济南:山东文艺出版社,1997年,第762~764页。
④ 朱栋霖、丁帆、朱晓进主编:《中国现代文学史(1917—1997)》(上册),北京:高等教育出版社,1999年,第282、289页。
⑤ 朱栋霖主编:《中国现代文学史(1917—2012)》(精编版),北京:北京大学出版社,2011年,第141页。

只有少数几种将通俗文学融入现代文学史的叙述中。吴福辉独撰的《插图本中国现代文学发展史》没有在章节叙述中把通俗文学作家与新文学作家分开,而是侧重雅俗互动关系,将通俗文学融入文学史的叙述中。比如老舍、张恨水如何分别从新文学、通俗文学的角度"表现北京市民社会"。①1940年代张爱玲如何从新文学向通俗文学倾斜,通俗文学如何吸收新文学的手法而呈现"现代"色彩等。其中,对通俗文学所营造的文化环境、文化氛围的阐述给读者留下了十分深刻的印象。

总体来看,文学史是公正的,通俗文学的贡献终将不会因为不合理的否定而被抹杀,在不同的历史时代,社会环境与思想观念的变化终会带来对过去的重新评价,通俗文学地位的起起落落充分证明了这一点。

---

① 吴福辉:《中国现代文学发展史》(插图本),北京:北京大学出版社,2010年,第277页。

第十二章 批评的反思

第一节 批评为何压抑了通俗文学

在中国现代文学史上,文学的分歧不仅是艺术理想和表现方法的差异,更是作家对文学是否应推进社会历史进程的不同理解与评价。出于社会功利性需求(文学为人生、为社会、为阶级、为政治),社会历史批评要求文学表现对未来前途的设想与展望,并将能昭示所谓历史发展正确方向者视为先进、正统,反之则视为落后而抛弃之。这于文学而言,可谓喜忧参半。

正如柯灵指出,"中国新文学运动从来就和政治浪潮配合在一起,因果难分。五四时代的文学革命——反帝反封建,三十年代的革命文学——阶级斗争,抗战时期——同仇敌忾,抗日救亡,理所当然是主流。除此以外,就都看作是离谱、旁门左道,即为正统所不容,也引不起读者的注意。这是一种不无缺陷的好传统,好处是与国家命运息息相关,随着时代亦步亦趋,如影随形;短处是无形中大大削减了文学领地。譬如建筑,只有堂皇的厅堂楼阁,没有回廊别院,池台竞胜,曲径通幽"①。

这种正统观念乃是由来已久、顺理成章的,既存在于文学界,也存在于艺术界。柯灵谈到中国电影时说:"正统观念大概是中国的国粹之一,旧文坛有,新文坛有,左翼文坛也有。电影界之所以向来不入时人眼,就是这种观念在作梗。"②正统常与道德紧密关联,洪深在1925年加入明星公司时遇到不少反对派。"爱护我的人劝我不要自堕人格,如郭任远教授对我说,'电影界的道德观念向来是薄弱的,不必说上海,就是美国的好莱坞又怎样呢。'不谅解我的人,如复旦的一位同学刘光炎君说,'洪先生拿他的艺术卖

---

① 柯灵:《遥寄张爱玲》,1984年,见子通、亦清主编:《张爱玲评说六十年》,北京:中国华侨出版社,2001年,第383~384页。

② 柯灵:《试为"五四"与电影画一轮廓——电影回顾录》,《柯灵杂文集》,北京:生活·读书·新知三联书店,1984年,第732页。

淫了(Prostitution of Art)'。"①以正统自居,文学、艺术界莫不如此,在当代留有这种正统观念余绪的人仍然存在,它是不利于创作与批评的发展的。

文学批评是文学生产体制中的重要环节,健康的批评不仅能促进文学的良性生产,还有利于文学作品的传播与接受。但是,从"'五四'以后,消耗了无数笔墨的是关于主义的论战。仿佛一有准确的意识就能立地成佛似的"②。社会历史批评发展到后来,成了社会政治变革的衍生物,成了"奉命八股"③。有的作家甚至用党的文艺政策来批评文艺作品,这或许有他的道理,但除此之外就不算文学或文学家,那是错误的。④ 通俗文学疏离于政治,虽然它也表现反帝反封建的内容,但不符合社会历史批评的要求,且市场份额巨大,因此受到主流文学界持续不断的抨击。

总体来看,1980年之前的社会历史批评要求通俗文学与时俱进,有其一针见血,具有启发性的一面,它于通俗文学的健康发展亦十分有益。但也不乏一言以蔽之的武断的否定,即以低级看待那些非经典或非启蒙、非阶级的东西,视为应该消灭之物,却忽视了有时所谓低级的东西中蕴含的民间气息恰恰是文学生长的重要构成。

1980年以后,人们重新认识通俗文学,通俗文学的真实面目得以重现,批评也恢复了其应有的功能。那么,回溯过往,为避免重蹈批评的覆辙,我们需要关注以下三节所述的问题。

第二节 寻找多元批评标准

一、现当代文学的批评标准

批评有一定的标准,而标准的形成受制于多种因素,既有批评主体自身的原因,也有外部环境的影响。对通俗文学的批评无疑与历史语境、国家政治的关系极为密切。因此,拉开时代距离有利于客观评价批评对象。

李健吾曾提醒大家,批评者与批评对象"属于同一时代,同一地域,彼

---

① 洪深:《我的打鼓时期已经过了吗?》,《洪深文集》第4卷第517页,见柯灵:《柯灵杂文集》,北京:生活·读书·新知三联书店,1984年,第732页。
② 迅雨(傅雷):《论张爱玲的小说》,载《万象》第3卷第11期,1944年。
③ 李长之:《梁实秋著〈偏见集〉》,载《国闻周报》第11卷第50期,1934年12月17日。
④ 曹聚仁:《文坛五十年》,上海:东方出版中心,1997年,第201页。

此不免现实的沾着人世的利害"。我看今人能与看古人那样"一尘不染,一波不兴吗?对于今人,甚乎对于古人,我的标准阻碍我和他们的认识"。①说的就是历史发展阶段不同,批评主体认识的差异会带来批评的偏见。

"五四"以后直至 1980 年代以前,批评界主要以反帝反封建为评价标准。1980 年代以后,学术界对之进行了反思。王瑶表示,长期以来,人们强调现代文学的新民主主义性质,提出要以是否具有反帝反封建的倾向,以及这种倾向表现得是否深刻、鲜明,作为衡量和评价现代文学作家作品的基本标准。但这个标准本身仍然存在着一定的局限性,它不仅只是一个思想标准,而且在对作家作品进行思想评价时,也只是强调了政治思想的一个侧面,这就是说反帝反封建是从现代文学的政治思想倾向这一个方面去说明现代文学的性质的。它要求以文学完成政治革命的任务作为价值尺度。②

反帝反封建在当时被当作标准来衡量包括通俗文学在内的所有现代文学作品,不难发现它只是一个角度,所谓"横看成岭侧成峰",换个视角就会发现别样风景。可见,标准是具有相对性的。如果"一的一切,一切的一"都是反帝反封建,就会招致对不同风格的作品臧否失度。

李健吾说:"用同一的尺度观察废名先生和巴金先生,我必须牺牲其中之一,因为废名先生单自成为一个境界,犹如巴金先生单自成为一种力量。人世应当有废名先生那样的隐士,更应当有巴金先生那样的战士。一个把哲理给我们,一个把青春给我们。二者全在人性之中,一方是物极必反的冷,一方是物极必反的热,然而同样合于人性。"③隐士与战士、冷与热,都能给人以不同启示。废名没有写时代洪流,并不代表他与世隔绝,他的小说规避了人生的丑陋,有牧歌情调,赞美了人性之善纯。巴金是入世的,他的爱情三部曲是对革命这一社会问题的思考。二人文学路径虽不同,但却从不同方面激发了人们追求美好人生、美好人性。如果仅从某一尺度看两位作家,那只能遮蔽其中一个的价值。李考察的是新文学作家,但其道理对评价通俗小说作家同样适用。

后来,有人提出了文学现代化的概念,它包含了文学观念的现代化,作

---

① 李健吾:《咀华集·爱情三部曲——巴金先生作》,见《咀华集 咀华二集》,北京:人民文学出版社,2007 年,第 5 页。
② 王瑶:《中国现代文学研究的历史和现状》,载《华中师范大学学报》,1986 年第 3 期。
③ 李健吾:《咀华集·爱情三部曲——巴金先生作》,见《咀华集 咀华二集》,北京:人民文学出版社,2007 年,第 5 页。

品思想内容的现代化，作家艺术思维、艺术感受方式现代化，作品表现形式、手段的现代化，以及文学语言的现代化等多方面的意义，并且把作家作品的思想内容、倾向与艺术表现、形式统一为一个有机的整体。应该说，它是把现代文学反帝反封建的思想特质包括在内，具有更大的包容性，揭示中国现代文学本质的一个概念。这种包容性促进了现代文学的研究。①

文学现代化的标准从不同的层面揭示作品丰富的思想内容，并且从更多样化的视角探索作品的文学特征，这也为正确评价通俗文学提供了更大的空间。不过，这里存在一个对现代化的认定问题，通俗文学的改良算不算现代化。李长之在主持《时与潮文艺·书评副刊》时曾对改良章回体以温和的批评。他充分肯定了张恨水的艺术才能和传统文学修养，但是对他的不新不旧却表示惋惜："张恨水先生是现存旧小说家中最杰出而又最拥有大量读者的一人。凭心讲，他的创造力是丰富的，他的产量是可惊人的，他的生活体验是比普通一个写新小说的人还要多些的。他相当有写实的精神，而且态度也颇忠实。我们所遗憾的，只是他不肯运用纯熟的国语，又不肯试用一下新形式。"他建议张恨水"大可以集中精力写一部完全古色古香的旧小说"，然后"把那丰富的生活体验，大量的创造能力，忠实的写实精神，试用在新形式里"。张恨水的语言，章回体等旧形式的运用不够彻底，像其思想一样，似乎是折中，折中就四不像，新旧都难讨好。其新作《水浒新传》的思想正像其小说形式一样，要追踪旧的，又不甘于旧的观念。有"旧的封建意识的遗留，却也有新的社会教育"，存在新旧互相妨碍和抵消之处。② 李长之的观点颇具代表性，他寄希望于张恨水能够彻底抛弃旧形式并采用新形式。这其实也是尺度问题，就是如何看待传统与现代的转化。现代学者从非此即彼的审美视角看新旧互衔的小说是非驴非马，当代学者从兼容的视角看到的是"新与旧杂陈的繁复的美感"③。

当代评论界更多倾向于承认改良的价值。有学者认为，张恨水对章回小说的改造抛弃了一些陈旧的叙事套路，"积极吸纳了五四新文学和西方文学的新的现代性因子，使得这一传统的艺术形态，重新焕发了新的生命力，成为一种与表现现代生活相适应的新的现代艺术形态，这是对五四新文学文体形态的丰富与补充。从深层意义上讲，表现了对民族传统审美理

---

① 王瑶：《中国现代文学研究的历史和现状》，载《华中师范大学学报》，1986年第3期。
② 翼而（李长之）：《水浒新传》，载《时与潮文艺》第3卷第1期，1944年3月。
③ 吴晓东：《中国现代文学中的审美主义与现代性问题》，载《文艺理论研究》，1999年第1期。

想和审美情感的认同,这是张恨水对中国文化现代化作出的独特且重要的贡献"。① 这种观点很有道理,其他通俗文学作家的努力也应作如是观。

1990 年代以后,文学对日常生活的表现被接受并且被认为是一种正常的文学现象。故有的学者认为,在启蒙派的研究者中,"文学被看成'改造社会'的世道人心的非凡力量,而在'日常化'的研究视野中,这种看法即使不迂腐可笑,至少也令人不可思议。'启蒙'追求惊心动魄的理想生活和文学环境,而'日常化'主张与张爱玲、钱钟书们的日常叙事和审美态度接轨,文学回到平实的状态"。② 尽管有不少学者表示遗憾,但也默认此乃政治的转型导致了时代审美选择的变化,这种氛围于通俗文学的评价倒是有益的。

目前,学界基本上肯定通俗文学有存在价值,但对如何评价它则存在较大争议。20 世纪 90 年代,金庸小说风靡大陆并赢得评论界很高的赞誉。对此,有学者质疑存在拔高或过度评价金庸的现象。比如:朱国华认为,与民国时期武侠小说相比,金庸小说有很大的进步与提高,但以精英文学的标准评价确定金庸武侠小说的价值,它不深刻,也不新鲜:第一,虽然改造了旧武侠中快意恩仇,反对滥杀无辜,反对追求威福、子女、玉帛,追求社会责任和个性自由的合一等,但这些都是 20 世纪初启蒙主义者早已解决的问题,金庸只不过在改造旧武侠时把他们普及化了。朱国华特别提到,"思想的深刻性决不是重复人们普遍接受的观念,而是在别人认同的地方,发现别一世界,这个世界是难以用现存的某种固定价值体系加以简单化阐述的。小说发现生活真理,这意味着在我们读了小说之后,才知道生活某个领域的存在。小说是对被遮蔽的存在的提示"。③ 第二,没有超越一般武侠小说的范围,没有克服一般武侠小说的局限。朱欣赏的是以余华、格非、苏童、莫言等人为代表的先锋派作家,因为他们为中国当代叙述技巧做出了革命性的贡献。

这种深刻的标准很高,即使是在精英文学的范围内,作者也很难达到。通俗文学在思想方面一般不具深刻性,但优秀的通俗文学作品完全可以达到深刻的程度。严家炎认为金庸的《连城诀》深刻揭示了贪欲对人性的异

---

① 温奉桥:《张恨水与中国文化现代化》,载《山东师范大学学报》,2003 年第 2 期。
② 程光炜:《文学研究的'陌生化'》,《文学史的兴起——程光炜自选集》,郑州:河南大学出版社,2009 年,第 21 页。
③ 朱国华:《关于金庸研究的一点思考》,载《文艺评论》,1997 年第 3 期。

化。① 另外,在人物形象塑造方面,他的小说"事情是虚幻的,性格却是真实的"。金庸不但写出了许多"单纯明确而有人性深度"的人物,如郭靖;也写出了不少"复杂和多棱面"的人物,如杨过;还有像乔峰、岳不群、韦小宝等一批给读者留下深刻印象的典型。小说的结构也是"西方近代式"的,虽然有章回体的回目,但是"多重矛盾、多条线索、纵横交错而又相互制约的网状结构","较章回体那种通常是单线行走的方式有很大突破"。② 金庸汲取了外国小说和新文学作品的诸多艺术手法,只不过为了小说的通俗性没有过多采用西方现代主义小说的技巧而已。

关于创新,也存在一个界定问题。钱谷融认为,所谓"新",不必是前所未有的才叫"新",不必是未经人道过的才叫"新"。"新"是从原有的事物中化育、滋生出来的。世间并没有什么全新之物。任何事物、任何思想,只要你真正亲自考察过、体验过,就总会有一些不同于他人的特有的认识和体会,这就是一种新的东西。对艺术作品的欣赏和评价也是如此。所以,对艺术创新的理解应该根植于对艺术家具体个性的理解,不能脱离艺术家具体的生活感受和艺术创作。③ 他充分尊重不同境遇之下创作主体各自的特点,创新可以是改变旧例,增添新质。这对那种"把独创性误认为仅仅是对传统的背离"④的观点是一种修正。如果这样理解,张恨水的改良章回体就是一种创新,而金庸对传统武侠小说的改造也是一种创新。当然,金庸的意义已超越了改良这一点,他对人性复杂性的表现同样显示出他的创造才能。

二、通俗文学的评判标准

以上阐述了20世纪中国现当代文学的通用标准,那通俗文学有适合其自身特点的评判标准吗?有相当多的研究者从史料价值来肯定通俗文学,而范伯群则认为,通俗文学首先是文学,仅用纯粹的社会学尺度去丈量,或作为历史资料和民俗资料去研究是远远不够的。应该建立通俗文学的美学评价标准,与严肃文学的标准既有联系又有区别,但具体内容有待

---

① 严家炎:《金庸小说论稿》(增订版),北京:北京大学出版社,2007年,第153页。
② 严家炎:《金庸小说论稿》(增订版),北京:北京大学出版社,2007年,第118页。
③ 钱谷融、殷国明:《中国当代大学者对话录——钱谷融卷》,北京:中国文联出版社,2000年,第304页。
④ [美]雷·韦勒克、奥·沃伦著,刘象愚等译:《文学理论》,北京:生活·读书·新知三联书店,1984年,第298页。

深入探讨。①

当代作家邓友梅的标准较宽泛。他把"好看"作为通俗文学努力的方向,"好看"由两个部分组成:一是有趣,一是有益。其中,后者"不只限于政治内容,在道德、文化、心理、感情以至知识等方面,只要能有助于辨别是非、惩恶扬善都算有益"。比如,武侠小说是一个品种,内容好坏、影响如何要由这一品种中的具体作品而定。我们常用一个标准去衡量不同小说的品种,事实上"除了高雅、严肃、有深刻思想内涵的纯文学小说外,还有一种不以作思想载体为主,只供人们休息消遣的小说。这是两个不同的物种。出发点不同,素材来源不同,写法也不同,在达到的目标上也不同。用一把尺子去衡量这两种不同产品,再由此决定'优胜劣汰',包括武侠小说在内的通俗读物就消灭了"。②"有趣"与"有益",乍一看很容易达到,其实不然,这个标准并不低。

如美学家蒋孔阳所言,通俗文学为广大人民群众所懂、所爱、所喜闻乐见,看起来虽浅易,但写起来却很困难,它需要高标准。③ 当代有些打着通俗招牌出现的庸俗文学并非真正的通俗文学,它既谈不上文学,也谈不上通俗。"就以近代的张恨水而论,现在这些作者,要想写到他那个水平,恐怕还要有一段时间的读书与修辞的涵养。"④所以,写通俗小说也是一种本领,并非每个有文学才能的人想写就能写好。20世纪30年代的大众化运动中,所谓严肃作家创作的通俗小说,有能跟《啼笑因缘》比肩的吗?⑤ 再拿武侠小说来说,夏济安认为,金庸的《书剑恩仇录》"很是紧张动人",后来写《碧血剑》与《射雕英雄传》"都极好"。武侠小说其实很难写,尤其像他那样从小看武侠小说的读者,一切 tricks(注:指窍门,技巧)都了然于胸。要使他看来紧张,是不容易的。⑥

结合通俗文学的特点,汤哲声提出评价通俗文学要将文学标准、文化

---

① 范伯群:《关于编写中国近、现代通俗文学史的通信》,载《中国现代文学研究丛刊》,1987年第3期。
② 吴晓东、计璧瑞编:《2000年北京金庸小说国际研讨会论文集》,北京:北京大学出版社,2002年,第6~7页。
③ 蒋孔阳:《通俗文学与高标准》,载《通俗文学评论》,1992年第1期,见蒋孔阳著:《文艺与人生》,北京:首都师范大学出版社,1994年,第51页。
④ 孙犁:《致贾平凹——再谈通俗文学》,载《中国文学》,1985年第3期。
⑤ 陈平原:《小说史:理论与实践》,北京:北京大学出版社,1993年,第241页。
⑥ 夏志清辑录:《夏济安对中国俗文学的看法》,见夏济安著:《夏济安选集·附录》,沈阳:辽宁教育出版社出版社,2001年,第230页。

标准、市场标准结合起来。中国现当代通俗文学的基本性质是通俗性,这一点决定要从传统文化和市场的标准来评估通俗文学。① 这是完全正确的。既然是文学,那么就要遵循文学的标准。既然是通俗文学,那么就必须符合通俗的规范,要传承传统文化,语言要通俗易懂。市场标准是指看销量和轰动效应。经过读者淘洗出来的通俗文学作品并不是粗鄙化或者游戏人生那么简单,而是有其独特价值的。

再追踪一下,文学的标准是什么?一般来说,精英文学(或称严肃文学)的标准非常重要的一点是对人性刻画的深度和人性所展示的丰富性,通俗文学的标准也应该与此相同。

拿武侠小说来说,它与一般文艺作品并无不同,只不过武侠书必须加上武侠的叙述而已。武侠小说跟所谓严肃文学作品一样,致力于刻画人性,使人在阅读时灵魂得到净化。② 金庸同意倪匡的看法:"好的小说就是好的小说,和它是不是武侠小说没有关系。问题是一部小说是否能够动人、有没有意义,而不是在于它是不是用武侠的方法来表现。"③ 武侠的文体只是一个叙事框架,它固定模式之下可以包容古今中外各种形式的创作方法,这些均可以为表现人性服务。其他如言情小说、侦探小说等都有其各自的写作程式和套路,若处理恰当也同样不妨碍对人性、情感的表现。

第三节 正确认识通俗文学存在的必要性

新文化运动之后,通俗文学被不恰当地认为是封建的、资产阶级的保守、落后的存在,威胁、制约或者不利于文学的发展和社会进步,因而受到长期严厉的批评,这是莫大的误解,需要加以辨析。

一、通俗文学与新文学共生关系的必要性

第一,通俗文学与新文学的竞争关系有利于文学的发展。二者竞争最主要的原因乃争夺读者,这个较量被王瑶视为关涉现代文学生存发展的一

---

① 汤哲声:《如何评估:中国现当代通俗文学批评标准的建构和价值评析》,载《学术月刊》,2019年第4期。
② 龚鹏程:《侠的精神文化史论》,济南:山东画报出版社,2008年,第217页。
③ 杜南发:《长风万里撼江湖》,《诸子百家看金庸》(五),香港:明窗出版社,1997年,第188页。(注:该文原载《南洋商报》1981年7月9、12日。)

场硬仗。① 新文化运动之前,通俗文学占据文坛中心。面对这个庞然大物,新文学作家以"新"为号召,借助北京高校的巨大影响力,在对通俗文学的批评中从边缘走向中心。至 20 世纪二三十年代,在报刊阵地争夺中,新文学作家更是接编了著名的《小说月报》《申报·自由谈》,这说明新文学作品更符合时代发展潮流,也暂时占了上风。但紧接着,商务印书馆另办了《小说世界》、申报馆另办了《申报·春秋》,仍由通俗文学作家主编,也依旧办得有声有色,吸引着稳定的读者群。所以,虽说新文学占据了"势"的高地,但通俗文学也毫发无损,只是转移了阵地。1949 年之后,通俗文学在大陆被取缔,但改革开放后又迅速复苏,与高雅文学并驾齐驱。可见,这场持久战并无输赢。正因为如此,陈平原把它们的关系比作"一场永远难解难分的拔河比赛。双方互有占便宜的时候,但谁也别想把对方完全扳倒",但它带来的不是两败俱伤,而是小说艺术在"这场没完没了的拉锯战中"悄悄地"移步变形"。②

以前新文学界只是看到二者"相互对峙以争夺读者甚至给新文学构成威胁的方面,而看不到通俗文学与新文学还有相互推动、相互促进的另一方面"。③ 比如,1920 年代双方对峙的直接结果是促使新文学界对文艺大众化的多次讨论与反思,新文学开始摆脱西洋气息向大众靠拢。通俗文学也在思想意识和艺术表现上提高自己。同样,1990 年代以来通俗文学的流行及由此带来的大陆文学界观念的变化也表明:"冲突并不可怕,冲突—交融是文化生命的标志,失去对立势力,可以保持立于一尊的地位,然而也最易造成发展生机的萎缩。因为在单一传统下,只会有简单的派生,而不可能有增加异质因素的丰富发展的机会。"④换言之,"一种文化的存在要保持健康的发展,必须有自己的对立面存在,消灭了对手,也就最终消灭了自己。在这个意义上说,非主流文化作为一种制衡力量的存在和繁荣,对主流文化亦是一种幸事"。⑤

第二,新文学作家借鉴了通俗文学的一些艺术表现方法。新文化运动之前,通俗文学也在向西方学习,并且作过一些艺术探索,起到无可替代的

---

① 王瑶:《老舍对现代文学的贡献——老舍选集序》,载《社会科学辑刊》,1987 年第 1 期。
② 陈平原:《小说史:理论与实践》,北京:北京大学出版社,1993 年,第 240 页。
③ 严家炎:《金庸小说论稿》(增订版),北京:北京大学出版社,2007 年,第 129 页。
④ 徐德明:《中国现代小说雅俗流变与整合》,北京:社会科学文献出版社,2000 年,第 195 页。
⑤ 许纪霖:《知识分子与精英文化》,见《许纪霖自选集》,桂林:广西师范大学出版社,1999 年,第 344 页。

历史作用。拿日记、书信的使用来说,"直到徐枕亚创作《玉梨魂》,日记才真正进入中国小说的布局",而他的"《雪鸿泪史》是中国文学史上第一部用日记体写作的长篇小说"。"1915 年包天笑用未亡人给亡夫的 11 封信连缀成小说《冥鸿》,书信这才真正进入中国小说形式。"①另外,通俗小说中的心理描写也是对翻译小说的模仿与借鉴。这些实验促使中国小说叙事模式转变,对新文学作家的日记体、书信体、自传体小说都有启迪作用。

  新文学作家还学习通俗文学的传统表现手法以吸引报刊读者。据夏衍回忆,1947 年秋,他在香港给《华商报》编一个通俗性的文艺副刊时,黄谷柳把长篇小说《春风秋雨》(注:为《虾球传》第一部)交给他。他看完感觉这是一部很有特色的作品,写广东底层市民生活,既有时代特征,又有鲜明的地方色彩。他决定在副刊上逐日连载,但提出一个对黄来说"很苛刻的要求,就是要他按照报刊上连载小说的方式进行修改,每千把字成一小段并留有引人入胜的关节,他很高兴地同意了,说:'我正要向香港的那些章回小说家学习,这是一个很好的练习的机会'"。② 这部小说连载后立刻受到了广大读者的欢迎。萧乾这样评说:"小说显示了章回体的秘诀,有动作,有戏剧性,塑造人物很少靠形容词和小说作者从旁的解说,三部《虾球传》,章章有戏剧,每段必有个顶点,将人物典型化,把'虾球'写'活'了。"③

  通俗小说娴熟的情节设计也深受新文学作家的关注。王蒙曾在通俗性上给《雷雨》以高度评价,他认为,《雷雨》的情节、人物性格与人物关系之周密与鲜明的处理令人叫绝。它人物和情节设置的"范式包括价值观念符合一个通俗剧的要求:乱伦、三角、暴力……死而又生、冤冤相报、天谴与怨天、跪下起誓、各色人物特别是痞子疯子的均衡配置、命运感与沧桑感、巧合、悬念,特别是各种功亏一篑、失之毫厘差之千里的'寸劲儿',都用得很足很满。这种范式很有生命力和普遍性"。他在指出该剧也许"不能脱俗"的同时,称它雅俗共赏,"可说是通俗的经典与经典的通俗"。④ 此类跌宕

---

 ① 陈平原:《中国小说叙事模式的转变》,北京:北京大学出版社,2003 年,第 195、201 页。(注:该书由上海人民出版社于 1988 年初版。)
 ② 夏衍:《忆谷柳——重印〈虾球传〉代序》,见黄谷柳:《虾球传》,广州:花城出版社,1979 年,第 2 页。(注:序言写于 1978 年 12 月,《虾球传》写于 1947 年,1956 年修订。)
 ③ 萧乾:《〈虾球传〉的启示》,载《大公报》,1949 年 2 月 21 日,见黄修己主编:《中国现代文学研究通史》第三卷(1937—1949),吴敏著《分流与整合》,广州:广东人民出版社,2020 年,第 151 页。
 ④ 王蒙:《曹禺——永远的雷雨》,见王蒙:《读书阅人》,合肥:安徽教育出版社,2010 年,第 368~374 页。(注:该文写于 1998 年。)

起伏、峰回路转的情节构思,在通俗小说中常见到,也是其最爱渲染且最为擅长的。除了曹禺,在前面章节提到的赵树理、张爱玲等诸多作家都汲取过通俗文学的情节构造经验。

在主题和表现方法上,通俗小说与新文学也有不少相通之处:《春明外史》《啼笑因缘》等作品,对北平学界、市民生活的描绘、讽刺,有时会让人想起老舍的前期创作;《秘密谷》对世外桃源的向往,对都市文明的贬抑,与沈从文有着相似之处;《金粉世家》对封建大家庭必然崩溃的现实主义态度,与巴金的《家》是一致的。① 虽然不能简单地断定谁学了谁,但起码可以看出作者都在力求反映当时的社会问题。无论谁启发了谁,于对方而言都是有益的。

第三,通俗文学扩大了新文学的接受群体。从文学发展的趋势看,"中国文学史的路线南宋起便转向了,从此以后是小说戏剧的时代"②。这说明,文学通俗化、普及化是一种历史动向。特别是到了近代,都市的现代化加速了这种趋向。

通俗文学的繁荣依托大都市上海文化的发展,上海是近代报刊杂志的发源地和最发达地区,也是报刊印刷流通的中心。影响最大的《申报》除了在本埠销售,还在杭州、宁波、苏州、南京、扬州、北京、天津、桂林、哈尔滨、海参崴及国外如日、英、法等地设有分销点,具有相当的规模。由于水陆交通便利,上海出版的书籍,一开始就面向全国,源源不断地发散到全国各地。戈公振在《中国报学史》中谈到在民国初期情况仍然如此,而报刊较清末更为发达,但各省报纸一般不出省,上海报纸则输往全国。上海报刊既以全国为推销目标,则其市场扩张之迅速、发展潜力之深厚,均为其他地方所不及。③

为了满足读者的文化需求,上海三足鼎立的报纸《申报》《新闻报》《时报》纷纷设立文艺副刊,急需大批文化人才,于是像包天笑这样具有办报经验的文人涌入上海。随着文化市场的进一步扩大,文艺期刊"多似'雨后春笋'一般,不胜屈指"。④ 从销量来看,《礼拜六》出版以后,居然轰动一时,第一期销数达两万册以上。而单行本也很畅销,《玉梨魂》出版不到一两个

---

① 袁进:《张恨水论》,载《江淮论坛》,1988年第4期。
② 闻一多:《文学的历史动向》,载《中国作家》创刊号,1947年10月1日。
③ 熊月之主编:《都市空间、社群与市民生活》,上海:上海社会科学出版社,2008年,第185页。
④ 郑逸梅:《民国旧派文艺期刊丛话》,《鸳鸯蝴蝶派研究资料》上卷,上海:上海文艺出版社,1984年,第364页。

月,连二版三版都卖完了,两年以来,行销达两万册以上。① 另外,张恨水等作家小说的销售都盛况空前。所以,毫不夸张地说,作为现代都市文学的滥觞,通俗文学在民初上海文化中产生了广泛影响。② 不仅如此,借助上海文化市场的影响力,通俗文学也从区域走向全国。

通俗文学走进普通市民家庭,其中深闺女子占了读者群中的很大比重,这也在一定程度上壮大了文学接受群体。她们大部分是新文学的死角,其阅读的期待视野常使她们对欧化色彩较浓的新文学抱拒斥态度,这些读者也需要新鲜空气,需要由旧向新转化,通俗小说使他们间接呼吸到了一些新鲜空气,这实际上是扩大新文学的影响,促进新文学的传播。③在社会学家眼里,向所有可能存在的读者提供流水线上"生产"出来的小说肯定比只有几本只为优秀人物保留的高质量读物要好④。这是侧重从通俗文学提升社会整体阅读水平而言的。通俗文学促成了市民阅读文学作品的习惯,其中包括对婚姻恋爱题材的喜爱。有学者认为,新文学作家为了寻求与读者的沟通也在加强这方面的描写。郁达夫的《沉沦》、淦女士的《卷葹》、汪静之的《蕙的风》等作品发表之后,能在最广泛的读者群中产生巨大的影响,不能说与此没有关系。新文学不能只走"血与泪"一条路,市民需求对新文学的创作起到了重要的修正与调节作用。⑤

另外,由这些职业文人所建立的小说与戏剧、电影之间的亲密关系,对文学的传播亦产生了良好的效果,这是通俗文学的贡献。与新文学相比,它虽不能主导文学的发展,但它让文学冲破了精英圈子,面向大众,实现了思想和艺术成果的社会共享,这是有利于社会进步的。

第四,通俗文学作家与新文学作家都是"人的文学"的创造者。文学是人学,如果从人学的角度审视通俗文学,它的独特魅力是对活生生的人的呈现。与所谓的纯文学(或称严肃文学或精英文学)相比,它"往往更贴近人的日常生活和人性状态,在具体生动的社会百态中表现和呈现'活生生

---

① 《小说丛报》第 16 期"枕亚启事"称:"《玉梨魂》出版两年以来,行销达两万册以上。"张静庐在《出版界二十年》中说,《玉梨魂》出版不到一两个月,就二版三版都卖完了"。

② 熊月之主编:《上海通史 第十卷·民国文化》,上海:上海人民出版社,1999 年,第 66~67 页。

③ 袁进:《张恨水论》,载《江淮论坛》,1988 年第 4 期。

④ [法]罗贝尔·埃斯卡皮著,于沛选编:《文学社会学》,杭州:浙江人民出版社,1987 年,第 184 页。

⑤ 朱晓进等著:《非文学的世纪:20 世纪中国文学与政治文化关系史论》,南京:南京师范大学出版社,2004 年,第 52 页。

的人'——而这种'人'在传统的正统文学中,在所谓文人推崇的'道德文章'中,在圣人的文学论说中,大抵是看不到的。所以,数不清的人,正是通过通俗文学作品,在不知不觉、甚至愉悦闲适中获得了对于人、人的生命和人性的认识,启动了对于人的存在状态的思考"。①

20世纪中国文学的发展,贯穿着对多种人的观念的认识。"五四"文学发现了人的个性、社会性,1928年的革命文学、30年代的左翼文学发现了人的阶级性,近现代通俗文学中的"人"的观念是"充分世俗化中的充分人性化,传统世俗社会的大众道德与大众人性观"。② 这些从不同层面构成对人的复杂多样性的发现,而且不少优秀通俗文学作品表现出探索人性的深度,是真正现代意义上的人的文学。

二、通俗文学与新文学共生关系的合理性

以上阐述了通俗文学与新文学共生关系的必要性,下面再从文化人类学的多线进化论和文化相对论的理论主张分析其关系的合理性。

关于进化论(指单线进化论)对中国现代文学的深刻影响大家都很熟悉,而对多线进化论和文化相对论可能较为陌生,有必要作一简单介绍。文化人类学是研究文化现象的科学,它研究人类所创造的物质文化和精神文化的起源、特点及其发展变化的规律,对不同人类群体文化的相似性和相异性作出解释。人类学的进化学派深受英国科学家达尔文(Charles Darwin)生物进化论影响。早期人类学学者多为进化学派,他们以进化的思想研究人类社会及其文化,认为人类同源,本质一致,有共同心理,因此产生同样的文化。社会发展有共同途径,由低级向高级进化,对社会与文化这一规律性的认识曾产生巨大影响。进化论在19世纪曾辉煌一时,但由于忽略了社会发展过程中文化形式和社会形式的多样性,所以受到了不少学者的质疑。

美国著名人类学家博厄斯(Franz Boas)就提出了历史特殊论。他认为每个文化集团(族体)都有自己独一无二的历史,这种历史一部分取决于该社会集团特殊的内部发展,一部分取决于它所受到的外部影响,很难用

---

① 殷国明:《"活生生的人"与"道德文章"的人——从钱谷融先生〈不必羞愧的缪斯女神〉谈起》,载《文艺争鸣》,2017年第11期。
② 朱栋霖、朱晓进、吴义勤主编:《中国现代文学史1917—2012(上)》第二版,北京:北京大学出版社,2014年,第4页。

我们所认为的合理的道德原则来判断每个民族的观点。既然各个民族和文化都有独特的历史,每一种文化都有自己的特色,每个民族都有自己的社会思想和道德规范,那么就不应该用某一种道德标准去衡量另一种文化类型的民族。一切道德标准都是相对的,没有普遍的、绝对的标准,应该"把每一文化都视为一个独立的单元和一种独特的历史问题"。他批判19世纪的进化论(古典进化论或称单线进化论)所主张的普遍进化,排列文化形式的先后顺序。他认为不能将文化按照技术工艺的先进或落后来进行分类,不存在一个对一切社会都适用的绝对价值标准。好与坏,高级与低级只是在一个文化范畴内才有意义,不能用于跨文化比较,各民族的不同文化是不能比较的。文化相对论的基本观点是:每一种文化都有其独特性和充分的价值,应该由它所属的价值体系来评价。博厄斯强调的历史特殊的观点,成为后来文化相对论的理论依据。他的学生,文化相对论最著名的代表赫斯科维茨(Melville. Herskovits)认为,每一种文化都是孤立的。赫斯科维茨还指出,文化相对论最核心之处是:社会纪律来自对不同特点的尊重,来自互相尊重。强调许多种而不是一种生活方式的价值,这是对每种文化价值的肯定。对不同文化应以寻求了解和协调为目的,而不是毁坏与我们不相吻合的东西。① 文化相对论的文化价值观积极的一面在于主张抛弃欧美中心主义和民族中心主义,认为每一种文化都有其独特性和价值,尊重每个民族的文化,承认文化的多元状态,其消极的一面在于忽略了文化之间的差距,毕竟处于不同发展水平和特定历史阶段的文化是有先进和落后之区别的。

由于文化相对论者过分强调文化的差异而忽视文化间的类似性,后来受到新进化论代表人物美国人类学家斯图尔德(Julian H. Steward)和怀特(Leslie A. White)的批评。他们认为,反进化论的浪潮阻碍了社会科学的发展,而人类学的主要目的是发现社会文化的发展规律,这应该从因果关系上寻求解释。

于是,斯图尔德提出"多线进化论",怀特提出了"普遍进化论"。对于这两个理论,他们的学生,也是新进化论的第二代传人塞维斯(E. R. Service)和萨林茨(M. D. Sahlins)是这样解释的:世界各族的多种多样文化是由他们所处的多种多样的环境造成的(包括自然环境和人文环境),文

---

① 黄淑娉、龚佩华:《文化人类学理论方法研究》,广州:广东高等教育出版社,2004年,第209~213页。

化通过不断的适应、变化而呈现出多种形态,它们一边竭力适应环境,一边进行特殊化的过程,即由旧形态中分裂出新形态,这样的进化过程,就是斯图尔德的"多线进化"。由于文化必须按照环境的要求形成自己的形态,这样,在比较不同文化时就不应该得出一种文化比另一种文化进步的结论。但是如果没有与特定环境相适应的基准,那么可以制定某种绝对基准,而将各种文化从低到高进行排列,这就是怀特的"普遍进化"。它们之间的根本区别在于,多线进化是文化沿着多线发展的、族系的、分化的、历史的过程,以及特定文化适应性变异的过程,而普遍进化是一个形态的连贯和历史的序列,多线进化重视不同民族和地区文化之间的独特性,包括了文化进化的所有特殊趋势,因而被人们广泛接受。

用斯图尔德的"多线进化论"说明不同民族和地区的独特性,用怀特的"普遍进化论"解释早期进化论的进化观。塞维斯和萨林茨试图将两种进化论结合起来,证明二者并不对立,也不矛盾,它们分别论证了进化论的两个不同侧面,因而其理论都是真实的。[①] 如果取其所长,去其所短,两种进化论起互补作用,因为不同文化发展有其特殊性,但也要遵循普遍的发展规律。显然,新进化论也吸收了文化相对论的合理因素。

了解进化论与文化相对论的发展过程对我们反思"五四"时期提倡的进化论很有帮助。新文学作家深受西方进化论影响并将之运用到文学领域,成为文学变革的理论依据。胡适多次倡导文学进化论,认为"文学乃是人类生活状态的一种记载,人类生活随时代变迁,故文学也随时代变迁,故一代有一代的文学"。又说:自古至今,文学呈进化趋势。"一种文学有时进化到一个地位,便停住不进步了;直到他与别种文学相接触,有了比较,无形之中受了影响,或是有意的吸收人的长处,方才再继续有进步。"[②]胡适看到文学不是静态、封闭的,而是动态、开放的系统,他指出文学发展的总趋势和规律,并引进民主、科学思想和西方文学的观念、方法来批评通俗文学,对清除阻碍文学进化的腐朽思想有着重要的意义。但是在处理新与旧、现代与传统关系时,将后者置于与前者截然相反的地位,以西化为先进,以传统(通俗文学是被当作旧文学来批评的)为落后,欲取而代之,这就

[①] 黄淑娉、龚佩华:《文化人类学理论方法研究》,广州:广东高等教育出版社,2004年,第323页。

[②] 胡适:《文学进化观念与戏剧改良》,《胡适文集》第3集,北京:人民文学出版社,1998年,第90～91、96页。

忽视了文化存在形态的丰富多样性。通俗文学之所以能绵延发展,因其适应特定的市民文化环境而生存。作品恪守以情、善、义等为核心的价值理念,采用适合市民阅读的艺术形式,并且在缓慢地向现代化转变,因而具有生存合理性。

文学进化不是一个永恒模式的统一的进化,而是在进化过程存在特殊形态。通俗文学和新文学适应不同文化群体而产生,有各自不同的写作与阅读群体及发行渠道,存在差异性,但又是互通的,总体而言都是进步的,所以要尊重各自的特点。文学批评也应看到文学发展的丰富形态而从不同角度发现它的价值与美。

1990年代以后,学界普遍对"五四"时期单线进化论的简单化进行了反思,而前面提到的多位学者的多元文学史观也体现了多线进化论和文化相对论的智慧。同样是进化论,在不同时代对它的选择是有侧重的,这或许是时代使然吧。

第四节 提升通俗文学的品质

一、通俗文学的传统特色

当代通俗文学在对民国时期通俗文学的继承与发展中保持了本土文学的特色。按照刘再复的说法,受社会变化和外来文学的影响,中国文学逐步分裂为两种不同的文学流向:一种是新文学,另一种是植根于古代文学这一传统的文学。刘把后者命名为本土传统的文学,它是在缓慢的积累中构造自己文学大厦的,在20世纪初有苏曼殊、李伯元、刘鹗为代表,三四十年代有张恨水、张爱玲等作家为代表,而金庸则是直接承继本土文学的传统,并且在新的环境下集其大成,将它发扬光大。[①] 这种说法也为很多学者所赞同。刘再复列举的继承本土传统的作家虽然并不都是通俗文学作家,但无疑通俗文学作家是其主力军。关于通俗文学的传统特色,笔者归纳了一下,具体表现在以下几个方面:

第一,对中华传统美德的赞美。关纪新认为,中国现代文学对传统伦理整体放逐,现代文学的主流缺乏对中华民族善良品性的坚守。在这点

---

① 刘再复:《金庸小说在二十世纪中国文学史上的地位》,载《当代作家评论》,1998年第5期。

上,老舍和过去的通俗文学作者站在了基本一致的立场上。在严肃作家中,老舍对民族伦理建设显得势单力薄,踽踽独行。而在通俗文学作者中,不管各位写家的观念是否一致,与老舍却是同盟军。① 这一分析是中肯的。以表现父子关系为例,新文学作品常常以子辈与父辈的冲突来彰显其对封建家长制的反叛,而通俗文学大多回避父子冲突,它歌颂子辈孝顺父母这种自然伦理关系,对人际关系中应该遵循的道德准则是正面描写的,由于缺乏对制度的批判,在当时被认为是不合时宜的。但拉开历史距离,今天看写孝道还是有意义的。从人类学角度来说,在中国传统社会中,家族占有突出地位。人际关系讲究五伦,即君臣、父子、夫妇、兄弟、朋友。血缘人伦道德,孝的伦理是中国文化的核心范畴。有学者认为,孝的原始意义在于为家族传宗接代,使个体的有限生命成为族类生命无限延续的保证。它是一种独特的生命哲学,"对铸塑中国人的民族性格发挥了至关重要的作用"。"在后世的发展中,孝的伦理化和制度化派生出种种严格的礼仪规范……子女对父系家长的绝对服从成为孝的基本条件"(在《尚书·康诰》中,不孝的内容是双方面的,既指儿子对父亲不尽义务,又指父亲憎恶儿子),"这种单方面的长辈对子辈的绝对伦理要求成为封建家长制特有的道德支柱,其弊端是众所周知的"。但是,"当我们赞同当代学者对孝道负面作用的批评见解时,不应忘记作为汉民族原始生命哲学的孝曾具有的那种对抗死亡意识、消除死亡恐惧的不可替代的作用,以及它那以族类之不朽为皓的内在精神实质"。② 通俗小说写孝道主要是着眼于对正常伦理关系的表现,而涉及愚孝的内容是少见的,需要区别对待。

此外,正义、古道热肠也是中国人所认可的道德观念。金庸认为,武侠小说"中国过去称之为'侠义小说'。孟子所说的'义',是指正当合理的行为。'侠义小说'的'义',强调团结和谐的关系,这也是中国人固有的道德观念"。③ "义"还指"重视人与人之间的感情,往往具有牺牲自己的含义"。④ 它并非如《水浒传》中梁山好汉身上表现出来的"义",那大多是出于谋生需要的承诺,是需要回报的双向的利益投资。后者往往建立在物质

---

① 范伯群等:《"通俗文学和大众文化与中国现当代文学史关系研究"学术研讨会发言摘编》,载《苏州教育学院学报》,2014年第3期。
② 叶舒宪:《文学人类学探索》,西安:陕西师范大学出版社,2018年,第158页。
③ 金庸:《谈武侠小说》,《金庸散文集》,北京:作家出版社,2006年,第259页。(注:此文乃金庸1994年10月在北京大学的演讲。)
④ 金庸:《韦小宝这小家伙》,《金庸散文集》,北京:作家出版社,2006年,第249页。

基础之上,难以摆脱尘世利益关系的纠缠。金庸小说中张无忌、郭靖、乔峰等人的"义"是为了更高的人生目标而献身的精神,因而升华到了普世伦理的高度。① 它对人精神的塑造是有益而无害的。

第二,对中国传统文化的形象阐释。这主要表现在武侠小说中。民国武侠小说作家自平江不肖生开始谈论佛道,还珠楼主则是最能体现中国传统文化特色的人。在他的书中,始终保持着儒、道、禅的中国特色;②他的《蜀山剑侠传》将儒道释三家思想学说融为一体,"其气魄之宏大、想象力之丰富,以及对佛学别具慧心的领悟,在同类作品中实属罕见;到了金庸的《天龙八部》和《笑傲江湖》,佛道思想已渗入小说中并成为其基本的精神支柱,高僧圣道也真正成为有血有肉的艺术形象,不再只是简单的文化符号。在20世纪的中国,佛道因其不再在政治、文化生活中起重要作用而逐渐为作家所遗忘。除了苏曼殊、许地山、林语堂等寥寥几位,现代小说家很少认真以和尚道士为其表现对象,作品中透出佛道文化味道的也不多见。倒是在被称为通俗文学的武侠小说中,佛道文化仍在发挥作用,而且取得了前所未有的成就。以致可以这样说,倘若有人想借助文学作品初步了解佛道,不妨从金庸的武侠小说入手"③。当然,文化价值只是武侠小说的一种特色,一种价值。武侠小说毕竟不是佛道文化的易读本,它主要借武侠这一特别的形式来反映人生,但无疑对儒道佛及琴棋书画的形象演绎还是为小说增添了诸多雅韵。

第三,对传统白话文形式的改造。施蛰存提到,被新文学作家所轻蔑的"鸳鸯蝴蝶派"在翻译外国文学作品时形成了一种新的白话文,它已经不是传统的白话文(参见本书第九章第一节),而是吸收了外国语言的特点,但与新文学的欧化白话文有很大差异。刘再复充分肯定了这种语言传承的必要性,他认为,20世纪30年代张恨水的白话文"不但能流畅地叙事,也能自然地描写。金庸小说的白话文,承继了这个语言传统接近社会大众的特点,去除了它们在早期矫情、俗艳的毛病,丰富了白话文的表现力,缔造了一个现代白话语文的宝库。与新体白话文相比,它没有各种各样的'腔',既没有欧化腔,也没有社论腔,纯然是地地道道的白话。在各种文化相互冲突和交流的时代,知识分子都为如何保持民族价值观和跟上时代潮

---

① 徐岱:《侠士道》,北京:北京大学出版社,2009年,第276~277页。
② 张赣生:《民国通俗小说论稿》,重庆:重庆出版社,1991年,第257页。
③ 陈平原:《千古文人侠客梦》(增订本),北京:北京大学出版社,2010年,第67页。

流而煞费苦心,20世纪文学语言的选择同样烙上了知识分子努力的印迹。新体白话文是新文学作家交出的一份答卷;金庸小说的白话文是金庸交出的一份答卷……两者孰优孰劣恐怕还会有争论,但是无疑金庸的白话文比新体白话文负荷着更多的民族文化价值。假如我们要从语言观察、体认、学习汉语本身的文化价值,金庸的白话文肯定比新体白话文提供更多有益的启示。金庸透过写作,不但提高了白话文的表现水准,而且在西潮滚滚的时代,在中国文化价值备受挑战的时代,用他一以贯之的语言选择承担了重振民族文化价值的使命"。[①] 新文学作家曾大为贬低这种半文言的旧白话,而刘再复的评价为我们提供了另一条思路。

金庸本人曾表示中国当代戏剧、绘画、音乐、舞蹈、建筑、雕塑仍保持着明显的民族风格,而小说则与传统形式有很大差距。因此,可以在小说形式上作探讨。在欧化的小说形式作为目前的主流以外,用传统形式写爱情故事、现实故事。他希望在目前东西方文化还不是可以完全调和的情况下,中国人要继承和发展自己的文化艺术传统,同时也不排斥西方文化艺术中的优秀部分。[②] 从金庸的成功可见,传统的形式和语言仍有用武之地,需要进一步去探索和发现。

二、关于"雅俗共赏"的水准

通俗文学持续健康发展,质量是保证。通俗文学要取得文学地位,必须提高创作能力,加强艺术性,否则不可能得到批评界的认可。钱理群认为,"五四"以后,新文学采取的"激变"的变革方式使得新文学能够在短时间里,不但争得了生存权,而且占据了文坛的主导地位,在中国的社会、文化结构中扎了根。而通俗小说的渐变方式则决定了它的艺术大家不可能超前出现,必要随着整体现代化过程的相对成熟,才能脱颖而出。但通俗小说的最终立足,要仰赖这样大师级作家的出现。有了金庸作品的巨大影响,包括对大、中学生的吸引,对大学文学教育与学术的冲击,才有可能来

[①] 刘再复:《金庸小说在二十世纪中国文学史上的地位》,载《当代作家评论》,1998年第5期。对刘的观点,王彬彬表示反对,他指出新文学作家是针对传统语言的缺陷引入异域文法词汇来改造传统白话的,因而是对汉语的丰富。见《文坛三户》(增订本),南京:南京大学出版社,2009年,第61~67页。

[②] 金庸:《谈武侠小说》,见《金庸散文集》,北京:作家出版社,2006年,第259~260页。(注:此文乃金庸1994年10月在北京大学的演讲。)

讨论通俗文学的文学史地位。① 这是非常正确的。通俗文学作家的整体文化贡献很大,但必须有徐枕亚、张恨水以及金庸等人经得起阐释的作品出现,才能得到重视。

我们常用雅俗共赏来赞誉通俗文学中的经典之作,"雅俗共赏"正是通俗文学的发展方向。它并非如有的作家所担心的是艺术的大打折扣,也并非以共赏的名义压制或反对阳春白雪,以民族文化和艺术水平大幅度降低的代价去满足文化水平很低或比较低的群众,②而是提高通俗文学的水平,在保留通俗文学特色的同时,达到雅文学的水准。

就通俗小说而言,为普通读者所赏很大程度上表现在故事性,感伤浪漫的爱情故事或离奇的连环套故事。对故事性,京派理论家朱光潜很不以为然,而海派施蛰存、张爱玲,以及赵树理、老舍等人都极为重视。钱谷融也认为,"故事性很重要,故事性与文学品味并不矛盾……巴尔扎克、屠格涅夫等人的作品都有故事性。……《三国演义》中有些事本来很平淡,但是作家一写就生光彩"。所以,"编故事的技巧应该去探讨"。③ 李陀曾建议中国严肃作家放下架子向通俗小说学习讲故事等基本技巧。他认为,西方18、19世纪的古典小说写作所积累的很多技巧都沉淀在通俗小说里了,这种资源应该重新加以开掘和利用。而20世纪现代派创造了另外一套小说修辞学系统,其中包括乔伊斯、普鲁斯特、卡夫卡等人的种种尝试和贡献,但毕竟是小说技巧的一个分支,没准还是一个极端的特例。如果这种修辞传统成为今天中国纯文学的普遍倾向,那么无疑会是文学的灾难。④ 汲取先锋小说的营养是必要的,但所有小说都朝那一个方向发展也不现实,毕竟故事性更合大多数读者的口味。

当然,写故事是为了引人入胜,但要雅俗共赏还不能止于写故事。当代通俗文学的读者受教育程度和欣赏水平都大大提高,过去故事密集型小说过于巧合的情节未必能讨好他们,因此必须增添对人生的体验。张爱玲在故事中写人性,写人生的悲剧感、荒诞感就是一个范例。刘锋杰曾这样评价张爱玲:"她没有像一般雅文学作家那样,只在知识分子情怀中表现作

---

① 钱理群:《金庸现象引起的文学史思考——在杭州大学"金庸学术讨论会"上的发言》,载《通俗文学评论》,1998年第3期。
② 李陀:《"雅俗共赏"质疑》,载《文学自由谈》,1985年第1期。
③ 钱谷融、殷国明:《中国当代大学者对话录——钱谷融卷》,北京:中国文联出版社,2000年,第271页。
④ 李陀、李静:《漫说"纯文学"——李陀访谈录》,载《上海文学》,2001年第3期。

家对人生的看法,而是经由表现通俗,由通俗的平凡性直达人生的存在性思考,完成了文学对人生的大跨越。"保持"通俗性与存在性的结合,在通俗的层面给你讲故事,故事是热闹的、世俗的、日常的;在存在的层面给你震撼,这震撼是深刻的、超越的、广泛的"。① 可见,故事性并不一定就影响深刻性与存在性的表现。

  民国初年,通俗小说屡遭诟病,一个很大原因还在于缺少人物。老舍有多篇文章谈到通俗小说要摒弃写事不写人的弊端。"小说中的人与事是相互为用的。人物领导着事实前进是偏重人格与心理的描写,事实操纵着人物是注重故事的惊奇与趣味。"②故事的惊奇是一种炫弄,也许一时好玩,但过一会儿就索然无味了。虽然"惊险的故事是可以利用的,但是要留神别忘了人物的创造"。③

  在写人物这一点上,当代通俗文学有很大进步。以武侠小说为例,旧派武侠小说"最大的不足在欠缺表现人性。金庸对武侠小说最大的发展是将非现实的武侠题材同探索人性结合起来,于无处可寻的江湖看出社会,于无处可见的英雄大侠读出无比丰富的人性,于神奇怪异的功夫显出文化特征。在他的笔下,武侠小说既有娱乐趣味,又有深入严肃的思考;它的题材纯粹是文学传统的产物,但在荒诞不经的想像里又蕴含丰富的社会现实内容"。④ 如果说平江不肖生的小说是以江湖异闻为基础,还珠楼主的小说是以魔幻神话为特色,那么金庸小说则是以人世的悲欢离合为基础。读金庸小说,雅俗共赏的焦点殊途同归于一个关键词:大悲大喜的人生。⑤

  文学性也是雅俗共赏所不可缺少的。通俗小说即写即登,常常粗糙而类于草稿,但也有作品具有很高的文学价值。像金庸之作,冯其庸称赞其不仅"语言雅洁、文学性高、行文流畅婉转;也不仅是有诗有词,而且都不是凑数之作,而是相当耐读的,更重要的是作品中时时展现出一种诗的境界,一种特别美好的境界。……读后,令人犹如身历其境,感到是一种艺术的享受,一种令人陶醉的美感。……尤其应该指出的是金庸小说场面之阔大,意境之奇丽,是远远超越于以往的同类小说的。特别是金庸极善于写

---

  ① 刘锋杰:《想象张爱玲》,合肥:安徽教育出版社,2004年,第405页。
  ② 老舍:《老牛破车(十三)》,载《宇宙风》,1936年第29期。
  ③ 老舍:《一点印象》,原载《新港》1960年7、8月号,见《老舍论创作》,上海:上海文艺出版社,1980年,第329页。
  ④ 刘再复:《金庸小说在二十世纪中国文学史上的地位》,载《当代作家评论》,1998年第5期。
  ⑤ 徐岱:《侠士道》,北京:北京大学出版社,2009年,第408页。

一个个的大场面的斗争。如《书剑恩仇录》中写铁胆庄、写劫狱、写游湖、写霍青铜破敌等场面……都是惊心动魄、虎虎有生气的……作者的笔下虽然在驱遣着千军万马,但却运笔如椽,头绪井然,实不让古人"。① 这表明,通俗文学完全可以达到精英文学对意境与诗化的要求。

当代通俗文学不少采用的是传统小说的形式,表达的是"中国文化、中国社会、中国人的思想感情、人情风俗、道德与是非观念"②。这是它的特色,值得进一步探讨如何去表现。同时,学习和借鉴精英文学与外国文学的经验也是永远不可缺少的。

---

① 冯其庸:《读金庸的小说》,见《金庸散文集》,北京:作家出版社,2006年,第363页。(注:该文写于1986年。)

② 金庸:《谈武侠小说》,见《金庸散文集》,北京:作家出版社,2006年,第259页。(注:此文乃1994年10月金庸在北京大学的演讲。)

结语:多元与宽容

歌德曾经在谈到人与艺术的关系时说:"人……是一个整体,是一个由多种多样内在地相联系的力组成的统一体。艺术作品必须对人的这个整体讲话,它必须与人的这种丰富的统一性,与这种统一起来的多样化相适应。"[①]的确如此,人是多样的,人生的存在形态是丰富多彩的,表现人生的方式是千差万别的,作家观察生活展现世界的角度和方法也是不同的。让不同文学有独立生存空间,才能营造多元开放的发展氛围。文学批评也应寻求适合不同文学风格的批评方法。

20世纪对通俗文学的批评以社会历史批评为主导,它侧重研究文学作品与社会生活的关系,要求作品具有进步思想倾向和社会引领作用,这无疑是非常有益的。但从20世纪30年代到五六十年代,直到70年代,批评过多集中于要求文学表现社会关系和阶级取向等,这就导致了批评视野越来越狭窄。80年代之前,对通俗文学的批评基本依重《新青年》、文学研究会和左翼几位观点激进的作家的判断,评论者对不熟悉或被认为不重要的研究对象,惯于采用已有的定论来代替自己的观点,这就容易出现批评的偏误。并非这些理论权威的结论是错误的,其实他们的批评有很多是击中要害的。只是受主客观因素影响,他们对批评对象亦存在了解不够全面或言辞偏激之处,如果后来者不加区分,不能根据具体的语境以联系的发展的眼光审视批评对象,过度强调或夸大通俗文学某一方面的缺点,那么就可能会导致整体判断的失误。

1980年代以后,特别是1990年代以后,社会历史批评摆脱了教条主义的束缚,它重新寻找文学与社会的一般联系,而不是一味寻求文学作品中特定的社会历史内容,对通俗文学改良的特点亦逐渐认可并形成新的判断。批评的空间也不断打开,像通俗文学与地域的关系也进入研究范围,比如对20世纪20年代通俗文学与吴文化、20世纪三四十年代通俗文学与京津文化关系的探讨都丰富了通俗文学研究,社会历史批评视域的调整使

---

① 歌德著、绿原等译:《收藏家及其亲友》,见《歌德文集》第10卷,北京:人民文学出版社,1999年,第94页。

其显示出强大生命力。

此外,审美批评也接续了1930、1940年代的观点并不断加以发挥。对还珠楼主神魔武侠小说神奇的想象力,以及徐枕亚、张恨水小说叙事特色的评述常让人耳目一新。文化批评较之前有很大的拓展。这里的文化批评不是一般意义上的对文化的研究,而是指研究文学与传播,作家、作品与读者的关系,作者的报人办刊、翻译经历对通俗文学的影响,等等。比如:范伯群主编的《中国现代通俗文学与通俗文化互文研究》(上下)(江苏凤凰教育出版社2017年版)展开了通俗文学与苏州评弹、戏曲话剧、电影艺术、报纸副刊、期刊画报等之间的互文关系研究,从而让人更全面地了解通俗文学的社会价值。

将社会历史批评、审美批评和文化批评结合起来,从文学的社会历史价值、文学价值和生产消费价值等不同方面综合考察通俗文学,有利于开阔理论视野,正确把握批评动向,从而建立深层次学术研究格局。因为批评有众多"不同的气质,不同的教育,不同的思想感情共同参与;每个人在趣味方面的缺陷由别人的不同的趣味加以补足;许多成见在互相冲突之下获得平衡;这种连续而相互的补充逐渐使最后的意见更接近事实。然后,开始另一个时代,带来新的思想感情;以后再来一个时代;每个时代都把悬案重新审查;每个时代都根据各自的观点审查;倘若有所修正,便是彻底的修正,倘若加以证实,便是有力的证实。等到作品经过一个又一个的法庭而得到同样的评语,等到散处在几百年中的裁判都下了同样的判决,那么这个判决大概是可靠的了;因为不高明的作品不可能使许多大相径庭的意见归于一致。即使各个时代各个民族所特有的思想感情都有局限性,因为大众像个人一样有时会有错误的判断,错误的理解,但也像个人一样,分歧的意见互相纠正,摇摆的观点互相抵消以后,会逐渐趋于固定,确实,得出一个相当可靠相当合理的意见,使我们能很有根据很有信心的接受"。① 真理只有一个,无数研究者从不同方面去寻觅它,在反复的论证中得出正确结论,这其实体现了一种辩证思维,它可以防止遮蔽或取代不同价值。

对通俗文学的评价已过百年,经历了种种曲折,最终确立了它的文学史地位,实属不易。如今,通俗文学创作与批评均呈现活跃状态,这不禁让人感慨,"多元共生才能繁荣"这种看似常识性的理念也需要艰苦的努力才

---

① 丹纳著、傅雷译:《艺术哲学》,北京:人民文学出版社,1963年,第344~345页。

能得到认可。

　　历史的经验一再告诉我们,文学批评的态度是宽容。前述文学研究会的叶圣陶、左翼的夏衍、京派的朱自清,还有赵树理、老舍等作家,众多报刊编辑的评价都显示了宽容的文学理念。批评家李健吾也早就提示批评者"打开情感的翳障,容纳世俗的见解"。"一个批评者需要广大的胸襟",更要有"深刻的体味。虽说一首四行小诗,你完全接受吗?虽说一部通俗小说,你担保没有深厚人生的背景?在诗人或小说家表现的个人或社会的角落,如若你没有生活过,你有十足的想象重生一遍吗?如若你的经验和作者经验参差,是谁更有道理?如若你有道理,你可曾把一切基本的区别,例如性情,感觉,官能等,也打进来计算"?① 了解一件作品和它的作者需要兼具广大的胸襟与深刻的体味,即使你平时不太重视的通俗小说,也可能有变化莫测的人生和深奥难知的人性等着你去发掘。在通俗文学批评中尤其要打开情感的翳障,方能避免先入为主的成见。

　　"文学是人学"的倡导者钱谷融说,与独创有着直接联系的是文学上的宽容。"宽容意味着兼容并包,意味着思想的自由。宽容是与文学上的孤陋寡闻和专制划一直接对立的。宽容能够刺激、鼓励、帮助并完善独创;反之,则会压制、反对并扼杀独创。显然,前者正是文学发展的一个重要积极因素,后者无疑成为文学前进的绊脚石。"②

　　从通俗文学的认识史来看,"五四"以后,长期规模化的批评导致通俗文学作家背负了大半个世纪的精神包袱。直至1980年代中后期,对其评价才逐渐走向客观,可见批评的绝对化带来的不良后果。这也显示出宽容文学观的重要性,它并非折中主义或者缺乏对复杂现象的辨识能力。恰恰相反,它的胸襟与气魄,它对标准的多重把握和辩证态度可以避免非此即彼的简单,化解唯一标准易走极端的风险,对我们正确评价研究对象,树立科学、公正的批评观都具有重要的借鉴价值和方法论意义。

---

①　李健吾:《咀华集·爱情三部曲——巴金先生作》,见《咀华集　咀华二集》,北京:人民文学出版社,2007年,第5页。

②　钱谷融、殷国明:《中国当代大学者对话录——钱谷融卷》,北京:中国文联出版社,2000年,第300页。

主要参考文献(按出版时间顺序排列)

老报纸、期刊

《新青年》1917—1919 年

《新潮》1919 年

《文学旬刊》1921—1923 年,《上海周报》1940 年

《大公报·文学副刊》(天津版)1929—1932 年,《大公报·文艺副刊》(天津版)1933—1934 年,《大公报·文艺》(上海版)1936 年,1946 年

《小说月报》1921—1922 年

《晨报》1921 年,《晨报》副刊 1922—1923 年

《语丝》1925 年

《大众文艺》1930 年

《北斗》1931—1932 年

《文学》1932—1936 年

《现代》1933—1934 年

《宇宙风》1935—1936 年

《文艺报》1949—1957 年

《文艺学习》1955—1956 年

《人民日报》1953—1955 年

以下为通俗文学报纸、期刊:

《小说月报》1910—1920 年

《申报》副刊"自由谈"1919—1921 年、副刊"春秋"1934 年

《最小》1922—1923 年

《星期》1922 年

《晶报》1922 年

《紫罗兰》1929 年,1943 年

《红玫瑰》1929—1931 年

《珊瑚》1933 年

《万象》1941—1944年

《新民报》(重庆版)1942—1944年

全集、文集及资料汇编

鲁迅:《鲁迅全集》第4—10卷,人民文学出版社1957年,1958年版。

朱光潜:《朱光潜全集》第2—4,9卷,安徽教育出版社1987年版。

朱自清:《朱自清全集》第1—4卷,江苏教育出版社1988年版。

茅盾:《茅盾全集》第18—21集,人民文学出版社1991年版。

张爱玲:《张爱玲散文全编》,浙江文艺出版社1992年版。

阿英:《阿英全集》第1—8卷,安徽教育出版社1999年版。

冯雪峰:《冯雪峰论文集》(上),人民文学出版社1981年版。

柯灵:《柯灵杂文集》,生活·读书·新知三联书店1984年版。

沈从文:《沈从文文集》第11—12卷,花城出版社1984年版。

赵树理:《赵树理论创作》,上海文艺出版社1985年版。

瞿秋白:《瞿秋白文集》(第3卷),人民文学出版社1989年版。

孙乃修编:《劫后文存——贾植芳序跋集》,学林出版社1991年版。

吴组缃等主编:《中国近代文学大系·小说集》,上海书店1991年版。

施蛰存:《文艺百话》,华东师范大学出版社1994年版。

徐永龄主编:《张恨水散文》(1—4册),安徽文艺出版社1995年版。

施蛰存:《十年创作集》,华东师范大学出版社1996年版。

胡适:《胡适文集》第2—4卷,人民文学出版社1998年版。

夏济安:《夏济安选集》,辽宁教育出版社2001年版。

白先勇:《第六只手指——白先勇散文精编》,文汇出版社2004年版。

徐訏:《徐訏文集》第10卷,上海三联书店2008年版。

范伯群:《周瘦鹃文集》(第1—4卷),文汇出版社2011年版。

朱金顺编:《朱自清研究资料》,北京师范大学出版社1981年版。

芮和师、范伯群等编:《鸳鸯蝴蝶派文学资料》(上下册),福建人民出版社1984年版。

魏绍昌编:《鸳鸯蝴蝶派研究资料》(上下卷),上海文艺出版社1984年版。

中国出版科学研究所、中央档案馆编:《中华人民共和国出版史料》第3卷,第7—9卷,中国书籍出版社1996年版。

陈平原等编：《二十世纪中国小说理论资料》(第1—5卷)，北京大学出版社1997年版。

张占国、魏守忠编：《张恨水研究资料》，知识产权出版社2009年版。

王自立编：《郁达夫研究资料》，知识产权出版社2010年版。

鲍晶编：《刘半农研究资料》，知识产权出版社2011年版。

袁良骏编：《丁玲研究资料》，知识产权出版社2011年版。

任翔、高媛主编：《中国侦探小说理论资料》，北京师范大学出版社2013年版。

谢家顺：《张恨水年谱》，安徽文艺出版社2014年版。

侯福志：《刘云若社会言情小说经眼录》，上海远东出版社2016年版。

吴秀明、南志刚主编：《中国当代文学史料丛书·通俗文学史料卷》，浙江大学出版社2017年版。

会议发言集及会议资料

吴晓东、计璧瑞编：《2000年北京金庸小说国际研讨会论文集》，北京大学出版社2002年版。

安徽省张恨水研究会编：孔庆东等著：《张恨水研究论文集》(8)，中国文化出版社2012年版。

安徽省张恨水研究会编：汤哲声等著：《张恨水研究论文集》(9)，中国文化出版社2015年版。

文学史、批评史、小说史

王瑶：《中国新文学史稿》上册，上海新文艺出版社1954年版。

丁易：《中国现代文学史略》，作家出版社1955年版。

蔡仪：《中国新文学史讲话》，新文艺出版社1957年版。

张毕来：《新文学史纲》第1卷，作家出版社1958年版。

田仲济、孙昌熙主编：《中国现代文学史》，山东人民出版社1979年版。

北京大学等九院校编：《中国现代文学史》，江苏人民出版社1979年版。

唐弢主编：《中国现代文学史》第一册，人民文学出版社1979年版。

唐弢、严家炎主编：《中国现代文学史》第三册，人民文学出版社1980年版。

蓝海:《中国抗战文艺史》,山东文艺出版社1984年版。

黄修己:《中国现代文学简史》,中国青年出版社1984年版。

林志浩主编:《中国现代文学史》,中国人民大学出版社1984年版。

钱理群、吴福辉、温儒敏、王超冰:《中国现代文学三十年》,上海文艺出版社1987年版。

孔范今:《二十世纪中国文学史》,山东文艺出版社1997年版。

钱理群等著:《中国现代文学三十年》(修订本),北京大学出版社1998年版。

郭志刚、孙中田主编:《中国现代文学史》(修订版),高等教育出版社1999年版。

朱栋霖、丁帆、朱晓进主编:《中国现代文学史(1917—1997)》,高等教育出版社1999年版。

熊月之主编:《上海通史》第10卷,上海人民出版社1999年版。

范伯群主编:《中国近现代通俗文学史》,江苏教育出版社2000年版。

陈子展:《中国近代文学之变迁　最近三十年中国文学史》,上海古籍出版社2000年版。

郭延礼:《中国近代文学发展史》(第3版),高等教育出版社2001年版。

黄修己主编:《20世纪中国文学史》,中山大学出版社2004年版。

朱寿桐:《中国现代社团文学史》,人民文学出版社2004年版。

范伯群、汤哲声、孔庆东:《20世纪中国通俗文学史》,高等教育出版社2006年版。

范伯群:《中国现代通俗文学史》(插图本),北京大学出版社2007年版。

程光炜、刘勇、吴晓东、孔庆东、郜元宝:《中国现代文学史》(第2版),中国人民大学出版社2007版。

黄修己:《中国新文学史编纂史》(第2版),北京大学出版社2007年版。

严家炎主编:《二十世纪中国文学史》,高等教育出版社2010年版。

朱栋霖主编:《中国现代文学史(1917—2012)》(精编版),北京大学出版社2011年版。

丁帆主编:《中国新文学史》,高等教育出版社2013年版。

温儒敏:《中国现代文学批评史》,北京大学出版社1993年版。
许道明:《中国现代文学批评史新编》,复旦大学出版社2002年版。
范烟桥:《中国小说史》,苏州秋叶社1927年版。
赵遐秋、曾庆瑞:《中国现代小说史》,中国人民大学出版社1984年版。
杨义:《中国现代小说史》1—3卷,人民文学出版社1998年版。
汤哲声:《中国现代通俗小说流变史》,重庆出版社1999年版。
谢昭新:《中国现代小说理论史》,安徽大学出版社2003年版。
夏志清:《中国现代小说史》,复旦大学出版社2005年版。

回忆录及纪实性著作

杨世骥:《文苑谈往》,中华书局1946年版。
周瘦鹃:《花前新记》,江苏人民出版社1958年版。
包天笑:《钏影楼回忆录续编》,大华出版社1973年版。
吴泰昌:《艺文轶话》,安徽人民出版社1981年版。
张恨水:《写作生涯回忆》,人民文学出版社1982年版。
张静庐:《在出版界二十年》,上海书店1984年版
陈铭德、邓季惺:《〈新民报〉春秋》,重庆出版社1987年版。
陈福康:《郑振铎传》,北京十月文艺出版社1994年版。
曹聚仁:《文坛五十年》,上海东方出版中心1997年版。
曹聚仁:《文坛三忆》,生活·读书·新知三联书店1999年版。
叶圣陶:《过去随谈》,大众文艺出版社2000年版。
姚芳藻:《柯灵传》,上海教育出版社2001年版。
冯亦代:《冯亦代》,苏州:古吴轩出版社2004年版。
郑逸梅:《清末民初文坛轶事》,中华书局2005年版。
涂光群:《五十年文坛亲历记》,辽宁教育出版社2005年版。
夏衍:《懒寻旧梦录》(增补本),生活·读书·新知三联书店,2006年版。
谢蔚明:《那些人那些事》,上海远东出版社2006年版。
周作人:《知堂回想录》(上、下),安徽教育出版社2008年版。
徐铸成:《旧闻杂忆》(修订版),生活·读书·新知三联书店2009年版。
魏绍昌:《我看鸳鸯蝴蝶派》,上海书店出版社2015年版。

研究著作

胡怀琛编:《尝试集批评与讨论》,泰东图书局1927年版。
李何林编著:《近二十年中国文艺思潮论》,(上海)生活书店1946年版。
严家炎:《求实集——中国现代文学论集》,北京大学出版社1983年版。
董康成、徐传礼:《闲话张恨水》,黄山书社1987年版。
范伯群:《礼拜六的蝴蝶梦》,人民文学出版社1989年版。
张赣生:《民国通俗小说论稿》,重庆出版社1991年版。
陈平原:《小说史:理论与实践》,北京大学出版社1993年版。
王元化:《思辨随笔》,上海文艺出版社1994年版。
刘锋杰:《中国现代六大批评家》,安徽文艺出版社1995年版。
陈惇、孙景尧、谢天振主编:《比较文学》,高等教育出版社1997年版。
刘杨体:《流变中的流派——鸳鸯蝴蝶派新论》,中国文联出版公司1997年版。
王瑶:《中国现代文学史论集》(重排本),北京大学出版社1998年版。
孔庆东:《超越雅俗》,北京大学出版社1998年版。
徐德明:《中国现代小说雅俗流变与整合》,社会科学文献出版社1999年版。
李欧梵:《现代性的追求》,三联书店2000年版。
李今:《海派小说与现代都市文化》,安徽教育出版社2000年版。
罗钢、刘象愚主编:《文化研究读本》,中国社会科学出版社2000年版。
钱谷融、殷国明:《中国当代大学者对话录——钱谷融卷》,中国文联出版社2000年版。
袁进:《近代文学的突围》,上海人民出版社2001年版。
子通、亦清主编:《张爱玲评说六十年》,中国华侨出版社2001年版。
李欧梵:《中国现代文学与现代性十讲》,复旦大学出版社2002年版。
赵孝萱:《鸳鸯蝴蝶派新论》,(台湾)佛光人文社会学院2002年版。
周海波:《中国现代文学批评史论》,上海人民出版社2002年版。
陈平原:《中国小说叙述模式的转变》,北京大学出版社2003年版。
王晓明主编:《二十世纪中国文学史论》(上下卷),东方出版中心2003

年版。

李勇:《通俗文学理论》,知识出版社2004年版。

申丹:《叙述学与小说文体学研究》,北京大学出版社2004年版。

黄淑娉、龚佩华:《文化人类学理论方法研究》,广东高等教育出版社2004年版。

杨联芬:《中国现代小说导论》,四川大学出版社2004年版。

韩云波:《中国侠文化:积淀与承传》,重庆出版社2004年版。

佘小杰:《中国现代社会言情小说研究》,中国社会科学出版社2004年版。

余英时:《文史传统与文化重建》,生活·读书·新知三联书店2004年版。

杨联芬:《中国现代小说导论》,四川人学出版社2004年版

钱中文、刘方喜、吴子林:《自律与他律——中国现当代文学论争中的一些理论问题》,北京大学出版社2005年版。

李欧梵:《未完成的现代性》,北京大学出版社2005年版。

李楠:《晚清、民国时期上海小报研究》,人民文学出版社2005年版。

刘祥安:《话语的真实与现实》,江苏人民出版社2005年版。

温儒敏等:《中国现当代文学学科概要》,北京大学出版社2005年版。

朱栋霖:《心灵的诗学》,江苏人民出版社2005年版。

赵勇:《整合与颠覆:大众文化的辩证法》,北京大学出版社2005年版。

栾梅健:《二十世纪中国文学发生论》,广西师范大学出版社2006年版。

董丽敏:《想象现代性——革新时期的〈小说月报〉研究》,广西师范大学出版社2006年版。

温奉桥:《现代性视野中的张恨水小说》,中国海洋大学出版社2006年版。

陶东风、徐艳蕊:《当代中国的文化批评》,北京大学出版社2006年版。

范玉吉:《审美趣味的变迁》,北京大学出版社2006年版。

李健吾:《咀华集 咀华二集》,人民文学出版社2007年版。

汤哲声主编:《中国当代通俗小说史论》,北京大学出版社2007年版。

许纪霖、罗岗等著:《启蒙的自我瓦解》,吉林出版集团有限公司2007年版。

洪煜:《近代上海小报与市民文化研究》,上海世纪出版社 2007 年版。

黄曼君:《中国 20 世纪文学现代品格论》,武汉大学出版社 2007 年版。

姜维枫:《近现代侦探小说作家程小青研究》,中国社会科学出版社 2007 年版。

孔范今:《近百年中国文学史论》,人民文学出版社 2008 年版。

孔庆东:《1921 谁主沉浮》,重庆出版社 2008 年版。

徐志英、邹恬主编:《中国现代文学主潮》(上、下),南京大学出版社 2008 年版。

李洁非:《典型文坛》,湖北人民出版社 2008 年版。

程光炜:《文学史的兴起——程光炜自选集》,河南大学出版社 2009 年版。

陈晓明:《中国当代文学主潮》,北京大学出版社 2009 年版。

杨春时:《现代性与中国文学思潮》,生活·读书·新知三联书店 2009 年版。

朱志荣:《中国现代通俗文学艺术论》,上海三联书店 2009 年版。

王彬彬:《文坛三户:金庸·王朔·余秋雨》(增订版),南京大学出版社 2009 年版。

李相银:《上海沦陷时期文学期刊研究》,上海三联书店 2009 年版。

李红强:《〈人民文学〉十七年》,当代中国出版社 2009 年版。

刘纳:《嬗变—辛亥革命时期至五四时期的中国文学》,中国人民大学出版社 2010 年版。

钱理群:《中国现代文学史论》,广西师范大学出版社 2011 年版。

吴岩:《科幻文学论纲》,重庆出版社 2011 年版。

张均:《中国当代文学制度研究》(1949——1976),北京大学出版社 2011 年版。

王秀涛:《中国当代文学生产与传播制度研究》,文化艺术出版社 2013 年版。

李怡主编:《词语的历史与思想的嬗变——追问中国现代文学的批评概念》,巴蜀书社 2013 年版。

黄发有:《中国当代文学传媒研究》,人民文学出版社 2014 年版。

黄书泉:《文学消费与中国现当代长篇小说》,安徽教育出版社 2015 年版。

顾祖钊：《中国文化诗学的建构》，安徽大学出版社2016年版。

侯运华、刘焱：《中国近代小说流派研究》，中国社会科学出版社2017年版。

范伯群主编：《中国现代通俗文学与通俗文化互文研究》（上下），江苏凤凰教育出版社2017年版。

叶舒宪：《文学人类学探索》，陕西师范大学出版社2018年版。

陈建华：《紫罗兰的魅影　周瘦鹃与上海文学文化，1911—1949》，上海文艺出版社2019年版。

夏志清著、万芷均等译、刘绍铭校订：《中国文学纵横》，上海人民出版社2019年版。

欧阳友权：《走进网络文学批评》，凤凰出版社2019年版。

国外研究著作

［法］丹纳著、傅雷译：《艺术哲学》，人民文学出版社1963年版。

［美］雷·韦勒克、奥·沃伦著，刘象愚等译：《文学理论》，生活·读书·新知三联书店1984年版。

［法］罗贝尔·埃斯卡皮著、于沛选编：《文学社会学》，浙江人民出版社1987年版。

［捷克］米列娜编、伍晓明译：《从传统到现代——世纪转折时期的中国小说》，北京大学出版社1991年版。

［美］伊恩·P·瓦特著、高原、董红钧译：《小说的兴起》，生活·读书·新知三联书店1992年版。

［美］约翰·菲斯克著、王晓珏等译：《理解大众文化》，中央编译出版社2001年版。

［美］J.希利斯·米勒著、申丹译：《解读叙事》，北京大学出版社2002年版。

［美］马泰·卡林内斯库著、周宪、许钧主编：《现代性的五副面孔》，商务印书馆2002年版。

［英］多米尼克·斯特里纳蒂，周宪主编：《通俗文化理论导论》，商务印书馆2003年版。

［美］王德威著、宋伟杰译：《被压抑的现代性——晚清小说新论》，北京大学出版社2005年版。

［美］丁乃通著、陈建宪等译:《中西叙事文学比较研究》,华中师范大学出版社2005年版。

［英］安吉拉·默克罗比著、田晓菲译:《后现代主义与大众文化》,中央编译出版社2006年版。

［德］奥斯瓦尔德·斯宾格勒著,吴琼译:《西方的没落》,上海三联书店2006年版。

［法］罗杰·加洛蒂著,吴岳添译:《论无边的现实主义》,百花文艺出版社2008年版。

［美］爱德华·希尔斯著、傅铿、吕乐译:《论传统》,上海世纪出版集团2009年版。

［德］恩斯特·卡西尔著、李化梅译:《人论》,西苑出版社2009年版。

［美］安敏成著、姜涛译:《现实主义的限制》,江苏人民出版社2011年版。

后记

本书是在博士论文的基础上完成的,我在写作中遇到问题时常受到导师汤哲声教授的点拨,一直心存感念。

原论文主要研究1949年之前新文学作家对通俗文学的社会历史批评。经过数年的教学与科研,我积累了一些新的资料,产生了一些新的想法,便开始对它进行修改。首先,题目有所变动。原论文是文学批评研究,而本书是史论研究,因此,对原始资料的收集更为重视。其次,研究范围有所扩大。原论文主要关注"五四"时期至1930年代新文学作家对通俗文学的社会历史批评。在修改时增加了审美、文化等其它维度的批评,研究范围也延伸至2000年以后,增加了中华人民共和国成立以后几十年的通俗文学批评。原论文关注点在文学研究会、左翼时期少数激进作家,如茅盾、郑振铎、阿英等人的批评,本书将刘半农、郁达夫、王任叔、丁玲、聂绀弩等人均纳入研究视野。原论文对周作人、朱自清的观点介绍得较为简略,本书则详加论述。另外,本书还增加了海派作家、编辑报人以及左翼电影艺术家夏衍、柯灵等人温和的批评,并且将通俗文学作家对批评的回应作了全面阐述。由于将民国时期与中华人民共和国成立以后的批评贯通,并且展示了对通俗文学批评的不同维度,本书的研究深广度大大增加,对批评规律的总结也更为准确、完整。并且,研究观点、研究方法、结构布局也有较大的调整。

这些年学术界通俗文学研究不断推进,我也受到很多启发,在对原论文进行大幅度增删的同时吸纳了诸多新成果,并融入了自己的思考,使其更加完善。完稿后申报了国家社科基金后期资助项目,结果顺利立项。在申报之前,得到研究文艺学的顾祖钊教授、研究古代文学的吴怀东教授的具体指导,受益良多,深感跨专业的交流常常会给人带来意想不到的收获。

时光迅疾,一回首十几年匆匆过去了。想起在苏州大学读博期间数次跟同窗李国平去范伯群老师家拜访,在轻松的氛围中听前辈学者谈文坛轶事、姑苏风情。想起刘锋杰教授、朱志荣教授的讲座,刘祥安教授、李勇教授的课,还有与石娟、韩颖琦等同门关于当代文坛一些文学现象的讨论,这些无疑都对自己的研究很有帮助。回忆让人心生暖意,也让人心生感慨。

在书稿即将付梓之际,感谢推荐我申报国家社科基金后期资助项目并提出宝贵意见的安徽大学出版社李君老师,感谢给我核查资料的几位可爱的研究生,感谢给我提供过帮助的每一位师友,你们的相伴、同行让我得以顺利地完成了这本专著。书中部分内容在《中国现代文学研究丛刊》《社会科学》《鲁迅研究月刊》等刊物上发表过,这里也对相关编辑老师的辛勤工作表示感谢。

王木青

2022 年 6 月 15 日